CB135255

Uma questão
de vida e sexo

Oscar Moore

Uma questão de vida e sexo

Tradução
RENATO REZENDE

JOSÉ OLYMPIO
EDITORA

Título do original em inglês
A MATTER OF LIFE AND SEX

© *Oscar Moore, 1991*
Primeira edição publicada na Inglaterra pela Penguim Books Ltd., 1991;
"os direitos morais do autor estão assegurados"

Reservam-se os direitos desta edição à
EDITORA JOSÉ OLYMPIO LTDA.
Rua Argentina, 171 – 1º andar – São Cristóvão
20921-380 – Rio de Janeiro, RJ – República Federativa do Brasil
Tel.: (21) 2585-2060 Fax: (21) 2585-2086
Printed in Brazil / Impresso no Brasil

Atendemos pelo Reembolso Postal

ISBN 85-03-00928-5

Capa: Isabella Perrotta / Hybris Design

CIP-Brasil. Catalogação-na-fonte
Sindicato Nacional dos Editores de Livros, RJ.

M814q Moore, Oscar, 1960-1996
Uma questão de vida e sexo / Oscar Moore; tradução Renato Rezende. – Rio de Janeiro: José Olympio, 2006.

Tradução de: A matter of life and sex
ISBN 85-03-00928-5

1. Aids (Doença) – Pacientes – Ficção. 2. Jovens homossexuais – Ficção. 3. Homossexuais masculinos – Ficção. 4. Ficção inglesa. I. Rezende, Renato, 1964- . II. Título.

06-0229 CDD – 823
CDU – 821.111-3

Para James,
por toda sua ajuda,
e Patrick, por todo
seu amor.

SUMÁRIO

23 de março de 1991

Cara sra. Harvey,

Há dois anos que eu sei que teria de escrever esta carta. Precisei de todo esse tempo para terminar o manuscrito que você encontrará anexo.

Hugo e eu discutimos intensa e longamente sobre se eu deveria ou não enviá-lo a você antes da publicação. Não creio que chegamos a concluir o debate sobre quais benefícios isso traria, tanto para você, ou para nós, quanto para o livro. No entanto, ambos sentimos que você tinha o direito de vê-lo antes de publicado.

Deve estar se perguntando quem sou eu. Há dois anos, durante o funeral de Hugo, nos encontramos rapidamente. Não espero que você se recorde. Embora eu não fosse um dos mais antigos amigos de Hugo — na verdade, quando ele morreu, nos conhecíamos havia talvez apenas seis meses —, vim a conhecê-lo extremamente bem. Passei a maioria dos dias com ele durante os seus dois últimos meses de vida. Isso não foi árduo. Estávamos ambos na mesma ala do hospital. Foi ali que nos conhecemos e freqüentemente nos encontramos. Às vezes como visitantes. Mais tarde, como pacientes. Ambos por períodos de tempo cada vez mais prolongados.

Um hospital pode ser um lugar terrível, um tipo de ante-sala para o túmulo. Na verdade, tornou-se exatamente isso depois que Hugo se foi, e por sorte comecei a passar cada vez menos tempo lá. Mas enquanto compartilhamos nossos horários de almoço e nossas tardes, sentia-me fascinado e feliz por escutar suas histórias, alimentá-lo com suas pílulas e a ração protéica, discutindo com ele quando se tornava sombrio, e rindo quando revivia os momentos mais absurdos de um passado incomum. Mas, para mim, não era tanto seu passado que era raro, mas sim a candura com que Hugo partilhava suas experiências. Creio que foi isso que logo me atraiu nele e deu-me a idéia de escrever este livro.

Como você deve saber, Hugo era um excelente contador de histórias. Podia conferir um sentido dramático à anedota mais trivial. Esses eram os contos nos quais ele, o herói, era o protagonista ridículo, mas também o ingênuo. Ele os narrava não com a intenção de chocar ou surpreender, mas acreditando que coisas semelhantes haviam acontecido com outras pessoas em qualquer outro lugar de diferentes maneiras, nos contextos e combinações mais diversas. Para Hugo, o sexo era ao mesmo tempo um vício e um absurdo. Costumava descrever sua vida como uma longa batalha entre sua cabeça, seu coração e seus quadris. Nunca duvidou que os quadris seriam os vencedores.

Certa vez Hugo me disse que não podia se arrepender de nada que lhe havia acontecido porque em todos os momentos sua escolha fora essa e em todos os momentos tinha consciência de não ter escolha. Deleitava-se com suas aventuras escusas entre a escória. Via a si mesmo como alguém que se esgueirou pela porta dos fundos quando ninguém estava olhando, só para dar uma espiada, e, como um menino que ficou com o nariz grudado na vitrine de uma loja de doces, não conseguiu se retirar dali. Foi vítima de si mesmo. Sempre soube que os doces do outro lado do vidro eram envenenados, porém gostava demais deles para conter-se. Mas Hugo nunca se culpou pela forma como sua vida terminou, e também nunca culpou ninguém.

Ele, certamente, não punha a culpa em você ou em qualquer membro de sua família por qualquer coisa que tenha lhe acontecido. Mostrava-se muito preocupado com a possibilidade de você interpretar este livro como um ato de vingança indireta. Hugo tinha uma opinião tão cândida sobre sua família quanto sobre si mesmo. Costumava me dizer, enquanto discutíamos sobre como eu deveria abordá-la com este assunto, que suas irmãs, você e seu marido tiveram a má sorte de ser seu material mais disponível. Vocês foram as pessoas que ele observou primeiro e estudou por mais tempo. Vocês também foram as pessoas que ele mais amou. Este livro não é um dardo envenenado disparado da trincheira segura do túmulo. Vocês foram vítimas dele apenas na medida em que ele fez uso de suas histórias para contar a sua própria. Era muito importante para Hugo que eu lhes explicasse isso.

A maior tristeza de Hugo foi morrer antes de você e de seu marido, e que lhes tenha infligido esta dor, a pior de todas as dores, a perda de um filho. Como Freud disse, apenas depois da morte dos pais uma pessoa está livre para morrer. Hugo morreu sem permissão.

Acredito que disse o suficiente. Provavelmente, passei do que seria sensato. O resto falará por si mesmo.

Sinceramente,

Oscar Moore

1

DUAS RODAS PARA O PARAÍSO

Hugo era um mentiroso. É claro, ele mentia para escapar do castigo, e acabou sendo castigado por mentir, mas também era um sonhador, cujas mentiras criavam um mundo onde tudo era extraordinário. No primário, enquanto brincava com o xarope de *rose hip* derramado no meio de seu mingau, costumava divertir as garotas com histórias sobre sua infância na Índia (o grande espaço cor-de-rosa no mapa da sala de aula) e explicava como o vestígio de uma terceira orelha grudada à sua verdadeira orelha direita era o resultado do inchaço provocado pela picada de uma abelha venenosa.

Todo mundo mentia no primário. O pai de Rosemary era Batman e seu irmão, Robin. O pai de Mandy tinha um estábulo (além do manso pônei que ela montava em Hadley nas manhãs de sábado) e o pai de Jonathan estava sempre a ponto de subir na escala social e comprar uma casa em Mayfair. Hugo contra-atacava mentindo que seu pai havia comprado uma casa em Curzon Street, e quando um novato chegava tardiamente à Escola Primária St. Monica para meninos e meninas, Hugo e sua irmã mais nova mentiam juntos sobre as duas casas que seus pais possuíam em Hadley. Uma pequena e uma grande. Parecia que eles sempre voltavam para a casa pequena, mas isso era explicado pelas constantes ausências de seu pai devido a viagens ao exterior. De algum modo, ele sempre voltava a tempo para as reuniões de pais e para as peças teatrais na escola.

Nessa fase, Hugo ainda tinha uma vaga idéia do que era verdade e do que não era, e seus colegas de classe também tinham uma vaga idéia de que tudo o que ele dizia não era verdade. Era já uma figura um tanto singular, que sempre zanzava com as meninas e nunca jogava futebol com os garotos. Perspicaz e com uma língua afiada, não tinha amigos de verdade nem preocupações verdadeiras. Exceto em relação ao dinheiro. Não tinha muito dinheiro, e isso o preocupava. E preocupava-o ainda mais o fato de que seus pais não pareciam partilhar de sua preocupação.

Hugo sempre teve certeza de que havia nascido para grandes coisas. Mas, aos sete anos de idade, a idéia que Hugo fazia de grandes coisas tinha pouco a ver com o mundo e muito a ver com a escala social de Hadley e arredores. Muitas coisas valiam pontos na escala social de Hadley, e cada uma delas fora gravada na mente de Hugo: uma casa grande com mais de quatro quartos e um amplo jardim com piscina opcional (uma piscina interna era algo incompreensível e uma externa era útil apenas para exibir-se), miniveículos com pedal, skates com rodas de fibra de vidro, dois carros (um Jaguar) e uma garagem para dois carros, férias em Gibraltar ou Maiorca e um pônei para a filha mais velha. Mais tarde, naturalmente, o filho mais velho ganharia uma bicicleta motorizada, depois uma motocicleta e, se ainda estivesse vivo aos 16 anos, aulas de direção. Vários garotos de Hadley nunca viveram até as aulas de direção. Esse era o lado negativo de contar pontos para a escala social. Mas Hugo era muito jovem para entender alguma coisa sobre morte na adolescência e irresponsabilidade paterna. Queria apenas ver seu pai em um carro grande e a família em uma casa maior.

Há quem torça o nariz para uma criança tão precoce, tão consciente dos requisitos da riqueza antes mesmo que sua mesada tivesse chegado a um par de *shillings*, mas a culpa era, em grande parte, de Hadley.

A caminhada diária para a escola bastava para instilar em Hugo um aguçado senso das diferenças sociais. Hadley era um morro, e os Harvey viviam ao pé do morro. À medida que Hugo subia o morro a cada manhã com suas irmãs e sua mochila escolar, via as casas ficando maiores e os carros mais novos. Ele avistava (e registrava ou gravava) o Jaguar no chão de pedras vermelhas em frente à casa que pertencia ao pai de Mandy (o pai de Laura também tinha um, mas Laura não tinha cabelos compridos) e o Mini que a mãe dela dirigia (a mãe de Laura também tinha um, mas sua mãe não se chamava Bunty nem era um marco na escala social). Via e registrava o cortador de grama Raleigh, de Clifford, abandonado em frente ao portão que dava para a extensão do jardim, e a Scalextrix de Simon, visível pela janela do anexo. Ele até estremeceu ligeiramente quando percebeu que David (cujos pais não eram tão ricos no ano passado, mas o surpreenderam ao pular vários degraus da escada social direto para uma casa em cima do morro) não mais subia para a St. Monica, mas ostentava um novo uniforme púrpura e boné e, agora, descia o morro em direção ao metrô. Ele fora para uma escola particular. Isso acontecia com muitos garotinhos de sete anos. Quando Hugo chegou aos 11 anos, havia apenas cinco meninos em uma classe de 24. Todos os outros garotos haviam sido transferidos para escolas onde aprendia-se francês, submetia-se a exames e era preciso estudar nas manhãs de sábado.

Apesar da altitude pouco elevada e, portanto, do *status* pouco elevado do número 40 da Mulberry Drive, Hugo não encontrava dificuldades em adotar a atitude dos ricos. Mentiroso de talento que, a uma distância segura de sua casa, podia inventar todos os requisitos e atributos que o faziam estremecer (com o tempo, ele iria renegar St. Monica e inventar uma escola com boné colorido e aulas aos sábados), Hugo desprezava os que definhavam abaixo do nível ao qual aspirava em nome de seus pais. Ele apenas desejava que seus pais pudessem adotar uma atitude similar e, então, talvez, o dinheiro que essa atitude implicava começasse a aparecer. Porém, enquanto famílias chegavam e partiam de Mulberry Drive, movendo-se para a frente e para cima, os pais de Hugo permaneciam impassíveis, sem ambições, sem demonstrar nenhuma devoção à mobilidade para cima do morro que teria permitido a Hugo descansar em paz.

Entretanto, seus pais não eram o único problema. Havia outro enigma no cerne na noção de riqueza do mundo que Hugo cultivava. Sarah Devlin. Sarah Devlin era uma garota quieta, com cabelos avermelhados e frisados. Estava na mesma classe da irmã mais velha de Hugo, que às vezes falava com ela, mas dizia que Sarah não era muito divertida. Isso, vindo da irmã mais velha que, até onde Hugo podia ver, não era nem um pouco divertida, indicava algo terrível a respeito de Sarah Devlin. Mas se Hugo fosse Sarah Devlin, nunca se permitiria ser tão chato. Na verdade, não obstante o cabelo vermelho frisado, Hugo não podia imaginar nada melhor do que acordar de manhã e descobrir que ele havia se transformado em Sarah Devlin, sem a personalidade dela (o que era uma perda muito pequena), mas com a dele. Pensava como circularia pela escola e encararia Mandy bem nos olhos. Como se espreguiçaria no banco de trás do carro do pai, zombando de forma gentil dos pobres coitados em seus modestos (menos de três litros) calhambeques. Como vibraria quando os pais chegassem para o dia dos esportes na St. Monica com toda elegância, e sua mãe (agora, sra. Devlin) fizesse as outras mães cochicharem umas com as outras. Porque a sra. Devlin tinha um relógio de platina e um colar de diamantes de uso diário, e o sr. Devlin dirigia um Rolls Royce estalando de novo que ele trocava a cada ano, e Sarah Devlin tinha um cavalo no qual trotava no gramado vestindo traje de montaria completo.

Mas embora o sr. Devlin fosse um milionário (o primeiro que Hugo jamais viu), e embora os Devlin vivessem em uma casa muito grande com piscina (com cobertura especial para o inverno), e embora Sarah recebesse o tipo de reverência destinada à realeza em visita e às estrelas *pops*, ela não parecia estar se divertindo nem um pouco, o que para Hugo parecia não apenas um desperdício terrível, mas também um mistério terrível. Afinal de contas, como ser rico poderia não ser a maior diversão do mundo? A irmã mais velha disse que Sarah era solitária porque não tinha irmãos nem irmãs, mas Hugo teria trocado com prazer sua irmã mais velha (e, em caso de emergência, a mais nova) pela casa, família, piscina e perspectivas de Sarah.

Sarah Devlin incomodou Hugo por algum tempo, até que ela foi para o colegial com sua irmã mais velha e desapareceu de seu horizonte. O dinheiro continuou sendo uma preocupação por muito mais tempo, sem nunca realmente sair do primeiro plano. Mas, quando ele completou sete, e oito, e nove anos, algo começou a fazer com que Hugo se sentisse culpado. Quando fez 11 anos e foi para a Classe Um da Escola St. Monica para Crianças de Bem, já havia algum tempo que Hugo se sentia culpado. E começava a pensar que sempre soubera por quê.

Embora ainda não soubesse realmente o que a palavra significava ou quais eram suas implicações, e definitivamente não soubesse o que isso envolvia, sabia que no fundo de toda a culpa, da inquietação e do mau humor que chegaram sem avisar estava o sexo. E sabia que o que tornava isso pior, e fazia com que fosse tão difícil explicar seu mau humor quando a mãe lhe dizia para sair dessa, era o fato de que não podia dizer a ninguém por que se sentia tão culpado em relação ao sexo. Não sabia o que dizer, mas sabia que aquilo que não podia dizer não deveria, de qualquer forma, ser dito. Então não dizia. E ainda assim sentia-se culpado.

Não o tempo todo, mas com freqüência. Sentia-se culpado por brincar de vestir-se com a irmã mais nova e sua amiga Jane, e estava sempre se vestindo de mulher. Sentiu-se ainda mais culpado quando a mãe de Jane espiou pela porta do quarto e dirigiu-lhe um longo, duro olhar. Sentia-se culpado por não gostar de futebol e ficar irritado com as brincadeiras de roubar beijos. Sentia-se culpado porque ficava aborrecido de uma forma que não entendia muito bem quando o açougueiro dava atenção exagerada a suas irmãs e não a ele. Todas as mulheres lhe davam atenção exagerada porque Hugo era tão educado e quieto, e não chutava bolas nas janelas das cozinhas. Isso também o fazia sentir-se culpado. Quando a mãe de Adrian, que morava descendo a rua, disse-lhe que desejava que o filho fosse como Hugo e não voltasse para casa coberto de lama após se balançar na margem do rio pendurado numa corda, sentiu-se muito envergonhado. Não era de surpreender que os garotos da rua não gostassem dele e o chamassem por nomes feios.

Não que ele quisesse ser um dos garotos da rua.

Os garotos da rua eram estúpidos, eram reprovados nos exames e não iriam a parte alguma porque seus pais ainda viviam em Mulberry Drive e, ao contrário de Hugo, não haviam nascido para grandes coisas. Mas quando os garotos mais velhos ficavam nus até a cintura para balançarem-se na corda sobre o córrego que ficava no campo do fim da rua, faziam Hugo sentir uma sensação engraçada em seu estômago, misturada com um prazer fora de alcance e uma dor, pelo prazer estar fora de alcance — a mesma sensação que tinha quando observava os homens desnudos na praia, durante as férias em família, e percebia como a parte de cima de seus traseiros podia ser vista sob a parte de cima de seus calções. Ainda não sabia o que era aquele prazer mas, à medida que crescia, sabia que tinha muito a ver com observar homens sem roupas.

O mesmo acontecia com o sonho. Hugo amava seu sonho. Desejava poder tê-lo a cada noite, e que continuasse para sempre. O momento mais triste era sempre o acordar. Hugo tentava evitar a luz que vazava pelos desenhos laranja da cortina; lutando contra a sensação de perda e desespero, tentava ignorar o ruído vindo do quarto de seus pais, logo acima. O dia não devia começar. Café-da-manhã, escola e vida deviam esperar. Ele tinha de voltar. Mas nunca conseguia. E, como tudo mais, sabia que realmente não deveria.

O sonho era o paraíso, mas ele sabia que era estranho. Era muito excitante para ser correto. Hugo estava em um *iceberg* sob um céu azul. Ele era pequeno, estava nu e ficava dando risadinhas. Cercavam-no homens nus, criaturas musculosas cujos corpos sem pêlos flexionavam-se lindamente quando, rindo, jogavam o pequeno Hugo uns para os outros. Eles eram ternos e carinhosos ao rirem, ao jogá-lo e pegá-lo de novo, como irmãos grandes, com grandes e amorosas mãos, como os irmãos grandes que Hugo não tinha e que o pai de Jonathan achava que ele precisava ter (o pai de Jonathan achava que Hugo deveria estar jogando futebol em vez de vagar por aí, e que não deveria aborrecer-se tanto por ficar com as roupas enlameadas quando brincava de guerra com Jonathan e seus irmãos maiores no fundo do jardim).

Hugo era uma criança inteligente e sabia que algo estava errado. Sabia que deveria ter gostado de brincar de guerra, e não apenas de ver o irmão mais velho de Jonathan ter de tirar a roupa e tomar banho. Sabia que não devia olhar, e que se alguém o pegasse olhando, estaria em apuros. Sabia que seu sonho favorito não deveria ser o seu favorito, e que não deveria ficar de mau humor quando acordasse e descobrisse que não era real. Sabia que se sentia culpado porque era culpado, e sabia que, cedo ou tarde, se meteria em apuros e todo mundo saberia que ele era culpado. Mas ainda não tinha certeza quanto ao nome desse crime, e de que forma iria cometê-lo. Na verdade, o mais próximo que Hugo esteve de meter-se em apuros nessa fase foi em um *camping* nos arredores de Quimper, onde os Harvey estacionaram seu *trailer*. Enquanto o pai xingava e suava tentando equilibrar o *trailer* para que a geladeira funcionasse, as irmãs começavam a jogar peteca e a mãe saía para encomendar leite e jornais para o dia seguinte, Hugo pôs-se a vagar entre os chuveiros do *camping*.

Realmente não sabia o motivo pelo qual os chuveiros atraíram-no de imediato. Talvez fosse porque acabara de ver um homem saindo de um dos chuveiros, vestindo apenas uma toalha. Mas assim que viu a construção revestida de madeira com a água pingando por debaixo das portas, e homens indo e vindo, usando apenas toalhas, sabia que havia encontrado a toca onde passaria as férias. Os chuveiros eram separados por finas divisórias que não chegavam até o teto do cubículo. Hugo estava transfixado pela idéia de que do outro lado dessa fina parede com abertura em cima estava um homem nu. Uma vez dentro de um dos cubículos, não conseguia sair. Sentia-se possuído. Queria sair, brincar e ser um bom menino, até mesmo um menino normal, mas sua boca estava seca e seu coração disparando, e ele sentia-se como se houvesse perdido o controle de suas ações. Foi assim que não se surpreendeu, apenas alarmou-se um pouco, ao se ver excitado demais para ser cauteloso e subindo no assento da privada de um cubículo. De lá podia ver acima das divisórias e, ao inclinar-se, pôs-se a espiar, em um chuveiro adjacente, um belga peludo esfregando-se, a água cobrindo os pêlos de suas pernas, a água pingando de seu pênis... O belga virou-se e o viu, e quando Hugo saiu correndo, ouviu as palavras "ça va pas". Não sabia o que elas significavam, mas sabia que não queriam dizer venha e junte-se a mim. E isso era o que ele queria fazer.

Apesar de suas escaladas nos assentos das privadas e espiadelas sobre as divisórias dos chuveiros, Hugo era muito ignorante a respeito de sexo. E não sabia a quem, nem como perguntar para resolver esse problema. Em uma situação normal, supunha ele, teria perguntado a seus pais, mas seus pais não eram exatamente normais. Talvez seu pai fosse. Seu pai era um bom homem que se constrangia facilmente e que constrangia Hugo com seu constrangimento. Mas sua mãe não era normal. Nem de longe.

A mãe de Hugo era uma mulher sensível, mesmo liberal, mas com um temperamento que, conforme Hugo mais tarde percebeu, beirava o de um lunático. Anos mais tarde, em tom de brincadeira, ele iria referir-se a si próprio como uma das crianças espancadas da classe média, despercebido por estar no lado oposto do que chamava a atenção do serviço social. Hugo sabia que isso era um exagero. Havia crianças que passavam por coisas muito piores. A mãe de William Hamilton costumava bater nele com sapato de salto alto até que o sangue secasse em seu cabelo. A mãe de Hugo raramente usava coisas para bater nele e, se o fizesse, usaria cabides, não sapatos.

Hugo amava sua mãe. E a odiava. Ela era a pessoa mais assustadora de seu mundo e a única verdadeira autoridade que ele reconhecia. Ela era Deus. Estava certo de que se Deus a encontrasse na escola dominical faria qualquer coisa que ela mandasse. Era o que faziam os vizinhos, balconistas, pessoas no telefone, o entregador de leite e estranhos que tentavam interferir na maneira como ela criava (ou batia) nos filhos, porque, assim como muitos deuses, a mãe de Hugo era violenta. Tinha língua violenta e mão forte. Dizia a seus filhos o que fazer e, se desobedecessem, descobririam quantos golpes de cinto nas pernas isso lhes custaria. Seus descontroles eram legendários. Ante a menor interrupção na ordem de um sistema rigidamente regulado, pequenas demonstrações de aborrecimento se transformariam em irritação que, em poucos minutos, viraria uma torrente de abuso irrompendo enquanto as mãos dela puxavam seus cabelos, e ela os sacudia, e chutava, e batia, e os proibia de comer pão com geléia e os mandava para a cama, para longe de sua vista, o tempo todo gritando muito alto.

Muito alto.

Não que ela não ligasse para os filhos. Ela os amava intensamente, com determinação e ambição e, em troca, eles a amavam sem reservas. Exceto quando a odiavam, e isso, de alguma forma, era a mesma coisa. Eles foram capturados pela seita dela: a seita de não reclamar, de não chorar até que houvesse realmente algum motivo para chorar, de obediência sem questionamentos e de dedicado, árduo trabalho. Mas a própria mãe era a cria de uma seita. Por trás de seu temperamento e das pancadas nas pernas dos filhos estava o legado de sua infância na Amsterdã ocupada, sofrendo nas mãos de um pai que abria a pancadas e intimidação o seu caminho na vida, e acabou com um furo no carpete, sem água quente, com ratos na cozinha, camas duras como pedra, um filho morto na guerra, outro que fugiu para o sul, uma filha que fugiu para o exterior e uma mulher que morreu de uma trombose fulminante sentada na privada. Fugindo desse homem de bala de hortelã e charutos, cuja carreira fora interrompida pela guerra e cujas emoções eram crivadas de inveja, a mãe de Hugo foi enredar-se em um noivado com um selvagem vestido de couro preto, que morreu sob o aro torcido de sua motocicleta, e depois entrou vacilante em um casamento com um gentil inglês que ela aceitou como prêmio de consolação no torneio de duplas mistas nas quadras de tênis Unilever. A mãe era uma mulher muito amarga. O velho amargo era o avô de Hugo. O selvagem de couro preto ele nunca conheceu. Mas o gentil inglês nas quadras de tênis de Amsterdã era seu pai. E a mulher em fuga, com o medo transformando-se em amargura nas veias, era sua mãe.

Hugo passou a infância prendendo a respiração por causa do gênio ruim de sua mãe, prendendo a respiração por causa da verdade, prendendo a respiração por causa de si mesmo. E quando não estava prendendo a respiração, estava se escondendo. Escondeu-se atrás do muro do jardim quando a bola de tênis perdida atingiu as garrafas de leite na porta da frente e quebrou todas elas, fazendo o leite escorrer pelo ralo. Escondeu-se atrás da irmã mais nova, que tinha de fazer todas as perguntas difíceis sobre assistir televisão, brincar lá fora, brincar lá em cima ou lá embaixo, e brincar em geral. Escondeu-se atrás de suas caras e vozes engraçadas. E escondeu-se atrás de suas mentiras. Tudo para ficar fora do caminho do aterrorizante temperamento dela.

Portanto, se Hugo sentia-se muito constrangido para perguntar ao pai, sentia-se definitivamente assustado para perguntar à mãe por que teve uma ereção ao olhar o belga peludo no chuveiro e ver a água escorrendo por suas pernas.

Nem ao menos sabia ao certo para que servia uma ereção. No começo, ela havia servido de farol para fazer paisagens marinhas na hora do banho de banheira, e somente aos 11 anos, durante as férias escolares com os alunos da St. Monica, descobriu que, de alguma forma, as ereções também eram impróprias. Jonathan, que supostamente era seu melhor amigo, embora na escola sempre se sentasse ao lado de Mark, perguntou-lhe na frente de todos os meninos (havia apenas cinco) e algumas das garotas mais ousadas, que já haviam abaixado suas calcinhas e mostrado rapidamente suas partes íntimas, se ele sabia como fazer um farol com seu pinto na banheira. "Sim", disse Hugo, feliz por ser capaz de fazer alguma coisa que os meninos faziam. Jonathan riu, os meninos riram e as meninas deram risadinhas com as mãos escondendo os lábios, o que era pior. Hugo caíra numa armadilha. Mas o que você deveria fazer com o farol além de afundar navios?

Seu pinto era uma coisa divertida, que mudava de forma e de tamanho sem motivo. Mas Hugo gostava dessas travessuras inesperadas, especialmente do súbito ardor interno que experimentava quando o pinto endurecia na cama e ele estava deitado sobre a barriga. À medida que crescia, o pinto costumava endurecer nos locais mais inusitados. Ele percebeu que andar no ônibus escolar com a mochila apertada contra o colo deixava seu pinto ereto e comprimido contra a cueca, agitando em sua barriga redemoinhos que tinham algo a ver com a luz do sol e com os trabalhadores pelos quais o ônibus escolar passava a cada manhã e a cada tarde, nus da cintura para cima e tatuados, os músculos bronzeados brilhando sob o suor. Mas o que se faz com isso? Aonde isso iria levar e o que deveria acontecer quando chegasse lá? E como você deveria descobrir?

Os pais de Hugo eram bons pais, e faziam o que bons pais fazem. Pensavam no futuro. Compraram livros sobre drogas e fizeram com que os filhos os lessem, deixando Hugo muito curioso a respeito dessas balas multicoloridas. E eles compraram livros com títulos como *De onde vêm os bebês?*, que Hugo lia sem interesse. Ele já havia visto todos os diagramas de vaginas e pênis, ventres e testículos, e todos os canais necessários do pênis e da vagina nas lições de biologia do hirsuto e bem-humorado sr. Groat. Hugo estava muito mais interessado em saber como o sr. Groat ficaria sem a camisa. Os diagramas bem que poderiam ter sido de gado, amebas ou campos de papoulas; sua relevância seria a mesma para seu pau errante.

O pau estava mostrando sua força. Suas ereções aleatórias deixavam Hugo sem fôlego de tanta expectativa. Ele sentia-se à beira de uma grande experiência, de um marco. Mas nada acontecia. O tumulto permanecia dentro dele, e transformava-se em frustração. Quando passou dos 12 para os 13, seu corpo deixou de ser confiável, confortável ou simplesmente estável. Em vez disso, começou a ranger e guinchar na puberdade. Glândulas até então desconhecidas deram início a suas excreções, inchaços e tremores secretos. Mas estavam engarrafadas, presas sob a tampa que era a ignorância de Hugo, o constrangimento de seu pai e o rude jargão dos garotos da escola.

Para tornar as coisas piores, seus amigos começavam a se interessar por garotas. Hugo poderia ter dito a qualquer um de seus amigos que o fato de ter duas irmãs, uma mais velha e uma mais nova, deixou perfeitamente claro para ele que não havia nada particularmente interessante em relação às garotas. Hugo descobrira isso com toda certeza após um exame médico que realizou em sua irmã mais nova quando ela estava com cinco anos (ele tinha sete na época, e chamou o ritual de "inspeção corporal"). Mas os outros garotos também tinham irmãs, e não pareciam pensar que elas contassem como garotas, de forma alguma. Assim, por mais que resmungasse e discordasse, as garotas estavam definitivamente entrando em cena. Eram organizadas festas para as quais Hugo era convidado apenas de vez em quando. Ele adquirira a reputação de ser antigarotas, embora isso ainda tivesse de ser interpretado como sendo pró alguma outra coisa. Por enquanto, Hugo e sexo eram um ponto discutível. Sua atitude era facilmente atribuída à imaturidade, a uma terrível calúnia ou ao desenvolvimento físico, o que era uma conveniente desculpa para seu estado de espírito.

Embora as luzes, a música e, na verdade, toda a noite fosse projetada para encorajar um súbito rompante de luxúria nas garotas, a sedução não tinha lugar nessas festas, pois todo mundo havia sido convidado aos pares, pares esses que tinham sido exaustivamente discutidos no ônibus escolar, enquanto os garotos lutavam pelo direito de apalpar essa garota e não aquela. Todo o evento era um longo, e geralmente frustrante, processo de demoradas preliminares, durante as quais a heroína mítica iria subitamente abrir suas pernas e deitar-se de costas, respondendo a algum extraordinário abre-te sésamo criado pela combinação dos dedos de Paul, ou Tim, ou Damian, loção após-barba, mordidelas amorosas e falta de jeito.

As garotas eram apenas um monte de nomes para Hugo. Na verdade, nem tantos nomes assim. Todas pareciam chamar-se Caroline, Nicole ou Jo. Ele nunca as encontrara. Não havia ido às outras festas nas quais elas tinham sido avistadas, selecionadas, rotuladas e despidas mentalmente. As garotas sempre chegavam em grupos e partiam em grupos. Ficavam o bastante na festa para produzir fofocas suficientes, reorganizar os pares e bater boca (sobre inícios de namoros destruídos por tratantes do sexo masculino) e então caíam fora em carros ou táxis, deixando os garotos fumando cigarros pós-amasso (a única pequena parte da encenação que Hugo conseguia fazer com pose) e ponderando sobre o próximo passo que dariam na próxima festa (iriam atrás de Nicole, agora que John ficara com Caroline, ou deveriam armar um contra-ataque e talvez dar em cima de Jo ao mesmo tempo... apenas por uma noite?).

O fato de também se esperar que Hugo passasse a noite apalpando e acariciando (ou transando, o que a coisa toda já havia se tornado àquela altura), e ficasse com os dedos úmidos nas calcinhas das garotas fazia com que nosso herói contraísse os músculos e suasse terrivelmente apreensivo. Os corpos das garotas eram sacrossantos. Por quê? Porque eram intocáveis — pálidos, sem pêlos e curvilíneos em vez de terem músculos delineados, e com seios em vez de peito. Então Hugo comia balas de rum e ficava bêbado, e tropeçava de quarto em quarto, às vezes interrompendo o subir e descer das bundas rosadas de algum casal particularmente ousado, em algum quarto proibido — Nigel suado, curvado sobre Nicole, Paul com rosto vermelho pelo esforço enquanto se enrolava com o sutiã apertado de Caroline —, embaraçado por seu total fracasso em fazer contato com o jaburu rejeitado (ele sempre ficava com os jaburus) que ele abandonara com as balas de rum na sala escura onde haviam sido rapidamente apresentados.

Gradualmente, Hugo decidiu que as coisas não seriam mais fáceis se ficasse com os jaburus rejeitados que ninguém queria, em vez de ficar com as garotas de olhos brilhantes e curvas torneadas que todos os outros perseguiam, e que Hugo achava tão intimidantes. Parou de se oferecer para pegar os últimos tíquetes da loteria das garotas, e ninguém pareceu culpá-lo por isso. Quem não iria preferir divertir-se com uma garrafa de vinho e com as drogas de festa fornecidas por Damian, que roubava as pílulas para dormir de seu pai e as vendia por dez *pences* cada, nos corredores da escola? Isso tinha de ser mais interessante do que apalpar as dobras de Sally Lewin. Então, Hugo abandonou as preliminares do jogo e, em vez disso, passou a bancar o tolo. Começou a roubar um pouco de gim do armário de bebidas de seus pais em um pote colorido e a esmagar uma cápsula do pai de Damian no líquido, com as mãos experientes de um garoto que gastava boa parte de seu tempo e dinheiro buscando, usando e algumas vezes vomitando drogas de todo tipo. Um garoto que lera seu folheto antidrogas como uma amostra grátis introdutória em vez de um aviso.

Enquanto Hugo oscilava e caía no esquecimento químico, enrolando as palavras, revirando os olhos e vomitando apenas ocasionalmente (sempre no banheiro, sempre discretamente, sempre sem ser visto ou ouvido), o sexo parecia ser uma ameaça muito distante, um problema sobre o qual não podia pensar agora, mas ao qual iria retornar. Paralisado por calmantes, estava com sua libido sob controle. Mas o controle era apenas temporário. O pênis, ou pinto, ou pau de Hugo estava ficando impaciente. No que ele sentava-se à sua escrivaninha, sozinho em casa, mergulhando na álgebra e na biologia, exercícios de alemão e gramática francesa, seu pau, ou caralho, ou pica, iria saltar do pijama e arder de desejo, quando, ainda incompreendido e insatisfeito, se pusesse a brincar com suas bolas. Hugo ficava fascinado com o empenho dessa espada teimosa e escrevia *slogans* nela com caneta. Rudes inscrições eram gravadas em sua barriga. "Chupe isso." "Ponha-me em sua boca." Instruções que não vinham da experiência, mas do instinto. Um instinto que ele ignorava durante o resto do dia.

E se Hugo não ia à procura de sexo (substituindo-o por barbitúricos), o sexo viria a seu encontro. Começou com as revistas de pornografia leve nas prateleiras de cima das livrarias, seduzindo-o com sedutoras capas de seios perfeitos e escassa roupa íntima. Era a liberação ideal para uma libido reprimida. Uma olhadela curiosa e Hugo tornou-se viciado, apanhado no torvelinho do redemoinho sexual. Era fácil controlar-se quando o cérebro afogava-se em sedativos, mas nas tardes de sábado o fluido vital de Hugo ficava inusitadamente desperto e ele vagava pelos cantos das prateleiras mais longas, fora da vista do caixa. Começou com revistas de garotas na W. H. Smith. Pegava algumas grandes e inofensivas publicações das prateleiras respeitáveis e, então, com o confiante rouba-e-esconde que aprendera tão bem, ao furtar doces em lojas com a irmã mais nova e nos supermercados locais, alcançava e removia uma das excessivamente lustrosas revistas de nudez da parte de cima, colocava-a entre as páginas de outra revista e virava as páginas com impaciência até encontrar fotos deliciosamente explícitas de mulheres despidas com traseiros redondos, sentadas em meio a rendas, em uma névoa criada por uma lente especial. O que o atiçava nas fotos era ele, não as mulheres. Imaginava-se no lugar delas. Despido para a câmera e para os olhos do fotógrafo. Admirado e desejado, envaidecido, posando em uma orgia de vaidade.

Gradualmente, Hugo descobriu as melhores revistas nas lojas menos pedantes. É claro, sempre havia as revistas de *Saúde e Eficiência*. Os corpulentos homens e mulheres e seus filhos ainda crianças, brincando nos balanços ou no mar, ou em esquis em rampas de neve, seus pintos e bundas caídos e flácidos. Era como olhar seu pai na banheira. Excitante, mas não erótico. Entretanto, nas "boas" livrarias, Hugo encontrava revistas que serviam aos gostos mais desenvolvidos, e até mesmo aquelas com fotos de homens, embora fossem censuradas com pequenos triângulos negros sobre a virilha, enquanto os modelos exibiam poses musculares contra cortinas de fundo de cores intensas. As melhores de todas eram as revistas com histórias, que não eram interrompidas por tolas e lustrosas fotos. Elas deixavam a imaginação de Hugo recriar uma série de cópulas altamente sexuais em locais perigosos. Nas pequenas páginas da *Experiência*, Hugo descobriu uma "Mil e uma noites" de seduções acidentais, encontros casuais que acabavam em sexo selvagem e intenso em trens, em salas de aulas, em parques e atrás de garagens. Esse era o mundo de adultério e taras, orgias e sadomasoquismo. Hugo ficou abalado. E excitado. Trêmulo diante das bancas de jornais, achou que esse admirável mundo novo de perversidades sem limites era demais para ser digerido entre as páginas do *Trains-Spotters Mensal* ou do *Notícias Filatélicas* e começou a surrupiar as revistas sob o braço, dentro de sua jaqueta azul acolchoada, e a enfiar-se em banheiros públicos para ler sozinho, na segurança de um cubículo.

Banheiros já tinham, então, um estranho significado para Hugo. Eram um pequeno refúgio. Um lugar onde podia ficar sozinho, escondido, sem ser perturbado.

Tudo o que faltava em seu acidentado percurso para a adolescência era a masturbação. Sabia que isso acontecia e que as pessoas o faziam, embora não soubesse como, e com certeza não soubesse para quê. Entretanto, começava a perceber que isso estava intimamente relacionado com ereções e, provavelmente, com todas aquelas brincadeiras sobre faróis em Swanage anos atrás. Havia alguma coisa que você deveria fazer com sua ereção (além de afundar navios na banheira) e que se chamava masturbação. Hugo procurava por pistas. Seu pai iria apenas ficar confuso e dizer-lhe para perguntar a outra pessoa, ou perguntar em outra ocasião, ou apenas para ir embora e parar de fazer perguntas estúpidas. Fosse como fosse, não obteria uma resposta. Não podia perguntar à mãe ou às irmãs porque eram do sexo errado e, mesmo se soubessem, não deveriam saber, e ele não queria saber se elas sabiam. Hugo caçou suas pistas nas revistas de garotas seminuas das prateleiras mais altas, tentando encontrar uma imagem ou uma história que lhe oferecesse a instrução necessária.

Para início de conversa, ele não teve muita sorte. A maioria das revistas pressupunha um leitor adulto, totalmente familiarizado com técnica, propósito e resultado. Na verdade, a maioria das revistas era destinada ao masturbador consumado. Por que esse hábil praticante precisaria de um rápido diagrama que o lembrasse de suas ações rotineiras? Porém, embora Hugo não encontrasse as instruções completas, deparou com alguns úteis indicadores. Em um número da *Experiência*, leu uma história na qual uma ninfeta desesperada, consumida pelo apetite sexual, lançou-se sobre um dos típicos personagens pornô, "o homem com pinto bem pequeno". O objetivo da história era mostrar como homens com pintos pequenos podem ser divertidos. A ninfeta, esbaforida e excitada, ao encontrar-se sozinha em um trem de subúrbio com o infeliz de pau pequeno, pegou a coisinha em suas mãos e o levou a uma ereção que não era exatamente triunfal, mas ainda assim muito excitante, ao erguer e baixar a pele que cobria o topo do pau ou, nesse caso, a noz, cabeça e capacete. Embora isso fosse escrito para soar como armar e desarmar uma barraca, Hugo captou o ponto principal e percebeu que havia acabado de descobrir o que fazer consigo mesmo para ter uma ereção, caso não tivesse chegado a ela por nenhum outro meio (sol, livros, homens sem camisa). Assim aprendeu seu primeiro segredo culpado, em uma lição ministrada, como seria apropriado, em um cubículo de banheiro, cercado de erráticas pichações incentivando adúlteros triângulos com esposas, irmãs, filhas (de preferência menores de idade), e informações sobre medidas, idades e talentos; tudo isso com peidos, respiração ofegante e vômitos alcoólicos dos vagabundos e beberrões locais infiltrando-se por cima e por baixo das paredes divisórias. O que Hugo fez a seguir? Ele havia descoberto como provocar uma ereção em si mesmo, mas, uma vez que tivera a ereção, ainda não tinha a menor idéia do que fazer com isso.

As incursões na pornografia ampliaram seu mundo de fantasias com descrições, mas, quanto a ajudar Hugo a ir além do limite dos caralhos vibrando, intumescidos, engolidos, malhando, arremetendo e explodindo (o vocabulário ainda era novo para ele), as revistas não faziam mais do que o livro sobre de onde vinham os bebês, ou do que seu constrangido pai. Algo instintivo disse a Hugo que sua jornada de descobertas tinha de terminar com uma emissão, e que essa emissão provavelmente viria da extremidade do pulsante, a ponto de explodir o pau cada vez mais dolorido. Entretanto, nesse ponto de sua vida, acabando de chegar aos 14 anos após um longo tempo nos 13, o único líquido que seu pênis expelira até então tinha sido o mijo. Assim, Hugo começou a brincar com seu pau e a mijar, com a nebulosa esperança de que talvez o pináculo da excitação sexual fosse ver a água virar vinho... ou, pelo menos nesse caso, esperma. Hugo sabia o que era esperma por causa do livro *De onde vêm os bebês*? Ele até conhecia a palavra porra, como qualquer garoto de 13, quase 14 anos, que se prezasse conhecia. Era para isso que os garotos de escola serviam. Manter seu vocabulário atualizado e sujo. Sabia também de onde vinha a porra, mas não sabia como. Como esses testículos cujo escroto erguia-se e caía, cedia e comprimia-se quando ele olhava fixamente suas dobras enrugadas, como esses testículos que Jonathan Mendoza prensara com tanta força na aula de natação, quando a partida de rúgbi fora interrompida e todos tiveram de mergulhar no cloro e no vapor da piscina da escola (sabendo que não deveria olhar, mas olhando de qualquer forma), como, pelo amor de Cristo, esses testículos empurravam seus espermatozóides contidos em sua ereção intencional e impaciente?

Nas tardes de sábado, os pais de Hugo costumavam sair para jantar, ir ao balé ou ao cinema. A sra. Harvey era uma ávida consumidora de tudo o que fosse inteligente e cultural. Ela havia embarcado em um programa de educação a uma velocidade implacável, com um insaciável, mas geralmente seletivo, apetite, levando a reboque seu marido envergonhado e resmungão. A essa altura Hugo e suas irmãs já estavam acima da idade de ficarem com babás. Assim, eram deixados sozinhos em casa, na volátil companhia uns dos outros. A irmã mais velha de Hugo era uma adolescente seca, desinteressante e depressiva, que havia sido atormentada por sua mãe (ela sofrera de pânicos da primeira filha, dos quais Hugo, como primeiro filho que era, foi poupado) até acumular um entulho emocional amargo, distorcido, assustado e hostil. Hugo a amava e a odiava com a mesma paixão. A irmã mais nova era sua cúmplice. Ele a atormentava sem piedade, mas, sem dúvida, a amava. Insensatamente, ela o adorava, e inescrupulosamente ele a explorava, mas eram bons companheiros, vivendo nas brincadeiras que cada um inventava nas matas de Hadley, caçando, atirando, acampando e explorando, furtando de lojas, fumando, usando drogas (a irmã como uma apavorada testemunha e somente mais tarde como uma participante propensa a vomitar) e planejando fugir de casa.

Essa era uma noite de sábado e, como de hábito, o sr. e a sra. Harvey saíram. Já era tarde. A irmã mais nova dormia e a mais velha estava trabalhando, lendo ou, pelo que Hugo sabia, masturbando-se. Hugo estava na parte de baixo da casa, em seu quarto listrado, lendo, esforçando-se e lutando com sua inabilidade em masturbar-se. Seu pinto transformara-se em um matador, orgulhoso, ousado, pronto para entrar em ação, e não o deixava em paz. Saltou de seu pijama e do roupão como uma insistente espada exigindo atenção.

Hugo tentou de tudo para acalmar, alimentar, esfriar e satisfazer seu petulante pinto. Despiu-se no corredor, deixando suas roupas amontoadas ao pé da escada, e deitou-se nu na banheira vazia, mijando sobre seu umbigo. A ereção continuou intumescida. O priapismo começava a surgir. Ele brincou com o quente e malcheiroso líquido amarelo-claro, mas a água não sofreu nenhuma metamorfose e Hugo deixou a banheira, pegajoso e envergonhado, mas ainda desejando ardentemente. Desejando o quê? Saiu do banheiro e foi para a cozinha, abriu o armário que costumava vasculhar em busca de geléia todas as noites depois da escola, quando sua mãe ainda estava trabalhando.

Raspou a manteiga de um pote de cerâmica e a espalhou em seu pau, revestindo a cabeça com uma espessa, extravagante camada do creme amarelo. O pau não se impressionou. Isso era uma batalha. Despejou açúcar sobre a saliência amanteigada, os cristais vítreos caindo no chão e na mesa onde Hugo deitara seu pau na tábua para ser trabalhado. O açúcar foi um erro. Quando ele esfregava o pau, os grãos raspavam a pele sob o prepúcio. Ainda armado dessa forma, estava prestes a cambalear nu pela porta dos fundos em direção ao campo além do portão do jardim e tentar uma tremulante unção no riacho quando ouviu a irmã (mais velha) chamá-lo do topo da escada. Hugo correu de volta da porta. Madame abelhuda tinha visto o monte de roupas ao pé da escada. Da sala de jantar ele guinchou respostas aterrorizadas, rezando para que ela não descesse e o encontrasse tremendo, com um pau meio caramelizado já declinando e ameaçando pingar manteiga derretida no carpete.

Ela não desceu, mas contou para a mãe, e no dia seguinte vieram sugestões inusitadamente brandas da parte dela para que fosse falar com seu pai. Isso era impensável e, por algum tempo, Hugo refugiou-se na ignorância, esperando pela iluminação e salvação.

A salvação chegou numa bicicleta.

Os Harvey não eram ricos, como já sabemos, porém, acreditavam em bicicletas. Eles poderiam ter acreditado muito menos se soubessem dos antros de devassidão que Hugo descobriria com sua fiel bicicleta. No início, a relação de Hugo com a bicicleta era casta e enérgica, envolvendo longas excursões por rotas jamais exploradas do subúrbio. Mas o subúrbio estava ficando chato. Hugo sempre esperava que alguma estranha e maravilhosa paisagem se descortinasse, como se fosse dar a volta no topo do Osidge Lane e descobrir as Highlands escocesas, e vastos vales cortados por lagos até onde a vista podia alcançar. Em vez disso, via construções governamentais cada vez mais labirínticas em ruas com nomes estranhos, que comemoravam batalhas coloniais ocorridas há muito tempo. Podia pedalar até a cinza, apertada Mafeking Avenue, e descer para o cinza, apertado Khartoum Walk, ansiando para que esses exóticos nomes não fossem apenas placas de ruas, mas senhas secretas para alguma selvagem paragem africana. Nunca eram, e Hugo começou a ficar entediado com suas incursões locais. Então começou a pegar as estradas principais. O problema com elas era que o deslocamento de ar provocado pelos caminhões que trovejavam a caminho de cidades distantes o deixava molhado, sujo e berrando de raiva. Hugo cansava-se facilmente, e nunca parecia capaz de fazer o longo e vagaroso caminho para fora de Londres sem ter de voltar antes de encontrar o perímetro urbano (de qualquer forma, o perímetro movia-se o tempo todo para a frente). E, então, é claro, havia sempre o vento, a chuva e, com freqüência, inesperadamente, ambos. Assim foi naquele dia. Hugo estava outra vez tentando chegar ao campo, a alguma idílica localidade rural com estradas cercadas por árvores frondosas e bolinhos amanteigados, a uma pequena distância de Hadley. Já havia ido além do mundo conhecido, e pedalava vigorosamente pela AI quando uma leve chuva começou a cair, um chuvisco fino mais molhado do que parecia, e que fez com que um Hugo cansado e desmoralizado considerasse um retorno antecipado. Do outro lado da estrada havia um banheiro público de madeira, e ele decidiu abrigar-se lá por algum tempo antes de fazer a volta para a monótona repetição do caminho de casa.

O banheiro estava cheio e abafado. Três cubículos ficavam lado a lado e um mictório de metal unia-se à parede do fundo. Um dos cubículos estava vazio, apesar dos diversos homens que pareciam, quando Hugo entrou, estar saltitando, ansiosos para sentar, cagar e aliviarem-se para a longa viagem para casa.

Dentro do cubículo Hugo percebeu que as pichações seguiam uma tendência gráfica inusitada. Traços a caneta de homens nus com enormes ereções pingando gotas em rostos suplicantes foram desenhados entre lascivas histórias de sedução e intrigas, envolvendo policiais, escoteiros e caminhoneiros. Mas havia algo muito mais surpreendente do que todos aqueles esmerados desenhos. Havia um buraco na parede. Um grande buraco cavado na madeira e que permitia ver dentro do cubículo ao lado. Ajoelhando-se no chão, Hugo olhou pelo buraco cuidadosamente, muito quieto, esperando a qualquer momento um grito zangado de seu vizinho, um "ça va pas!" em inglês.

Não havia ninguém sentado no banheiro, mas havia duas pernas paradas, de frente para o vaso. Hugo estendeu o pescoço um pouco mais, ansioso pelo vislumbre de um pau mijando. Mas o pênis não estava mijando coisa nenhuma. Estava erguido, duro como uma rocha e fumegando enquanto uma mão esfregava o prepúcio para a frente e para trás. Quem era o dono desse magnífico pau? Por quanto tempo Hugo poderia banquetear seus olhos com essa glória antes de ser arrastado para fora do cubículo por um irado pai de família e, na melhor das hipóteses, enfiado em sua bicicleta, na pior, entregue à polícia para ser devolvido a seus pais, que lhe dariam uma bronca e confiscariam a bicicleta? Ele olhou mais para cima e viu o rosto do homem, voltado para baixo e olhando direto para o dele. Correu de volta e esperou pela reclamação. Nada aconteceu. Olhou de novo. O pênis ainda estava lá e a mão ainda o trabalhava e, se olhasse um pouco mais para cima... sim, o homem ainda olhava para ele, um par de olhos através do pequeno buraco.

Hugo sentou-se de novo, confuso, paralisado. O bom menino de escola, vindo de um bom lar, que fazia sua lição de casa sem atrasos e ganhava boa notas por isso, que era educado com os adultos e esperava que fossem educados com ele, que era péssimo nos jogos mas que gostava quando os garotos da sexta série tiravam suas camisetas, que tinha amigos na quinta a quem provocava e que o provocavam, mas que ele realmente não entendia, que tinha um melhor amigo chamado Sam com quem sentava-se em todas as aulas, aquele menino, Hugo, tinha sido lavado por dentro como um novo Hugo, com lascívia em sua boca e fome em seus olhos, agachado no chão encardido de um banheiro de estrada e espiando como uma criança com o nariz comprimido na vitrine da loja de doces as delícias de dar água na boca que estavam do outro lado. Todo o cuidado e medo se foram. Hugo estava ardendo de desejo. Mas desde quando os desejos de um garoto fazem os doces atravessarem a vitrine? Vitrines de lojas de doces, ao contrário de paredes de banheiros, são feitas de vidro e não têm furos, de forma que os doces, ao contrário do pênis no cubículo ao lado, não atravessam paredes, e garotinhos fora de si de desejo não podem apertar, e segurar, e lamber, e apertar de novo, como Hugo fez com o grande e grosso caralho que chegou pelo furo e entrou em seu cubículo.

Assim que viu o pênis, Hugo soube que tinha de tê-lo. Em suas mãos. Em sua boca. Sentou-se e olhou quando o pênis foi embora outra vez. Hugo pulou para o assento da privada e, enquanto os últimos vestígios de precaução sussurravam atrás de sua cabeça, espiou o homem no cubículo ao lado. O homem olhou para ele e sorriu. Hugo saiu correndo do cubículo e bateu em sua porta. A porta abriu-se. Hugo entrou e agarrou o homem, e o homem o segurou. Seus dedos esforçaram-se para sentir tudo o que foram impedidos de sentir por tanto tempo. O homem convidou-lhe para dar um passeio em seu carro e, para alívio do mau Hugo, o bom Hugo respondeu por ele e disse não, obrigado, e então o homem disse: você gostaria de ver o esporro? E Hugo disse sim, e quase imediatamente uma coisa branca jorrou do pênis do homem. Mas Hugo ainda não sabia como conseguir que o seu fizesse o mesmo, e seu pênis ainda estava estendido, duro e faminto quando o homem começou a se vestir. Hugo agarrou-se a ele, pegando o pênis murcho e puxando os pêlos de seu peito sob a camiseta listrada, mas o homem apenas sorriu. Foi um sorriso distante. Não amistoso. Não inamistoso. O sorriso do está tudo acabado. E então o homem saiu e Hugo ficou lá parado, o pênis intumescido em suas calças e tudo nele aderindo às memórias de seus dedos no corpo do homem. A primeira vez. A primeira vez que ele tocou no pênis de outro homem com suas mãos, com sua língua. A primeira vez que outro homem o segurou contra si.

Hugo estava a meio caminho de casa e cantando a plenos pulmões, antes que percebesse o quanto já havia pedalado.

Não disse nada ao pai sobre sua experiência no banheiro de madeira na AI. Não disse nada à irmã mais velha ou à mais nova sobre um homem colocando seu pau ereto num buraco na parede de um banheiro de madeira na AI. E certamente não iria dizer à mãe.

A primeira coisa que Hugo fez quando saiu do banheiro na AI, após segurar o pau do homem de camiseta listrada e esperma pingando e sorriso está-tudo-acabado-agora, foi planejar sua próxima visita. Isso o deixou num frenesi. Sua barriga dava cambalhotas a cada pensamento. A distância foi expandida e ajustada. Era muito longe para ser confortável, mas perto o suficiente para ser viável. Segredo era o mais importante de tudo. Mentiras eram inevitáveis. Ninguém deveria saber sobre o banheiro, sobre o homem, sobre as pichações e o buraco na parede e a pica vindo através dele. E ninguém saberia. Ninguém em casa e ninguém na escola. De agora em diante, a própria vida era quase um segredo, e a verdade era algo raro que fazia Hugo sentir-se nauseado. Mentiras eram seguras, fáceis, flexíveis e confiáveis. Ele vivia suas mentiras e acreditava nelas.

Contudo, não era muito difícil voltar ao banheiro na AI. Não com uma bicicleta. A mãe de Hugo adorava a idéia de exercícios físicos. "Corpo são em mente sã" era uma de suas máximas favoritas. Outra era que o primeiro sinal de inteligência é usar a inteligência. Pessoas preguiçosas eram pessoas estúpidas. Essas eram poderosas diretrizes. Significavam trabalho duro. Auto-satisfação. Assumir a culpa. Significavam também que longos passeios de bicicleta eram permitidos, mesmo sob garoas e ventanias do outono.

Uma semana depois, no sábado de manhã, tão logo ele parecesse ter esperado um tempo respeitável após lavar-se e arrumar as camas, Hugo pôs-se a caminho da AI e seu banheiro com paredes de madeira. Os pensamentos estavam em um frenesi de possibilidades imaginadas quando seus pés tocaram os pequenos pedais e desceram a AI rumo à perdição.

Escrúpulos em dar às boas-vindas a Hugo, a seu conjunto de andarilhos, motoristas, surpresos homens casados e homens mais velhos desencaminhados, uma galeria de malandros e olhares lascivos, e caralhos emergindo de buracos tão grandes que as pernas poderiam passar por eles, de forma que as pessoas copulavam e grunhiam através da parede. Era um palácio de sombrios escrevinhadores. A lascívia arrastava-se por suas paredes em contos de sedução e incesto. Era o novo teatro de Hugo, seu *playground.* Ele era a principal atração no show musical da sarjeta. O bom garoto com os bons pais esperava com impaciência por um grito de prazer. Mas quem seriam seus parceiros no tango do banheiro? Velhos, caminhoneiros, homens gordos e suados que lhe davam dez centavos e pediam-lhe para que voltasse outra vez, e um homem com uma van e um bosque perto dali. Foi com a van e o bosque perto dali que a voz de aviso do bom garoto, repetindo a máxima infantil "Não entre em carros com estranhos" afogou-se em meios às vozes da luxúria. "Você sabe o que está fazendo. Você pode dar no pé rápido se as coisas ficarem feias. Isso é divertido." E a voz da virilha dizendo: "Vai nessa, vai nessa, vai nessa."

Hugo estava hipnotizado e feliz. Aos 14 anos de idade subiu numa van com um estranho e seguiu para um bosque estranho, em algum lugar no interior.

O homem, que era mais velho do que Hugo gostaria (mas o jovem Hugo lambia homens mais velhos com pêlos no peito, na barriga e nas costas), conduziu-o com uma voz macia e gestos amigáveis a uma clareira com folhas mortas e ramos mortos. Estendeu um cobertor e tirou algumas das roupas de ambos. O homem começou a brincar e Hugo começou a tocar. O homem brincou com seu pau e com o pau de Hugo, e Hugo tocou seu peito, suas costas, suas bolas, seu pau. O pau de Hugo era o melhor farol do oceano, e o homem lhe disse isso. Mas até então o esperma havia sido expelido do homem e o pau de Hugo ainda não havia feito nada.

O pinto do homem encolheu e afastou-se do toque de Hugo, enfiando-se em seu prepúcio como uma cobra assustada. Porém, o homem não deixou Hugo infeliz, deitado no cobertor no meio de um bosque estranho. Ele não o esfaqueou e estrangulou, como todas as velhas senhoras da vida dizem que homens estranhos farão. Ele começou a esfregar o farol de Hugo. Esfregou-o para cima e para baixo. O prepúcio roçou a cabeça e a cabeça inchou e inchou até que Hugo pôde sentir o sangue pressionando com tanta força que lhe pareceu que uma alfinetada faria uma fonte vermelha jorrar nas árvores. Então alguma coisa revirou-se em seu estômago. Seu pau começou a arder e a ficar com cócegas, mas não porque tivesse coceira. Coçava como se precisasse mijar e não pudesse.

Ele pensou que deveria dizer ao homem que parasse, mas as cócegas o controlavam e Hugo não podia se mover. Ele contorcia-se por dentro, contorcia-se e revirava-se, e as cócegas aumentavam e desciam de seu pau para suas bolas, que se erguiam, comprimiam-se e apertavam-se. Ele teve um violento tremor. Seu pau ficou aceso e vibrante. Estava subindo para o céu e Hugo era puxado atrás dele. O pau tremulou e contraiu-se, e ele sabia que iria mijar quando a mão desconhecida apertou suas bolas e Hugo explodiu. Borrifou o homem com um líquido claro, mas não era mijo. Nem tampouco era água. Era o longamente reprimido esperma da não-masturbação. Era o longamente contido esperma de um corpo desesperado para libertar-se, mas incapaz de achar a chave, de abrir o cadeado, de fazer o jato voar para as árvores.

Hugo estremeceu. O prazer era uma agonia. A agonia era um insuportável prazer.

Lá estava Hugo, deitado. Olhou para cima. Olhou para baixo, para seu estômago esticado e ainda tenso, borrifado com gotas amareladas. Olhou para o homem de camisa xadrez deitado a seu lado e, agora, em vez de desejo, viu idade, em vez de sexo, viu gordura, em vez de prazer, viu aversão. Hugo deitou-se de costas e o homem começou a falar, irritando, mas depois suavizando a aversão que se infiltrara em sua mente. "Qual é o seu nome?", perguntou o homem, e Hugo lhe disse. "Oh, querido", falou o homem, “Eu não usaria esse nome. As pessoas se lembrarão dele. Use um nome que as pessoas não irão lembrar. Um nome pelo qual as pessoas não poderão encontrar você.” E assim, deitado de costas, com a barriga ainda sem pêlos pela primeira vez melada pela porra, David nasceu, com 14 anos, e bem mais esperto do que alguém de sua idade.

2

O TANGO DO BANHEIRO

Seduzido aos 14 anos na cama de folhas de um matagal às margens da AI, Hugo arriou seu short e dançou a melodia do tango do banheiro. Bem, não exatamente Hugo. David. Mas David era Hugo. David era a cobertura de Hugo, sua proteção contra pessoas que poderiam telefonar, que poderiam procurá-lo, que poderiam encontrá-lo à mesa, tomando chá e comendo pão com geléia e uma fatia de queijo *cheddar*. E gradualmente David tornou-se mais do que isso. Tornou-se o outro que não era bem Hugo, mas que fazia o que Hugo achava que não devia. Tornou-se o desobediente, o que ousava, e mentia, e ria. O que brincava nos quartos, carros, escritórios e cozinhas de homens desconhecidos. O que não tinha família, não tinha nenhuma irmã mais velha ou mais nova, que não tinha de ir à escola nem tinha a hora do chá para a qual voltar. David vivia para dançar, e geralmente dançava no chão do banheiro.

O tango do banheiro não era uma dança qualquer. Não havia música composta para ela, e os passos não eram ensaiados. Era um ritual de silêncio, interrompido por um murmúrio casual e pelo ocasional, inevitável grunhido, mas não havia conversa e os sorrisos eram poucos. Era uma tensa, intensa, freqüentemente enfadonha, mas sempre convidativa rotina para dois... ou mais.

Não era possível dançar o tango em qualquer banheiro. Era necessário encontrar um com o espírito certo, as pessoas certas e instalações certas. Limpeza era um mau sinal. Encanamentos de cobre reluzentes e lustrosos urinóis de porcelana, cuidadosamente lavados pelo homem lendo os resultados das corridas atrás da vidraça fosca, significava xixi educado e nenhuma dança. Olhos poderiam brilhar, e dentes reluzirem como resposta, homens poderiam apalpar-se enquanto encontravam-se lá dentro, sacudindo um pouco demais, ficando um pouco mais sob o aviso que dizia, em um educado tom de azul sobre branco: "Proibida a Permanência", mas eles sempre partiam discretamente, sabendo muito bem que a proibição da permanência significava a proibição da dança. Território morto. Os rabiscos estavam na parede, e nem tudo era em um educado tom de azul sobre branco: alguns poucos *slogans* de futebol, algum racismo furioso, uma história meio apagada de um homem cuja esposa queria três homens na cama e tinha um tesão infernal, mas isso era de dois anos atrás, de acordo com a data embaixo.

Nenhuma dança lá.

Os melhores lugares eram os locais escuros. O canto abandonado do parque, descendo uma ruazinha secundária, nos fundos de um estacionamento. Sujo, mas não demais. Cheio, se você tivesse sorte. E embora lá também existissem desenhos na parede, eles contavam uma história diferente. Valentões do futebol e apologistas do racismo davam lugar a eremitas sexuais, sonhando com lúridas combinações de idade e sexo enquanto esperavam em silêncio atrás da porta do cubículo.

David nunca desenhou em nenhuma parede, mas, como Hugo com as revistas pornográficas roubadas, David lia avidamente todo o conteúdo. E se houvesse o suficiente, se as histórias tivessem datas e as datas fossem recentes, se a tinta ainda não estivesse desbotada e com rabiscos por cima, ele sabia que se tivesse um pouco de paciência e autocontrole alguém iria aparecer.

Era preciso ser cuidadoso com essas histórias, cuidadoso para não ficar muito excitado, para não terminar antes mesmo que alguma coisa houvesse começado, não gozar antes que alguém tivesse chegado. Algumas delas eram muito boas. Algumas eram muito vulgares. Contos de cópulas incestuosas com primos, filhos e filhas adolescentes, com policiais que exigiam dinheiro, com caminhoneiros que levavam *skinheads* de 16 anos em longas caronas. Contos de homens com livros e vídeos, com acessórios sexuais e tiras de borracha, com seu próprio lugar para ficar. Gente gabando-se de, e pedindo por, homens com paus de dimensões míticas. Confissões de homens que não tinham vergonha, que queriam ser espancados, que mijassem e cagassem neles, que abusassem deles como se fossem escravos ou cachorros.

Queixas contra a idade eram freqüentes. "Onde estão todos os garotos?" Mensagens iradas, em que os velhos se queixavam de ficarem pelos cantos sem que ninguém os quisesse, encarando e piscando, rejeitados e sem remorso. Velhos que, por sua vez, enfiavam-se nos cubículos e escreviam, com uma caligrafia antiquada, histórias a lápis sobre roupa de baixo rendilhada e fotos velhas.

David xingava os velhos. Hugo sentia pena deles. Mas os velhos não tinham vergonha. Por que deveriam? Eles viram o resplendor da juventude deteriorar-se em manchas de pele causada pelo fígado. Viram cada um desses pequenos orgulhosos atiçadores de caralho rejeitá-los, quando havia ação, mas procurá-los quando não havia nada para fazer e eles estavam muito excitados para se conter.

Algumas das mensagens eram apenas para homens mais velhos. Jovens que queriam um mestre maduro, um cara mais velho para cuidar e partilhar. Mas a maioria era de jovens para os jovens. "Peludo de 22 anos quer divertir-se com o pau grande de alguém tipo *skinhead* encorpado. 18-22. Novo na área. Lugar próprio. *Gen.* 7-5-74."

Por algum tempo, David quebrou a cabeça tentando descobrir quem era *Gen.* O onipresente especialista em tango que aparecia em todas as paredes, em todos os subúrbios, em diferentes caligrafias; sempre fazendo ofertas e pedidos, números. Ele experimentara todas as combinações possíveis de cópula, e queria mais. Estava disponível entre tais e tais horas.

Foi uma decepção descobrir que *Gen.* significava genuíno. Foi uma decepção não apenas descobrir que um homem de tamanhas proezas não existia, e o que ficava em seu lugar era a dúvida patética, o medo da rejeição, de ser ignorado, de ser um dos velhos. Mas, então, as paredes estavam cheias de encontros não realizados, de horas desperdiçadas e de compromissos perdidos.

David nunca fora a seus próprios encontros. Os homens sempre queriam uma segunda vez; nunca entendiam que o tempo de David era limitado pelos pais de Hugo. E pelo próprio Hugo. Mesmo quando David chegava, irrompendo no edredom ou na colcha, deixando seu parceiro nervoso e melado, já começava a desaparecer. O insolente moleque de rua que sabia o que queria, e queria agora, na boca e no quarto, dissolvia-se, como uma miragem, no irritável, tímido e nervoso Hugo, aborrecido porque outra tarde escorrera na espera junto ao mictório, onde aguardava para enfiar seu pau na boca de um estranho. Podia ser o seu pau, mas David estava tomando conta dele, e o que ele tinha a oferecer para a tarde? Nada. Na melhor das hipóteses, algumas libras que Hugo torraria na cantina da escola no dia seguinte. Na pior, uma mordida amorosa que ele teria de esconder e uma mancha que ele teria de limpar.

Hugo podia tentar culpar David, mas ambos sabiam muito bem que estavam presos no laço dessa parceria cúmplice. Hugo cedia a David quase que imediatamente após cruzarem a porta da frente. Assim como não podia entrar em uma loja sem querer roubar, não podia caminhar ao ar livre sem querer sexo. Não importava quantos passeios culturais em museus e bibliotecas Hugo pudesse ter planejado, David não o deixaria em paz até que estivesse satisfeito. Visitas à Galeria Nacional ou ao Museu Britânico terminavam em Leicester Square, vendo as sereias nos azulejos verde-mar do banheiro enquanto o homem no urinol ao lado trabalhava numa ereção apressada. Idas a apresentações de textos clássicos nas matinês eram consumidas ganhando algumas libras ao ser chupado por um estrangeiro barbado no poço do elevador fora de uso de um estacionamento subterrâneo em Panton Street.

É claro que se Hugo tivesse ficado com o sexo no banheiro de madeira na AI, em South Mimms, pelo resto de sua adolescência, talvez nada disso tivesse acontecido. O desejo poderia ter sucumbido à preguiça. A ida de bicicleta, estimulada pela expectativa, já era dura o suficiente, mas a volta, a energia gasta, a culpa crescente, eram ainda mais duras, e as subidas longas e vagarosas.

Esse problema foi solucionado pela prefeitura. Ela deu a Hugo um salão de dança, uma casa de chá, um chalé — bem na porta de sua casa. Esse foi o início da verdadeira carreira de David. Foi o início de tudo. South Mimms era inacreditavelmente selvagem, e logo foi destruída pelo fogo. Mas o que poderia ter terminado com o fogo encontrou alento nos subúrbios.

Começou numa noite de sexta-feira. Hugo estava a caminho do Woodcraft Folk. Ele juntara-se ao Woodcraft Folk porque sua irmã mais velha havia feito o mesmo. Ela juntara-se ao Woodcraft Folk porque não agüentava o grasnar inconseqüente das Bandeirantes, cuja conversa estendia-se de batons e sombras a quem David Rees havia beijado na semana passada ou à espinha no nariz de Suzanne. A irmã de Hugo não usava batom nem sombra (ela não tinha permissão para isso), não conhecia David Rees (não tinha permissão para ter namorados) e possuía suas próprias espinhas com as quais se preocupar. Não podia trocar fofocas com as amigas sobre os amassos do último sábado à noite ou rir ao planejar o amasso da próxima semana porque não tinha permissão para ir a festas. Pelo que Hugo sabia, ou se preocupava em saber, provavelmente ela jamais dera um amasso. De qualquer forma, nunca convidavam sua irmã para festas porque ela não era divertida. Hugo achava que era culpa dela. Nunca percebeu o quanto ela deveria ser infeliz. Apenas achava que fosse mal-humorada.

Sua irmã havia deixado as Bandeirantes e começado a procurar por uma salvação adolescente. No caminho para Deus, deparou-se com o Woodcraft Folks e uma coleção muito diferente de garotas... e garotos. Após as intermináveis atividades enfadonhas de escoteiros e bandeirantes, o Woodcraft revelava-se a bandeira vermelha das associações de jovens, onde todo mundo fumava cigarros de enrolar e baseados, colecionava álbuns de Jimi Hendrix e tinha transado pelo menos uma vez. Hugo sabia que eles tinham transado pelo tanto que gostavam de falar disso. As garotas sabiam sobre casos de gravidez na adolescência que haviam sido abortados. Os garotos tinham amigos que foram pais antes de fazer os exames finais do colégio.

Hugo seguiu a irmã porque ele próprio estava fugindo de Baden Powell, distintivos e desfiles de igreja. Assim como a irmã, Hugo não se encaixava nisso. Não que os lobinhos ficassem por aí falando de maquiagem e garotos. Eles nem sequer falavam sobre garotas. Falavam sobre futebol e gostavam de ficar enlameados.

Hugo saiu quando esperavam que se tornasse um verdadeiro escoteiro. Não havia nada que quisesse menos. Com os lobinhos não fora tão ruim. Conhecia os garotos desde a escola primária no morro. Via-os todos os dias. Sabiam quem ele era e como ele era. Não esperavam nada diferente dele. Sabiam que ele não era bom em colecionar distintivos, que era o que se deveria fazer, e Hugo não se mostrava um entusiasta do gênero buldogue britânico. Mas não havia problema, porque ninguém se importava. Entre os escoteiros, as pessoas se importavam. Elas começavam gritando com você. A provocação era mais pesada e vexatória, os garotos, maiores, mais estranhos e mais cruéis. Os líderes não estavam lá para protegê-lo, mas para colocá-lo em apuros. Tudo isso fazia parte de ser homem. Hugo não tinha o menor interesse nessas coisas.

Houve um ano em que seus pais o enviaram para o acampamento de fim de semana em Well End. Ele poderia ter-lhes dito antes de ir que seria terrível. Até mesmo a lista de regulamentos para roupas e equipamentos soava como um comando militar. O acampamento era cheio de aposentados do exército que sentiam falta de seus uniformes e estavam prontos para vestir camisetas e *shorts* e, de volta a seus cáquis, gritar a uns poucos subordinados. Hugo não tinha nenhuma aptidão para ser tratado aos gritos. Isso ficou claro para ele quando empacou durante a escalada nas rochas.

Não era realmente uma escalada nas rochas. A rocha era um alto muro de madeira no qual estavam pregadas pequenas saliências. Você tinha de se amarrar em cordas que eram seguradas em cima e embaixo por verdadeiros escoteiros com roupas beges e calças compridas, e então você tinha de subir.

Hugo podia escalar rochas com facilidade, mas não íngremes pranchas de madeira enquanto alguém berrava com ele. Hugo não respondeu aos berros, apenas encarou a madeira à sua frente e não se moveu. Ficou paralisado pelo pânico. Olhou para baixo, esperando para pular. Os rostos abaixo dele dividiam-se entre garotos que o odiavam porque ele era um inútil e garotos que se odiavam porque também eram inúteis.

Assim foi todo o fim de semana, todo o objetivo do fim de semana — um treinamento de agressão no qual garotos como Hugo sucumbiam e os outros riam deles. Hugo sentiu tanta falta de sua irmã mais nova que a deixaria brincar de qualquer coisa que quisesse, apenas para tê-la consigo. Eles poderiam ter corrido para a mata e brincado de casinha. Todos os jogos do acampamento eram sobre guerrear, ficar molhado e enlameado, ter o suéter verde sujo e rasgado em lutas, obter um corte e algumas escoriações e sorrir disso tudo. Esse era o sinal de que você sabia como jogar.

Naquela noite, chorou com vergonha e desconforto em seu novo colchonete de acordo com as normas, em uma pequena e abafada barraca com outros dois lobinhos e vários mosquitos.

E quase chorou de raiva na manhã seguinte, quando anunciaram a inspeção das barracas. Todas as roupas que sua mãe dobrara com tanto cuidado tiveram de ser tiradas da mochila, desdobradas e estendidas sob a garoa para serem inspecionadas por um gordo vestindo cáqui. Cada meia, camisa ou lenço dobrado e passado o fez pensar em sua mãe, nos dois, apenas ele e ela, sentados em seu quarto, preparando sua mochila e conversando. Todas aquelas roupas eram seu último elo com a mãe. Ela fora a última pessoa a tocá-las, colocando-as na mochila sem desdobrá-las ou enrugá-las. Agora as roupas tinham de ser expostas ao gordo com o apito pendurado no pescoço.

Naquele dia ele viu nascer um frio e indizível ódio por homens ruidosos em uniformes. Queria cuspir nos olhos do gordo com o apito e dizer-lhe como ele parecia estúpido, parado ali, enchendo o saco de garotinhos num campo cheio de lama numa manhã de domingo.

Quando os pais vieram buscar Hugo em Well End, não pareciam aborrecidos com o fato de ele não ter se divertido, o que o surpreendeu, pois eles tiveram de pagar pelo acampamento e costumavam ser muito rigorosos quanto ao uso adequado do dinheiro.

Após o acampamento, ficou claro para Hugo que ele não iria juntar-se aos escoteiros, assim, disse a seus pais que, em vez disso, queria ir para Woodcraft Folk com a irmã. Não havia distintivos no Woodcraft, exceto a queimadura da fogueira do acampamento que você adquiria ao juntar-se a eles. Havia dança *country* e debates políticos, e nenhum buldogue britânico, ou testes, ou nós. Havia intervalos para café com biscoitos. Havia risadas e cordialidade. Mas Hugo, ainda tímido e indeciso, retraía-se, esquivando-se dos holofotes que sua séria irmã atraíra sobre ambos.

Além disso, Hugo estava sempre atrasado para as reuniões. Não no início, mas à medida que as semanas se passaram, às vezes chegava 40 minutos depois. Sua irmã sempre parecia perplexa. Hugo culpava sua bicicleta, ou o fato de ter saído de casa tarde, ou de ter ficado retido em algum lugar, mas nunca lhe dizia a verdade. A verdade sobre o motivo pelo qual nunca tivera de ir a South Mimms outra vez. A verdade sobre a prefeitura que dera a Hugo seu próprio lugar para brincar tão perto de casa.

Tudo aconteceu novamente de forma acidental, mesmo. Embora Hugo suspeitasse quando cruzou o caminho de lascas que conduzia à porta aberta. Ele pedalava para o Woodcraft quando decidiu que precisava mijar. Se ele primeiro viu o banheiro e pensou "por que não?", ou se realmente queria mijar e o banheiro estava logo ali, é algo que agora não vem ao caso, mas a verdade é que, a menos que estivesse estourando, o que era pouco provável, já que tinha acabado de sair de casa, poderia ter esperado os cinco minutos que levaria para chegar à reunião. Não estava cedendo à sua bexiga, mas a David. David não podia passar por um banheiro sem investigar. Era como as lojas de doces haviam sido para Hugo e sua irmã. Eles não podiam sair sem roubar alguma coisa. E era como as bebidas no armário de casa quando os pais saíam. Ele tinha de tomar um gole, um centímetro de uma garrafa e meio de outra. Nem que fosse apenas porque as garrafas estavam lá.

Era estranho que nunca houvesse percebido o banheiro antes. Estava escondido em um cantinho da rua principal, comprimido entre um bar e algumas casas abandonadas, ocultas atrás de cartazes. Era uma cabana perfeita, semi-oculta, mas com bom estacionamento e intenso fluxo de freqüentadores acidentais; a arquitetura vitoriana dando a medida certa de decadência — portas de madeira com furos, penumbra, cinqüenta e tantos anos de rabiscos, sem espaço para um zelador e perto de lojas, que forneciam incontáveis desculpas para incontáveis tipos de visitas.

Dentro era escuro e úmido. Havia um cheiro no ar que Hugo reconhecia, mas nunca fora capaz de definir. Ele o reconhecia em outros banheiros, não em todos. Não era um cheiro de mijo ou merda. Era um cheiro de sexo, sexo amanhecido.

Uma das portas do cubículo estava fechada. Havia apenas dois, e Hugo dirigiu-se discretamente para o outro, deixando a bicicleta estacionada contra os azulejos manchados do lado oposto ao mictório. As histórias eram frenéticas e excitantes. Os desenhos eram exagerados e tinham sido acrescentados por muitas canetas diferentes em muitas tardes diferentes.

Mas havia algo de extraordinário nesse lugar. Havia um buraco na parede entre os dois cubículos. Um buraco em uma parede de metal. O buraco não havia sido perfurado ou escavado. O buraco era no metal e sempre tinha estado lá.

Era exatamente na altura certa, de forma que se Hugo se sentasse na privada de um cubículo, poderia ver as mãos do homem se masturbando no cubículo ao lado. Ele agachou-se e olhou para cima até ter um vislumbre do rosto que o encarava.

Havia um protocolo para paredes com furos desse tamanho. Um protocolo que todo mundo conhecia, mesmo considerando-se que esses furos raramente duravam muito, já que costumavam ser fechados por diligentes encarregados da manutenção de banheiros. Dependendo do que você havia sentido ao olhar pelo buraco o rosto do outro homem no cubículo ao lado, ou você tampava o buraco com papel higiênico molhado, ou punha o dedo no buraco e o sacudia.

A primeira mensagem não podia ser mais clara. A segunda era um convite formal para o homem no cubículo ao lado enfiar seu pinto pelo buraco.

Isso nem sempre era fácil, especialmente se, assim como Hugo, você fosse alto. Embora o buraco se mostrasse perfeito para os de pouca estatura, situava-se a uma altura inconveniente para alguém que não tivesse pernas muito curtas. Mas com os joelhos dobrados e a barriga comprimida contra a fria e áspera pintura azul da parede, você conseguiria de alguma forma, pelo bem daquela primeira sensação tremulante de calor, lábios estranhos e uma quente língua estranha cobrindo a extremidade de seu pinto. Ao ficar do lado de fora, junto aos azulejos manchados e os mictórios lascados esperando que um cubículo se esvaziasse, David podia ouvir algumas vezes o primeiro tênue suspiro de prazer quando a boca de um homem alcançava o caralho de outro homem.

É claro, havia um buraco em South Mimms. Na verdade, muitos buracos. Mas esse lugar ficava na porta da casa de Hugo. Sempre tinha estado lá. Passara por ele milhares de vezes. Ficava no lado oposto à padaria onde, duas vezes por semana, nas férias, pegava o pão. Ficava do lado oposto ao bloco de escritórios que vira ser construído da janela da sala de estar de seus pais.

David queria vagar por ali, atrair o homem para fora do cubículo. David queria dominar Hugo, mas Hugo tinha de ir para o Woodcraft Folk e para sua irmã, para o café, biscoitos e dança *country*. Ele não deveria estar lá agora, pensou, enquanto se ajoelhava e olhava pelo buraco as mãos do homem se masturbando no cubículo ao lado. Na escuridão pôde ver o corpo do homem inclinar-se para a frente e espiar pelo buraco o olho de Hugo, que piscava. Hugo levantou-se rapidamente. Estava sem fôlego. Abriu a porta do cubículo e correu para a bicicleta.

Já tinha descido metade da rua principal quando olhou para trás. Parado, no fim da pequena entrada, estava um homem de cabelos escuros e altura mediana. Nunca mais viu aquele homem. Assim era a vida dentro e fora dos banheiros. Rostos estranhos. Sexo por dez minutos com um homem cujo nome você nunca perguntava e que nunca veria novamente. Apenas alguns poucos apareciam mais uma vez, de novo e de novo. Como David.

Se Hugo não tivesse encontrado seu salão de tango 24 horas na porta de casa, sua vida poderia ter sido diferente. Mas agora, ciente do fato de que esses palácios de prazeres estavam à espreita nas ruas principais que cruzavam os subúrbios, Hugo, David e sua bicicleta tornaram-se uma tripla conspiração. Eles formavam um grande time. Hugo encarregava-se das mentiras, para apascentar as águas domésticas. Jogava com os preconceitos e o esnobismo de sua mãe, inventando histórias sobre viagens a Londres que nunca ocorreram, e quando ocorriam, não se passaram como disse que se passaram. Hoje era uma galeria de arte, amanhã uma biblioteca. Ela nunca lhe perguntava o que havia visto. Secretamente perguntava-se o que ela adivinhava, o que sabia, o que temia, mas não queria descobrir. Em algumas ocasiões, havia escapado por um triz. Certa vez, subindo o morro no banco da frente do carro de um homem estranho, viu o carro de seu pai se aproximando. Afundou-se em seu assento sem dizer nada ao homem a seu lado, que o encarou surpreso. Mais tarde, Hugo sentiu a terrível angústia do remorso. Seu pai estava sorrindo. Provavelmente ouvindo rádio. O fato de que ele não fazia a menor idéia de que Hugo estava no carro que passara na direção oposta, chamando a si mesmo de David e com as calças nos tornozelos, o fez sentir-se triste. Triste por seu pai. Triste por ter sido tão mau. Dez minutos depois, David estava com as pernas abertas no banco da frente, em uma rua sossegada, o homem a seu lado sugando ruidosamente seu pau enquanto um sorriso assomava-lhe aos lábios. Seu breve flerte com a consciência havia sido aniquilado pela luxúria.

Não foi muito depois disso que David, mais uma vez com as pernas abertas, em outro carro, com outro homem, olhando sonhadoramente pela janela do carro à medida que a sensação de uma boca estranha massageando seu pau inundava de prazer suas coxas e barriga, deu de cara com os arregalados olhos pintados de uma velha senhora. Os lábios dela estavam abertos em uma careta de choque, e ele podia ver que o batom tinha manchado seus dentes da frente. Ela estava passeando com o cachorro e havia parado para espiar dentro do carro. Sua bisbilhotice, entretanto, não a preparara para isso. Estava paralisada. David lhe sorriu. Ela foi embora e ele viu seu reflexo no espelho lateral quando fez jorrar a abundante porra na boca do motorista. O motorista não tinha a menor idéia do que estava acontecendo. A senhora anotou o número da placa do carro em sua agenda de endereços enquanto seu *poodle* cagava na sarjeta. O motorista (David não sabia seu nome — nunca sabia o nome deles) não percebeu. Ele provavelmente recebeu uma visita da polícia mais tarde.

Isso não teria ocorrido a David. Ele não tinha idéia do quanto suas atividades eram ilegais. Ficava sempre muito irritado com o medo das pessoas. Homens assustados eram tão incômodos, tão difíceis. Não entendia por que ficavam tão assustados. Pensava que, se alguém estivesse correndo algum risco, esse alguém era ele. Se lhe perguntassem de cara se o que fazia era ilegal e, se fosse, perante qual lei, poderia ter dito que havia um limite de idade para o sexo, mais ou menos por volta dos 16 anos. Mas provavelmente não sabia que não poderia ter sexo por outros sete anos, e certamente nunca lhe ocorreu que todos os homens que atraíra, instigara e intimidara para o sexo (embora nem todos precisassem ser instigados, nem todos pareciam cautelosos), eram, pelo menos potencialmente, os mesmos homens nos jornais, presos após humilhantes julgamentos em tribunais cercados por mães histéricas e criadores de caso. Apenas muito mais tarde percebeu que os escândalos do *playground* da Leicester Square trancaram na cadeia até a próxima era do gelo homens que ele conhecia, se não pelo nome, pelo menos pelo sorriso, endereço e formato do pau. Em sua vida sexual, dura, acidentada e casual, David estivera abençoadamente inconsciente que seu apetite sexual poderia conjurar o fim da vida perfeitamente civilizada de alguém, de uma vida enfeitada com estampas e espelhos. De que ele era uma viúva negra, capaz de injetar não a morte, mas algo pior, a tortura de ser condenado a viver numa prisão britânica. E embora nunca tivesse sido um chantagista, e não tivesse medo, o perigo lhe teria deixado com uma ereção instantânea, tivesse ele sabido.

A diversão era fazer sexo em frente a pessoas que não podiam vê-lo ou que teriam podido, mas apenas não olhavam. Houve aquela ocasião em que David estava deitado nas moitas esparsas de uma mata local com um encorpado marinheiro, cujo carro estava estacionado perto da estrada, quando um bando de mães com carrinhos de bebês passou por ali. Eles não pararam. Nem mesmo olharam. Muito menos as mães. E havia os encontros no poço de elevador fora de uso no estacionamento da Panton Street. Se alguém se preocupasse em olhar além da cerca de cima, onde estava a abertura do poço, teria visto um homem e um garoto, ambos com as calças arriadas até os tornozelos, agarrados, um alimentando-se dos bagos pendentes do outro. O erotismo da sedução ligeiramente velada e do sexo ligeiramente oculto conduziram David a táticas mais ousadas e melhores. Ele colecionava homens. Não, colecionava incidentes. Podia fazer com que uma pessoa na rua caísse numa armadilha apenas com um olhar, estivesse ela dando uma volta, saindo de alguma loja, fazendo ou esquivando-se de algum serviço, e arrastá-la para um covil; um banheiro, um beco, um canto escuro, às vezes até mesmo no calor e na poeira do verão, em um canto isolado de um parque aberto. O banheiro era também seu refúgio. A colméia que os zangões com certeza visitariam. Era sua casa de veraneio, seu refúgio de fim de semana, sua parada de descanso no caminho da casa para as lojas, da casa para a biblioteca, da casa para a escola e vice-versa.

O tempo todo, Hugo, que poderia ter desaprovado as manobras mais heterodoxas de David, protegia-o, empilhando as mentiras em camadas cada vez mais grossas. A bicicleta provia a cobertura perfeita, com suas conotações de vida saudável. Mas voltas de bicicleta tomavam a tarde inteira. Para visitas mais rápidas, Hugo planejava álibis instantâneos e aproveitava cada oportunidade — o dentista, o médico ou uma compra nas lojas, oferecendo a chance de rápidas visitas —, e se estivesse atrasado, jogava a culpa em ônibus errados e filas de supermercados.

Hugo trabalhava duro para manter David feliz, embora eles parecessem ter cada vez menos em comum. David era sucinto, às vezes até rude. Preferia parecer durão, e mesmo sujo. Hugo era tímido quando David era atrevido, e falador quando David era taciturno. E apesar do disfarce de durão de rua de David, era Hugo que assustava as pessoas.

David estava sempre procurando pessoas que tivessem um lugar. Pessoas com seus próprios lugares eram as melhores, porque então a diversão poderia prosseguir por mais tempo, poderia ser selvagem, nua e fora de controle. Adorava andar nu pelo cenário doméstico, a sereia arrastando sua vítima para o fosso. Mas, uma vez que o sexo tivesse acabado e David se dissolvido após ter sido gasto, deixando o tenso e irritável Hugo em seu lugar, as pessoas que David apanhara ficavam nervosas ao deparar-se em sua casa com um garoto do bairro, inteligente e com uma conversa articulada. Era como se sentissem que tinham menos a temer do pequeno vira-lata durão, que poderia chantageá-los, do que do bom garoto de escola, que poderia contar a seus pais e lembrar-se do endereço.

Mas se Hugo era o sábio, David era o especialista. Conhecia cada banheiro e todos os seus *habituées*.

Odiava os *habituées*. A maioria deles já fizera sexo com David, e ele não gostava de transar mais de uma vez com a mesma pessoa, a menos que fosse algo especial ou que ela tivesse um lugar. Estava sempre esperando pelo glorioso estranho — o homem grande, bronzeado e peludo. As insípidas traças da vida nos banheiros, que passavam a tarde (como ele) vagando de cubículo em cubículo, de banheiro em banheiro, criaturas que lambiam os lábios e vestiam camisetas apertadas demais, não eram o que ele queria. Eram apenas o que ele conseguia, na maioria das vezes.

A descoberta de Hadley, entre o bar e os cartazes, conduzira a outros lugares pela cidade, em cima de morros e descendo ruas que Hugo conhecera por toda a infância. Em algumas semanas, conhecia cada buraco em cada parede; quais tinham vista para o urinol e a fileira de pintos subindo e descendo; quais permitiam uma inspeção para traçar o perfil de rostos, queixos, mandíbulas caídas, narizes escorrendo, bolsas sob os olhos; quais davam uma visão panorâmica da fila de espera, inclinada contra os azulejos manchados, aguardando que os cubículos se desocupassem. Ele também conhecia as horas.

Os banheiros tinham horas de pico e horas longas, monótonas e vazias. De manhã cedo era movimentado, os homens emergiam de suas casas, vestidos, lavados, barbeados e excitados, procurando por uma chupada antes da viagem de ônibus, antes da reunião das nove. Algo para aliviar a pressão.

A hora do almoço na rua principal era agitada, mas cautelosa. As pessoas estavam com tesão, porém preocupadas com seus empregos. Ninguém sabia quem mais estaria por lá. Nada de entrar em carros à luz do dia. Nem tampouco Hugo gostava disso. Sua mãe e as amigas faziam compras no supermercado e em todas as pequenas quitandas, papelarias, açougues e confeitarias ao longo da rua principal. Entravam e saíam com os olhos brilhando, dentes à mostra, procurando por fofocas. Já tinha sido ruim o suficiente que elas tivessem visto Hugo e a irmã furtando na Waitrose. Não era necessário que o vissem em um carro estranho com um homem estranho, a caminho de uma casa estranha. Se, mesmo assim, ele entrava em um carro, sentava-se no chão até que tivessem cruzado com segurança a zona de perigo.

Entre os horários de pico as coisas podiam ser chatas. Um banheiro vazio pode ter grande potencial, mas geralmente significa longas horas parado, esperando com os encalhados, velhos que podiam vadiar e driblar seu tempo de espera com tanta paciência que David acabaria se masturbando na frente deles, como se não estivessem lá, ou como se fossem uma audiência distante. Sentia-se como um *stripper* suando e dando duro sob uma lâmpada fraca, na frente de um bando de velhos, esforçando-se pelo alívio de um orgasmo que, quando vinha, era apenas um espasmo sem o estremecimento, um anticlímax que não oferecia a sensação de alívio. Apenas uma pequena onda cinza de depressão.

Mas David gostava de ter uma audiência. Mesmo que fossem os velhos desprezados, aos quais não permitia que o tocassem. Ele era uma raridade no mundo do salão de tango. Um adolescente com um pinto grande e uma mente lasciva, que brincava sem inibição, que entrava em um carro e ia até uma casa estranha sem lágrimas ou receios. E Hugo era bonito, de forma que David podia persuadir seus companheiros de diversão, seus parceiros, a fazer coisas que sabiam que não deviam fazer tão perto da calçada movimentada, dos cidadãos respeitáveis que passavam, da delegacia de polícia e suas longas sentenças de prisão.

Naquele verão, o primeiro verão de Woodcraft e do sexo, David dedicou horas da vida de Hugo ao tango do banheiro. Parado junto à vidraça gradeada, espiando quem passava no mundo lá fora, emoldurado pelas extremidades recortadas de uma janela suja, esperava por um freqüentador, uma isca, uma perspectiva. Ele os via vindo pela entrada e, subitamente, retesava-se na camuflagem de alguém que apenas terminava ou apenas começava a mijar. Se fosse um homem que ele reconhecia e odiava, afastava-se e escondia-se no cubículo, ou inclinava-se arrogantemente contra a parede, nem mijando nem cagando, esperando, mas, obviamente, não por ele. Gostava daquela pose. Sentia-se como um traficante de drogas com uma boa proteção. Sentia-se um vil espertinho das ruas. Sentia-se no controle.

Se fosse um rosto novo, ele ficava lá e sacudia o pau como se estivesse terminando de mijar, enquanto espiava pelos cantos dos olhos, esperando pelos sinais de avanço, a sacudida em excesso, olhando de relance ao longo do mictório, rápido e furtivo, o arquear dos ombros, o cuidado.

Na maioria das vezes, Hugo podia dizer rapidamente se alguém estava mijando ou brincando. Os transeuntes comuns ignoravam a tensão, ignoravam os olhos e eram muito casuais. Assobiando, entravam e saíam, preocupados, às vezes apressados, pensando no ônibus que pegariam, ou na esposa lá fora, ou nas crianças esperando na rua com as compras de sábado — uma vida normal que passava brevemente sob os olhos cuidadosos do submundo. Os homens comuns até mijavam de forma diferente. Eles se inclinavam em direção ao urinol enquanto mijavam, o gorgolejo no ralo avisando os passantes para tomarem cuidado. Com um leve gemido, um ligeiro mover de ombros em sinal de alívio, sacudiam o pênis, fechavam o zíper e partiam, sem que os olhos jamais vagassem, sem que a meta jamais fosse desviada.

A presença desse mundo tão estranho provocava ondas de imitações nos homens do banheiro, sempre à espera e sempre olhando. Todos os pênis masturbatórios interrompiam a masturbação e eram vigorosamente sacudidos, imitando os rápidos e espasmódicos movimentos do intruso. Se o mictório fosse contra a parede, e não em pequenos urinóis, todos os paus eretos, inchados por meia hora de brincadeiras e puxões, eram empurrados para baixo, quase paralelos aos corpos, enquanto seus donos os encaravam como se estivessem espantados por ainda não estarem mijando.

E esses mesmos homens de banheiro que esperavam e olhavam, parceiros de David nas danças secretas por trás das janelas de vidros quebrados, em meio ao papel higiênico encharcado, voltavam rapidamente às suas posições de dança no minuto em que o intruso se fosse. Todo o elenco tinha um treinamento perfeito, não importando quão pouco eles se sentissem pertencer ao elenco. E como todos os bons tangos, como todos os bons carnavais, o elenco era diversificado e colorido. Homens casados, fugindo da solidão, que levavam Hugo para apartamentos em andares altos, recendendo a roupa lavada de mulher, e faziam sexo com ele no leito conjugal antes dele escapar, mergulhado no olhar de vizinhos fascinados. Homens discretos, vivendo um solitário confinamento em pontos distantes do subúrbio com jardins abandonados e carpetes sujos, cujas vidas giravam em torno da televisão, da coleção de discos *Music for Pleasure* e a geladeira. Construtores que faziam aquilo em cantos secretos da construção, débeis mentais cujas picas haviam drenado o sangue do cérebro, funcionários de escritórios loucos para rasgar seus coletes. Homens cujos rostos ficavam com manchas vermelhas quando gozavam, que ofegavam e deixavam vazar algumas gotinhas de esperma depois de meia hora de suor e esforço. Homens com pintos pequenos e moles, homens com pintos de ponta grossa, homens com pintos que se inclinavam para a esquerda ou para a direita, ou que gotejavam demais antes de gozar e, ocasionalmente, homens que imploravam para serem espancados com um cinto e forçados a lamber sapatos.

O jogo era fácil no começo, quando Hugo era tão jovem e David tão temerário e faminto. Mesmo quando a situação tornava-se bizarra, as voltas de carro longas demais, os homens muito estranhos e o perigo muito próximo, David sorria em meio a sua apreensão, agarrando-se à esperança de um orgasmo nas mãos de outra pessoa, com o corpo de outra pessoa ali para ser tocado.

Algumas vezes ficava desnorteado. Ficou desnorteado com o homem na mata que lhe pediu para tirar as calças e pendurou-as na cerca perto dos trilhos de trem, pediu-lhe para tirar a roupa de baixo e fez a mesma coisa com ela, e então meteu (não deslizou, nem trabalhou aos poucos, nem colocou devagar, nem encaixou com cuidado) seu pau no cu de David. David ficou chocado ao ouvir Hugo gritar e desapareceu, deixando-o chorando como um bebê, agarrado ao homem cujo nome ele não sabia. (David nunca perguntava seus nomes, mesmo quando perguntavam o dele. Afinal, se estava mentindo, por que os outros não estariam? E o que faria com um nome falso?)

Às vezes, simplesmente abandonava Hugo no meio de algo. Ele abandonara Hugo com o velho de sua rua, e o abandonara de verdade na doença em seu pau, que machucava quando mijava e que vazava pus em sua cueca.

O que deixava Hugo assustado com o episódio do velho era o fato de que, obviamente, as pessoas estavam falando, falando sobre David, mas pensando que fosse ele. Hugo estava sendo marcado, e David não ajudava em nada.

Normalmente, não teria sabido do velho. Nunca teria falado com ele se sua mãe não estivesse ocupada demais cozinhando para os convidados que viriam jantar e tivesse tido tempo de sair e fazer sua coleta de caridade, e se não houvesse decidido enviar Hugo em seu lugar, dando-lhe uma lista de campainhas para tocar, nomes para chamar e um pequeno discurso para dizer, que ela o fizera ensaiar mais de uma vez na cozinha, colocando os trechos com os pedidos nos lugares certos. Hugo nunca quis fazer a coleta de sua mãe, mas ainda estava de férias e parecia que não estava fazendo muita coisa, apenas ficava à toa por aí, e uma vez que ela metesse uma idéia como essa na cabeça, não havia nada que Hugo pudesse fazer. Cabia-lhe apenas a opção de aceitar graciosamente e ganhar um crédito ou rebelar-se e deixar que gritasse com ele. O resultado final era o mesmo.

Então, lá estava ele, batendo de porta em porta, encontrando todas as velhas senhoras da rua que se lembravam como ele sempre fora tão alto e remoíam reminiscências, resmungando e babando enquanto Hugo olhava além delas, para os corredores escuros com flores secas e espelhos grandes, esperando que seus inflexíveis dedos velhos encontrassem as moedas em suas inflexíveis bolsas velhas. Estava se saindo bem. Todas lembravam-se de seu nome e do tempo em que era bebê, embora o vissem todos os dias e cruzassem com ele na rua, enquanto murmuravam para si mesmas. Todas tinham o dinheiro pronto nas bolsas e não queriam falar mais nada, apenas mandar lembranças para a mãe dele, que era uma senhora tão boa. Estava se saindo muito bem. Poderia acabar a tempo de assistir televisão antes que suas irmãs chegassem da escola e fosse hora do chá.

Então chegou ao número 7.

Sabia que a senhora do número 7 era aquela com cabelos escuros e batom vermelho vivo borrado nos lábios, como se tivesse levado um soco na boca, e não dava a mínima se alguém percebesse. Ela usava um lenço azul na cabeça e caminhava rapidamente, às vezes gritando, sempre sozinha. Não era a única louca da rua, mas era a única que não bebia, por isso era mais temida do que odiada pelas senhoras da Liga da Igreja, que puxavam as cortinas quando ela passava.

A senhora maluca do número 7 morava com o irmão. Hugo o vira na rua com um lúgubre gabardine e um lúgubre chapéu. Tinha o rosto fino e os olhos aquosos para combinar com um sorriso aquoso. Não era uma pessoa na qual Hugo realmente prestasse atenção. Como todos os velhos, suas roupas eram do mesmo verde-acinzentado das casas e calçadas, a pátina incolor do subúrbio, e ele apenas se fundia com a paisagem. Foi o irmão dela que abriu a porta quando Hugo tocou a campainha, e ficou lá parado, sorrindo seu sorriso aquoso enquanto Hugo declamava seu pequeno discurso. Quando acabou, o velho começou a falar, e a princípio Hugo não ouviu, porque ele falava muito baixo. Além disso, Hugo olhava por cima de seu ombro, buscando um vislumbre do batom vermelho vivo borrado e dos olhos insanos. Então percebeu que o olhar dos olhos lacrimosos do velho era o olhar errado: não era o olhar de um bondoso cavalheiro de idade que queria contar algumas histórias a Hugo. A forma como ele arreganhava os lábios, a forma como o encarava fez com que Hugo o ouvisse, e foi então que percebeu que o velho falava de David e do banheiro em cima do morro.

— Ouvi dizer que você é um garoto esperto — sorriu ele. — Você deve vir aqui e me mostrar se você é realmente esperto.

Hugo lançou-lhe um olhar duro, sacudiu a cabeça, resmungou e saiu andando. Sentia-se constrangido com o olhar do homem ainda em sua nuca. Apavorou-se ante a idéia de que alguém poderia ter visto ou ouvido. O número 7 ficava apenas a poucos metros da casa de seus pais, e se o velho sabia tudo sobre os jogos em cima do morro, seus pais não poderiam estar longe de saberem também.

Hugo odiava o velho. Queria vingança. Tudo o que o homem havia feito fora convidá-lo para voltar outro dia, para brincadeiras no espaço negro por trás de sua porta da frente, mas Hugo ficou zangado consigo mesmo porque quando o homem o convidou, ele não estava realmente ouvindo e realmente não poderia ter ouvido até ser tarde demais. Quando enfim entendeu o que o velho dizia, já havia sorrido para ele, o costumeiro sorriso cortês do filho da sra. Harvey do outro lado da rua, em vez de jogar em sua cara algo muito mais sórdido de David. O que o preocupava mais era o fato de que o homem poderia pensar que seu sorriso era uma aceitação. Não, isso não era verdade. O que o assustava ainda mais do que isso era o fato de que o velho teria apenas que atravessar a rua e tocar a campainha para contar à sra. Harvey toda a história do bom filho que fazia coletas para caridade e do seu pinto.

Hugo odiava o velho porque seus olhos lacrimejavam e sua boca babava. Odiava-o porque ele era velho. Era um dos homens no canto, olhando e esperando, enquanto os jovens iam e vinham. Como insetos rastejando atrás dos azulejos manchados, os velhos eram impregnados com o fedor úmido do mundo do papel higiênico encharcado. Antes, nenhum deles sabia nada sobre Hugo ou David. Mas agora um deles vivia no mundo de Hugo. David deixara um deles entrar. E todos os dias ele teria de passar por esse homem, que conhecia seus segredos sujos. E todos os dias ele iria querer cuspir em seus olhos.

Também queria cuspir nos olhos do jovem com os pêlos púbicos raspados. O jovem com cabelos pretos e crespos e o fino suéter com gola pólo, que deixara um velho olhar, masturbando-se, enquanto ele e Hugo faziam sexo na cama de seu apartamento. O jovem que tornara o ato de mijar doloroso.

Quando começou a doer pela primeira vez, Hugo tomou um antiácido estomacal. Realmente não sabia o que era acidez estomacal, ou o que isso causava, mas na primeira e na segunda vez que doeu, pensou que deveria ser isso. Na terceira vez, a dor era tão forte que teve de morder a mão para que uma dor anulasse a outra. Seu estômago não parecia ter acidez. Hugo sentiu que ia desmaiar.

Nos dois dias seguintes, as marcas das mordidas na mão ficaram mais fundas. Então, o negócio branco começou a aparecer na extremidade de seu pinto. A essa altura, já suspeitava que tivesse o que na escola chamavam de DV, mas não tinha certeza porque *De onde vêm os bebês?* não continha nenhuma ilustração ou descrição, e a enciclopédia não fornecia os sintomas, apenas a história. Mas imaginava que devia ser isso por causa do que aconteceu no apartamento do jovem com os pêlos púbicos raspados.

Hugo encontrou o homem com os pêlos púbicos raspados no banheiro em cima do morro, e tinha ido a seu apartamento em Finchley. Era uma quitinete com grandes janelas, um carpete que não se encaixava bem nos cantos e uma velha armação de cama. Próximo a ela havia uma pequena pia da Armitage Shanks e um par de canecas sujas para escovas de dente. No meio do carpete mal ajustado estava um velho de óculos e calças arriadas até os joelhos.

Hugo não se lembrava do momento em que o velho apareceu, e não se lembrava de ter ficado surpreso quando ele surgiu ou se, imprevistamente, ele já estava lá. Eles haviam sussurrado um acordo atrás da porta assim que David entrou no quarto, e o homem provavelmente se esgueirara para dentro quando David já estava nu e na cama. Era um bom plano, porque uma vez que David começasse, nada iria parar. Exceto que, dessa vez, não foi muito divertido porque o homem de pulôver branco queria que David o fodesse, e David nunca fodera antes. Uma coisa que percebera sobre foder era que você tem de se concentrar intensamente para que seja interessante. Do contrário, seu pinto amolecia e escorregava para fora com um antierótico ruído de sucção.

David gostava de peito de homens. Gostava de peitorais e da linha de pêlos descendo do umbigo para os testículos. Costas o deixavam frio. Ajoelhar-se atrás do corpo dobrado de um jovem, dando-lhe estocadas enquanto contava quantos cravos havia nas pálidas e suadas dobras de suas costas, deixava seu pau ereto apenas por hábito, não por desejo. Estava metendo no homem assim como poderia estar lavando pratos. Nem mesmo estava certo de que o homem que fodia estava se divertindo. Seus grunhidos soavam prosaicos, previsíveis. Deixaram a temperatura sexual do momento oscilante, quase gelada. A única pessoa que Hugo poderia dizer que se divertia era o velho.

O velho ficava lá, no meio do carpete, arquejando, seus óculos embaçando-se. David deu uma olhada nele e franziu as sobrancelhas, concentrando-se no ritmo que tinha de manter sob os lençóis, sentindo as coxas cansadas e o suor comichando a nuca. Hugo resmungava-lhe que desistisse e fosse embora. O velho piscou e ofegou, olhou seu pau pingar manchas brancas no carpete, limpou-as com seu chinelo e saiu do quarto. David retesou o estômago e arremeteu contra o cu do jovem, que grunhia sossegadamente. Ele não sentia nenhuma ternura, nenhum desejo, nenhuma necessidade de tocar o seu corpo ou acariciá-lo. Com os corpos de outros homens, reais e imaginários, girando à frente de seus olhos semicerrados, David finalmente conseguiu mergulhar no orgasmo, e pelo menos isso foi bom. Foi estranho ejacular nos espaços internos ocultos do corpo de um homem, fora de controle, mas contido. Estremeceu e retirou o pau, fazendo outra vez aquele horrível ruído de sucção. O jovem peidou. Hugo ficou furioso. Tinha de ir embora. Sentia repugnância ante a visão de seu pau sujo de merda. Ao lavá-lo na pia, na ponta dos pés e despejando água quente em cima, com uma das sujas canecas de escovas de dente, sentiu que algo com certeza saíra errado. O jovem dormia. Tudo o que Hugo queria era voltar em segurança para os braços de sua família e ler um livro na poltrona até ser chamado para o chá. Percorreu rapidamente o caminho de volta e resmungou o tempo todo: “Oh, não. Não. Como ele ousou. Não.”

Mas Hugo não podia simplesmente afundar na poltrona e esquecer. Porque agora, cada vez que mijava, levava dez minutos até recuperar-se o suficiente para deixar o banheiro. E mesmo assim ainda estava pálido e tonto.

O que poderia fazer? O que se faz nessa situação? Sabia que era perigoso não fazer nada. Sua mãe sempre marcara as consultas médicas para ele. Talvez devesse tentar o posto de saúde. Mas como você explicaria para a senhora do posto, que ocupava um lugar proeminente na Liga da Igreja nas manhãs de domingo, que o seu pinto estava vazando um líquido branco e doía como alfinetes quentes toda vez que você mijava? Como você lhe contaria do segundo de esperança entre a primeira gota de mijo e a primeira dor? Um breve segundo no qual você pensava que talvez estivesse tudo acabado. Agora, até esse segundo se fora. A dor estava lá, suave, mas insistente, o tempo todo. Como você poderia contar-lhe tudo isso em uma fila de mães de Hadley, todas sabendo que Hugo, o menino de 14 anos, fora um dos lobinhos com Paul, e estivera com Johnny no primário, e agora estava com Michael e Simon no colegial.

Finalmente, a história veio à tona. A dor tornara-se forte demais para esconder. A mãe de Hugo o encontrou em seu quarto, com a cabeça pendurada entre os joelhos e as calças arriadas até os tornozelos, agarrando o pênis e chorando. Ela sentou-se perto dele, pôs o braço a seu redor e ele chorou todo o seu martírio. Telefonou para o médico imediatamente e Hugo foi vê-lo naquela tarde mesmo. Quando chegou, não foi recebido por seu médico habitual, que estava em férias. Hugo viu uma velha senhora de cabelos prateados, que o examinou com luvas de celofane. Ela não lhe fez nenhuma pergunta, nem lhe deu nenhum conselho. Apenas olhou, apertou, deu palmadinhas e lambuzou. Depois escreveu-lhe uma receita. Quinze anos mais tarde, Hugo ainda podia lembrar-se daquelas pílulas. Eram vermelhas e pretas e chamavam-se Penbritin. Eram anjos em cápsulas. Ela deveria ser uma santa, essa doutora idosa. Nunca pediu para falar com os pais de Hugo, nunca trouxe o assunto à tona de novo. Apenas escreveu, com uma letra elegante e caneta-tinteiro, a palavra "gonorréia" na ficha de Hugo.

Hugo nunca soube se sua mãe tentou descobrir da doutora o que ele tinha, mas sabia que a família havia falado sobre isso entre eles, e o veredicto de Maidenhead, onde Hugo tinha uma avó da qual gostava e uma tia que não suportava, era que ele deveria ter tido cistite.

David ficara desalentado, mas não desencorajado por esse revés. E foder juntou-se a outras duas práticas proibidas em seu cartão de dança. Com toda sua ousadia, David não permitia que os homens pusessem a língua em sua boca ou o pau em seu cu. Havia banido caralhos de todo jeito, mas a verdade era que não podia se afastar deles. Banira línguas desde o início e não sabia exatamente o porquê. Havia alguma coisa no face a face, no boca a boca, que o assustava. Era simplesmente perto demais. David gostava que o sexo fosse retesado e tenso. Beijar era uma forma de intimidade que o perturbava.

Boquetes eram ótimas. É claro. Se eles quisessem abaixar-se e engolir seu pênis enquanto David os olhasse de cima, ele sorriria e se encostaria na parede fria e áspera, puxando sua camiseta para cima do estômago, ainda bronzeado e magro, e sorriria. Se quisessem que David os engolisse, e chupasse, e mordesse, ele o faria. Prontamente. David corria para os mamilos deles, para as barrigas e toda a confusão peluda das bolas. Mas boca com boca estava banido. Ele se encolhia quando as línguas provavam seus lábios, virando a cabeça de modo que sugassem suas orelhas. Ele se encolhia e os homens pareciam magoados e surpresos. Aborrecidos. O que havia de errado com essa putinha? Por acaso eles tinham mau hálito? Teria algo a esconder? Não eram bons o suficiente para ele? Talvez fosse isso. Talvez tivesse escolhido todos os homens com os quais esteve por seus corpos, não por seus rostos, bocas e lábios, e línguas aventureiras tinham permissão de brincar com seu corpo, mas sem tocar sua boca virgem. David não sabia. Talvez fosse apenas uma questão de virgindade. Talvez estivesse esperando pelo amante certo.

O amante certo por fim apareceu, por sobre a parede que separava os cubículos no banheiro em cima do morro, e abaixou-se, macio e sem pêlos (e sem camisa também) em direção ao reino de David. Sorriu ao olhar nos olhos de David. E sem dizer uma única palavra, pegou sua cabeça entre as mãos e o beijou. Empurrou a língua entre seus lábios e além dos dentes, e repentinamente a boca de David estava aberta e preenchida pelo suave turbilhão de uma língua que não parava. Encostou-se na parede e o homem inclinou-se em sua direção, afundando ainda mais a língua em sua boca, enquanto David não resistia, apenas sentia-se desfalecer nesse doce prazer. Não pararam de se beijar até que ambos tivessem gozado, e a fila de homens irritados, inclinados contra os azulejos manchados, chegasse quase a ultrapassar a porta. O estranho homem sem pêlos esgueirou-se pela parede outra vez e desapareceu. David abriu a porta e, com um sorriso ainda brincando nos cantos de seus lábios, passou de queixo erguido pela irritada fila, e olhando para a frente.

As duas proibições do cartão de dança de David foram infringidas à força.

A boca de David perdeu sua virgindade para um homem que ele não conhecia, mas cujos músculos e sorriso eram banhados por um romântico arrebol, como um cavaleiro que viesse resgatar uma donzela solitária. Hugo o invocou em suas fantasias masturbatórias em tardes longas e enfadonhas, atracando-se com a vida sexual de amebas e celenterados. David o procurou nos banheiros de Hadley a Barnet. Em nenhum deles voltou a vê-lo novamente.

O primeiro homem a enfiar seu pau no cu de David ocupava um lugar muito diferente na mente de Hugo. O Homem Magro não era uma fantasia. Era a verdadeira criatura papel higiênico. O *habituée* do banheiro. O que restava para você após uma longa e solitária espera.

O primeiro homem a enfiar seu pau no cu de Hugo o fez no cubículo do lado direito do banheiro em cima do morro, numa tarde chuvosa, quando parecia não haver ninguém por perto. David o conhecia de vista, da mesma forma que conhecia muitos da estranha coleção de *habituées* do banheiro. Conhecia o chefe dos escoteiros de Ponders End, que estava sempre lá aos domingos, às cinco horas da tarde, esperando para levá-lo de carro a um pequeno apartamento suburbano onde o sexo incluía rolar, estapear, chupar e sacudir-se por uma hora, e que rendia a Hugo duas libras. Ele conhecia o Homem Gordo, tão redondo que tinha de mover-se devagar no espaço restrito da casa de chá da ladeira, que levava David para passeios por estradas isoladas em uma van imunda, estacionava em acostamentos sob árvores frondosas e inclinava-se em direção à virilha de David que, por sua vez, erguia a camisa e olhava para a grande corpulência branca espalhada sob ela.

Conhecia o Homem Jeans com os lóbulos das orelhas tatuados e o Homem Lábios Molhados com o caralho curvado, que zanzava ao redor do banheiro da piscina a céu aberto.

Conhecia o Homem da Barriga Redonda, que esfregou seu corpo contra o de David perto de um córrego, enquanto mosquitos picavam suas bundas, e que disse a David que ele era bonito.

Conhecia o Homem do Cortina Azul, que sempre queria gozar logo de cara para que pudesse demorar-se mais em seu segundo orgasmo. Que estava sempre preocupado em gozar rápido demais se não fizesse isso, não conseguindo se satisfazer. Que morava em um quarto com sofás cobertos de almofadinhas e pequenas toalhas de renda sobre as mesinhas, e que ofegava quando estava a ponto de ter um orgasmo. Uma vez ele perguntou a David se ainda estava no jogo, o que era estranho, porque nunca havia lhe oferecido dinheiro algum.

Conhecia o Homem Nervoso, que tinha um escritório perto da imobiliária em Cockfosters no qual podiam ter sexo, pois possuía a chave. O Homem Nervoso chamava David de "tigre" porque ele era muito selvagem, mas ficou preocupado quando David gozou no carpete cinza. Ele tinha um lenço de papel pronto para a ocasião. David não gozava em lenços de papel. Gostava de ver seu esperma voar.

E conhecia o Homem Magro.

Não que o Homem Magro fosse tão ruim. Não era. Não tinha más intenções. Não era perigoso. Mas feriu David. Feriu de tal forma que, por muito tempo, ele não deixou ninguém chegar perto de seu cu outra vez.

Não disseram nada um ao outro quando se encontraram, David e o Homem Magro. Isso fez com que David o respeitasse. Tratava-se, obviamente, de um veterano. Obviamente, não estava nervoso. No cubículo, virou David de costas e pôs o dedo em seu cu. David olhava para o mundo através da janela suja no fundo do cubículo que dava para blocos de apartamentos do exército. Não estava no controle. O Homem Magro molhou outro dedo e empurrou David, fazendo-o inclinar-se. Era uma experiência. Como ir ao doutor. Não era *sexy*. Era como se estivesse sendo usado. Seu cu contraiu-se quando o homem enfiou outro dedo. Ele não deslizou ou sentiu o caminho, apenas empurrou. Estava com pressa e queria satisfazer-se. David era apenas outro menor de idade virgem. Sabia que David não iria gritar. Vira-o sair de seu cubículo muitas vezes, com muitos homens. Não estava zangado. Não era violento. Estava apenas decidido.

Empurrou David ainda mais, deixando-o com o rosto voltado para o vaso sanitário, o que o forçava a agarrar-se nas bordas úmidas de mijo e cheio de pêlos púbicos perdidos, grudados como lembranças. David segurou-se firme, sabendo que isso era um teste. O Homem Magro tirou para fora o pau ereto e enfiou-o no cu de David sem nem sequer uma lambida com saliva. David jogou o corpo para a frente quando a dor o atingiu. Contorceu-se para escapar, enquanto o homem contorcia-se para enfiar mais. Uivou de raiva e indignação e, soltando-se, virou-se para encarar o Homem Magro. As ereções dos dois tinham desabado. David encarou-o, um tanto oscilante pela dor e pela náusea. O Homem Magro o fitou sem remorso, sem censura. E então deu as costas e saiu do cubículo, batendo a porta atrás de si.

Outro homem tentou entrar, e em vez de bater a porta em sua cara, David ficou lá parado, as calças nos joelhos, a marca de uma lágrima em seu rosto, o olhar indo além do recém-chegado, além da fila curiosa inclinada contra os azulejos manchados, fitando a rua e o ar fresco, para onde o Homem Magro tinha ido.

David odiava o Homem Magro pela dor que lhe causara, pela sensação de molhado entre suas pernas, sensação de sangue. David odiava-se por ter se curvado de forma tão obediente.

Acima de tudo, David odiava-se porque queria correr atrás do Homem Magro e pedir desculpas.

4 de julho de 1979

Caros sr. e sra. Harvey,

Estou escrevendo esta carta para juntá-la ao relatório escolar final do quarto ano do seu filho Hugo. Envio-a num envelope separado porque não creio que seria uma boa idéia se Hugo a visse. Na verdade, sugeriria mesmo que vocês nem chegassem a discuti-la com ele, embora isso deva ser, é claro, uma decisão de vocês. Seria importante que, como mentor de Hugo, eu tenha com ele uma relação de confiança mútua, e ele pode achar que esta carta, enviada, por assim dizer, por trás de suas costas, prejudique essa confiança.

Estou escrevendo apenas porque sinto que vocês precisam estar conscientes sobre alguns aspectos preocupantes do comportamento de Hugo. Não estou sugerindo nenhuma ação direta, mas talvez no futuro possamos encontrar uma hora para discutir sobre Hugo e esses tópicos e sobre qual seria a melhor forma de abordá-los.

O problema, como bem poderão notar por este relatório, não diz respeito ao seu desempenho escolar. Boas notas parecem ser facilmente alcançadas por Hugo. Ele é um aluno inteligente e cioso, cujos deveres são sempre feitos dentro do prazo e sempre do melhor nível. Ele leva seus estudos a sério, e eu sei que o diretor espera que no devido momento Hugo se inscreva para os exames de Oxford e Cambridge.

No entanto, as notas de esforço neste relatório revelam um traço preocupante. A maior parte de seus professores deu-lhe uma nota de esforço S- (menos que satisfatório) e dois professores foram persuadidos apenas no último minuto a não lhe conferir um I (Insatisfatório), apesar de suas notas altas ao final dos exames anuais.

Essa é uma circunstância alarmante, mas não desesperadora. Minha impressão é que, se prestarmos atenção a esse problema agora, poderemos evitar que a aparente anti-sociabilidade incipiente de Hugo venha a prejudicar seu trabalho. Com certeza, essas notas não refletem a quantidade de esforço que Hugo fez durante os exames, embora os resultados mais uma vez tenham-no colocado entre os dez melhores de sua turma. Mas elas refletem, no entanto, seu comportamento em sala de aula, que tem se deteriorado do impertinente (um assunto de que tratamos durante seu primeiro ano) ao quase excêntrico. Talvez vocês não estejam a par do fato de que Hugo foi destituído do seu cargo de subprefeito da classe no começo deste ano, quando foi descoberto tendo uma "guerra de água" com seus amigos no vestiário. Uma guerra de água, no papel, pode parecer-lhes uma atividade bastante inofensiva, mas isso depende da quantidade de água usada. Diversos garotos, que haviam deixado suas jaquetas penduradas no vestiário, como é usual, fizeram reclamações contra Hugo e seus amigos e reivindicaram que eles pagassem por suas roupas estragadas (e eles e seus pais receberam meu apoio total nessa reivindicação). Uma pia do vestiário foi quebrada, dois vasos sanitários foram entupidos propositalmente e um professor, investigando a considerável balbúrdia que acompanhava a briga, escorregou no pavimento perigosamente molhado e foi forçado a tirar uma semana de licença para tratar de um cóccix contundido. À parte a falta da disciplina apropriada a um prefeito de classe e ao sofrimento causado a um professor, a escola teve de lidar com gastos extras ao contratar um substituto durante a licença do professor machucado. Por bem, não existe a intenção de também cobrar esses gastos de Hugo, caso contrário, poderíamos estar obrigando-o a roubar para pagar suas várias dívidas.

Houve, no entanto, outros incidentes. O número de vezes que Hugo e seus amigos foram descobertos vadiando pelas redondezas leva-me a suspeitar que há algo mais em suas caminhadas durante a hora do almoço do que amor pela natureza. O bosque em questão é um local popular entre os garotos mais velhos que querem fumar escondidos, e não me surpreenderia se Hugo aparecesse no futuro entre esses transgressores. Fumar durante o horário de aula e trajando o uniforme da escola é uma ofensa geralmente coibida com uma suspensão. Não posso crer que Hugo fume com a aprovação ou colaboração de vocês, portanto, se me permitem, tomo a liberdade de sugerir que chequem sua mochila e roupas em busca de sinais. Talvez ele possa ser persuadido a parar. É o rigor dos pais em confronto com a pressão dos amigos que receio, neste caso. Não há muito que a escola possa fazer, a não ser colocar regras e aconselhar (como fazemos repetidamente).

Esta escola tem uma elevada reputação acadêmica, que parece fácil de ser mantida. Também tem a reputação de ser um ninho para todos os tipos de subversivos, e parece que encontramos dificuldades em desfazermo-nos dela. Embora não esteja dizendo que Hugo seja uma de nossas maiores preocupações, ele conta entre seus amigos três ou quatro jovens cujas carreiras nesta escola dificilmente será completa.

Nos últimos anos tivemos grande incidência de agressões ligadas ao uso de drogas nesta escola, e embora não esteja de forma alguma acusando Hugo desses atos — a inocência deve ser presumida até que se prove o contrário —, estou consciente de que o nível de tráfico que ocorre na turma de Hugo, e especialmente entre seus amigos, está alcançando "estágios estonteantes" (por favor, perdoe-me o jogo de palavras). Talvez o próprio Hugo tenha lhes dito que dois de seus amigos foram suspensos durante um tempo e possivelmente sejam expulsos por manterem tabaco e papel de enrolar na escola. Temos bons motivos para crer que eles simplesmente esconderam a maconha com a qual pretendiam fazer seus "baseados". No momento estamos cercando de perto três garotos, um deles um amigo próximo de Hugo, e a escola pode vir a decidir chamar a polícia, acreditando que a publicidade negativa seja compensada pelo fato de estar lidando com o problema de uma forma que será vista como apropriadamente agressiva.

Devo acrescentar que de forma alguma os amigos de Hugo — e ele parece ter muitos — são delinqüentes escolares. Seu melhor amigo, Sam Judd, é universalmente reconhecido como o futuro capitão da escola, e é também um dos alunos mais brilhantes de uma turma brilhante. Mas Hugo tornou-se parte de uma pequena confraria de marginais e houve uma série de incidentes nos quais eles, e portanto Hugo, talvez tenham se envolvido. Mais uma vez insisto em dizer que ele pode ser considerado só um inocente nestes casos, e fortemente aconselho a não abordá-lo sobre esses assuntos no momento, mas quando afirmo que, entre outras coisas, esses atos incluem a destruição gratuita de um violoncelo valioso, o risco à chave no capô do carro do professor de educação física, sr. Bob Tallpit, e o roubo de 12 preciosos livros da biblioteca (que acreditamos terem sido vendidos a um dono de sebo), espero que compreendam a razão do meu alarme.

Minha impressão é que o problema de Hugo não se origina por ele ser realmente anti-social ou rebelde. Ao contrário, ele está em busca de algum tipo de excitação que o recreio escolar normal provavelmente não lhe ofereça. Portanto, foi com alguma surpresa que recentemente descobri por seu intermédio que ele não está fazendo parte das atividades teatrais porque vocês lhe disseram que isso interferiria nos seus estudos e que, desta forma, ele não deveria participar. Nada interferirá nos exames de Hugo mais do que sua possível suspensão ou expulsão e, se eu naquele momento soubesse que esse era o ponto de vista de vocês, eu teria argumentado fortemente que Hugo necessitava, e muito, de uma atividade extra para canalizar sua energia aparentemente destrutiva.

Hugo finalizou seu quarto ano escolar com elevadas notas acadêmicas e um crescente desconforto entre nosso corpo docente, o qual acredita que não verá os frutos de seu trabalho se ele não for controlado imediatamente. Sugiro que nos reunamos, ou antes das férias de verão, que, reconheço, nos dá pouco tempo, ou nas primeiras semanas do próximo período letivo, para discutir como suas energias podem ser mais bem aproveitadas através de atividades mais construtivas e criativas. Eu sei, por exemplo, que Hugo interessa-se pelas aulas de arte, e mais uma vez surpreendeu-me saber que vocês acreditam que isso seja uma perda de tempo.

Espero que possamos manter esta carta e qualquer discussão futura entre nós como algo privado. Entre outras coisas, Hugo parece deleitar-se com o espúrio *glamour* que constrói em torno de si para seus colegas e garotos menores por estar sempre metido em encrencas. É quase um motivo de orgulho saber quem é mais vezes chamado para uma conversa em particular com o diretor durante o período letivo, embora tais entrevistas sejam geralmente o sinal de uma séria transgressão das regras escolares.

Espero ter o prazer de vê-los e de conversar com ambos em breve, e quero acrescentar que tenho a certeza que podemos encontrar a solução para este problema antes que ele se torne realmente sério.

Sinceramente,

Neville Grenville

3

HORÁRIO DE VISITA — MÃE

— Ela estará aqui em meia hora. Acabou de ligar para pedir desculpas pelo atraso. São os ônibus. Você está bem, querido? Você parece tão cinza.

— É o céu. Estou refletindo o céu. Você sabe, como o mar. É tudo que eu tenho para olhar, então olho, e fico imerso. É muito tranqüilo. Acho que quando eu me for... — lançou um olhar penetrante para a enfermeira, buscando um sinal de estremecimento, mas era a escocesa, com seu indestrutível frescor primaveril, cheia de vida, e que vibrava como uma repreensão em sua cela superaquecida —, quando eu me for, apenas flutuarei. Tudo o que você terá de fazer é abrir a janela.

Hugo deixou a cabeça reclinar-se do lado direito, um momento de ócio em seu estado de espírito de bravura poética. Afinal, de que valeria morrer se você não pudesse fazê-lo com brilho? Ele sempre fora do tipo irreverente em funerais.

Ressentia-se porque ela vinha e ressentia-se porque ela não vinha. Queria que os visitantes fossem como sua irmãzinha quando estava de cama, em casa, um garotinho de Hadley sem pêlos púbicos, intocado por mãos de velhos. Ela sempre queria subir na cama com ele, para que os dois pudessem sentar-se lado a lado, encostados nos travesseiros e esperando para serem visitados. Ninguém queria subir na cama dele. Sabia como se sentiam porque também havia sido um visitante lá. Se não visse o olhar, o presumia. O olhar de nervosismo, de alívio por terem escapado.

Não era assim com a mãe, mas com a mãe os olhares permeavam tão profundamente suas rugas, novas rugas, novos cabelos brancos, que o rosto dela cortava-lhe o coração.

A cada dia, a maior batalha era contra o pesar. Ele superara o pesar pelas coisas que fizera. O passado não estava lá para ser negado. Confessara tudo e se recusava a sentir-se arrependido, a desejar que tudo fosse desfeito, des-chupado, des-fodido, des-drogado. Se estivesse lá fora outra vez, sem a pele cinza, sem os caroços em seus braços e a espuma em sua boca, sem o silvo nos pulmões toda vez que respirava e a dor de cabeça que lhe gelava o cérebro como uma bolsa de gelo cheia de agulhas, se estivesse bem e saudável de novo, voltaria ao salão de dança, a dançar seu tango do banheiro e a chacoalhar listas de desculpas para sua mente excitada. Mas era o pesar pelas coisas que não teve tempo de fazer que se entalara em sua garganta, e causava manchas escuras de lágrimas noturnas ao redor dos olhos de sua mãe. Ela o encarava. Não com o zelo jovial da enfermeira escocesa, mas com longos olhares através de lágrimas tremulantes que nunca rolavam dos olhos. No início elas rolavam, e ele lhe disse, de forma incisiva, que chorasse o suficiente antes de vir, pois lágrimas de nada lhe serviam, e ela o olhou tão subitamente que ele soube que a ferira. Não queria fazer isso. Mas odiava ser uma decepção para ela. Sempre fora seu campeão, que a fazia rir com suas caras e sotaques fingidos.

Era tão estranha a forma como ela havia mudado.

— Se um dia você quiser fugir, pode vir aqui, você sabe, Hugo — dissera-lhe certa vez a mãe de um amigo, um amigo pelo qual inadvertidamente se apaixonara, um amigo a cuja diversão familiar, alegre e desorganizada, ele ansiara por juntar-se. Sua mãe tinha esse tipo de reputação, a espécie de mãe da qual os filhos querem fugir. Mas tudo isso era apenas temperamento. Ela era o sol dos filhos e também sua nuvem carregada.

Sentado a seu lado no ônibus em que voltavam de uma tarde de verão na piscina, durante as férias, Hugo lhe disse, ao passarem por um salgueiro:

— Gosto de salgueiros.

— Sim — respondeu a mãe —, eles são lindos.

E Hugo ficou lá sentado, banhado em prazer. Fizera a coisa certa aos olhos dela e ganhara o sorriso de aprovação que lhe encheu o peito de felicidade. Houve outras ocasiões em que eles concordaram sobre alguma coisa; sobre a felicidade do Natal (ela sempre dava um jeito para estar de bom humor no dia de Natal, embora as brigas na véspera deixassem as crianças agachadas no quarto de cima, entre os brinquedos do ano anterior, olhando a garoa cair sobre os jardins e o campo mais além), sobre o efeito do sol em seu estado de espírito e como ele subitamente tornava o mundo um lugar mais bonito. E cada uma dessas ocasiões era lembrada por Hugo como o troféu de um campeonato: em meio a todo ódio e violência, eles eram suas balizas de amor.

Eram parte de sua coleção de radiantes instantâneos de sua mãe como uma bela mulher. Ele conhecia cada um de seus vestidos, cada um de seus estilos, e ela o consultava sobre o que deveria vestir para determinado evento como se ele fosse seu gigolô secreto. Seus instantâneos mais radiantes foram "tirados" nos arredores de Aberdeen. Todos estavam jogando beisebol em um campo aberto com alguns primos que tinham físico atlético e boa aparência, o mais velho dos quais Hugo queria como a um irmão. Os cabelos de sua mãe ainda eram louros na época. Com o cabelo esvoaçando ao vento e um vestido de algodão com flores azuis e vermelhas que eram como o vento nos botões em flor, com seus sapatos de salto alto, ridículos, mas grandiosos em um campo de pedregulhos na Escócia, ela era observada por Hugo, que olhava para a mãe e para a tia, uma alegre e desleixada criatura de óculos e cabelos brancos, e amava o estilo de sua mãe.

— Por que você nunca fugiu? — perguntaram-lhe depois pessoas que o conheciam como alguém convencido e de opinião, e não tímido e envergonhado.

Mas ele a amava. Queria agradá-la. E mesmo nos momentos em que mais a odiava, nunca perdeu o medo que tinha dela. Contava a seus amigos da escola primária histórias de que ela era uma bruxa, e mesmo as gêmeas Jeffrey, as garotas com longos cabelos negros que gostavam de brincar com meninos, não se aproximavam para brincar por medo dela. Mas a mãe era sua heroína e ele era o cavaleiro que ganharia para ela os prêmios mais cobiçados. Seu sorriso, sua risada o deixavam em êxtase, e uma palavra cruel o deixava atordoado, olhando fixamente através da janela.

Tudo isso foi antes do episódio do diário. Eles sempre foram amigos até que ela leu o diário dele. Depois disso, Hugo caiu em tal desgraça, e tão rapidamente, que passou a ser a não-pessoa da casa. Não se podia confiar nele, ele era depravado, ninguém lhe daria crédito novamente.

Ela disse isso de novo e de novo. Mas por que estava tão surpresa com suas mentiras? Todas as crianças Harvey eram mentirosas de grande talento. Todas haviam aprendido a resistir a um interrogatório e todas haviam aprendido, com lágrimas dolorosas, como a mentira poderia fazer o teto desabar em sua cabeça. Mas a verdade também poderia fazer isso. E embora a punição da mentira fosse mais pesada, pelo menos com ela você tinha uma chance de escapar.

— Por que você mentiu para mim? — gritava ela, agarrando-os pelos cabelos e arremessando-os pela sala (de forma que, quando eles eram enfim banidos para o santuário de seus quartos, ficavam na frente do espelho e penteavam os cabelos nervosamente, olhando os tufos que saíam com o pente).

— Por que você não pode dizer a verdade?

— Eu não sei — respondiam eles, encolhendo-se à espera do próximo golpe, perguntando-se qual seria o caminho mais fácil para sair desse pesadelo.

Nunca nenhum deles respondeu: “Porque estávamos muito assustados.”

Eles concordavam que a verdade, mesmo que trouxesse grande dor, era melhor do que a mentira, mesmo que ela não trouxesse dor.

Então, muito depois, mamãe também começou a mentir, mentir para ocultar um caso amoroso do qual todos sabiam, mas que ela pensava que ninguém soubesse. E quando mamãe começou a mentir, foi como se um pedaço do teto do mundo houvesse caído e atingido todos eles na cabeça. No início, estavam estupefatos demais para acreditar.

Hugo sabia mais porque seu quarto ficava perto do telefone. Soube no momento em que ela começou a falar em sussurros, os sussurros dos segredos. Ele conhecia aquele sussurro de seus próprios telefonemas furtivos, da mesma forma que sabia como um sussurro imediatamente sugere conspiração e chama a atenção. Mas mamãe era uma novata nesse jogo. Não havia percebido como suas tentativas de ocultar algo podiam ser reveladoras. Hugo estava sentado na escrivaninha na qual fazia as lições de casa, ouvindo as mentiras sussurradas, zangado porque ela não conseguia mentir melhor. Nas tardes de domingo, quando o marido subia para a sesta, Hugo ouvia o ruído do telefone sendo tirado do gancho, ouvia a discagem mais vagarosa de alguém que ficava com o dedo no orifício enquanto o disco girava, e então ouvia seu primeiro sussurro.

— Eles estão todos dormindo. Está tudo bem — era como ela sempre começava, e era sempre um erro, porque Hugo nunca estava dormindo. Acontecia todo domingo, algumas vezes na quarta-feira e, ocasionalmente, se o domingo fosse ser um dia difícil, na tarde de sábado. Hugo ouvia cada palavra sussurrada paralisado, a lição deixada de lado, impelido por uma espécie de horror, uma espécie de fascinação e de orgulho ferido, ferido pela idéia de que ela não precisava de sua ajuda e não confiara nele. Isso, mais do que qualquer outra coisa, foi o que o fez perder a cabeça naquele dia.

E então descobriu como ela podia ser fria.

Começou da maneira habitual. Tarde de domingo. Almoço mais tarde, o torpor infiltrando-se na casa. Seu pai no andar de cima, roncando. A irmã mais nova também em cima, trabalhando. A irmã mais velha estava na universidade, na Escócia.

— Está tudo bem — começou a mãe, e as orelhas de Hugo ficaram alertas para captar sussurros.

Ela saiu-se melhor dessa vez. Nada do que disse era claro, mas quando desligou o telefone e foi para a cozinha, Hugo a seguiu, com os olhos queimando de acusações, a mente transbordando de uma raivosa decepção. Não ligava para a traição, para os dois pesos, duas medidas, para a tortura que ela lhe infligira em nome da honestidade. Preocupava-se com o fato de ser jogado no mesmo saco que sua família, como se fosse irrelevante, dorminhoco, surdo, ingênuo.

— Com quem você estava falando? — perguntou.

A mãe virou-se do banquinho da cozinha para olhá-lo, mas não podia ler seu rosto porque ele não ousava olhá-la nos olhos.

— Estava falando com Kate — respondeu.

— Não, não estava. Você estava sussurrando. Você não sussurra para Kate.

— Então, com quem você acha que eu estava falando?

Ela era esperta. Havia em sua voz uma zombaria divertida, incredulidade e surpresa em vez de fúria. Hugo estava ficando atrapalhado. Seu pai entrou na cozinha. Mamãe deu um golpe de mestre.

— Acho que Hugo pensa que eu estou tendo um caso com alguém. Ele fica me perguntando com quem eu estava falando no telefone.

Hugo saiu correndo da cozinha. Empurrou o pai, resmungando alguma coisa sobre tudo não ter passado de um engano estúpido. Sentou-se em seu quarto, o coração batendo forte, e pensou no quanto ela havia sido fria agora há pouco. Ele nunca conseguiria fazer isso... exceto que tinha feito sim. Fazia o tempo todo. Respondia perguntas indiscretas com mentiras descaradas. Olhares vazios. Palavras inexpressivas. Sabia o que ela estava fazendo. Talvez a mãe estivesse apenas imitando-o. Uma parte dele queria dizer-lhe que entendia, que ambos tinham vidas secretas e que podiam partilhar seus segredos. A outra parte sabia que isso era um absurdo. Os dois haviam se distanciado muito. Existiam *flashes* ocasionais da antiga amizade. Ele ainda podia fazê-la rir. Ainda podia persuadi-la a deixá-lo fazer coisas, mas a confiança se fora. Levariam anos para que ela tivesse confiança o suficiente para contar-lhe alguma coisa, e ele para ela, na tranqüila segurança de um quarto empoeirado em Muswell Hill. Anos depois de ele ter ido embora. Anos depois do diário.

O diário. Por que ele quis manter um? Por que quis mantê-lo em casa?

— Sua mãe está subindo — disparou, da porta, a enfermeira de touca, e Hugo desviou o olhar das cintilantes luzes noturnas de Fulham. — Deixe-me endireitá-lo — disse o vivaz rosto escocês enquanto entrava pela porta, com as mãos prontas para escorá-lo, e cutucá-lo, e erguê-lo em seu pijama sujo, com sua barba suja e pele cinzenta. A enfermeira o acomodou e posicionou suas mãos até que Hugo sentiu vontade de pedir-lhe que respondesse às perguntas de sua mãe por ele, que apertasse a mão dela e beijasse sua bochecha e que a abraçasse quando ela estivesse quase chorando, o que fazia com freqüência, ou quase. Mas então sua mãe entrou e a enfermeira saiu, e seu devaneio foi desfeito. A mãe entrou e olhou para ele, e ele olhou para ela. Fitou seus olhos para ver o quanto ele tinha piorado, e baixou os olhos quando viu. Ela parecia envelhecida e Hugo desejou que pudesse morrer sossegadamente em algum canto onde ninguém ficasse emocionalmente envolvido, e então enviar corteses cartões de mudança de endereço para a família e evitar.

— Como você está se sentindo? — ela perguntou. Sua voz era mansa, intimidada pela raiva dele.

— Como eu pareço?

Ele estava sempre a provocando, como se ambos tivessem de ser punidos.

Sua mãe mordeu os lábios e olhou para a janela. Vestia um traje cinza. Roupas para a antecâmara de um funeral. Respeitável e sombrio. Desde o início, naqueles primeiros dias em que ele era apenas uma aposta, em que a doença poderia desaparecer e nunca dominá-lo, as pessoas reagiam a ela com esses rostos sombrios. Com bocas sombrias diziam-lhe para ser otimista, e ele lhes sorria com seu fatalismo treinado, e contava animadas histórias de outras mortes, soando grandioso e, às vezes, corajoso. Mas eles sacudiam a cabeça sombriamente, como se sua tagarelice fosse outro sintoma.

Parecia que estavam apenas esperando pelo luto e tinham de resistir à tentação de chorar porque o momento certo ainda não havia chegado. Seus rostos eram pesarosos, como se refreassem as emoções. E Hugo observava a todos. Encarava-os. Na maior parte do tempo não dispunha de energia para falar, e adorava quando eles começavam a falar de forma desconexa. Mas somente poucos faziam isso. Os outros eram tão reverentes que pareciam venerar a doença. É meu espírito que vocês têm de entreter, não minha doença, gritava Hugo por dentro, recebendo seus presentinhos de frutas e chocolates com um sorriso distraído.

— Certo, então eu pareço horrível. Você falou com a enfermeira? Disseram-lhe alguma coisa? Nunca me dizem nada.

— Disseram que você tem estado mais tranqüilo. Dormido melhor.

— Meus sonhos são terríveis.

— Pesadelos?

— Pior. São chatos demais. Eles empacam numa cena e não saem do lugar.

Como poderia explicar o quanto odiava sonhar agora? Os sonhos sempre tinham sido uma boa diversão. Uma imaginação que se comportava sem lógica, contando enredos que eram fantasias infantis cheias de truques de mágica, transformações e histórias inexprimíveis. Agora os sonhos paravam em uma única imagem e a mostravam sob todos os ângulos, fazendo-o suar à noite até que a cama ficasse molhada e ele lá, deitado de costas, o braço pousado sobre os olhos, tentando embalar-se no esquecimento.

— Vão manter você aqui um pouco mais.

— Onde mais posso ir? Não posso tomar conta de mim mesmo.

— Você poderia voltar para Hadley.

Oh, não. Seria o mesmo que retornar para viver em seu próprio sarcófago. As tagarelas senhoras de Hadley passariam pelas cortinas de rede e aquiesceriam com a cabeça uma para a outra, em alusão ao preço que ele estava pagando por seus pecados, enquanto Hugo ficava sentado na cama com um livro no qual não podia se concentrar, à espera de um chá que não poderia terminar. Aqui, pelo menos, podia fingir que estava na prisão. Lá, ele bem que poderia já estar morto. Nada mais iria acontecer.

— Nós adoraríamos ter você em casa.

— Eu iria atrapalhar. Não é divertido ficar comigo. De qualquer forma, gosto daqui. E, além disso, se eu voltasse para casa, todo mundo saberia.

— Oh, Hugo, que importância tem? Quero você em casa. Quero você comigo.

— Não quero voltar. Preciso da tranqüilidade daqui.

— Em casa é mais tranqüilo. Não haveria nada para perturbá-lo.

— Mamãe, eu morreria de conforto. Preciso de algo para me queixar.

Sabia que ela sabia o que ele estava dizendo, e como isso a atingia profundamente. Que Hadley era muito chato para que se pudesse sobreviver lá. Que o lar dela, com todas as suas poltronas e cerâmicas de bom gosto, era uma cela pior do que seu quarto de hospital.

— Como você está? Você parece cansado.

Observou as mãos dela apertando e esfregando o anel de ouro e coral. Não importava o que ela vestisse, não importava como pintava as unhas, aquelas mãos sempre confundiam as coisas. Essa inteligente e aprumada mulher, que costumava fazê-lo sorrir com afeto e admiração nas festas no jardim e visitas à escola, tinha as mãos maltratadas de tanto alvejar e esfregar e pelo opressivo rodízio da limpeza doméstica dos quartos à cozinha. As unhas eram duras e amareladas, grossas e largas, e os dedos curvos. Mas essas mãos, rachadas e rudes, capazes de uma força aterradora que golpeava o rosto e os braços de Hugo antes de puxar-lhe os cabelos, essas mesmas mãos o faziam chorar de compaixão por essa mulher desperdiçada, que poderia ter sido alguém e que queria tanto para ele, e que agora o velava humildemente em seu leito de hospital, sem acusações na voz. Nem em seus olhos havia acusações.

As coisas mudaram muito entre eles desde o confronto na cozinha. Mais confrontos. Mas muito mais honestidade. Mais confiança. Ele a tinha assustado naquele dia. Sabia que tinha. Ela lhe disse mais tarde, no quarto em Muswell Hill. Temia que ele contasse às irmãs, não ao pai. Ela nunca teve medo do pai. Sabia que podia contar com o amor dele. Mas estava preocupada com os filhos. O que fariam se ela fosse embora? Iriam abandoná-la? Para Hugo, que havia decidido nunca mais ligar para ela, pois, do contrário, se consumiria tentando penetrar em sua amargura em relação ao diário, isso foi uma doce e lacrimosa revelação, que ela se desse ao trabalho de pensar sobre o que ele pensava dela. Mas Hugo não soube disso imediatamente. Não soube até que se sentaram em seu apartamento em Muswell Hill e a mãe abriu o coração para ele. Não soube até o balé, quando ela lhe disse, logo após a última campainha... "Estou pensando em deixar o seu pai." Aquilo foi três anos depois da cena na cozinha. Seis anos depois do diário. Dois anos depois de ele ter saído de casa em meio a uma nuvem de lágrimas.

— O que você tem feito? Como vai papai?

— Ele não está. As coisas estão muito tranqüilas. Apenas o gato e eu. Kay esteve lá e me convidou para o balé na semana passada. Eu não entendo essa mulher. Você sabe que o irmão dela costumava trabalhar com a RSC, e então fez uma viagem para alguma companhia de esquerda do nordeste. Mas ela conseguiu os ingressos porque o marido...

Ela havia se desligado. Como em suas longas conversas por telefone, bastava apenas pontuar ocasionalmente o monólogo com "ahãs". Quando terminasse ou tropeçasse em sua torrente de palavras, passaria subitamente aos questionamentos e perguntaria:

— Que novidades você tem para contar?

E ele responderia:

— Não muitas — sem mencionar novidades sobre mudanças de empregos ou, agora, sobre novas opiniões médicas.

Quando ela estava com essa disposição para tagarelar, ele não queria falar. Não se importava com a conversa dela. Nos últimos tempos, não tinha nada mais para fazer. Houve uma época em que teria ficado no chão, batendo com a cabeça no carpete enquanto o monólogo se arrastasse, mas aqui, onde havia apenas o ruído distante e a ocasional estridência exasperada do tráfego lá longe, e o débil coro da alvorada de pássaros impregnados pela poluição, o fluxo suave de sua torrente interminável o ninava, confortando-o e tranqüilizando-o. Lembrava-o de estar vivo. Lembrava-lhe o mundo lá fora, e a sua frenética obsessão por nada em particular, toda a sua desesperada preocupação com coisas que pareciam enormes até que você as largasse, até que você ficasse em uma cama de hospital lutando contra batalhões de estranhos e obscuros vírus, deitado, refletindo sobre o infinito. Ele quase sentia falta do estresse. Pelo menos o estresse era momentâneo e desvanecia-se novamente. Aqui não havia estresse. Apenas medo. O medo não se desvanecia. Apenas descansava de vez em quando, e então atingia-o de novo, e arreganhava a boca sem dentes bem nos seus olhos.

Recostou-se nos travesseiros e escutou a tagarela modulação da voz dela, enquanto ambos olhavam a paisagem através da janela.

— ...E o que eu não entendo, porque não é a primeira vez, bem, você sabe, se você vai ao teatro você quer um assento, não é? Se não, porque gastar o dinheiro, em primeiro lugar?...

Hugo começou a sentir-se nauseado novamente, mas não podia recorrer a seu habitual refúgio de lentos sonhos com o passado enquanto sua mãe estivesse sentada na beira de sua cama, tagarelando. Ela estava dando vazão a seus pensamentos provavelmente pela primeira vez nesta semana, pela primeira vez desde a última visita. Hadley, com suas casas grandes e jardins ainda maiores, e muros de tijolos e placas de cuidado-com-o-cachorro, dificilmente era lugar para vida de rua. As únicas pessoas que ela sempre via estavam no supermercado, e agora todas a evitavam. Elas engoliram 20 e tantos anos nos quais ela se gabara dos filhos, e já haviam se aborrecido o suficiente por causa das comparações com suas insípidas filhas lavadoras de pratos e seus maridos desanimados e comuns. Elas nunca se preocuparam se seus filhos tornaram-se ou não médicos, professores e escritores. Agora talvez ficassem mais felizes com as comparações. Mas o que sua mãe diria no caixa do supermercado — "Oh, June. Tenho notícias maravilhosas de Hugo. Está em St. Stephen e acham que ele pode viver por mais seis meses."

Ela nunca faria isso, esperava Hugo, mas os outros provavelmente ainda estavam falando uns para os outros, dando o troco enquanto comiam bolo, ao tomarem o café-da-manhã juntos.

— Quê, ela? Você não soube a respeito do seu filho? Você sabe, aquele, de Cambridge, o alto, o que mentia o tempo todo e nunca jogava futebol como os outros garotos, e que chorava demais quando caía e que nas festas ficava quieto feito um camundongo? Lembra-se como ela achava que ele acabaria sendo o novo Bernard Levin? Bem, como a gente pode se enganar... Soube por Maggie, que esteve com Dick Richards, que ele está numa daquelas clínicas, com visitas apenas de amigos e parentes... sim, com AQUILO. Ele tem AQUILO.

— ...Então, em todo caso, eu fui, mas realmente era um monte de lixo. Não sei porque ela pegou os ingressos, e posso ver porque o marido dela não quis ir para ter que ficar apertando os olhos para enxergar.

De repente, ela parou. Olhou para Hugo que, oscilando ligeiramente, lutava para manter os olhos abertos.

— Estou aborrecendo você, querido?

— Estou muito contente de ver você. Falou com os médicos?

— Falarei quando sair. Você quer alguma coisa?

— Energia. Quero ficar acordado. Sempre pensei que morrer dormindo fosse melhor, mas mudei de idéia. É um grande acontecimento. Quero estar presente.

Ela ainda não acreditava que ele fosse morrer. Assim que fez sua brincadeira — não pretendia que fosse uma brincadeira —, viu o rosto dela enrijecer-se e as lágrimas assomarem aos olhos. Não ousava piscar para que as lágrimas não caíssem. Ficou lá sentada, tentando manter os olhos bem abertos, fixos no céu cinza. Não era justo ser assim com ela, tão casual a respeito de tudo. Hugo pertencia a ela, e às vezes sentia que não tinha nem sequer o direito de morrer sem sua permissão. Essa permissão ainda não fora dada. Ela esperava que ele lutasse. Mas ele havia lutado o quanto pudera antes de ir parar ali. Agora, na cama, sob a cálida supervisão de um hospital, Hugo abriu mão da responsabilidade sobre sua saúde e concentrou-se em colocar o passado em ordem, em exibi-lo em sua mente, falar com todas as letras, caminhar com o fluxo de sedução, pequenos crimes e constante auto-abuso. Agora, passava a maior parte de seu tempo vagando pelo passado. Era algo que parecia fazer sentido. Não havia nada acontecendo no presente exceto mais enfermeiras, novos médicos, mais camas, novos remédios e mais visitantes. E o futuro. Hugo nunca pensava no futuro. Não era fácil concentrar-se em uma nuvem cinza de reduzidas expectativas. Mesmo pensar sobre o dia seguinte o deprimia. Como um dia podia ser tão igual ao outro? Ultimamente, começou até a gostar de televisão. Era a única coisa que o ajudava a distinguir os dias da semana. A programação da tevê tornou-se seu diário.

A mãe esfregava os olhos. Ainda era algo estranho para ele o poder que tinha sobre ela — o poder de aborrecê-la. Parecia um caminho muito longo até o passado. Até ela como deus. Como monumento de força, como o ditador cuja palavra era lei e para quem a desobediência era impensável. Mas a mudança acontecera havia muito tempo.

A primeira vez que a fez chorar foi à mesa, no café-da-manhã. Estava pronto para ir à escola. Isso foi depois da saga do diário. Dois, talvez três anos depois. E Hugo foi tão frio quanto era capaz de ser. Durante aqueles dois, ou talvez três anos, parecia que havia sido excluído da família como um mentiroso no qual não se podia confiar. Se algo na casa tivesse desaparecido, ele havia escondido. Se fosse novamente encontrado, ele colocara de volta porque se cansou de esconder. Hugo nunca tocou ou viu qualquer uma das coisas desaparecidas, mas aceitou o papel porque isso o desobrigava de ser obediente. Já que o estavam rotulando de mentiroso, poderia representar esse papel e continuar com sua vida, seu tango do banheiro, sem a obrigação de sentir-se culpado.

Naquela manhã ela lhe perguntou sobre uma festa na noite anterior. Quem estava lá? O que aconteceu? Ele odiava esses interrogatórios. Não era assunto de ninguém. Não era o Hugo deles e não queria partilhar a noite com a família.

— Fred estava lá?

— Já lhe disse ontem quem estava lá. Por que tenho que dizer tudo de novo?

Antes, ela teria se levantado e o espancado porta afora por tamanha ousadia. Dessa vez, porém, apenas o fitou enquanto Hugo ficava parado junto à porta, tentando escapar da sala de jantar, da casa e do rosto enrugado da mãe, de seus olhos cheios d'água. Mas Hugo ficou paralisado. Sentia uma nauseante pontada de arrependimento junto com o impulso de ferir outra vez, de cravar o prego, de ver o que aconteceria a seguir.

— Sim, Fred estava lá. Fui com ele no carro.

— Oh, Fred tem um carro?

A voz dela tremia. As muralhas de Jericó começavam a vir abaixo.

— Não.

O aborrecimento deixava-o com a voz fria. Tinha de dizer-lhe tudo de novo? A irmã o observava, a boca cheia de torrada. O pai tomava ruidosamente seu café coado.

— O carro é da mãe dele.

Cada resposta levava a outra pergunta. Quanto menos dissesse, mais fácil seria para ela continuar.

— Ela empresta o carro para ele?

Isso era como sacudir o pano vermelho na frente de Hugo. Uma perguntação que não levaria ninguém a lugar algum. A conversa na sala de jantar chegou a um ponto morto.

— Foi o que acabei de dizer.

E ante essas palavras nem um pouco memoráveis a mãe começou a chorar. Ele olhou as lágrimas descendo sobre suas bochechas, deixando trilhas em ziguezague, e a princípio não conseguia atinar o que era isso. Quando reconheceu que ela chorava, seu primeiro pensamento foi de que seria punido pelo que fizera. Mas não foi. De repente lhe pareceu que a mãe estava com medo dele, medo de perdê-lo. E ele não estava com medo dela. Não estava com medo de deixá-la.

— ...Recebi outra carta de sua irmã, Mary...

Ela começara outra vez, a todo vapor, o motor roncando feliz. Ele poderia mergulhar de novo nos devaneios, pontuando seu silêncio com grunhidos gentis. Sentiu náusea novamente. Sempre lhe irritara o fato de que estar doente envolvia também sentir-se doente por tanto tempo. Nos velhos tempos, sempre que pensava em hospitais, eles lhe pareciam o refúgio perfeito. Dias na cama lendo e assistindo à televisão. Mas sentir-se doente havia estragado toda a diversão. Tudo tornara-se muito cansativo para que pudesse ser desfrutado, e então o enfado infiltrou-se nele ainda mais. Ler era muito cansativo. A concentração evaporava-se após dois parágrafos. Até sua memória rebelara-se e começou a inventar enquanto ele folheava as páginas da experiência. A memória mentia-lhe, encaixando acontecimentos em uma longa noite. Confundindo nomes e rostos.

— ...Realmente não sei o que está acontecendo lá. Parece que um dos garotos se meteu em encrenca. Mas ela soava muito alegre. Joshua, o marido (Sim, mamãe, eu estava no casamento. Eles passaram um tempo comigo. Lembro-me de seus nomes.), fica tanto tempo fora, viajando com suas palestras, que as crianças não têm uma figura paterna forte para se espelharem, e Mary, é claro, dedica-se às crianças mal-ajustadas, e aí os próprios filhos dela ficam sem controle. Um deles anda furtando em lojas. Não sei por que ela não...

Então você acha que nós nunca furtamos em lojas? Você acha que nós éramos tão bons quanto anjos, como você se gabava para todas as mães no supermercado? Você não sabe da farra que a gente fazia com os chocolates daquele mesmo supermercado, provavelmente sob os olhos das mesmas mães, que nos odiavam ainda mais. Sempre roubando mais do que podíamos comer, e chegando em casa para o pão com geléia e os biscoitos estourando de tanto chocolate.

— Mas eles parecem felizes e nem se incomodam com Jason. Ia visitá-los, mas...

Sua voz foi morrendo quando percebeu que não podia dizer o que pensara. Hugo sabia. Ela não podia viajar porque ele poderia morrer em sua ausência, e mesmo que ele não quisesse uma platéia, ela teria de desincumbir-se de todas as tarefas *post mortem*. Desejava que a mãe não tivesse de estar lá. Toda a sua choradeira. Poderia ter certeza de que a morte era o fim?

Pelo menos no hospital foram dispensados de religião. Havia muito pouco fervor religioso no ar. Eles haviam esforçado-se demais tentando erradicar a culpa. Mas Hugo teria aceitado algum melífluo sacerdote ao pé de sua cama, descrevendo calmamente o mundo após a morte. Gostaria de sentir que pelo menos havia alguma coisa pela qual esperar. No passado, sempre esperara pelas férias de verão e pelo feriado de Natal. Talvez devesse pedir alguns livros. Poderia olhar as ilustrações e escolher uma religião. Pedir alguns livros? Eles ficariam um tanto surpresos. Se Hugo começasse a pedir uma Bíblia, isso seria tema de conversas no corredor. Não podia suportar as conversas de corredor. Sabia que, de qualquer forma, não era mesmo muito popular com os outros. Ele não se comunicava, diziam. Todos queriam ajudar uns aos outros. Isso estava bem. Não tinha nada contra ajudarem-se uns aos outros, mas por que queriam ajudá-lo? Não queria a ajuda deles. Não queria ser importunado por essa atitude macabra de quem vai a uma festa com marmita. Café-da-manhã com doentes terminais. Isso o deixava cansado e muito zangado. Por que, apenas por estar doente, esperava-se que criasse laços com um bando de outros doentes? E eles nem faziam seu tipo. Eram todos tão dedicados! Dedicados ao sexo deles. Era algo que sempre o fizera estremecer. Hugo era péssimo no que dizia respeito à solidariedade. Fazia-o sentir-se demasiado submerso. No que lhe dizia respeito, seu sexo era secundário para ele. As pessoas deveriam estar interessadas nele, não em saber com quem ele dormia. Desejava que houvesse alguém com quem pudesse falar. Desejava que Chas ainda estivesse por perto. Desejava que Chas estivesse no mesmo quarto. Mas isso agora eram águas passadas, algo morto e enterrado. E essa já era outra história...

— ...É tão complicado obter os vistos, e seu pai fica tanto tempo fora, e Dawn trabalha tanto por tão pouco, ela precisa de nós por perto e...

A voz dela morreu de novo. Gostaria que a mãe mudasse de assunto. Deixar-se afundar no constrangimento significava apenas que teria de participar da conversa, e isso ele não queria. Gostava de olhá-la enquanto ela relaxava. Esquecer sua língua. Desviar sua mente da jornada e de seu destino, um filho doente. Contudo, o rosto dela estava desmoronando. Ele precisava pensar em uma pergunta. Algo sobre o que ela ainda não falara.

— Você tem falado com vovó?

— Ela não fala mais conosco. Você não soube? Dei-lhe uma bronca. Tinha a ver com você. Ela disse coisas ultrajantes...

— Que coisas?

— Que deveríamos ter tido mais controle sobre vocês há dez anos e, então, nada disso teria acontecido. Você teria se estabilizado com um bom lar e uma boa família, e ela teria bisnetos na Inglaterra em vez de três na América, e agora nós estaríamos nos visitando. E coisas assim. Como se tudo fosse uma questão de ensinar um canhoto a escrever com a mão direita. É a matrona que há nela. Ela sempre será uma matrona. Então disse umas coisas rudes, e nunca mais falou comigo. Ela falou com você?

— Nem uma palavra.

Podia ver o silêncio vindo, envolvendo suas línguas, e ele o deixou vir. Não tinha necessidade dessas fofocas. Poderia deitar-se e falar apenas quando houvesse algo a dizer. Suas costas cederam, os ombros caíram ligeiramente e os dedos alisaram as roupas de cama. As pessoas demoravam tanto para tocar em qualquer coisa perto dele. Todo mundo costumava beijá-lo. Uma bochecha, duas bochechas e, então, três. Uma sala cheia de mulheres esticando-se para alcançar sua bochecha. Agora estava sozinho, cercado pela aura da praga. Um intocável. A tranqüilidade que isso lhe deu era extraordinária. A solidão era pura agonia.

A mão dela moveu-se em direção a dele, segurando-a, e uma onda de quentura subiu desde os dedos de seus pés, retorcidos na extremidade da cama desarrumada. Não disseram nada. Olharam fixamente para o céu cinza, acima das torres cinzas, e não disseram nada. Era como se a respiração deles dissesse tudo. O ritmo corporal de um alinhara-se ao ritmo do outro. A tagarelice tinha acabado. Agora, um pouco de sossego. Hugo lutava para manter-se acordado. Ele costumava sonhar com o sono quando sentava-se à frente de sua máquina de escrever, em um escritório mal iluminado. Agora o sono era seu inimigo. Desperdiçava seu tempo. Impedia-o de ler. Impedia-o de concentrar-se.

A mãe puxou-lhe os dedos.

— Você está bem, querido?

— Estou apenas pegando no sono.

— Vou deixar você dormir, então. É melhor que eu vá. É um longo caminho de volta para casa porque perdi meu passe verde e tenho que ir a Southgate para conseguir a segunda via. Odeio aquele lugar. Houve um incêndio, você leu a respeito?, naquele clube em Southgate, e eles sabem que foi proposital, mas a polícia só chegou no local depois que o clube estava em escombros. Dez pessoas morreram. Nenhuma ambulância, nada. A polícia chegou depois do fato ter acontecido. Disseram que foi um engano. É terrível, mas eles não dão a mínima.

— Eu sei.

— Você já esteve lá?

— Muitas vezes.

— Bem, agora acabou-se.

— Mas, de qualquer forma, eu não poderia voltar lá novamente, não é mesmo?

A mãe olhou para Hugo, que arreganhou os dentes em um arremedo de sorriso. E, de repente, seus olhos encheram-se de lágrimas e ela caiu no choro sentada na cama, na frente dele. Àquela altura já sabia que logo a mãe iria embora. Ninguém mais havia chorado em seu quarto. Com todos os outros eram apenas sorrisos tensos, nervosos. Exceto Chas, que tinha tido tato suficiente para falar sobre sexo, e com detalhes, de modo que eles podiam sentar-se, excitados por uma nova conquista, por uma antiga lembrança. Havia poucas novas conquistas hoje em dia. Sobraram poucos banheiros para dançar o tango. Todos haviam sido demolidos pela Superloo e substituídos por cilindros assexuados e padronizados com lavagem automática, nos quais meninas de cinco anos ficavam presas e se afogavam, sendo lavadas com detergente até a morte. Hugo sorriu ante o horror de uma privada homicida, enquanto a mãe esfregava os olhos injetados e inspecionava o caos que é uma bolsa de mulher à procura de lenços de papel amassados, cheirando a batom e cigarros, pegando isqueiros e ingressos de teatro vencidos, bilhetes de ônibus com a validade vencida e uma fotografia. Hugo a agarrou antes que a mão de sua mãe tivesse tempo de segurá-la. Ela o encarou, repentinamente furiosa.

— Devolva-me isso, por favor.

Ele olhou para a foto. Era um homem reforçado, em vias de ficar careca, mas ainda bonito, sorrindo para a câmera. Estava sem roupas.

— Você tirou essa foto?

— Não seja ridículo.

Ela havia tirado. Tinha um novo amante. Devolveu-lhe a foto magnanimamente. Os lábios dela começaram a mover-se, prestes a pronunciar frases do tipo "Não é da sua conta", mas nenhum som foi emitido. Sentenças como "Não conte a seu pai" ou "Está tudo acabado agora" ou "Não é nada sério"... também não vieram. Ele a observava. Ela o observava. Estaria ela esperando que Hugo se zangasse? Ele não poderia. Mas isso era triste. Pensou em seu pai e sentiu-se triste. O melhor homem do bairro. O mais bondoso. E não ganhara a fidelidade da esposa.

— Qual é o nome dele?

— Talvez eu deixe seu pai.

— Você disse isso anos atrás. No balé. Lembro-me tão bem. Você esperou até a última campainha do intervalo e no instante em que nos levantávamos para o café você disse: "Acho que vou deixar seu pai".

— Eu ia.

— Eu sei. Você não se lembra? Nós nos sentamos durante horas naquele quarto em Muswell Hill, discutindo os prós e os contras. Você nunca o deixou.

Havia sido um de seus momentos de maior intimidade.

Hugo levou a mãe até o quarto depois do balé. Havia passado a segunda metade do espetáculo tentando espiá-la pelo canto dos olhos, perguntando-se o que fariam, e por quê, tantos anos depois de ele ter inventado o divórcio de seus pais (quando era raro e moderno ter pais separados), ela decidira deixar o marido (quando era raro e moderno ainda estarem juntos). O pensamento o fez sorrir. Não tinha mais necessidade de ter pais modernos. Mas a voz de sua mãe, sua silenciosa agitação na segunda metade do balé, os nós dos dedos brancos, os olhos cheios d'água e os dentes mordendo os lábios fizeram com que desejasse abraçá-la, levá-la para casa e dar-lhe uma bolsa de água quente.

Não a abraçou. As pessoas da família Harvey não costumavam se abraçar. Levou-a para a casa, para o quarto que alugara de William e Barry durante as férias da universidade. Ela queria tanto falar. De repente, Hugo não se importou com sua invasão. Pedira a ela que viesse, e não se arrependia.

A senhora Harvey não fazia a menor idéia de como Hugo conhecera William e Barry e realmente não queria saber. Havia coisas que ela realmente não queria saber, coisas que achava melhor o filho resolver sozinho. Contanto que ele estivesse quente e seguro, seco e feliz. Claro, Hugo tinha que lhe dar algum tipo de satisfação. Disse-lhe que William era primo de um amigo em Cambridge. Isso era quase verdade. O primo de William estava em Cambridge e Hugo o conhecia. Vagamente. Ela não tinha como imaginar que Hugo conhecera William porque Hugo era David, mas não era por essa razão que tinham ido lá e, de qualquer forma, William havia saído e Barry estava no andar de cima, e ele não pretendia mostrar-lhe a casa, não nessa noite. Em vez disso, apenas sentaram-se no quarto de pé-direito elevado de Hugo, em velhas cadeiras com capas desgastadas em meio a caixas empoeiradas, e conversaram por horas a fio. Barry serviu-lhes o jantar no quarto. Barry adorava mães, mas não era tão amável com os filhos. Trouxe-lhes gim e tônica e a mãe de Hugo sorriu para Barry da mesma forma que sorria para garçons e enfermeiras. Como se mal pudesse vê-los em meio à neblina. Como se fossem uma miragem. Estava por demais imersa em sua própria infelicidade para que fosse capaz de vê-lo com clareza.

Sentaram-se juntos pela madrugada afora, repassando episódios do passado, tranqüilizando-se mutuamente quanto ao amor que sentiam um pelo outro. Agora, Hugo podia contar histórias que antes haviam sido segredos profundos, e ela podia rir da maneira como fora enganada, ou de como ele pensava que havia conseguido enganá-la. E ela podia rever cada pedacinho de um caso desastroso que a atormentara, deixando-a infeliz e desesperada para fazer algo desesperado, como deixar seu pai. Foi um caso que começou durante uma conferência no fim de semana. Um flerte que se transformou em uma coisa que nunca deveria ser, ou na qual nunca teria se transformado, não fosse a desatenção do marido e sua própria inércia. Ela estava entediada. Os filhos tinham saído de casa. Sua vida escoava-se em direção a um horizonte distante, enevoado, que refletia a distante e cinzenta linha onde o mar de Scarborough encontrava o céu de Scarborough. E eis que de repente surgiu um homem que a fez sentir-se mulher. Um homem que a mimava e a elogiava, e a levava para dançar em providenciais salões de dança sob candelabros quase novos, enquanto o marido atrasava-se por causa de reuniões noturnas. Ele a levou para salões de chá no píer e a seduziu em meio a fatias de bolo com cobertura. Poderia ter sido como nos filmes americanos — angústia e serviço de quarto em motéis no Meio Oeste, momentos de culpa em quartos isolados. Mas essa era a Inglaterra rígida e cinza-esverdeada, sem horizontes, sem estradas em amplos espaços abertos que levavam para amplas e espaçosas paisagens. Esse era um caso que seguia a rota do circuito de conferências de executivos. Frias cidades costeiras, fora da temporada, fora do colorido, fora dos limites.

E ele era o homem pelo qual arriscara seu orgulho, pelo qual mentira para sua família, com o qual sussurrara ao telefone e pelo qual desafiara Hugo na cozinha. Hugo nunca o encontrara, diga-se de passagem. Mas formara uma imagem dele. Sabia como ele era. Apenas pelo que ouvira. Um mulherengo. Um homem com um chalé para suas escapadas e passos hábeis no salão de dança seminovo. Era uma criatura desses frios e desolados litorais. Um lagarto desses saguões de hotel com poltronas vermelhas imitando couro sob castiçais falsos. Um homem que desabrochava depois da meia-noite sob uma falsa luz de velas e encurralava a caça que escolhera com sete chopes pequenos (para ela) e três cervejas (para ele). O suficiente, não mais.

Hugo não podia acreditar que houvesse durado tanto. Começara na época em que ele sentava-se para fazer a lição de casa e a ouvia sussurrar. E agora, três anos depois, ela fitava os destroços e pensava em deixar seu pai.

Sabia que o caso continuara por algum tempo. Mesmo depois que ele saiu de casa. A irmã lhe dissera. A mãe havia começado a desaparecer por fins de semanas inteiros com uma mítica amiga holandesa que subitamente materializara-se de seu passado. Porém, embora todos eles imaginassem que alguma coisa estava errada, não ousaram dizer nada a ninguém com medo de estarem errados. Apenas aquela vez Hugo tentou dizer algo à mãe. Mas agora percebia que esse era o motivo pelo qual ela o convidara para o balé. Era o motivo pelo qual dissera aquilo na segunda campainha do intervalo. Era o motivo pelo qual estava em seu quarto alugado dizendo-lhe o quanto havia sido humilhada por seu charmoso homem. Homens charmosos são volúveis, descobriu ela. As mesmas promessas que lhe foram feitas junto com as fatias de bolo com cobertura no píer de Scarborough foram repetidas para mulheres de determinada idade, em determinados píeres de todas as cidades que sediavam conferências na Inglaterra. E, de repente, a sra. Harvey não podia confiar em seus fins de semana no interior, nem em sua própria discrição. Ela espiou sua traição. Olhou sua humilhação através das lentes de uma câmera, através de janelas e fechaduras. Ouviu-se traindo ao telefone e em secretárias eletrônicas. Morreu quietamente, de novo e de novo, sozinha, em silêncio, e sentindo-se por demais aterrorizada, zangada e ferida para romper esse silêncio. Até aquele momento. E para Hugo.

Ele tentou ressuscitá-la com gim e tônica e um cozido quente no quarto com caixas empoeiradas e pé-direito alto, enquanto ouvia o relato completo de um caso morto, um caso do qual sempre suspeitara e que às vezes até desejara, mas que agora, ao lhe ser revelado com todo seu clichê casual, parecia simplesmente uma ridícula e infeliz história de auto-engano, de vulnerabilidade explorada, de elogios engolidos, de bolos com cobertura em demasia e de promessas secretas em demasia.

Hugo, que não tivera nenhum caso bem-sucedido, mas apenas rompimentos dolorosos, sentiu-se tão sábio e tão velho que disse à mãe o que fazer e ela achou que ele estava certo. Disse-lhe para não deixar seu pai. Disse-lhe para voltar e aceitar o perdão que lhe era oferecido em vez de sentar-se e lamber suas feridas até que nada mais lhe restasse além de cascas para cutucar e solidão para velar. E, aos poucos, as lágrimas em seus olhos secaram, seus lábios pintados de vermelho contraíram-se em sorrisos e seu copo, manchado com o mesmo batom vermelho, esvaziou-se de novo e de novo.

Ele a colocou na cama de seu quarto às quatro horas da manhã e observou-a em silêncio por alguns minutos, pensando como era estranho que essa mulher que ele havia amado e odiado por toda a vida, e pela qual agora sentia amor e piedade, era uma mulher que ainda não podia abraçar. Por que era assim com os Harvey?

E agora, mais uma vez, as coisas iam pelo mesmo caminho, com outro homem baixo, robusto e nu em uma fotografia na bolsa dela. E agora, mais uma vez, ela negava tudo e recusava seu convite. Eles eram tão tensos e nervosos, os Harvey. A honestidade nunca foi fácil para nenhum deles, exceto o pai, e ele não tinha nada a dizer.

Tampouco agora haveria algum abraço.

A mãe colocou as coisas de volta em sua reveladora bolsa e, com um movimento de pulso, abriu um estojo de pó compacto, que espalhou sobre o rosto com uma expressão artificial de concentração. O estojo emitiu um clique ao fechar-se, e o ar tornou-se mais frio. Ela ergueu-se e repentinamente Hugo sentiu-se como um inválido. Não podia levantar-se para levá-la até a porta. Sentiu-se como uma criança presa num sonho ruim no qual ficou grande o suficiente para fazer tudo, mas ninguém percebe que ele é um adulto. Ela inclinou-se e o beijou na testa. Era um jeito ruim de partir, mas Hugo não tinha forças para discutir, para pedir-lhe que ficasse e lhe contasse toda a história. E ela partiu, quase que sem dizer nada. Uma olhada de relance para trás e um sorriso, mas um sorriso sem expressão. Ela estava aborrecida e envergonhada, e aborrecida por sua vergonha.

Era sempre o sexo que provocava essas confusões.

Hugo virou-se de lado e fitou a janela, esperando que a enfermeira viesse, e com os pensamentos voltando para trás, voltando para o escândalo do diário, para Sam, para aquele ano na escola, para o primeiro grande julgamento de sua vida. Perguntou-se como havia passado por tudo aquilo sem sequer chorar. Soube mais tarde que quando as pessoas diziam que ele era forte, quando diziam que tinha uma personalidade difícil, que havia sido aquele ano que o endurecera. Que o cauterizara. E que o ferira. Nunca mais afastou-se tanto de sua concha por uma outra pessoa como fez por Sam. Nunca revelou tanto sobre si mesmo quanto o fez no diário. Daquela época em diante, Hugo mudou do mentiroso para o confidencioso.

Perguntou-se o que sua mãe estava passando com o careca robusto sem roupas. Iria esse durar um pouco mais ou era apenas outro caso efêmero? Ele sabia como ela era? O que ela queria? Será que ligava para isso? Será que ela ligava para ele? É claro que o homem não era bom o suficiente para sua mãe. O que ela queria com um robusto homenzinho que se deixava fotografar nu? Ou talvez ela o tivesse fotografado. Não suportava pensar nisso. Se não tomasse cuidado, teria de pensar em sua mãe nua. Mas seu pai iria superar isso? E, então, apenas por um minuto, esforçou-se para pensar em como era o rosto do seu pai. E quando não conseguiu, caiu no sono. Sonhou que a mãe e ele estavam separados por uma parede de vidro em um aeroporto, e nenhum dos dois podia encontrar o caminho para o outro lado do vidro. As pessoas desapareciam do lado de Hugo e reapareciam no lado de sua mãe, mas não podiam encontrar porta alguma. Ela estava com a passagem dele, e Hugo tinha de lhe dar um beijo de despedida. Em vez disso, apenas caminhavam para cima e para baixo ao longo do vidro, olhando-se e tentando ler os lábios um do outro.

22 de setembro de 1980

Querido Hugo,

Suponho que ainda existam dúvidas na sua cabeça sobre as razões pelas quais eu rompi nossa amizade de forma tão abrupta; sinto agora que já se passou tempo suficiente para permitir-me explicar-lhe meus motivos sem embaraço.

É bastante simples, eu compreendi — Deus, demorei séculos para perceber! — que você é homossexual (ou bissexual). Por favor, não rasgue esta página num acesso de fúria. Nós dois sabemos que isso é verdade, portanto, por favor, continue a ler. Não tenho absolutamente nada contra a homossexualidade, acredite, mas não acho que ela deva ser imposta sobre os outros, como senti que era o caso entre nós. Minha decisão não foi impulsiva; passei muitas semanas num dilema atroz antes daquele momento, tentando criar suficiente coragem para deixá-lo — uma tarefa dificultada grandemente pelo genuíno afeto e simpatia que sentia por você. Como essa mensagem tardia indica, ainda não criei coragem suficiente. Sinto muito. Também contei a uma ou duas pessoas as razões do nosso rompimento, com um tom de desprezo do qual agora me arrependo amargamente.

Também peço desculpas se esta carta (?) parece impessoal; no fundo, ela é muito emocional. Continuo nutrindo um profundo respeito por você e recordo-me da nossa amizade com lembranças felizes; apenas gostaria que não terminasse desta forma tão desconfortável.

Sam

4

O AMOR DE FATO NOS SEPAROU

Hugo tinha 15 anos. Sam também. Um era o melhor amigo do outro.

E então Hugo apaixonou-se por Sam, e deu no que deu. E então a sra. Harvey encontrou o diário no qual Hugo escrevera que amava Sam, e isso foi o pior. Talvez fosse esse o significado de ter 15 anos. Confusão...

Durante três anos, Hugo e Sam viveram colados um no outro. Sentavam-se juntos em todas as aulas. Comparavam, trocavam e copiavam lições. Contaram suas histórias um para o outro (ou algumas delas). Eram do tipo de companheiros de escola que a gente encontra nos livros da coleção Ladybird e em contos para rapazes de internatos. Estavam apaixonados. Ou algo parecido. E então, certa manhã, Sam simplesmente se afastou. Certa manhã, entrou na sala de aula para a primeira chamada e, sem dizer uma única palavra, sem ao menos olhar para Hugo, atravessou a sala e sentou-se ao lado de Perry Rickston.

Perry havia sido amigo de Sam antes que Hugo aparecesse, e durante três anos Perry odiou Hugo, mas não o demonstrou por medo de perder Sam completamente. Agora, Hugo perdera e Perry podia tripudiar à vontade. Seu sorriso do outro lado da sala ainda era o de um réptil, mas era também triunfante. Hugo, contudo, não ligava para Perry, que penteava demais o cabelo e tinha uma pronúncia sibilante. Ninguém gostava de Perry, provavelmente nem o próprio Perry. Era malicioso e traiçoeiro, o tipo de garoto que fazia gozações de deformidades.

Hugo ficou chocado. Não podia acreditar no que acontecera. Sam se fora e agora havia apenas um lugar vazio na carteira a seu lado, o único lugar vazio da sala de aula. Hugo foi deixado sozinho como uma mulher abandonada. Já no segundo período após o primeiro intervalo a classe havia percebido e os comentários sarcásticos começaram.

— Vocês se divorciaram? — perguntou Pritchard, que tinha o sorriso de um crocodilo intoxicado.

— Essas briguinhas — suspirou Marker, que se tornaria o capitão da escola, apesar de seu mau hálito.

O problema é que não se tratava de uma briguinha. Eles não haviam discutido. Não haviam brigado. Sam apenas afastou-se, sem qualquer explicação, e Hugo não tinha escolha. Precisava levantar-se do chão e representar algum papel. Sentia-se como o pateta em um esquete para dois cujo parceiro acaba de abandonar o palco e que de repente tem de pensar em novas piadas sob a luz dos holofotes.

É claro que Hugo tinha outros amigos. Mas não o mesmo tipo de amigo. Ele andava com os desajustados, os garotos que atraíam encrencas, os arruaceiros e os valentões dos corredores da escola, que brincavam com fogo e passavam a hora do almoço fumando na mata. Andava com eles porque eram divertidos, porque viviam atrás de coisas excitantes, tinham cabelos compridos e calças largas (pelo menos até 1976), possuíam códigos postais dos bairros centrais da cidade e antigas coleções de discos e, o melhor de tudo, usavam, compravam e, às vezes, vendiam drogas. Mas não eram amigos como Sam. Eram colegas. E embora no fim do ano, nas últimas semanas do período de verão, Hugo tivesse em segredo feito sexo com um deles na mata, todo dia na hora do almoço, nunca se apaixonaram e os demais nunca souberam.

Nem poderiam saber. Não se fazia isso. Não na escola de Hugo. Tudo na escola de Hugo era masculino, exceto o sexo. E o amor. Ou o tipo errado de amor. O tipo de amor que certamente não ousaria dizer seu nome na quinta série; o tipo de amor que havia feito Sam sair correndo e que o levara, vários meses depois, a escrever uma nota explicativa com tamanha frieza emocional que parecera a Hugo o fóssil de uma amizade.

E assim Hugo andava com o bando dos desajustados, para cima e para baixo na mata, usava drogas para não ter de apalpar garotas, e todas as noites, até o dia em que se foi, remexia o fóssil de sua amizade com Sam. Uma amizade que havia sido muito mais do que uma amizade e uma relação que havia sido muito menos do que uma relação. O primeiro amor e o primeiro sangue.

Quando chegou na grande escola nos arredores de Londres para o primeiro dia de aula, Hugo Harvey, 11 anos de idade, preocupava-se muito em encontrar um amigo. Ninguém mais de St. Monica fora com ele para a escola grande e os garotos que conhecia de Hadley eram muito mais velhos, mais altos e mais cruéis do que se lembrava. Olharam para ele, com seu boné, paletó e calças recém-passadas e riram, porque sempre riam de garotos que usavam bonés. Mas o que preocupava Hugo mais do que as risadas dos garotos mais velhos que achavam seu boné ridículo era o fato de que a escola era cheia de garotos, e apenas garotos. Hugo crescera com as irmãs e com garotas. Na hora do recreio, no St. Monica, passava mais tempo pulando corda do que jogando futebol, e ainda que, oficialmente, pelo bem de seus pais, e das festas de aniversário, e das saídas para o chá, ele tivesse um melhor amigo chamado Jonathan, eles não se sentavam juntos na sala de aula porque Jonathan queria sentar-se perto de Mark, que era o melhor da classe no futebol e o segundo melhor nas lições de casa (Hugo era o primeiro, mas Mark vinha logo atrás).

Hugo não era o único que queria ter Jonathan como amigo. Mandy também queria. Mandy, que tinha cabelos longos e um pai rico, sempre ganhava nas brincadeiras de beijar, dando em Jonathan o beijo mais longo e deixando Hugo de lado, com um estranho mau humor. Hugo nunca soube ao certo por que ficava tão irritado nas brincadeiras de beijar. Mas há muito ele sabia que seu fracasso em ser beijado nas brincadeiras de beijar, assim como seu fracasso no futebol, era parte do problema do qual não conseguia se livrar. Parte do problema que fazia com que amigos do sexo masculino se afastassem dele. Sendo assim, o que faria em uma escola cheia de garotos? Somente garotos. O que faria quando o único jogo da hora do almoço fosse o futebol? Como conseguiria fazer algum amigo?

Mas quando Hugo foi para casa no fim do primeiro dia na escola grande, deu-se conta de que, na verdade, não havia realmente percebido que havia apenas garotos. Eles eram tão diferentes: pequenos, altos, gordos, de cabelos vermelhos, de cabelos pretos, judeus, chineses, valentões e estúpidos. Não fazia diferença o fato de não haver garotas, exceto que ninguém brincava de beijar, o que parecia bom para Hugo. A outra coisa estranha que ele não percebeu de imediato era que, para começar, parecia mais fácil encontrar amigos entre os garotos mais velhos. Os mais velhos pareciam nutrir grande interesse por Hugo. Eles já estavam na quarta série, tinham cabelos longos e faziam brincadeiras esquisitas sobre garotos que ficavam com outros garotos, que ele não entendia direito, mas que o faziam rir e, embora nunca o tivessem tocado, costumavam mantê-lo por perto, como se Hugo fosse um deles.

Mas Hugo ainda precisava encontrar um amigo só dele. Os garotos mais velhos serviam para doces, histórias esquisitas e presentes repentinos, como livros, e ajuda para a lição de casa no ônibus da escola, mas eles não iriam à sua casa para o chá. Por outro lado, do jeito que Hugo recrutava novos amigos, ninguém poderia mesmo ir à sua casa para o chá. Na época em que Sam e Hugo tornaram-se amigos, a vida doméstica de Hugo, da forma como era percebida pelos garotos da escola, consistia em uma estranha mistura de riqueza fabulosa, parentes reclusos que se embriagavam com gim e discórdia entre os pais.

Sam Judd e Hugo nunca haviam falado um com o outro antes que ambos tivessem passado de ano e ido para a mesma classe.

Sam ganhou o prêmio de inglês nos exames do fim do ano anterior. Hugo ganhou o prêmio de alemão. Os dois eram inteligentes e, embora a nova classe estivesse cheia de inteligentes, Sam Judd era com certeza o mais inteligente, e Hugo com certeza ocupava o segundo lugar.

Ainda assim, Sam e Hugo não perceberam a existência um do outro imediatamente. Hugo já tinha um amigo do ano anterior, um pequeno e rechonchudo garoto judeu chamado Milman. Darren Milman era apenas a aquisição mais recente na incerta coleção de amigos de Hugo. Ninguém na Classe 110 tinha certeza de coisa alguma a respeito de Hugo. Afinal, ele havia sido flagrado roubando as moedas estrangeiras de Ian King e o sr. Grenville o havia chamado para uma conversa. Alguém disse que chegaram até a escrever para os pais de Hugo. Porém, ele também era o garoto mais inteligente da classe, a uma desconfortável distância dos outros, e ganhara muitos pontos na gincana entre as classes, o que impediu a 110 de ficar em último lugar. A 112 ganhou com facilidade porque tinha um monte de garotos inteligentes. A 111 era a antiga classe de Sam, e ficou em segundo lugar, na frente da 110. Apesar da reputação de Hugo, e apesar de uma lista de amigos um tanto heterogênea, que incluíra Dinsey até Hugo descobrir como ele era grosseiro, e Collins, até que Hugo começou a se interessar por seu irmão mais velho da quarta série, e mesmo Rawlinson, que nascera em Manchester e que nas aulas de inglês contava as melhores histórias sobre gangues e terrenos baldios, que poderiam ter saído diretamente do programa de TV *Stig of the Dump*, Darren Milman era considerado uma aquisição e tanto. Seu pai dirigia um Mercedes. Seus pais moravam na georgiana Stanmore. Ele esquiava nas excursões de esqui da escola (Hugo não ia porque era muito caro, embora dissesse aos colegas que era porque seu tio — alguém de seu grande e sempre útil estoque de personagens — morrera em uma avalanche). E tivera seu *barmitzvah* no hotel Piccadilly, quando Hugo comeu salmão pela primeira vez e viu pela primeira vez um garoto recebendo um monte de envelopes brancos (duas semanas depois, viu a mesma coisa acontecer no *barmitzvah* de Stephen Moye).

Porém, na rarefeita atmosfera do 219, os atrativos de Darren Milman desvaneceram-se. Ele começou a parecer menor, mais rechonchudo e, ao mesmo tempo, menos interessante. Se na 110 ele parecia inteligente, agora parecia lerdo e dependente, e talvez Hugo não tivesse se importado de carregá-lo por algum tempo, se seus interesses não o tivessem levado para outra direção. Ele percebera que o garoto ligeiramente acima do peso, louro, de óculos, com espinhas e cravos amontoados em cada canto de seu rosto largo não era apenas muito inteligente, mas parecia transpirar carisma. Hugo estava ficando transfixado por seu odor. A sedução havia começado.

Os dois competiam na classe, primeiro de forma agressiva, depois, gradualmente, com humor, quando ficou claro que ninguém mais estava na disputa. A troca de sorrisos de congratulação e de comiseração, dependendo de quem tivesse ganhado a disputa, ampliou-se. Darren Milman começou a sumir de vista. Hugo deixou-o de lado sem a menor preocupação, como algo que não se quer mais. Mal percebeu seu afastamento. Seus olhos estavam em Sam, e os olhos de Sam estavam nele. Como dois estranhos que se encontram no saguão de um bar de solteiros de segunda categoria, foram pegos em uma longa e lenta dança que, inexoravelmente, fazia com que se aproximassem cada vez mais, até que, numa certa manhã, Sam chegou e sentou-se ao lado de Hugo em vez de sentar-se com Perry Rickston. Perry ficou inquieto. Darren ficou surpreso. E Hugo exultou. Havia encontrado seu amigo.

Mas mesmo no início houve problemas para Hugo. Sam sempre parecia muito mais interessante do que ele. Isso era bom num certo aspecto — significava que Hugo nunca ficaria cansado de Sam. Porém, era desastroso em outro aspecto — Hugo estava sempre apavorado com a idéia de que Sam iria cansar-se dele. Apaixonar-se era apenas outra parte do mesmo problema, assim como a incapacidade de Sam de apaixonar-se por ele. Na 219, o suplício e os estragos da puberdade ainda pareciam estar a uma confortável distância. Mas os pais estavam perigosamente perto.

Os pais de Hugo eram bons pais. Sua mãe tinha temperamento brutal e mão pesada. Acreditava em disciplina, boas maneiras, excelência e trabalho duro. Também acreditava em saúde, educação, vitaminas e em atividades ao ar livre. Hugo cresceu sendo espancado e intimidado, mas feliz e saudável. Contudo, também cresceu com um complexo por não ser exótico. Sabia que era realmente exótico e que o resto de sua família o havia desapontado, mas não tinha nada para mostrar, nada de concreto para provar que era a estranha e maravilhosa pessoa que deveria ser. Infelizmente para Hugo, que ainda estava convencido de que houvera alguma estúpida troca de bebês na maternidade Alexandra e que, por isso, acabara na suburbana casa de três quartos de Grimsville sem que ninguém percebesse o erro, Sam dispunha de exotismo paterno aos montes. Para começar, havia o fato de que seu pai vivia na Nigéria com a segunda esposa. E então havia a história da mãe de Sam.

Hugo não deveria saber sobre a mãe de Sam. Na verdade, durante os três anos em que se sentaram lado a lado em todas as aulas, Sam nunca contou para Hugo. Mas Hugo, que tentava desesperadamente unir as pontas soltas de suas mentiras dispersas, precisava saber qual era o segredo de Sam. E soube apenas por causa do incidente na aula de inglês, quando Anthony Argyll entregou-lhe seu caderno de volta.

Na antiga 219 as aulas de inglês eram dadas pelo sr. Argyll, um tipo de colecionador de borboletas, muito alto e que usava um termo creme amassado e sapatos rústicos, pedia aos garotos que o chamassem de Anthony e, por alguma razão, tratava alguns deles por seus nomes de batismo e outros não. Isso era típico do sr. Argyll. Um verdadeiro gigante, andava a passos largos pelos corredores da escola com um estranho sorrisinho sempre torcendo os cantos de seus lábios, como se tivesse acabado de lembrar de alguma estranha cena de uma noite imoral passada entre amigos. Ele avançou da mesma forma sobre os alunos do primeiro ano, sufocando-os em meio a pastas cheias de adesivos, fazendo-os escrever às pressas as lições de casa, enquanto observavam o homem dos grandes sapatos rústicos dar as ordens. No segundo ano, os garotos sufocados do primeiro ano já haviam desenvolvido a atitude resistente da escola. Haviam aprendido palavras como cínico, maduro e porra. Não mais se deixavam assustar por sapatos rústicos. Mas ainda ficavam impressionados com Anthony Argyll. E todos queriam ser o favorito de Anthony Argyll.

Como era difícil prever o que agradaria ao sr. Argyll, bem como a maneira de obter seu favor, já que tinha tanto a ver com um belo rosto quanto com um belo trabalho, não havia honra maior para um garoto da antiga 219 do que ter uma redação em inglês aprovada por Argyll. A aprovação de Argyll geralmente significava que o ensaio seria lido em voz alta, pelo próprio Argyll. Com uma exceção: a primeira redação do ano de Sam Judd.

A primeira redação do ano era um tema livre. Escolham seu próprio assunto, disse o sr. Argyll, andando pela classe com um misterioso sorriso. O trabalho de Hugo, uma conversa livre sobre a dificuldade de tentar pensar em um tema para uma redação, que terminava com a súbita percepção de já haver escrito o suficiente, recebeu um sucinto comentário: "Um substituto para um ensaio." Sam Judd recebeu um A. Hugo soube porque, embora ainda não fossem amigos, já estavam sentando-se perto um do outro. Hugo também ouviu Argyll dirigir-lhe cumprimentos especiais. Mas o ensaio não foi lido em voz alta. Sam enfiou-o rapidamente em sua pasta, como algo que fosse vergonhoso... ou verdadeiro. Hugo o observara.

Agora que ele e Sam eram amigos, queria conhecer os fatos. Sabia que Sam era um aluno interno porque seu pai e a família viviam e trabalhavam na África, de forma que ele tinha férias exóticas garantidas em cada período de recesso escolar. Sabia que Sam tinha uma madrasta e que sua mãe verdadeira havia morrido. Mas como, e quando?

Hugo não era imune à bisbilhotice. Não era imune a muitas coisas. Não era imune a incursões aos bolsos dos paletós no vestiário. Não era imune a mentiras. E, com certeza, não era imune a vasculhar a pasta de Sam enquanto ele ia ao clube de xadrez e, uma vez que achasse a redação, não era imune à tentação de lê-la. Era pior do que pensava. Acontecera havia muito tempo. Cinco anos, talvez. Sam tinha menos de dez anos. Dirigindo na rodovia durante férias em família. Um caminhão cruzando a pista. Sua mãe gritando "Cuidado!" e, então, nada. Acordar em um hospital e ver seu pai olhando para ele com uma expressão de infelicidade e perda nos olhos. A última palavra que Sam ouviu a mãe dizer foi "Cuidado!". Ela foi esmagada até a morte no carro. Ninguém mais morreu.

Era terrível.

Hugo não sabia o que fazer.

Já era ruim o suficiente que tanto seu pai quanto sua mãe estivessem vivos e bem, na segurança de uma casa de três quartos, trabalhando suas horas-padrão e passando férias no exterior apenas a cada dois ou três anos. Era ruim o suficiente que Sam passasse suas férias escolares excursionando em distantes reinos tribais com um pai geopoliticamente correto e uma mãe estalando de nova, enquanto Hugo consumia-se em intermináveis caminhadas nas férias, subindo e descendo vários cumes de pouca altura, visitando uma série de abadias arruinadas e residências abastadas e imponentes, zanzando por museus ferroviários, de mineração e de engenharia em geral, enquanto o pai discursava sobre Telford, Brunel, Watt e Stephenson, e comia sanduíches no carro. Sempre comiam sanduíches no carro onde quer que fossem. Sanduíches no carro para escapar da epidemia de joaninhas em Rye, e sanduíches no carro sob a chuva torrencial em Saundersfoot, depois que o museu dos brinquedos fechou. Portanto, não ajudava em nada o fato de que Sam passara por um grande trauma na infância.

Hugo encontrou diversos sobreviventes de grandes traumas da infância ao longo de sua vida, e cada vez que ouvia a história, geralmente contada por um amigo do traumatizado, sentia-se intimidado pela profundidade de seu sofrimento. Havia o garoto que viu a mãe afogar-se ao cair do ancoradouro da família e afundar no mar. Havia o garoto cuja mãe afogou-se, bêbada, na banheira, e cujo pai detonou seus órgãos internos comendo em excesso e bebendo em excesso, em um premeditado consumo suicida. Havia o garoto cujos pais foram atingidos por um raio quando acampavam na encosta de uma montanha na Espanha, e que teve de buscar ajuda sozinho para o irmão menor que já estava surdo, e que agora estava quase cego. Hugo ficava sem fala ante essas experiências e suas vítimas, e as invejava. Eles eram diferentes. De alguma forma, haviam chegado ao fundo do poço e voltado. Tinham uma aura. O sofrimento tocara seus nervos expostos e os transformara, queimara, marcara.

Era algo que não se pode fingir. E aparecia no ensaio de Sam. Incisivo. Real. Cada linha caprichosamente escrita de forma organizada e compacta. Não traía nenhuma emoção, mas implicava todas. O que Hugo podia fazer? Precisava de uma tragédia familiar. Teria de falsificá-la. Precisava disso talvez para chamar atenção; não para ser alvo de piedade, com certeza; para sua esmerada recriação de si mesmo, sem dúvida alguma. Lentamente, Hugo reinventava-se a partir do inadequado material bruto que seus pais forneceram, e sabia que um grande trauma era parte crucial de sua nova constituição emocional. Um trauma de que as pessoas soubessem, mas do qual não falassem na sua frente. Desde então, flertava com sonhos de desastre e a expressão virtuosa que poria em seu rosto no dia seguinte, quando os garotos se reunissem à sua volta sussurrando-lhe palavras de solidariedade. Sempre que sua mãe demorava para voltar das compras, prontamente imaginava o pior e fazia suposições sobre um acidente de carro fatal, ou um súbito massacre no supermercado, ou a queda de um extravagante raio. Não que Hugo se sentisse obrigado a esperar que algo acontecesse de verdade antes de contar suas histórias. Quando Hugo e seu Hugo reinventado teciam sua teia de fantasia e quando, mais tarde, David fez suas primeiras aparições experimentais nas ruas do norte de Londres, ele aprendeu a esquecer-se da irritante brecha entre o que dizia e o que era real.

À medida que trabalhava para tornar-se mais interessante ante os olhos de Sam, criou uma vida imaginária com detalhes impressionantes.

Faltavam-lhe fortes ligações com terras estrangeiras e óbvias manifestações de riqueza. Isso não era fácil de falsificar, mas também não iria impedi-lo de tentar. Apenas inventou tudo de que precisava. Começou com seu próprio nome. Não era bom o bastante. Hugo ainda passava. Mas qualquer coisa era melhor do que Harvey. A lista telefônica estava cheia de Harveys. A escola estava cheia de Harveys. Harveys não vinham de lugar algum, e não iam para nenhum lugar em particular, e quando em uma reunião o nome Harvey era chamado, três pessoas em sua série, várias em toda a escola e uma em sua própria classe poderiam responder "sim, senhor". Então Hugo começou a criar uma complexa descendência judia e o nome Schneeberger. Sentia que os judeus da escola tinham uma vantagem instantânea. Todos tinham famílias européias, passavam férias no exterior e, obviamente, possuíam dinheiro. Seus pais, sem exceção, dirigiam Jaguares e Mercedes, e suas mães tinham bronzeados permanentes antes do surgimento dos vôos fretados. De seu nome, Hugo partiu para sua casa: expandiu-a, acrescentou outra no campo, adicionou uma piscina a uma delas e uma quadra de tênis a outra, e estava a ponto de inventar mais uma em algum balneário no sul do Mediterrâneo quando decidiu que era hora de colocar um pouco de drama na história.

Riqueza fabulosa era cansativa e difícil de provar. Ou, indo direto ao ponto, a verdade de uma casa de três quartos que ficava bem embaixo na escala Richter de Hadley era difícil de ocultar. Ninguém poderia ir à sua casa para festas ou para o chá. O pai tinha de ser mantido a distância do ponto de ônibus da escola, a menos que Hugo conseguisse sustentar histórias sobre ele sempre usar o segundo ou o terceiro carro e nunca o Jensen (que foi mais tarde promovido para um Bentley). Igualmente irritante era o fato de que, à medida que se tornava mais velho e seus amigos se tornavam mais espertos, Hugo percebeu que teria de desdizer muito do que dissera. Enquanto crianças de 11 anos ficavam excitadas com mansões imaginárias e carros supervelozes, garotos de 14 anos tinham a perversa e invertida opinião de que dinheiro era brega e pobreza era bacana. Repentinamente, Jaguares, Mercedes, Jensens e Bentleys, férias no Mediterrâneo e em Miami, piscinas, quadras de tênis e saunas privadas tornaram-se um grotesco constrangimento. Hugo via e ouvia sem conseguir acreditar que sobrados em Hornsey viraram artigos de primeira, remar com a família em Blackpool estava na crista da onda e trabalho aos sábados para aumentar a renda familiar era obrigatório. É claro, ele ainda não podia sair ganhando. Fosse como fosse, Hadley, com seus enclaves de enorme riqueza e a monótona normalidade ao pé do morro, era ofensiva. A casa de Hugo era muito pequena para os super-ricos e seu bairro era muito rico para a moda da pobreza. Então, discretamente, pôs de lado a história do super-rico e esperou que a imagem se desvanecesse antes de começar qualquer experimento com a pobreza repentina. E enquanto esperava que uma imagem se dissolvesse e outra se concretizasse, desviou toda a atenção para sua família, canalizando para seus parentes invisíveis todo o interesse que os amigos demonstraram por sua riqueza imaterial.

Apenas uma pessoa não parecia se preocupar com isso, e nunca falava sobre ter ou não ter dinheiro, e essa pessoa era Sam. Ainda assim, Hugo nunca acreditou que Sam realmente não ligasse. Nunca parecia perceber que Sam jamais lhe fazia perguntas nem prestava atenção em suas mentiras. Hugo continuava a criar as mais elásticas histórias barrocas, mais contos ambíguos de uma bizarra vida doméstica, esperando que um dia Sam se virasse para ele e dissesse: "Meu Deus, sua família é esquisita, e rica, e maluca... Como você agüenta?" É claro, se Sam fizesse esta pergunta, Hugo não saberia o que dizer, porque a única coisa que tinha de agüentar era a orquestração de suas mentiras. A realidade nunca se intrometera nisso, muito menos a idéia de que ele fosse menos esquisito, e rico, e maluco do que os outros.

Depois de elevar o saldo bancário da família, Hugo começou a lidar com a paz e o sossego doméstico. Ele já havia criado um séquito de desastrosos agregados — em particular, uma avó que se encharcava de gim e para a qual inventou perambulações alcoólicas em uma eterna procura pelo maior porre de gim com laranja do mundo —, mas agora seus pais tinham de entrar em cena. Discórdia entre os pais era algo que possuía um verdadeiro *pathos*. O divórcio ainda era muito incomum, pelo menos entre os ricos pais de boas crianças, e os que haviam passado por isso (pelo divórcio dos pais) saíram da experiência tingidos por cores lúgubres, enquanto ouviam longas e pesarosas falas de outros garotos sobre como eles se sentiriam infelizes, abalados e indefesos se a mesma tragédia tivesse ocorrido em seus lares. Assim, os pais de Hugo passaram por um divórcio imaginário pelo menos um ano antes de o divórcio ter se tornado compulsório entre seus contemporâneos. Seu pai foi viver em Nova York e Miami por conta de algum negócio imaginário, enquanto sua mãe ficou na casa imaginária de 35 quartos com salão de bilhar, salões de recepção, salas para o café-da-manhã e todas as outras salas a respeito das quais ele leu em cartazes nas vitrines das imobiliárias, mas que agora estava sendo rapidamente reduzida a um apartamento ou algo cujo tamanho fosse mais adequado.

Hugo não estava totalmente no escuro quanto ao divórcio, pois Howard Mallory-Smart, um dos membros de sua gangue, passou pelo divórcio dos pais aos cinco anos e agora tinha um piloto de avião maníaco como padrasto. Howard Mallory-Smart era o máximo. Possuía irmãos mais velhos em classes mais adiantadas que eram bons em arte. Ele próprio era bom em arte. Todos os três garotos Mallory-Smart usavam cabelos compridos e viviam em Belsize Park. Isso era o suficiente para transformá-los em deidades na hierarquia dos caras legais de Hugo. Seu enorme esnobismo — fosse para cima da escala social, para baixo, inverso ou perverso — estava intimamente ligado à geografia de Londres e ao impacto de um código postal. Qualquer código postal com algarismos únicos era uma grande vantagem, partindo da premissa de que quanto mais próximo do centro você morasse, mais bacana você era. Dinheiro não era tudo nesse jogo de *status*. De nada serviria gastar centenas de milhares de libras comprando uma casa em Stanmore, por exemplo. Mas quando Michael McPadden chegou à escola vindo do Canadá e descobriu-se que ele vivia com a mãe em um apartamento em Hyde Park Square, as campainhas da escala social "Isto-é-demais!" de Hugo dispararam, e McPadden ganhou milhares de pontos como bônus. (Esses pontos foram eliminados com a mesma rapidez com que foram concedidos quando Simon Moyes deu um baseado a McPadden e ele ficou lívido e vomitou em seus dedos.)

Assim, o divórcio para Hugo era entremeado de visões de casas com pórticos brancos e pinturas descascando, e uma espécie de estilo boêmio no qual os garotos (os irmãos que Hugo sempre quisera) desapareciam nos quartos dos andares superiores para pintar, fumar, beber e deixar o cabelo crescer. A invenção do matrimônio arruinado de seus pais foi um sucesso. Hugo não apenas começou a ouvir gentis discursos e solidariedade de alunos preocupados e interessados, como também Sam parecia estar mordendo a isca.

Ao ver que a manobra estava dando certo, Hugo desempenhou seu papel com grande habilidade. Cada passo do longo e doloroso processo de separações experimentais, tentativas de reconciliação e súbitas traições era descrito naquele tom meio contra a vontade que o mentiroso assume ao fingir que suas histórias lhe estão sendo arrancadas da mesma forma que se extrai um dente, mas que o tempo todo emitia sinais que eram como fórceps — continue, arranque outra história, deixe-me sofrer diante de você. Essas histórias sempre tinham de começar com amigos de menor importância, de forma que a verdadeira audiência, Sam, seria atraída pela esperta manobra de ouvir outra pessoa referir-se às trágicas circunstâncias domésticas de Hugo. Mas o estratagema funcionava. Sam perguntava com interesse o que estava acontecendo com suas irmãs (o que sempre deixava Hugo impaciente, pois mal tivera tempo de inventar todo um cenário emocional para elas como fizera para si mesmo), com sua mãe (Hugo também tinha dificuldades em lembrar-se qual de seus pais havia iniciado o processo de divórcio e qual era culpado de adultério, então dividia as culpas entre os dois, na esperança de confundir essas questões melindrosas com a escala do desastre) e, o que mais interessava a Hugo, perguntava sobre a casa. O destino da casa era a saída ideal para todos esses meses de invenções e de adições às suas dilatadas proporções. Agora, antes que pudesse ser vista, teria de ser vendida, e o dinheiro da venda (que, é claro, seria uma fortuna) se esvairia em acordos, honorários, pensões e fundos de investimentos para os filhos, proporcionando a Hugo passar sem esforço do constrangimento de ser rico para a pobreza que estava em moda. Havia apenas uma coisa que não podia modificar enquanto seus pais se recusassem a mudar de casa, e que ainda intrigava a muitos: por que toda a família continuava a viver em Hadley? Mesmo seu pai — que supostamente passava a maior parte do ano em Nova York

— parecia estar quase sempre por perto para levá-lo para casa após alguma festa de adolescentes. Perguntas como essa faziam Hugo sorrir de exaustão e editar rapidamente as histórias para incluir sumiços paternos súbitos e imprevisíveis para outros países. Sua mãe permanecia enraizada em Hadley. Afinal, era 1979. Eram os homens que tinham flertes transatlânticos, esposas e escapadelas locais. Assim, para confundir os queixosos, Hugo planejou um cronograma para seu pai (cujo trabalho, até então, raramente o afastava dos estados do norte) que o teria deixado imerso em uma interminável fadiga de vôos.

Sempre que o ceticismo começava a espoucar nas vozes de sua audiência, Hugo encontrava socorro em novas histórias de rixas domésticas que aconteciam em Hadley. Havia brigas e móveis sendo arremessados, recriminações, crianças abandonadas curvando-se sobre jogos de tabuleiro no andar de cima, avós que se recusavam a ajudar, tias embriagadas — todo o infernal saco de gatos de parentes imaginários era arrastado para essas intrincadas histórias. E não havia ninguém que as checasse. Para começo de conversa.

Para começo de conversa, não havia ninguém que rivalizasse com essas histórias. Então, subitamente, divórcios tornaramse lugar-comum. Os pais de todo mundo estavam passando por isso. Depois de ser o tipo de tragédia doméstica sobre a qual apenas se sussurrava, como mau hálito e irmãs feias, repentinamente o divórcio tornou-se a última moda, e o trunfo de Hugo foi completamente arruinado. Até mesmo Adam, Mark e Simon pareciam ter adquirido pais que se separavam, praticavam adultério e partiam. Havia casos com homens mais velhos e com mulheres mais novas, tumulto na família e separação de irmãos. O furor maldisfarçava o novo apelo social de fazer parte da classe dos divorciados, e as histórias de Hugo tornaram-se inúteis do ponto de vista da simpatia e da perspectiva trágica. Estranhamente, ele sentiu-se desconfortável com a nova moda. Talvez tivesse desempenhado o papel de vítima chorosa por tempo demais para mudar de rota. Decidiu abandonar completamente suas histórias de divórcio, desmoralizado pelo excesso de concorrência e pela exaustão.

O que Hugo precisava era de um novo trunfo.

Um novo trunfo para lidar com uma nova pressão. Ele não tinha certeza a respeito de Sam. Às vezes, parecia haver um traço de irritação em sua voz. O que tornava as coisas piores era o fato de Hugo ter menos certeza a respeito de si mesmo. As coisas haviam mudado desde os dias pacíficos sob o encantamento de Anthony Argyll e a excitação de sua recente amizade com Sam. Hugo pensava no Hugo daqueles dias e imaginava um inocente descomplicado, que dizia a verdade e nunca se preocupava em impressionar os outros; cuja boa alma refletia-se nos olhos e que conquistava amigos (Sam) pela classe afora. Desde então havia visto a si próprio transformar-se em uma criatura para a qual a realidade era simplesmente a matéria-prima — e sem muita serventia. As mentiras eram trabalho duro e exigiam constante vigilância sobre aqueles a quem as contara e que iriam falar com outros a quem contara mentiras diferentes. Embora Hugo fosse um mentiroso de talento, capaz de acabar com a descrença ou com a suspeita com uma nova lorota, estava ficando cansado de construir pontes entre dois Hugos diferentes: o de casa e o da escola. A casa era para a geléia e o pão, o café-da-manhã e a lição de casa, lavar e esconder. A escola era onde as mentiras assumiam o controle e a diversão começava. Hugo podia pôr-se à altura da imagem que criara. O problema é que ficara cansado da imagem. E havia se apaixonado por Sam. Se antes ele podia ficar perfeitamente tranqüilo se Sam estivesse quieto, ou irritado, ou ofendido, agora levava tudo para o lado pessoal, como indicação de algum erro que cometera, e ao pedir desculpas rapidamente demais por coisas que não fizera, deixava Sam cada vez mais irritado. Hugo estava ficando nervoso. Precisava de um grande número para torná-lo outra vez trágico e adorável. Então matou boa parte de seus parentes em um massacre na rodovia.

A lógica era simples. O território doméstico estava apinhado de divórcios reais. Mas Hugo não iria parar de mentir por problemas locais, como o território apinhado. Suas mentiras simplesmente mudaram de país. Não que houvesse algo de premeditado nisso. Hugo apenas exibiu a instantânea habilidade de torcer uma situação a seu favor. Tudo o que fez foi explorar a morte da avó.

Quando o sr. Tattersall, o diretor-assistente, chegou na aula de história e perguntou por Hugo Harvey, cabeças e olhos moveram-se como uma onda pela classe. Hugo já tinha a reputação de alguém que procura encrenca, que anda em gangue, e eles, os que moveram cabeças e olhos, iriam querer saber, quando voltasse, o que havia feito dessa vez. Entretanto, Sam, cuja perna estava sendo suavemente tocada pela perna de Hugo, não parecia nem um pouco interessado e olhou para a janela quando ele saiu da sala. O próprio Hugo sentia-se um tanto espantado ao imaginar o que poderia ter feito dessa vez. Embora tivesse se sentido sempre espantado nas vezes em que o sr. Tattersall viera buscá-lo em outras ocasiões, logo se lembrava do crime do qual era acusado. Porém, dessa vez, Hugo estava certo; não havia nenhuma bravata, nenhum machismo criminoso, não tinha fumado junto ao lago nem destruído a sala da quinta série. O sr. Tattersall tinha más notícias. A avó de Hugo havia morrido.

Hugo parecia estupefato. Mal conhecia a avó. Não falavam a mesma língua nem viviam no mesmo país. Lembrava-se de tê-la visto talvez quatro ou cinco vezes durante toda sua vida, e ela sempre parecera muito velha. Agora, a avó tinha morrido após uma longa doença. Não havia muito a dizer. Ele não sentia coisa alguma. Esperava que isso fosse temporário. Sempre se preocupara com sua falta de reação. As emoções pareciam tão distantes, tão inacessíveis que se evaporavam antes que pudesse alcançá-las. Ficou lá sentando, ouvindo, e começou a tramar seu retorno à sala de aula, enquanto o sr. Tattersall explicava que sua mãe teria de ausentar-se por alguns dias e seu pai ainda não teria voltado do trabalho quando ele chegasse em casa, de forma que Hugo precisaria fazer o chá para a irmã e todas as outras enfadonhas e irritantes funções que a mãe o incumbiu de desempenhar em sua enfadonha e irritante vida doméstica.

Ocorrera uma morte, o que a maioria das pessoas considerava um evento significativo. Mas a morte de uma avó parecia ser um acontecimento de rotina. Com certeza, não poderia de forma alguma igualar-se à morte de um dos pais, fosse por doença ou acidente, de modo que, ao voltar para a aula de história, o jovem Hugo começou a inventar um drama, que convenientemente se passara no exterior, capaz de igualar, ou melhor, superar o trauma de infância de Sam. Não era apenas o fato de que sua avó havia morrido, ela tinha sido morta... na rodovia... em um acidente de carro que envolvera seu filho (o tio de Hugo) e vários primos.

Quando Hugo entrou na sala de aula, o número de mortos chegara a seis e seu rosto tinha a expressão de alguém que fora atingido pela tragédia.

Hugo sabia que seria recebido com perguntas sussurradas, bilhetes, olhares inquisidores, sorrisos de apoio, de simpatia, de alegria, e respondeu a cada um deles com uma expressão mortificada. Não usava com freqüência a expressão mortificada, mas descobriu que era algo que podia representar bem, com um movimento ao redor da boca. Não conseguiu fazer rolar uma lágrima. Já era difícil o suficiente fazer rolar uma lágrima nas mortes verdadeiras.

Sam não disse uma única palavra. Desapareceu rapidamente depois da aula. Hugo não sabia muito bem o que fazer a seguir, mas decidiu apelar para o efeito cascata. Contar a história como quem joga uma pedra num lago, e esperar que as ondas chegassem a Sam. À tarde, ele com certeza já teria ouvido as notícias e voltaria do almoço contrito e até mesmo carinhoso.

Com a refinada arte da mentira à longa distância, Hugo desenvolveu gradualmente a história, em jorros de revelações calcados em comentários reticentes e *flashes* erráticos de exagero para dar mais cor (mais detalhes grotescos, em várias tonalidades). Na metade do intervalo do almoço, Hugo tinha um bando de amigos e simpatizantes a seu redor. Era o centro das atenções da tarde, sem rivais. Pois, afinal, era uma história terrível. A terrível derrapagem em três pistas, até o canteiro central, de um carro cheio de parentes voltando para Breda após uma festa de casamento em Kampen. A selvagem mutilação de corpos de familiares jogados pelo pára-brisa, esmagados contra o volante e rompendo suas colunas vertebrais.

Por mais que Hugo tivesse conseguido atrair a atenção de todos os Marks, Pauls, Simons e Timothys com seu gótico relato de um infortúnio na estrada, o principal propósito da mentira não foi alcançado. Ele queria que Sam soubesse. Mas Sam não voltou depois do almoço. As ondas estavam batendo contra paredes de tijolos. Sam saíra para jogar rúgbi contra Harrow e não voltaria até o fim do dia, e aquele dia era sexta-feira, de forma que Hugo não o veria novamente até segunda-feira. E enquanto passava a tarde dando duro com sua expressão de mortificação, ocorreu-lhe que muitas pessoas tinham sido mortas naquela manhã, e pouca coisa resultara disso.

Não teria dado certo, de qualquer forma. O massacre na rodovia surgiu apenas duas semanas antes de Sam abandonar Hugo. Não foram suas histórias que mataram a amizade. Não fora porque Sam estava ficando entediado. Era o amor que estava destruindo tudo, era Hugo forçando Sam a amá-lo, forçando a perna de Sam com a dele, tocando-o, cutucando-o e tentando esconder sua ereção vespertina, isso é que havia posto um fim na relação. Era aquela pequena frase no fóssil de sua amizade: "Não tenho absolutamente nada contra o homossexualismo, acredite-me, mas não acho que isso deva ser imposto a outras pessoas, como era o caso entre nós."

Hugo, provavelmente, se apaixonara por Sam desde o começo. Havia visto Sam como objeto de todo o seu afeto desde aqueles dias de longa e vagarosa sedução através das carteiras do segundo ano de geografia e do segundo ano de matemática. Hugo sentara-se ao lado dele por três anos, resplandecendo de orgulho, posse, felicidade. Passara as longas e terríveis férias de verão ansiando por Sam, sonhando de novo e de novo com o primeiro dia de aula, o primeiro dia em que voltaria para a classe e se sentaria ao lado do amigo de cabelos louros e rosto com espinhas, e resplandeceria novamente. Apenas durante as últimas semanas é que ele havia ido longe demais. Tocara-o com demasiada freqüência. Talvez Sam tivesse visto as mensagens rabiscadas: "Eu amo Sam, eu amo Sam", escritas inúmeras vezes, página após página, no caderno de rascunho de Hugo, linhas que Sam não deveria ver, embora Hugo sonhasse que um dia ele depararia acidentalmente com elas, e se voltaria para Hugo, dizendo-lhe, radiante: "Também amo você." "Eu amo Sam, eu amo Sam, eu amo Sam' , escrito em longas listas, com caracteres de todos os tamanhos e tipos imagináveis, e diferentes canetas, e bico de pena, e cores. "Eu amo Sam." Era como gritar por trás de uma parede de vidro. O silêncio tensionou-a até o limite. Então ela se despedaçou.

Sam abandonou Hugo apenas três semanas antes do escândalo do diário. E, mais uma vez, não foram as mentiras que colocaram Hugo em uma encrenca, mas, a verdade, seu amor por Sam. Em três breves semanas sua vida virou um inferno. Na escola, ficou à mercê do escárnio de um vingativo Perry Rickston. Em casa, era o proscrito e vagabundo que dera um passo além dos limites do perdão. E tudo porque havia se apaixonado por seu melhor amigo. E tinha escrito isso. Em seu caderno de rascunho e em seu diário.

Parece um absurdo que ele tivesse chegado a manter um diário como esse.

O diário foi um grande acontecimento. Era um caderno com capa dura azul-marinho e enfeites em dourado. Ouro falso. Cada espaço de duas páginas continha uma semana e cada dia tinha espaço suficiente para três ou quatro parágrafos. Hugo escrevia nele todos os dias. Tinha 14 anos quando o ganhou e 15 quando o queimou. Era apenas uma agenda para um ano, mas não chegou a terminá-la. Entretanto, se havia alguma coisa da qual se arrependia, era de tê-lo queimado.

O diário começou sua carreira como um presente de Natal do catálogo da Oxfam. No lar dos Harvey, comprar presentes era uma tarefa muito organizada. A mãe recortava pelo menos dois meses antes de seu aniversário resenhas de livros que queria que lhe comprassem. As listas de presentes de Natal tinham de ser preparadas em meados de outubro. Embora Hugo passasse o resto do ano imaginando as coisas que queria, havia algo sobre aquele dia de outubro que acabava com sua imaginação. Ele se via pensando em preços, presentes sensatos a preços sensatos, em vez das estranhas e inesperadas surpresas que queria. Os catálogos de caridade eram uma saída fácil. O diário era uma opção fácil.

Ambas as irmãs de Hugo mantinham diários nos quais colocavam passagens de ônibus, cartões-postais e todo o lixo normalmente acumulado em férias, excursões escolares e festas de aniversário na casa da melhor amiga do fim de semana. Hugo nunca fez o mesmo. Espiava os diários delas e, então, em momentos furtivos, mencionava algum segredo que as duas haviam confessado para as páginas... mas não ligava para todo esse acúmulo de objetos de recordação. Ele não tinha objetos de recordação. Se tivesse, teria de livrar-se deles. Não eram lixo — eram evidências. Hugo não colava nada em seu diário. Porém, escrevia tudo o que fazia. Tudo o que fazia e que não podia contar para mais ninguém. Não eram necessárias mais evidências. Estava tudo lá, dia-a-dia, semana a semana. A cada noite preenchia a página daquele dia.

O diário foi o jeito que Hugo encontrou de lidar com David. Hugo listava os encontros de David e descrevia seus parceiros. Não escrevia seus nomes. Descrevia-os por suas barrigas, peitos, pêlos e intensidade do sexo. Tornaram-se breves notas de rodapé do complicado dia de Hugo na escola. A vida de David era tão ousada e despreocupada que, além dos agarramentos, dos apertos, das carícias e da ejaculação, pouco havia para escrever, exceto pela menção do quanto os homens eram peludos, gordos, barrigudos ou com peitos largos. O peitoral era sempre o mais importante. A curva. A sombra. O contorno. Hugo olhava para seu peito esquelético e achatado no espelho, a pele esticada entre as costelas, e ansiava pelo peitoral firme e dourado dos garotos que jogavam basquete no ginásio de esportes. Ou dos homens com os quais David brincava. Os homens que escolhia do desfile diário do tango em mais um salão de mijo úmido do subúrbio.

David encarregava-se da dança, mas Hugo manipulava as cordas. Esse era o sentido do diário. Hugo estava exercendo o controle. Estava no comando. David fazia as proezas, mas Hugo contava os pontos. David ainda era sua criatura e ele estava anotando todas as suas atividades. Para... para quem? Não para sua família. Para ele mesmo? Para ficar registrado? Para a posteridade? Hugo não sabia. Para ele mesmo. Para mais ninguém. Era uma compulsão. O diário tornara-se seu confessor. Todos os crimes eram perdoados ao recontá-los ou reescrevê-los. Uma vez na página, era como se tivessem sido exorcizados ou absolvidos. O diário tornou-se sua válvula de escape. Dava vazão à pressão de sua vida e o deixava relaxar novamente. Usava-o para controlar David e para registrar os avanços ansiosos que Hugo fazia para cima de Sam, os toques sob a mesa e as lutas noturnas.

Quando se sentava ao lado de Sam nas longas e quentes tardes de outono, durante as aulas de inglês da quinta série, ouvindo o sussurro monótono do sr. Routledge entoando as depressivas cadências da *Rima do Velho Marinheiro* como alguma obscura e malsucedida hipnose, o desejo de Hugo crescia como uma coceira em sua virilha e como insetos movendo-se em sua barriga. O sol e a proximidade do corpo de Sam, enfiado de qualquer jeito em um batido uniforme escolar, incutiam-lhe um desejo que ansiava por contato físico. Vagarosamente, gentilmente, sua perna movia-se no espaço sob a carteira para tocar a perna de Sam. Por pouco tempo, Hugo sentia, sob duas camadas de flanela de uniforme, a pressão de sua perna na de Sam e a de Sam na sua, antes que, de repente, abruptamente, a perna de Sam se afastasse e seu rosto se enterrasse no livro, cabeça baixa, olhos baixos, comunicação encerrada.

As lutas noturnas eram mais bem-sucedidas, embora, no fim, elas também devessem ter contribuído para o rompimento. A imposição da sexualidade. No momento, porém, eram o ponto alto do dia de Hugo. Toda noite ele ficava à espreita, nas proximidades de Sparrows, da casa de Sam, onde ele mantinha seu armário, e aonde ia todo final de dia pegar os livros de que precisava para a lição de casa no santuário masculino do pensionato. (Como Hugo sonhava com o pensionato, em ir para a cama em dormitórios fechados aos olhares paternos e em viver na escola com Sam 24 horas por dia.) Todo fim de tarde Hugo surpreendia Sam, provocava-o e incitava-o para uma luta. Não uma luta de verdade, mas uma espécie de luta livre na qual agarravam-se, apertavam-se, riam, ficavam sem fôlego, puxavam e arrastavam um ao outro até que as roupas ficassem desalinhadas, as camisetas fossem puxadas revelando repentinos pedaços de carne rosada e Hugo capitulasse, antes que sua ereção se tornasse muito evidente.

Toda noite Hugo registrava essas lutas, o que vira, o que tocara e o que acontecera. Lá eles deitavam-se lado a lado, Hugo, Sam, David e todos os outros homens. O diário cobria isso tudo: ridicularizava a repugnância dos maus encontros, celebrava novas descobertas, preservava breves encontros, mantinha notas sobre novos antros. Mas, a não ser por Sam, nunca mencionava nomes e nunca listava números. Assim, talvez Hugo soubesse que o diário seria encontrado. Cedo ou tarde.

Hugo nunca escondeu a agenda porque, se o fizesse, sabia que ela a procuraria. A mãe perceberia que o caderno havia sumido. Hugo tinha de contar com o fato de o diário ser óbvio e supostamente inocente. Poderia tê-lo colocado em outro lugar. Mas estava paralisado pelo medo de romper o encantamento. O encantamento da privacidade. Não havia precedente para um encantamento como esse. Sabia que sua mãe era impiedosa nas investigações e estava preocupada com ele. Mas, assim como a polícia, ela precisava ter o motivo certo. Um diário é um livro perigoso. Abri-lo é como destrancar a caixa de Pandora ou virar ao contrário uma pedra pesada. Vermes e insetos de todo tipo voam para cima de você. Talvez fosse isso a manter o diário em segurança. Talvez a mãe não estivesse certa de que queria saber, antes de sentir que deveria. Talvez ela quisesse não precisar saber. Talvez não tivesse pensado duas vezes a respeito. De qualquer forma, o encantamento havia funcionado por dez meses. O diário havia permanecido no peitoril da janela de seu quarto. Intocado. Não lido. Até que... Mary o fez.

A irmã mais velha quebrou o encantamento e deu início ao fim. Ao fim da paz e sossego de Hugo. O fim da liberdade e das comodidades de David.

Hugo estava tendo uma festa de aniversário. Não era nenhuma grande festa. Ele se sentava na sala de jantar de sua casa com alguns amigos. Todas as cadeiras estavam encostadas à parede. O aparelho de som junto à porta da frente tocava suas fitas compradas mais recentemente. Havia um prato de frutas no aparador, e as pessoas ficavam perguntando se poderiam comer uma laranja, enquanto ele ficava dizendo que não, porque cada maçã e laranja no prato tinham sido planejadas para uma determinada refeição, em determinado dia.

Os amigos de Hugo sentavam-se nas cadeiras encostadas na parede e não fumavam porque sabiam que isso causaria problemas para Hugo junto à sua família, e eles gostavam de Hugo. Sentiam pena dele. Sua mãe era famosa e fazia jus à reputação que tinha, sentada na sala de estar com o pai, assistindo à televisão e esperando que o barulho ficasse muito alto ou que algo fosse quebrado. Às 23 h, ela iria até lá e lhes perguntaria se não estava na hora de partirem, caso já não tivessem ido para alguma outra festa, onde se curvariam e ficariam sem fôlego de tanto rir, e acenderiam rapidamente os cigarros com os quais estiveram sonhando. Ela encontrou apenas Hugo sentado lá, ouvindo suas últimas fitas e sentindo-se estranho por ter de passar o sábado à noite em sua própria casa e não poder ir à festa com os outros. E durante todo esse tempo a irmã de Hugo, que não fora convidada para a festa, estivera sentada no quarto dele, supostamente fazendo a lição de casa, mas, na verdade, lendo, abrindo caminho com avidez e ciúme pelas páginas dos assuntos sexuais de Hugo e David.

A irmã mais velha de Hugo. Sem nenhum *glamour*, séria, impopular, alguém de quem os outros riam. Enquanto Hugo fazia seu mundo à custa de mentiras, Mary, impassível, apegava-se à verdade. E quando a verdade lhe falhou, quando descobriu que pais podiam ser cruéis, que amigos podiam ser inconstantes, seus heróis podiam ser tolos e sua honestidade podia ser odiosa, tropeçou nos degraus da depressão. Caiu um bocado. Sem amigos. Mal compreendida. Não havia obstáculo para sua queda. A família Harvey, que não era muito boa para lidar com fracassos, ou emoções, ou constrangimentos, desviou os olhos. Era apenas Mary dando uma de difícil. Era apenas Mary sem senso de humor. Era apenas Mary decepcionando os outros, como fizera quando precisou de óculos, porque, de alguma forma, era uma decepção que seus olhos não fossem bons o suficiente para enxergar as groselheiras no fundo do quintal. As crianças Harvey tinham de ser brilhantes e bonitas.

Mary disse-lhe que havia lido seu diário e não sabia o que dizer. Ela não colocou as coisas exatamente desse jeito. Perguntou-lhe com que freqüência aceitava dinheiro de homens. Perguntou-lhe enquanto lavavam louça à tarde, após o almoço, e ele a olhou como se estivesse louca, e então ela começou a explicar. Disse-lhe que havia lido seu diário enquanto ele estava tendo sua festa, e que ficou no quarto dele porque no dela, logo acima da sala de jantar, havia muito barulho e, enquanto sentou-se à sua escrivaninha, leu o diário.

Seu primeiro desejo foi voar para a garganta dela. Mas as crianças Harvey tinham de ser brilhantes e bonitas, e ele não tinha permissão de matar sua irmã. Seu segundo desejo foi chutá-la com força, mas não podia fazê-lo porque ela estava sentada em cima do aparador, e não havia nenhuma parte de seu corpo embaixo o suficiente para chutar. Então ele disse:

— Oh, isso é tudo inventado e não é da sua conta.

E mesmo depois disso Hugo não escondeu seu diário. Talvez quisesse que fosse encontrado. Isso é absurdo. Nada o teria deixado mais aterrorizado. Agora, tinha até medo de sua irmã. Medo do que ela sabia e medo do que estava tentando descobrir quando o seguia morro acima, nos momentos em que Hugo saía para andar. Mas não contaria nada à mãe. Isso ela dissera.

Por que então não tomou isso como aviso? Por que não escondeu o diário na escola, no jardim, em um saco plástico, em qualquer lugar? Por que simplesmente o deixou lá, para ser achado, lido, arremessado em sua direção e, finalmente, queimado por ele?

Sua irmã foi correta. Ela não contou à mãe. A mãe o encontrou por si mesma. Mas Hugo a levou até lá.

Talvez Sam não tivesse visto as inúmeras declarações de amor rabiscadas no caderno de rascunho de Hugo, mas a mãe viu. Mamãe era uma pessoa curiosa. Gente bondosa diria que ela se preocupava com o bem-estar do mais amuado de seus filhos, que entrava e saía de terríveis ataques de mau humor que o deixavam com o beiço espichado e a fronte taciturna. Mas ele sabia o que se passava. E ela apenas queria saber o que estava acontecendo. E uma vez que seus temores tivessem sido despertados, a privacidade estava fora de questão. Sempre estivera. Se durante as férias ela colocasse no correio os cartões-postais de Hugo, iria lê-los e, imperturbável, o repreenderia por descrever, como algo chato, as marchas forçadas nas quais a família subia e descia montanhas. Ela abria cartas que chegavam para ele, lia-as e lhe jogava na cara o que lera, sem a menor vergonha. A mãe procurava pistas para entender seu infeliz filho, e princípios como privacidade não eram obstáculos para uma mãe determinada.

A primeira pista que ela encontrou foi o caderno de rascunho. Achou-o em sua lixeira de papel usado. Folheou-o, passou pelas garatujas e pelas anotações de biologia e chegou às páginas dos rabiscos repetidos de novo e de novo: "Eu amo Sam, eu amo Sam, eu amo Sam." O grito por trás da parede de vidro tinha sido escutado. Sam o deixara e sua mãe estava em pé de guerra. Alguém o escutara.

No início, ele não tinha a menor idéia de como tudo acontecera. Apenas sabia que havia acontecido. E soube num instante.

Passara as duas últimas semanas solitário, em estado de choque, sozinho ao lado de um espaço vazio que deveria ser Sam, olhando de soslaio para as nucas de Sam e de Perry Rickston. Sentia-se pasmo. Atordoado. Quase que inteiramente silencioso de tão infeliz. Seu único refúgio era o trabalho. Agora que mais precisava dos amigos, menos os queria. Antes, eram desnecessários e engraçados. Agora, porém, que eram sua única válvula de escape, achava-os sem graça e irritantes. E eles reagiram. Ao sentirem que Hugo precisava deles, resolveram abusar. Ele havia caído em desgraça, perdera seu protetor e, agora que andava cabisbaixo como uma vítima, tornara-se presa fácil. Provocaram-no e ridicularizaram-no, perseguiram-no pelo lamaçal, espancavam-no se revidasse.

Pela primeira vez desde que tinha 12 anos, Hugo começou a odiar a escola, mas sabia que tinha de sobreviver, tinha de manter a cabeça erguida. Tinha de achar novos amigos, novos aliados. Tinha de achar alguém que o ajudasse a tirar Sam da cabeça. Depois da escola, jogar peteca seria um bom começo.

A mãe de Hugo atendeu o telefone.

— Está bem se eu ficar até mais tarde hoje? Quero jogar peteca. Vou pegar o ônibus das cinco e meia.

Sabia que ela não se importaria. A mãe ficaria satisfeita por ele mostrar interesse por esportes. E num lugar limpo, onde suas roupas não seriam encardidas. Seu chá poderia esperar.

— Acho que seria melhor se você viesse para casa. — A voz dela soou sem emoção, estrangulada. Contida.

— Por quê? — perguntou Hugo.

— Apenas acho que você deve vir para casa agora.

Ela desligou. Hugo ficou branco. Andou até o ponto de ônibus e tudo o que podia sentir era aquela náusea no estômago e o coração batendo através de sua pele. Encontrou pessoas conhecidas no ponto de ônibus, mas não podia conversar ou sorrir.

Seu sangue corria como gotas de água fria. A viagem para casa foi como uma lenta jornada para a perdição: o percurso de ônibus, quando sua casa ainda estava distante e ele só conseguia sorrir um sorriso vacilante; a caminhada do ônibus para o trem era como descer uma encosta íngreme com joelhos que pareciam enferrujados; a viagem de trem com duas paradas, na qual ele olhou a paisagem com os olhos nostálgicos de um condenado pronto para escapar e viver na mata; a lenta caminhada da estação para casa, passando por casas com luzes acesas e famílias nas quais as pessoas estavam à vontade umas com as outras, e foi então que o terror agarrou a traquéia de Hugo como uma luva gelada, apertando-a.

Ele deveria ter fugido. Talvez pudesse ter virado o jogo. "Se um dia você quiser fugir, você sabe, pode vir para cá." Isso era o que a mãe de James tinha dito. O furor que teria sido. Seria um golpe de mestre, transformar-se no perseguido injustiçado em vez do aluno pecador. Ou não? O que a mãe de James pensaria dele quando a sra. Harvey lhe telefonasse e falasse sobre o diário? Porque ele sabia que era isso. Sabia desde o exato instante em que a mãe lhe falara ao telefone. Acontecera. E por quanto tempo poderia ficar fora? Cedo ou tarde teria de voltar. Ela sempre ganhava no fim. Hugo estava muito assustado para quebrar o encantamento de sua mãe, de forma que seus pés continuaram na mesma direção e ele desceu a rua rumo à casa onde vivia.

Existiram outras jornadas de terror na vida de Hugo — para o escritório do diretor, com seu enorme rosto apoplético, vasos capilares explodindo em histeria enquanto exigia saber por que Hugo estava tentando ser expulso da escola; em direção aos resultados presos num mostrador de vidro ao lado da Casa do Senado em Cambridge, para espiar sobre as cabeças e ver de relance em que classe havia caído; para o palco, onde falaria uma primeira frase que se perdeu na confusão causada pelo xerez barato engolido em frente ao aquecedor de gás para espantar a escuridão úmida e invernal de um quarto no sótão da faculdade. Mas esta era a caminhada para a morte.

Hugo aproximou-se do vidro ondulado da porta dos fundos. Entrou. A mãe olhou para ele. Seu rosto estava atormentado. Usava as roupas de trabalho, as mãos de um vermelho sanguíneo, capazes de golpes repentinos, ásperas de tanto esfregar fogão, chão, panelas e pratos. "Pensei que você provavelmente tivesse muita lição de casa", disse ela. E, por um segundo, Hugo pensou que se salvara. Foi para seu quarto. Nada havia sido mexido. O diário estava no peitoril, que para ele era o lugar onde sempre estivera. Foi tomar seu chá. Alguma coisa estava acontecendo. A irmã mais velha não saiu da cozinha durante toda a hora do chá. Estava com a mãe a portas fechadas, sussurrando, esperando que o pai voltasse. Contagiada pelo silêncio conspiratório e pelos sussurros, a irmã mais nova não disse nada, apenas olhou para seus sanduíches, leite e queijo. Hugo mastigava, sem sentir gosto algum, e assim que acabou fugiu para o silêncio e a solidão de seu quarto, esperando para ouvir chegar o carro do pai. Era um absurdo que esperassem pelo pai antes de puni-lo. O pai nunca punia ninguém. Ocasionalmente, se perdesse a cabeça, dava-lhes uma grande palmada furiosa na bunda, mas não podia fazer-lhes o que a mãe fazia.

Nunca os puxava pelos cabelos, nem lhes batia na cara, nem os encurralava em um canto. Nunca gritava, nem berrava, nem rebentava seus vasos sanguíneos. Hugo levou muito tempo para perceber que não era fraqueza (e que não deveria ter rido disso), mas doçura. Papai era um homem doce.

Mas elas estavam guardando essa para o pai porque tinha a ver com garotos e ele era homem; porque era um crime capital e ele era o chefe de Estado; porque mamãe estava perturbada e, conforme demonstrou na manhã seguinte, não podia conter sua violência.

Assim que voltou do trabalho, o pai foi imediatamente sugado pelos sussurros que, agora, tinham se movido para a parte de cima da casa. Hugo empoleirou-se no segundo degrau de baixo, o que não rangia, e esforçou-se para ouvir. Nada lhe fora dito ainda. Nada confirmava o que ele sabia, mas desejava que fossem apenas preocupações imaginárias. Voltou para a escrivaninha e olhou para os livros, tentando concentrar-se nos hábitos das amebas e nas gavinhas dos celenterados, mas os crescentes silvos e soluços do quarto de cima chegaram-lhe através do teto como pequenos tremores de perigo. Então veio o ruído de passos descendo a escadas. Pesados passos de chinelos no carpete. Os pés do pai. E o pai entrou pela porta do quarto de Hugo e ficou lá parado, confuso. Hugo não precisava virar-se e olhar para saber que ele estava parado lá, confuso, constrangido demais pela nudez explícita.

— Sua mãe estava me contando umas coisas ruins — disse o sr. Harvey, e Hugo franziu as sobrancelhas para as amebas.

Estava mais constrangido por seu pai do que envergonhado de si mesmo. Na verdade, não estava nem um pouco envergonhado. Estava aterrorizado por ter sido pego. Estava aterrorizado pela punição que sua mãe iria imaginar.

— Você tem contado um monte de mentiras — continuou o pai.

Era isso, de novo. Mentir. Sempre faziam disso o grande pecado. O que esperavam? "Oi, mãe, estou indo para os banheiros da rua, encontrar o chefe dos escoteiros com quem faço sexo todo domingo, e que me dá duas libras para gastar com doces depois de 45 minutos nos quais nos agarramos e nos retorcemos por todo o seu apartamento, e ele vai me levar de volta para os banheiros. Oi, mãe, dei uma grande volta de bicicleta, mas não pedalei muito. Apenas a estacionei do lado de fora dos banheiros da rua principal e entrei num carro com um homem de Highgate, que meu levou para o apartamento dele onde fizemos um ótimo sexo e ele me mostrou alguns filmes pornográficos dos Estados Unidos em seu projetor superoito, e eu gozei de novo, e ele me deu uma carona de volta para a minha bicicleta. Oi, mãe, acabei de escapar de uma tentativa de estupro na mata por um homem que tirou minhas calças e as pendurou na cerca de arame farpado e tentou enfiar seu pau em mim, e foi apenas porque eu criei um caso, e fiquei choramingando e implorando, que ele perdeu o tesão e me levou de volta para minha bicicleta."

Seu pai estava determinado a ater-se a essa linha de ataque. A mais leve.

— Quando você nos disse que as válvulas e a bomba haviam sido roubadas de sua bicicleta, não nos disse a verdade sobre onde sua bicicleta estava.

Estava do lado de fora do banheiro em cima do morro. Tinha estado lá por toda a tarde. Ele tinha razão. Hugo não lhes contara isso. Não conseguia lembrar-se onde dissera que a bicicleta estava. Isso era típico de seu pai. As considerações práticas. Agarrar-se ao concreto, às máquinas que conhecia e amava. Bicicletas, carros, máquinas de lavar roupas, sistemas de aquecimento centrais... eram as normas morais em um estranho mapa da vida. As pessoas podiam entregar-se a todo tipo de coisas esquisitas, mas desde que ele pudesse enterrar o rosto em um motor, não teria de percebê-las.

Hugo não falou uma palavra. Sabia que seu pai logo ficaria sem ter o que dizer. E ficou. Esgotou-se. Hugo disse uma frase que nunca esperou usar.

— Vou começar uma nova página — falou. — É apenas uma fase — acrescentou.

Por um momento, por alguns dias, talvez uma semana ou duas, Hugo realmente acreditou em si mesmo.

O pai saiu do quarto satisfeito. Voltou para cima para contar tudo à mãe. Ninguém ainda havia mencionado o diário. Ninguém dissera como sabiam o que sabiam. A sra. Harvey não era nenhuma tola no que dizia respeito à espionagem, e a primeira coisa da qual ela se assegurou era de que não revelaria suas fontes.

A sra. Harvey também não era nenhuma tola no que dizia respeito a confissões. Não era alguém que se deixava iludir por essa superficial filosofia caseira tirada da manga da camisa, as deixas de escape para centenas de garotos de escola pegos em meio à felação, sodomia e beijos sob os lençóis e no cais, atrás dos placares do críquete e na mata. Ela não iria aceitar essa história de começar uma nova página como uma resposta adequada. E quanto às mentiras? E quanto ao dinheiro? E quanto às doenças e à degradação? Mas o que ela podia fazer? Até agora não havia feito nada. Ainda estava no andar de cima. E Hugo, que foi discretamente para a cama, não podia acreditar em sua sorte.

Mas sua sorte não durou muito. Sabia que não duraria. Seria demasiadamente surreal. Uma mãe que perdoava. Hugo teve seu primeiro encontro com ela na manhã seguinte, quando a mãe entrou em seu quarto e abriu as cortinas, como fazia todas as manhãs às seis, de forma que eles estivessem lavados, penteados e vestidos a tempo de pôr a mesa para o café-da-manhã da família. Assustado demais para falar, ele a olhou naquela cinza manhã de setembro. Levantou-se com cuidado da cama e ficou atordoado por um golpe na cabeça que o jogou de costas contra a parede.

— Você não diz mais bom dia? — gritou ela, e saiu do quarto.

Ele vestiu-se e lavou-se, molhando as bochechas ardentes com água fria, e então foi para a cozinha, onde a mãe fritava ovos e *bacon*. Ela virou-se para Hugo.

— Você não passa de um prostituto sujo — disparou ela, fechando a porta entre a cozinha e a sala para que os outros membros da família não ouvissem a infame história.

Durante todo o tempo em que ficou ali, preparado para recuar ante qualquer movimento súbito, Hugo esperava que a mãe se explicasse um pouco mais. Ninguém lhe dissera como souberam. Ninguém apresentou o diário como evidência. Como eles sabiam? Mary lhes dissera? Isso não era seu estilo. Ela poderia dar-lhe um sermão, poderia segui-lo pelas ruas para certificar-se de que não voltaria para os banheiros da rua principal sobre os quais lera no diário, mas Hugo sabia como escapar dela. Não havia nascido ontem. Ela, sim. E ela não iria delatá-lo. Pelo menos, não para a mãe. Havia uma lei não escrita segundo a qual você não podia contar a sangue frio. Não que Mary não culpasse os outros quando ela própria estivesse na berlinda. Mas ela não faria isso.

Então a sra. Harvey inventou um álibi.

— Você foi seguido, sabe? Foi visto em diversas ocasiões. Indo e vindo. É uma desgraça. Você não passa de um prostituto sujo.

Hugo sentiu-se orgulhoso de ser descrito como um prostituto. Sempre achou que eles tinham estilo. Não encontrara nenhum deles. Nem sequer havia trabalhado para ser um deles, ainda. As duas libras do chefe dos escoteiros de Cockfosters depois do sexo das tardes de domingo eram um chamariz, mas teria feito sexo com ele de qualquer jeito. O dinheiro nunca havia sido uma condição e David, com toda a sua esperteza consciente, levou muito tempo para pedir dinheiro sem parecer embaraçado.

Sentaram-se e tomaram o café-da-manhã em silêncio. A desgraça de Hugo suprimia tudo. Ele não olhou para seus flocos de milho. Comeu o ovo frito e o *bacon* mastigando metodicamente. O silêncio era pesado demais para ser rompido. A bochecha de Hugo ainda estava vermelha pelo golpe da manhã. E então, finalmente, terminou sua refeição e foi para o quarto, arrumar a cama antes de ir para a escola.

Em meio ao silêncio e à ardência na bochecha, um pensamento o importunava. Quem era esse amigo da família que espreitara seus movimentos por tempo suficiente para saber o que acontecia em tantas tardes, em tantas caminhadas de manhã cedo? Como poderia ela (sempre pensava que fosse ela) ter visto, ter sabido? Mas Hugo sabia que estava se enganando de propósito. Queria acreditar no álibi da mãe, porque se ela tivesse lido o diário, todo o diário, sabia demasiados segredos de David e Hugo. Sabia de David, que era o segredo de Hugo.

O álibi não poderia durar. Uma vez que a mãe descobrira a fonte de todos os seus segredos, não seria capaz de manter-se longe do diário, e recrutou a irmã mais velha em sua persistente espionagem. Porém, era uma espionagem amadora. Enquanto Hugo e a irmã mais nova tomavam chá, apenas poucos dias depois que a tempestade desabara, a sra. Harvey chamou Mary para fora da sala. Hugo sabia que estavam em seu quarto. Sabia que estavam vasculhando seu diário. Deixou seu biscoito e o leite e foi para o corredor. Através da porta de seu quarto podia ouvir o ruído de páginas sendo viradas e sussurros. Empurrou a porta, abrindo-a. Elas estavam lá sentadas, curvadas sobre o couro falso e o ouro falso. Ninguém seguira Hugo ou David. Leram a respeito deles. Haviam saqueado seu diário, passado pelas mensagens que diziam FODA-SE, MARY e SE VOCÊ ESTÁ LENDO ISSO, MARY, FODA-SE E MORRA, e lido todas as suas confissões, todas as seduções de David e fracassos de Hugo, e agora simplesmente tentavam se atualizar. Talvez pensassem que era como uma série a qual podiam retornar todos os dias. Talvez estivessem gostando. Talvez ele pudesse enviar o diário a um jornal e perguntar se queriam publicar trechos. Em vez disso, Hugo jogou o diário no incinerador da escola perto do abrigo das bicicletas um dia depois de pegar a mãe e a irmã bisbilhotando.

Agora, separado de seu melhor amigo, separado da família, de mal com a irmã mais velha, sendo abusado pela mãe, ignorado (como sempre) pelo pai e sentindo amor apenas pela irmã mais nova (que nunca entendeu o que havia acontecido e andava pela casa com lágrimas nos olhos), Hugo não sentiu necessidade de desenvolver uma consciência, não sentiu necessidade de dar a mínima. Todos eles, com exceção da irmã mais nova, a quem iria resgatar desse purgatório, poderiam ir para o inferno.

David, impenitente e sempre desencaminhado, continuou com o sexo enquanto Hugo cobria seu rastro com mais engenhosidade. Sua mãe o questionava acirradamente, impunha-lhe ridículos toques de recolher, mas não podia trancá-lo em casa. Quando o pegou roubando dinheiro da carteira do sr. Harvey e o jogou escada abaixo (a última vez em que Hugo se mijou), prendeu-o em casa, afastado de qualquer vida social, pelas seis semanas seguintes, incluindo o Natal. Contudo, ele ainda tinha de ir à escola e ainda tinha de ir da escola para casa, e o ônibus escolar ainda passava por alguns dos antros favoritos de David. Hugo era senhor de si, agora. Ela poderia puni-lo, mas ele estava além do seu alcance.

Hugo ficou sozinho. Havia entrado em sua idade do gelo. Ninguém poderia alcançá-lo. E ninguém parecia querer tentar. Ainda tinha amigos. Ainda podia fazer as pessoas rir. Pareciam gostar dele e o convidavam para festas nas quais tomava drogas que faziam as pessoas rir ainda mais. Mas se todas elas morressem no dia seguinte, Hugo teria de procurar por uma lágrima. Eram apenas pessoas. Não eram íntimas. Ele estava muito gelado para aproximar-se delas.

Até que surgiu Charlie.

E Charlie causou mais mal do que bem.

5

O AMOR QUE NÃO OUSA FALAR PALAVRAS DIFÍCEIS

O aspirador de pó começou a funcionar no andar de cima. Hugo esgueirou-se até a porta do quarto de listras diagonais de pirulito e passou discretamente para o corredor. A irmã mais velha e a mais nova estavam na sala de jantar, com as cabeças enfiadas em suas lições de casa. O aspirador de pó parou de repente. Hugo ficou imóvel, encostado na porta da sala da frente, com a respiração pesada de medo e frustração. Por que ela não podia simplesmente continuar o que estava fazendo? Esse jogo de aspirador-de-pó-gato e telefone-rato o deixava esgotado. Ainda não fizera nenhuma lição de casa desde às sete horas, quando a mãe subiu pela primeira vez. Apenas sentou-se lá, escrevendo o nome de Charlie em seu caderno e tentando lembrar-se de cada toque em seu corpo, do pêlo que ia do espaço entre seus músculos peitorais até o... então o aspirador de pó começou, e parou, e recomeçou. Como uma sirene errática, dando o sinal de que o caminho estava livre. Mas mesmo que conseguisse chegar ao telefone e discar o número, alguma coisa ainda podia sair errado.

O aspirador começou de novo. Era capaz de ouvir suas pequenas rodas rangendo. Era capaz de ouvir os pés dela movendo-se no chão. Andou rapidamente pelo corredor até o telefone. Era uma zona de perigo. Se ela aparecesse no topo da escada, teria uma clara visão de Hugo em seu telefonema ilícito. Iria querer saber para quem telefonava e por quê. As crianças não deveriam ligar para pessoas a essa hora da noite. Elas estavam fazendo suas lições de casa, que seriam checadas antes que fossem para a cama. Não havia tempo para bater papo. Se Hugo estivesse telefonando para alguém para conferir alguma pergunta difícil, a mãe iria querer saber qual era a pergunta e por que ele não era capaz de respondê-la sem ter de ligar para alguém. Como poderia telefonar de novo depois disso? Ela estaria escutando. Em outros lares, o telefone era algo legítimo, como a televisão. Era visto como uma ferramenta, como alguma coisa útil, para ser usada. Em sua casa, o telefone drenava recursos — custava caro, tomava tempo e servia para telefonar à avó nos aniversários e agradecer por um vale-livro.

Pegou o telefone com os dedos leves de alguém que já se acostumara a trapacear. Certa vez, no recreio da escola, tinha visto um garoto colocar uma nota de cinco libras no bolso do casaco. Não no bolso de cima, mas no de baixo, largo, disforme, frouxo de tantas castanhas, moedas e papéis de balas. O garoto tinha se sentado para o lanche. Hugo caminhou em direção à mesa onde os meninos comiam e abaixou-se, fingindo que estava amarrando o sapato. Sem olhar para lado algum, seguindo a regra de ouro que diz que o cuidado desperta suspeitas, mergulhou os dedos no bolso, pegou a nota e se afastou, com o butim dentro do punho fechado e o coração disparando. Foi um espetacular ato de temeridade. Um audacioso exemplo de bater carteiras. Serviu-lhe bem para levantar telefones do gancho.

Os dois pequenos botões debaixo do receptor emitiram um silvo, e parecia que o aspirador havia parado nesse exato momento. Ele ficou escutando, com o telefone na mão, à espera de um sinal. A porta do quarto não se abriu. Os pés continuaram a se mover no chão. Ouviu o ruído de coisas sendo erguidas e tomadas sendo ligadas. Ficou parado, não ousando olhar seu reflexo no espelho do corredor, como se isso fosse entregá-lo, contar o que não devia ou apontar-lhe um dedo acusador.

O aspirador começou a funcionar de novo e Hugo pôs-se a discar o número.

Estaria ocupado? Alguém responderia? Ele estaria lá?

O telefone começou a chamar. Era como se seu humor, seu estômago, sua vida, fossem controlados por esses sons. O ronronar do som de discagem, acolhendo-o, mas sem prometer coisa alguma. O hiato enquanto ele discava. E, então, o angustiante, indiscutível pipipipi do número ocupado, ou o abre-te sésamo do trinntrimmm trinntrimmm. Códigos e sinais obtendo ou negando acesso à "Cidade do Amor", situada na quitinete do primeiro andar do número 37 em Grosvernor Gardens. Estava chamando. O acesso poderia ser permitido. Hugo estava em pausa, o coração em suspenso. Nenhuma resposta e o acesso seria negado.

— Alô — disse um som nasal do outro lado da linha.

— Aqui é Hugo — disse Hugo ao som nasal.

— Eu sei — respondeu o som nasal. O som nasal era o senhorio de Charlie.

Hugo não conhecia o senhorio, mas o retrato que fazia dele não era bom. Ele era a criatura que se alimentava dos afetados diálogos entre o Adônis do andar de cima e o suplicante e lamuriento garoto ao telefone. Era um Cérbero míope que se ressentia de sua tarefa de guardião, mas que receberia Charlie em seu covil no andar térreo com lábios reluzentes. Hugo era o único que tinha acesso à sacolejante cama na fria quitinete do primeiro andar, onde Adônis mantinha sua corte na Cidade do Amor. Por isso o senhorio odiava Hugo, e lhe pregava peças. Peças maliciosas. Ele tinha Charlie sob seu teto. Podia fazer as pessoas esperarem e, enquanto esperavam, podia fazê-las encolher-se com seus suspiros e com a voz que dizia: "Ele está em minha casa. Deixarei que veja quem eu quiser."

— Charlie está?

O suspiro.

— Não sei.

— Você se importaria de ver se ele... — a voz de Hugo sempre falhava nesse ponto.

— Você quer que eu o chame? — O desprezo tornava a pergunta ácida.

— Oh, obrigado. Sim, por favor — entusiasmou-se Hugo. Rápido, rápido. Ela estará aqui em um minuto. Seu coração começou a tocar bongô dentro do peito, e o estômago encolheu-se até virar uma pequena bola comprimida. Se naquele momento o senhorio tivesse pedido um pagamento por segundo que eles falassem, Hugo teria concordado.

— Charlie! — gritou a voz nasal.

O silêncio era terrível.

— Alô?

A calorosa voz escocesa penetrou no telefone e envolveu Hugo em uma névoa que toldou sua voz e fez os bongôs dispararem loucamente. Assim era Charlie.

— É Hugo — disse Hugo.

David estava morto. Foi assassinado no banco da frente de uma picape azul. A picape era de Charlie.

Há uma fase na vida amorosa de todo mundo na qual os versos das canções populares do rádio são ouvidas como uma mensagem pessoal. Todas as baladas açucaradas tocam no fundo de um coração confuso. Toda a seleção musical do *jukebox* do bar da esquina torna-se uma minuciosa descrição de corações partidos e feridos. Hugo estava nessa fase. Transbordava de amor. Apaixonado até o último fio de cabelo. Ouvia avidamente canções de amor bregas propagadas pelas ondas do rádio, cada qual inspirada em sua história... exceto, é claro, pelo fato de ele e seu amado terem se encontrado em um banheiro, terem feito amor sob um saco de dormir de náilon azul em uma cama que rangia e de ele não ter a permissão de fumar, usar palavras difíceis, beber gim e tônica ou ficar aborrecido se houvesse outro homem na vida de Charlie.

E daí se as canções de amor não passassem de baboseiras sentimentais? O desespero chegou como uma ressaca. Mas, nesse momento, ocultando seu estado de graça em meio ao ruído de uma mãe aspirando o pó do carpete do quarto das irmãs, abandonando o circuito das festas de bolinação da escola e de barbitúricos noite afora em troca de algumas horas em uma quitinete gelada, aconchegando-se sob o náilon de um saco de dormir sobre o colchão em frente à televisão, Hugo estava feliz. Mais feliz do que era capaz de se lembrar. Talvez até mais feliz do que no dia em que Sam sentou-se a seu lado pela primeira vez. Estava na Cidade do Amor com Adônis, o especial de verão do canal de tevê ITV estava na tela, um copo de cerveja jazia ao lado do travesseiro e cigarros, fósforos e cinzeiro ficavam à distância de um braço. Era como acampar. Era como se o ano anterior nunca tivesse existido.

O ano anterior. Hugo ainda não havia falado com Sam. Nem Sam falara com ele. Hugo tinha deixado um bilhete em sua pasta. Uma resposta à mensagem que ele recebeu. Mas continha apenas mentiras, as mesmas mentiras que dissera a seu pai. Estou virando um novo clichê. É apenas uma frase.

O diário era agora um monte de pó no incinerador da escola. A confiança que sua mãe poderia ter tido nele era agora apenas uma amarga apreensão nos olhos dela, uma seca descrença no seu sorriso. Ele não tinha nenhum aliado, nenhum confessor, exceto a irmã mais nova, a única pessoa no mundo que ele teria salvado de uma casa em chamas. Contudo, mesmo ela pisava em ovos quando estava com ele, assustada por suas histórias de fugas, correndo para a enciclopédia da família à procura de efeitos colaterais, enquanto Hugo tomava barbitúricos em canecas pintadas como pôsteres, cheias de gim roubado do armário de bebidas junto à porta da frente nas manhãs de sábado.

Seus amigos gostavam uns dos outros mais do que Hugo gostava deles. Não podia correr com a matilha. Corria ao lado. Hugo poderia ter sido mau, mas não era brigão. Nem por dentro, nem por fora. Quando o golpeavam, devolvia a pancada e era golpeado de novo. Quando o provocavam, provocava-os de volta, e o espancavam outra vez. Eles podiam ser bons. Eram seus amigos. Convidavam-no para suas festas e se preocupavam com o fato de ele não ter uma namorada. Hugo estava fazendo sexo na mata com um deles, secretamente, na hora do almoço. Mas não eram amigos de verdade. Iriam rir se ele caísse embaixo de um trem. Ou, pelos menos, não iriam chorar. Hugo sentia-se fraco, desprezível, errado e sozinho.

E então conheceu Charlie.

Se você pedisse a Hugo que desenhasse um retrato do homem com o qual queria deitar-se, do corpo que queria despir, da voz com a qual queria ser cortejado, teria sido o retrato de Charlie.

Quando Hugo o viu pela primeira vez, sua boca ficou tão seca que não conseguia falar. Estava indo encontrar alguns amigos em um bar onde as pessoas eram esfaqueadas de tempos em tempos e as bandas tocavam com estridência para receber entusiásticos aplausos, enquanto Hugo ficaria bebendo gim com laranja (era o único coquetel que ele conhecia de cor) e recebendo estranhos olhares do *barman*.

Subiu o morro usando jeans com os joelhos rasgados e bainhas desfiadas que cobriam seus dedos dos pés, fazendo-o tropeçar. Hugo ia encontrar-se com Igor e seu amigo, o belo garoto de cabelos escuros e ondeantes e olhos expressivos, em cujo carpete havia vomitado uma semana antes, perdido no torpor ricocheteante causado por uma malsucedida mistura de baseados, gim e barbitúricos. Havia sido jogado contra um minibar ornado com relevos que acompanhava a curva de um canto da sala, enquanto a mãe do amigo de Hugo tentava pôr a mão em seus jeans. Mal os conhecia. E eram seus amigos. Hugo sabia que as coisas estavam indo mal. Igor era alto, sujo, de cabelos finos e louco — declamando intermináveis teoremas musicais e atraindo hordas de beligerantes que queriam quebrar-lhe os dentes. Era um artista, e Hugo ouvia seus monólogos dissidentes, mas nunca achou que pudesse se igualar a ele.

A caminho para encontrar Igor e o amigo, Hugo vestia jeans rasgados nos joelhos, com uma ostentação impossível. Era tudo o que lhe restava para usar. Suas roupas seguiam um rígido sistema que só era influenciado pelo clima. Embora já tivesse começado a gastar o dinheiro ganho com a entrega de jornais em artigos de segunda mão da nova loja da Oxfam na rua principal, ainda não tinha o suficiente para adquirir um guarda-roupa da contracultura adequado. Assim, havia saído para encontrar-se com os *punks* dissidentes da Ducke de Lancaster sem poder arrumar-se à altura. Sentia-se infeliz. O sol da tarde ainda estava quente. Sentia-se infeliz e excitado.

O tango do banheiro era uma solução óbvia. Tantos encontros em tantas noites haviam sido perdidos, adiados, arruinados pelo tango do banheiro, que os amigos não mais esperavam que Hugo aparecesse onde e quando dizia que iria, e se aparecesse, estaria com um humor tão estranho que não conseguiriam entendê-lo, e o deixariam sozinho, sentado em silêncio, deprimido, sentindo-se sujo pela infeliz brincadeira com o pau, o truque do orgasmo que acabara de exibir na frente de algum marido em pânico. Se não aparecesse era porque havia tropeçado em alguma aventura; alguém com um quarto, um lugar abrigado para tombar. A essa altura, David já era bem conhecido no acostamento da rodovia principal, e as noites de sexta-feira eram boas para caçar, pois não faltavam executivos frustrados com a semana de trabalho metidos numa camisa-de-força com risca de giz, sem tempo para masturbar-se pela manhã e a ponto de explodir de tanto sexo reprimido. Costumavam ir à caça em seus Ford Cortinas azul-claros e o tratavam como um sedutor sinistro, com deferência e fascínio. Hugo era isca de prisão. Era o fim de suas carreiras, de seus casamentos, de sua liberdade, caso fossem vistos ou pegos em alguma armadilha. Mas Hugo também era sexo. Ele era bom. E estava disponível. Eles o conheciam, alguns deles por três anos. E Hugo ainda era bom, mesmo aos 17 anos.

No que dizia respeito a David, ele estava apenas excitado. Sem sorrir, sem se envolver, sem falar e insuportavelmente excitado. Não importava se os homens fossem robustos ou magros, com menos de 35 anos ou mais de 45. Se David estivesse excitado, poderia usar qualquer coisa para o sexo. As almofadas, os acolchoados e os enfeites de lareira de suas salas-de-estar suburbanas apenas o deixavam mais excitado. Era profanação e blasfêmia na sala de estar, assim como tirar a roupa no corredor e mijar na banheira, tudo fazia parte da atitude escarnecedora e ostensiva de um garoto rude. Ele podia achar qualquer coisa *sexy* se estivesse no estado de espírito certo.

Quando David atravessou a rua para o salão de tango, percebeu que o motorista de uma picape parada no semáforo olhou-o com um leve sorriso. Não um sorriso de reconhecimento. Era mais como o sorriso do lobo na história de Chapeuzinho Vermelho. O sorriso de um apetite que vê sua satisfação logo adiante. Suas nádegas contraíram-se e seu estômago endureceu. O flerte começara.

Dirigiu-se para seu banheiro de guerra, o azul familiar, úmido de bolor, rabiscado com pichações, algumas referindo-se a David pelo nome. Conhecia algumas delas. Súplicas desesperadas do chefe dos escoteiros de Cockfosters que tivera de abandonar havia dois anos, quando suas saídas aos domingos para travessuras na cama e duas libras no bolso foram expostas pelo escândalo do diário. Se ele fosse o chefe dos escoteiros, teria ficado quieto a respeito de David. Seus pais poderiam facilmente tê-lo pressionado para que desse nomes e endereços. E quem sabe quando Hugo teria cedido? Ele não era tão resistente assim em um interrogatório. O sr. Tattersall sabia disso. O chefe dos escoteiros teria perdido mais do que seus lobinhos.

Os cubículos estavam cheios, mas os urinóis desertos. Ficou vendo os olhos indo e vindo nos pequenos furos nas portas dos cubículos, enquanto seus ocupantes tentavam saber de quem eram os passos que ouviram. Escutou o ruído de um freio de mão e de um carro no lado de fora. Isso era boa notícia. Sangue novo com um carro. Poderia ser o lobo. É claro, na metade das vezes o motorista estava correndo ao bar para comprar cigarros.

ou deixando alguém descer, ou indo para a direção oposta ou, talvez, pior: era um carro cujas laterais amassadas e bancos manchados ele já conhecia de suas viagens pela AI até um campo deserto ou uma sombra num matagal. David não gostava de repetições. Fazia pouquíssimas exceções.

David foi até a janela e olhou pelas aberturas da tela de metal enferrujado. O lobo estava a caminho. E o lobo era lindo.

Não sabia para que lado se mover.

Mesmo para alguém instintivo como Hugo, o tango do banheiro às vezes era confuso. Seus passos eram intrincados. Ritmo ruim ou má sorte poderiam deixá-lo encalhado.

O lobo entrou. Olhou para David e reclinou-se contra a parede. David fingia que mijava, mas sua bexiga havia encolhido até ficar do tamanho de uma ervilha e ele não podia extrair-lhe uma única gota. Fechou o zíper e reclinou-se contra a parede. Não olhou para o lobo. Esse era um de seus piores problemas. Com homens mais velhos, ardilosos e sedutores, podia bancar a vadia envaidecida. Com os casados em pânico podia audaciosamente assumir o controle. Com homens como o lobo, ficava com os joelhos moles e a língua seca. Se esse homem tivesse se virado e lhe pedido um isqueiro, ele teria emitido um grasnado mudo.

Estratégias voavam em sua mente, mas Hugo caíra numa armadilha. O homem não fazia sinal algum. Hugo achou que estivesse olhando para ele, porém, sentia-se muito tímido e assustado para conferir. Preocupava-o o fato de que, se alguém não emergisse logo de um cubículo, o homem poderia desistir e ir embora. Ele usava botas empoeiradas. Um trabalhador braçal, talvez? Tinha pele bronzeada e cabelos louros. Ouviu-se o som da descarga em um cubículo e um homem saiu. David entrou. Não tinha saída, agora. Será que o lobo iria espiar pelas aberturas? Procurou-o por cada abertura, mas não pôde encontrá-lo. Teria saído com outro homem? Eles apenas viram um ao outro e se foram juntos? Um olho apareceu na porta. David destrancou-a. Isso era perigoso, mas era parte de um jogo que exigia habilidade. A porta continuou fechada, o lobo, entretanto, deveria ter ouvido a tranca deslizando. O próximo movimento era dele. Começou a empurrar a porta.

Ficaram parados, olhando um para o outro pela porta ligeiramente entreaberta. David, com as calças arriadas até os joelhos, fitava os olhos azul-pálido e o sorriso na pele bronzeada como se tivesse acabado de achar a fonte da vida e estivesse tomando fôlego antes de beber. O homem falou com um leve sotaque escocês: "Tenho um carro lá fora", disse. David acenou com a cabeça para evitar um grasnido. Puxou as calças e seguiu o lobo até a picape azul.

Foi assim que Hugo conheceu Charlie. Disse-lhe que seu nome era David e pouco falou enquanto Charlie dirigia rumo à sua quitinete em Fichley. Quando chegaram à quitinete, Charlie foi ao banheiro e disse a David para tirar a roupa. David deitou-se, nu, em cima do saco de dormir de náilon azul, tremendo de expectativa. Charlie sorriu ao voltar e disse-lhe que deveria ficar sob as cobertas. Havia lençóis embaixo do saco de dormir.

Deitaram-se juntos por duas horas e meia e David não gozou. Deitaram-se juntos por duas horas e meia e Hugo não deu a menor importância para o fato de não ter gozado. Ele apenas queria estar nos braços desse homem, desse lobo. Seu lobo com um leve sotaque escocês.

Quando saiu da quitinete de Charlie, na picape de Charlie, seu coração estava tão cheio que chegou a sentir-se tonto. Havia um sorriso torcendo os cantos de sua boca que queria irromper em uma risada. Uma irreprimível ebulição de gargalhadas.

Charlie tinha de ir a Devon no dia seguinte para um trabalho. Ele trabalhava com transporte pesado desde que deixara a escola em Edimburgo, aos 16 anos. Tinha 20, agora. Iria dirigir todo o caminho de volta de Devon na tarde do dia seguinte, para ter certeza de que poderia encontrar David à noite. David prometeu que estaria lá. Até então, nunca havia mantido uma promessa como essa.

Ao entrar na cozinha da casa de seus pais, Hugo não podia apagar o sorriso de David, não podia espremer sua felicidade em um rosto mais aceitável e não podia parar de falar com sotaque escocês.

Sua mãe ria quando ele falava com sotaque escocês. Era um de seus favoritos. Sempre pensava que ele estava imitando seu médico. E sempre ficava satisfeita quando ele via seu médico. Alguém tinha que controlar Hugo. Alguém tinha de penetrar naquele vítreo olhar de superioridade, naquelas mentiras fáceis e nas fraudes tortuosas. Ela não sabia o que estava acontecendo. Não fazia idéia de quantas coisas poderiam estar se passando debaixo de seu nariz sem que percebesse. Passeios nas tardes de domingo, férias escolares e visitas voluntárias a galerias de arte, excursões com a escola e trabalhos de caridade em creches. Ela acreditara em tudo isso. A mãe podia interrogá-lo sobre seus amigos, pegá-lo roubando dinheiro da carteira do pai e castigá-lo por seis semanas, mas ainda não podia penetrar em suas mudanças de humor e descobrir o que ele pensava; quais dores, quais prazeres, quais anseios jaziam lá, quais memórias e quais fantasias. Ela não iria perguntar. Ele não iria contar. Então a mãe apelou ao médico e o médico o chamava uma vez a cada duas semanas para ver suas espinhas e falar com ele.

Hugo nunca teve espinhas até a quinta série, quando acordou com uma fieira de espinhas da boca ao pescoço, como se alguém lhe houvesse salpicado o rosto com uma caneta de tinta vermelha. O médico deu-lhe creme para secá-las. O creme vinha em pequenos tubos e Hugo precisava de um novo tubo a cada duas semanas. Não podia apenas telefonar e obter uma receita. O médico sempre queria vê-lo antes de dar-lhe uma.

Hugo não se importava. Gostava do médico. Era um aliado. Dava-lhe uísque e charutos e o deixava falar de si mesmo.

Mas Hugo sabia que estava lá por alguma razão. Estavam tentando descobrir coisas a seu respeito. Confiava em seu médico. Sabia que nada do que dissesse sairia dali. Entretanto, também sabia que havia sido entregue ao médico. Não guardava segredos, mas também não ia dizer a história toda até que estivesse pronto.

Assim, quando Hugo irrompeu na cozinha e fez a mãe pular sobre a farinha que peneirava e o pai virar-se da pia onde lavava louça com um pano de prato preso na cintura, nem mesmo o duro trabalho da vida familiar poderia suprimir suas emoções, e ele cantou bem alto, com um forte sotaque escocês, as alegres canções de Edimburgo e Aberdeen, até que seu rosto começou a doer de tanto esticá-lo num sorriso, e a voz ficou rouca. A mãe riu. O pai mostrou os dentes, mas continuou lavando louça. A irmã mais velha olhou-o com desconfiança. Nunca confiou no bom humor dele. Metade disso era ressentimento. Ela própria nunca estava de bom humor. Metade era dúvida. Sabia que seu bom humor significava prazer, e que prazer, para Hugo, raramente era algo decente.

Ele rumou para seu quarto e flutuou na cama, cercado pelas listras diagonais do papel de parede laranja, sonhando de novo e de novo com Charlie. A voz de Charlie. O peito de Charlie com sua penugem entre os músculos peitorais. O estômago bronzeado. Seu pau macio e simétrico. Seu sorriso de dentes brancos. Seus olhos como uma pálida piscina azul.

Hugo estava apaixonado.

Entretanto, se essa era a primeira vez que Hugo ia manter a promessa e voltar, poderia ter certeza de que Charlie estava sendo honesto? Ele poderia ter dito a cada garoto que encontrasse que iria dirigir de volta de Devon por ele, e depois mudar de idéia. Hugo sabia onde ele vivia. Mas não era do tipo que entra pela janela. Viu-se deploravelmente sentado no muro do jardim daquela rua suburbana perto do Tally Ho Corner, esperando que seu homem bronzeado passasse.

Hugo passou o sábado esperando pela noite. Tivera pouca dificuldade em preparar o caminho para sair à noite. Sua mãe sempre ficava desconfiada, mas ele tinha uma mentira que poderia cobrir toda a noite de sábado. Havia uma festa e ele fora convidado. Encontraria os amigos na estação de metrô de East Finchley e iria com eles. Deveria estar lá em determinada hora ou, do contrário, se desencontrariam. Voltaria com eles e então pegaria um táxi. E isso era verdade. Ao menos parte disso. Ele adotara para mentir o mesmo princípio que adotara para furtar em lojas. Uma pequena verdade pode disfarçar uma mentira muito maior. Se você passasse pelo caixa e pagasse uma coisa, eles nunca pareciam adivinhar que todas as outras coisas em suas mãos não haviam sido pagas. Havia uma festa hoje à noite, e ele fora convidado. Sabia onde era a festa e quem estava indo. Tinha um convite e até havia ido até a casa antes para que pudesse descrevê-la.

Mas não tinha nada para fazer o dia todo. Nada para acabar com a sensação de bolinhas de gude rolando em seu estômago. Seu apetite estava entorpecido. Sentou-se à mesa para o lanche e começou a pôr colheradas de comida entre os dentes, empurrando-a garganta abaixo sem sentir gosto algum. Não estava vivendo no presente. Estava em suspensão. Metade dele borbulhava de excitação, a outra crepitava de nervosismo. Charlie havia sido sincero? Poderia agüentar esperar outras duas horas antes do banho, antes do chá, antes de sair com um jovial sorriso artificial ocultando uma ampla risada interna? Poderia impedir sua mão de tremer enquanto colocava colheradas de comida em sua boca seca? Charlie estaria lá? Isso era real?

Às 7h30 da noite de sábado Hugo estava parado do lado de fora da Estação Central de Finchley. Já fazia meia hora que estava ali. Havia até passado pelo prédio de Charlie para ter certeza de que a picape estava lá. Estava. Às 7h35 a picape azul apareceu com Charlie sentado lá, sorrindo um sorriso tipo suba-e-me-ame. Hugo subiu e eles desceram o morro, empoleirados no alto do banco da picape como adolescentes passeando numa feira.

— Tenho algo para lhe dizer — começou Hugo.

Isso soou suspeito.

— Disse-lhe uma mentira ontem. — Uma nuvem passou pela fisionomia de Charlie. — Meu nome não é David. É Hugo.

O rosto de Charlie encolheu-se numa careta. Talvez Hugo não devesse ter dito nada. Tentou explicar. Mas não era fácil. Fazia com que ele soasse velho e intratável. Muito engenhoso e muito espalhafatoso.

— O negócio é o seguinte: não queria lhe contar a mesma mentira...

— Que você contou para todos os outros?

— Sim.

— Quantos outros existiram?

O que deveria dizer? Odiava esse tipo de pergunta. O que era razoável? O que era realista? O que ele queria ouvir?

Charlie olhou para Hugo, que fitava a janela, parecendo confuso. Não tinha idéia de como começar. Charlie riu.

— Não se preocupe com isso. Não ligo porra nenhuma. Você está aqui agora. Não pensei que você estaria. Não ligo para como você se chama. Mas você deve admitir que David é uma porra de um nome estúpido — e ele riu de novo. Alto.

Pronto. David estava morto. O estranho e dominador amigo de Hugo estava morto. Abandonado. Traído. Vendido tão logo o negócio ficou bom. Hugo sentiu uma fisgada no estômago. Estaria ele se separando de seu único aliado? Não deveria ter feito uma despedida mais demorada para seu... seu... seu o quê? Seu gênio do mal? Seu mentor? Seu tutor nessa vida fácil de levar e fácil de deitar, cruel, implacável, do tipo agarre-o-que-você-pode e pegue-o-que-você-precisa no carrossel do sexo? O que estava acontecendo? Estaria esse estado de leveza, esse confortável banco de couro da picape perto das coxas cobertas de jeans do homem que ele amava, levando embora seu instinto assassino? David era um sobrevivente. Era assim que gostava de ser visto. Mas Hugo havia feito todo o serviço para David, e agora que ele se fora, sentia-se aliviado, mais aliviado do que culpado. Tinha dado um passo em direção à verdade. Sua vida era demasiado emaranhada pelas mentiras. A verdade era como uma enorme tesoura de aço. Hugo acabara de cortar parte desse emaranhado para abrir seu caminho.

Naquela noite Hugo teve um orgasmo. Charlie também. Depois do sexo, deitaram-se de lado, Charlie na frente, Hugo atrás, assistindo à televisão dos sábados à noite, a enjoada mistura de especiais de verão e shows de variedades. Nada importava. Nada podia ser mau nesse estado de espírito. Tudo tornava-se cativante. Cada pessoa do programa, cada apresentador, cada convidado, cada loira no placar fora tocada pelo pó da felicidade de Hugo.

No domingo ele foi ao Encontro dos Quacres e sentou-se por uma hora, traçando o corpo de Charlie em sua mente, relembrando cada palavra que disseram, cada sorriso que provocara. Nesse encontro Hugo não caiu no sono.

O Encontro dos Quacres era a válvula de escape de Hugo. Sua lagoa de serenidade. Não que esse pequeno adolescente-prostituto que arriava sua moralidade à altura dos tornozelos tivesse descoberto Deus. Ele descobrira o silêncio e pessoas bondosas. Apenas seguira os passos da irmã mais velha em uma peregrinação. Ela procurava a salvação pessoal, uma forma de escapar do ódio de si mesma, uma forma de se respeitar e a visão de um mundo que não fosse cheio de fúrias e aberrações que abusavam dela, a negligenciavam e a ridicularizavam na mesma proporção.

Hugo e a irmã mais nova apenas seguiam seus rastros, seguindo-a como fizeram quando ela foi para o Woodcraft Folk. A irmã, com seu sorriso doce e inocência juvenil, foi a primeira a cruzar a soleira da porta. Hugo seguiu-a poucas semanas depois, ardendo com ressentimentos dos quais queria se livrar. Religião era um refúgio inusitado para Hugo, mas funcionou. Os quacres eram tudo o que Hugo queria. Não eram flagelantes com varas e enxofre. Ofereciam um abrigo para a mente ferida. Pessoas com uma infinita capacidade de perdoar e sem a habitual gentileza desprovida de sentido.

Quando Hugo entrou na Casa de Encontro, sentiu o ar mais leve com os tons amáveis, os meios sussurros, os sorrisos amplos de pessoas inteligentes demais para serem ovelhas e muito cheias de fé para julgar. Seus olhos procuravam tesouros interiores. Nada que Hugo pudesse vestir, nem a forma como penteava o cabelo ou usava suas calças, nada do que ele dissesse sobre drogas ou tédio, nenhuma raiva que ele desenterrasse poderia sobreviver à sua tranqüilizadora bondade. Ele acalmava-se nesse canto sossegado do subúrbio. Ele observava. Lá ele havia sido acolhido e aceito.

Todo domingo Hugo sentava-se com os demais participantes do Encontro na sala quadrada, ao redor de uma mesa redonda com um vaso de flores silvestres no centro e sob a luz que jorrava das janelas que iam do chão ao teto, deixando grandes poças de sol no chão, respingando sol nos pé das velhas senhoras, algumas delas roncando sob os chapéus de ráfia azul, outras sentadas, alertas e tesas, com um sorriso brincando nos lábios.

Hugo sempre se escondia em um canto. Freqüentemente, tinha dificuldades em manter-se acordado, e odiava quando seu corpo tremia de volta à consciência e olhos que vagavam pela sala o encaravam. Enquanto sentava-se lá, com os tornozelos banhados pelo sol, começou a juntar as peças da semana anterior. Antes de Charlie, essa teria sido a semana na escola, o trabalho, a provocação, Sam, lição de casa, encrenca. Agora, com Charlie em cada canto de sua cabeça, passou o tempo em silêncio, pondo na balança a batalha entre esperança e desespero. As interrupções dos anciãos, suas animadas homilias sobre o significado espiritual de uma troca com o verdureiro na semana anterior tornaram-se cansativas, irritantes invasões em seu complicado sistema de penitência e remorso.

Hugo culpava-se por tudo que tinha dado errado. E Deus era seu árbitro, contando os pontos negativos que seriam punidos com a ausência de Charlie. Era tão fácil contar os pontos negativos. Na maioria das vezes ele apenas percebia que os tinha acumulado retrospectivamente, quando Charlie não aparecia e Hugo precisava vasculhar a semana para descobrir por quê. Ele havia se masturbado na quarta-feira, ou furtado em lojas na quinta. Cada vez mais coisas tornavam-se proibidas em um regime tão severo que deixava seu humor e sua confiança esfolados pela culpa. E tudo porque Charlie não aparecera. Hugo negociava com um Deus primitivo de rancor e recompensa. O Encontro era o lugar onde lambia suas feridas e se organizava física e mentalmente para passar outra semana à espera do fim de semana.

Na verdade, o Encontro tornou-se o principal suporte de sua relação com Charlie. Não porque o freqüentassem juntos (aquele indócil escocês valentão, que havia viajado pela Europa aos 16 anos na cabine de um caminhão com um carregador reforçado, que odiava educação, que rechaçava a classe média e suas criancinhas educadas, cujo bronzeado não vinha da praia, mas do calor em suas costas enquanto embarcava geradores de caminhão para caminhão usando um boné de capataz, nunca teria entendido o que Hugo fazia ali), mas à medida que as coisas se tornaram complicadas e difíceis Hugo usava o Encontro como um confessionário pessoal, um claustro protegendo-o por uma hora, uma vez por semana apenas, abrigando-o contra as rajadas do vento lá fora. Sentia-se vulnerável lá fora. Sentia o vento soprando através de seus ossos. Sentia-se miserável.

Miserável porque estava apaixonado e seu amante não estava. Eles tinham começado tão bem. Toda sexta-feira. Todo sábado. Na picape. De volta para a quitinete. Sexo e televisão — deitados, um com a barriga nas costas do outro, pele quente contra pele quente sob o saco de dormir de náilon azul. Não conversavam muito. Não tinham muito que conversar. Mal se conheciam. Mas estavam apaixonados, ou Hugo pensou que estivessem. Entretanto, quando as coisas deixaram de ser novidade, Charlie tornou-se evasivo, e quando não era evasivo, era irritável.

Hugo estava apaixonado demais. Agarrava-se enquanto Charlie vacilava. Regras foram impostas e a todas ele engoliu.

Hugo tinha que parar de usar palavras difíceis; parar de usar certas roupas; se fossem ao bar, tinha permissão de beber apenas cerveja; não podia falar sobre escola, lição de casa ou universidade; precisava parar de escrever cartas que jorravam de sua caneta como longos lamentos de paixão, incoerentes, errantes, entregando tudo.

Nenhuma dessas regras o preocupava. O que o assustava era o temperamento frio por trás dos olhos. Ainda tinham momentos de paixão. Ainda tinham tardes de risadas, brincando na lavanderia com ereções parcialmente escondidas (aqui, também, Hugo se expôs — o garoto cujas mãos nunca passaram por um dia de trabalho pesado perdeu o dinheiro para comprar o sabão da máquina. Deveria ser instintivo, mas ele apertou o botão errado, leu a coluna errada e perdeu 20 centavos. Sentiu-se ridículo, como a princesa prestes a dormir sobre a ervilha), mas a luz estava se apagando rapidamente. Charlie não olhava para ele. O sorriso se fora de seu rosto. Hugo assustava-se pensando no que faria se terminassem. Estava assustado com sua própria depressão. Não queria ser um suicida, mas não sabia como poderia evitar isso se eles rompessem. Charlie viu isso. Eles não romperam. Deixaram que acabasse.

Foi assim o inverno do estacionamento.

Foi assim que Hugo experimentou o desespero. Ele sempre tinha sido um garoto feliz. Para cima. Ao contrário da irmã mais velha, que se esforçava para enfrentar cada dia que nascia, e chorava a cada noite, antes de dormir. Mas o inverno do estacionamento quase apagou de vez o sorriso de Hugo.

No começo foi fácil. Charlie concordara em fazer do estacionamento na esquina da rua principal, junto ao bar Hand and Flower, um ponto de encontro.

Os únicos dias em que podiam se encontrar eram as sextas-feiras e os sábados à noite. Toda sexta e sábado à noite, após alguns telefonemas secretos ao longo da semana, disfarçados pelo aspirador de pó no andar de cima, Hugo esperava no estacionamento. Esperava por meia hora e então avistava aqueles olhos azuis, o sorriso flamejante, o olhar tipo suba-aqui-e-me-ame, e Hugo tomava fôlego e corria para seu amante. Mas, então, por oito semanas seguidas Charlie não apareceu. Sua picape azul não mais fazia a curva da esquina e Hugo, tremendo ao lado da cabine telefônica, nos intervalos dos humilhantes telefonemas que dava ao senhorio, olhava o tráfego ir e vir.

Toda sexta-feira observava o vendedor de flores embrulhar as flores que não vendera e empacotar a banca em caixas antes de partir em sua van. Observava os carros estacionando no bar e as pessoas saindo de novo para ir a festas em bandos animados, plenos de ruídos e amizade. E Hugo simplesmente ficava lá, batendo os pés para espantar o frio. Queixo erguido, lábios para a frente.

Por oito semanas Charlie não apareceu. Mas toda semana prometia que estaria lá. Toda semana desculpava-se e soava como se fosse sincero. Hugo era jovem. Era sua primeira vez. Ele queria acreditar, e assim o fez, e nas primeiras semanas lutou contras as lágrimas e a frustração. Mas lutou sozinho. Não havia ninguém a quem pudesse contar tudo.

Ele media a espera em grupos de cinco minutos, cada grupo um passo a mais em direção ao terrível soar da hora. E ao fim de cada hora, arrastava-se pela fria garoa de fevereiro rumo ao Marquee, ao bar ou a uma festa para a qual ele tinha dito que talvez fosse. E em todas essas ocasiões, Hugo segurava as lágrimas.

Não podia dizer nada a pessoa alguma na escola. Tentou contar histórias sobre uma negra, esforçando-se para inventar algo que as pessoas concordassem que deveria ser segredo (seria um insulto grande demais para seus pais, que jamais aceitariam alguém da raça negra). Ninguém acreditou realmente na história e Hugo a abandonou. Abandonou o assunto todo. Silêncio em casa, silêncio na escola, silêncio no estacionamento. E então o silêncio da Casa de Encontro. Se alguém tivesse dito a Hugo "sinto muito por você", ele teria se desmanchado em lágrimas, rompido as comportas da represa, rebentado os diques de contenção. Engoliu tudo isso, mas podia sentir as nuvens escuras infiltrando-se cada vez mais fundo em seu coração.

Apenas uma vez a máscara começou a cair. Foi numa festa, na sexta, talvez na sétima semana do inverno no estacionamento.

Ele conhecia todo mundo na festa. Eram todos amigos ou amigos de amigos. Gostavam dele. Hugo os fazia rir. E Hugo gostava deles, pois riam juntos. Mal conheciam uns aos outros.

Ele andou pela sala de estar, pelo jardim, pela cozinha. Todos os lugares estavam cheios de amigos bebendo, todos felizes, todos flertando, todos apertando sua mão, rindo para ele, saudando-o com dentes e sorrisos, e Hugo sentiu esse buraco negro aberto dentro de seu peito, no qual sumiram cada sorriso que ainda iria sorrir e cada pensamento feliz que ainda iria ter. O buraco negro continuou crescendo. Tinha bordas desiguais e espalhava-se como uma mancha de óleo em seu peito. O buraco odiava os sorrisos à sua volta. Odiava até mesmo a luz.

Hugo esticou os lábios e mostrou os dentes em um sorriso falso, tão seco quanto serragem. Movendo-se em meio à multidão, escapou para o andar de cima. Empurrou uma porta pela qual só se ouvia o silêncio e entrou em um quarto escuro. As cortinas estavam abertas e a tênue luz cinza da lua lançava um brilho pálido nos enfeites e bugigangas do quarto de uma adolescente. Hugo sentou-se na cama, perfeitamente imóvel na escuridão prateada, e ouviu as batidas de seu coração. Ouviu as vozes no jardim. Sentiu-se distante. Não podia mover-se. Não podia chorar. Não podia falar. Queria fundir-se com a tênue luz cinza e nunca mais sentir coisa alguma. Não queria morrer, queria virar cinzas.

Sentado, ouviu vozes de garotas subindo as escadas e vindo em direção à porta, e a luz surgiu como a súbita queda de um raio. Duas garotas que ele conhecia bem o olhavam de um jeito estranho, porque Hugo parecia estranho. Lágrimas que não sabia que chorara tinham descido e secado em suas bochechas. As mãos agarravam uma a outra sobre o colo. Ele sentava-se e olhava fixamente para a frente como um místico. Quando elas lhe falaram sob a opressiva e desagradável luz, pediu que a desligassem. Surpreendeu-se ao ver que lhe obedeciam. Então perguntaram-lhe novamente qual era o problema, e ele começou a chorar. Não. A soluçar. E em meio à água que lhe jorrava rosto abaixo como um chuveiro, tentou explicar o buraco negro sem mencionar Charlie, sem mencionar o estacionamento, ou o senhorio que caçoava dele, ou o vento que lhe congelava os ossos, ou a multidão de casais que ia e vinha feliz à sua frente, ou o vendedor de flores que nunca falou com ele e que sempre parecia tão congelado pelo vento que, só de olhá-lo, Hugo sentia-se ainda mais frio.

As garotas foram muito amáveis. Sentaram-se, escutaram e falaram com ele. Hugo as convenceu de que era melhor ficar no andar de cima, no escuro, até sentir que podia descer, e as convenceu a não contar nada a ninguém. Elas fecharam a porta silenciosamente atrás de si e desceram. Pouco depois, Hugo escapou da festa.

Ele nunca culpou Charlie por não aparecer. Culpava a si mesmo. Em seu rígido jogo de obediência, recompensa, transgressão e punição, as ações de Charlie não estavam incluídas. Era tudo entre Hugo e Deus. Ao longo do inverno do estacionamento, essa superstição religiosa infectou cada olhar que Hugo dirigiu aos homens na rua, cada visita que fez ao banheiro, cada toque em seu pau debaixo do pijama enquanto lutava com a lição de matemática. Hugo batalhou por Charlie, com o maligno olho de Deus espreitando nos cantos mais úmidos de sua imaginação. E, ainda assim, Charlie não chegava. E, ainda assim, toda vez que Hugo telefonava, ele dizia que iria até lá na próxima vez. E, ainda assim, não ia.

O telefone tocou no outro lado da linha. O abre-te sésamo. Seus pais estavam na cozinha, discutindo, ele achava. Isso manteria o volume alto. Era sábado à noite. O oitavo sábado do inverno do estacionamento. Hugo não havia falado com Charlie na noite anterior. Esperara uma hora inteira sob o frio do estacionamento até que os dedos de seus pés começaram a doer e seu nariz se pôs a escorrer. Hugo tinha ido ao salão de tango onde fora chupado por um bêbado cujos dentes machucaram seu pau. Ele apenas ficou lá, parado, olhando a si próprio ser chupado pelas mandíbulas aguadas do homem — o enjoativo cheiro de fruta fermentada chegando em lufadas. Não tinha moral, não tinha prazer. Não tinha sorrisos, nem sentimentos. Apenas um rosto alongado, cinzento.

Charlie pegou o telefone. Hugo lutou para recuperar o fôlego.

— É Hugo.

— Eu sei.

— Eu estive lá na noite passada.

— Onde?

Poderia ter chorado. Mas não o fez. A adrenalina estava diminuindo.

— Podemos nos encontrar hoje à noite?

— Não.

— Por que não?

De que serviria o orgulho a essa altura? Ele já havia falado demais.

— Acho que devemos dar um tempo por enquanto.

— Dar um tempo?

— Você sabe. Parar um pouco de se ver.

A conversa era tão delicada quanto um enfeite de vidro.

— Há mais alguém... aí?

— Sim.

— É melhor eu desligar, então.

— Me ligue de novo, certo? Eu quero explicar.

— Tá.

Aquele "tá" engoliu tudo. Ponto final. Colocou o telefone no gancho.

Estava prestes a pensar no que havia acontecido, prestes a sair cambaleando daquele choque rápido e incisivo. Mas não teve tempo para isso.

— Com quem você estava falando?

Sua mãe apareceu no corredor. Estava em vias de se preparar para o jantar dançante. O rosto dela dividia-se entre um lado maquiado e outro natural.

— Paul.

— Que Paul?

— Paul da escola.

— Não, não era ele.

— Sim, era.

— Qual é o número dele?

— Para que você quer o número dele?

— Quero ligar para ele. Ele vai me dizer se acabou de falar com você.

De vez em quando, Hugo tinha lampejos de habilidade estratégica. Precisava desses lampejos agora.

— Certo, ligue para ele. O número é 836-9241.

Ela parecia ligeiramente surpresa no lado maquiado de seu rosto. Era o único lado que ele podia ver.

— Mas se você ligar mesmo para ele, todos na escola saberão o que você fez, e eu serei motivo de riso.

Ela não telefonou.

Hugo nunca soube exatamente porque aquilo funcionou tão bem. Talvez fosse o eco da batalha que ela travara com seu próprio pai. Não havia dúvida de que amava seus filhos. Não queria fazê-los de bobos. E, ainda assim, havia feito a irmã mais velha de idiota, quando ela foi estúpida o suficiente para chegar da escola e contar à mãe sobre as pessoas fumando maconha nos vestiários. A sra. Harvey, com a cabeça cheia dos panfletos antidrogas distribuídos de porta em porta, levou sua tola filha de volta para a escola e fez com que ela delatasse para a diretora os nomes dos que estavam fumando. E o tempo todo, debaixo de seu próprio teto, o único filho da sra. Harvey misturava barbitúricos com gim em seu quarto e tremia como um suicida ao engolir a mistura.

Hugo esvaziou duas cápsulas de barbitúricos azuis na caneca de gim e sacudiu. Ele sempre precisava se escorar para receber o choque. Um trem começou a chegar na estação de Hadley. Jogou o líquido na boca e o engoliu, engolindo também o resíduo do pó. As portas do trem se abriram. Ele deixou a caneca cair entre o trem e a plataforma e entrou no trem. Acendeu um cigarro para eliminar o gosto em sua boca e sentou-se. Sentia-se morto. O único refúgio que podia imaginar, onde estaria protegido dos olhares e risadas das pessoas, era o Marquee.

Wardour Street ficava coberta de lodo com a garoa. O Marquee enfiava-se entre os edifícios como um barraco de favela para os desabrigados. O som da caixa acústica ressoava na estreita entrada. Setenta e cinco centavos por uma noite de barulho. Todos os membros da banda tinham os cabelos tingidos de loiro e cortados a escovinha, vestiam couro negro e provavelmente vinham de Ealing Common. Chamavam-se The Depressions. Nem mesmo isso o fazia sorrir. Agora, os barbitúricos já estavam fazendo efeito. Ficou na frente da caixa acústica e sentiu os barbitúricos turvarem seus sentidos. Não estava pensando em nada. Mesmo no trem, indo para o Marquee, não havia pensado em sua conversa com Charlie. Hugo a trancara em uma câmara de vácuo, à prova de choque. Não estava chocado. Surpreendia-se com sua calma. Sempre tivera medo do fim e, agora que ele tinha vindo, não era amedrontador. Era apenas mais um pequeno anticlímax da vida. Agora que as cartas estavam na mesa, percebia que sempre soubera que tudo havia terminado. Sentia-se cicatrizado, não ferido. A pele cicatrizada já estava curada. Sentia-se muito triste. E a tristeza era experimentada como um remédio.

Não estava zangado com Charlie. Charlie já havia se transformado em um sonho, pois há muito tempo não o via. Estava zangado com sua mãe. Precisava chorar em seu ombro e não podia. Precisava que ela lhe dissesse que existiam outros peixes no mar e que ele merecia algo melhor. Em vez disso, a mãe o encarara com o telefone na mão e ameaças na boca.

Hugo estava pronto para um confronto. Se uma única palavra sobre o telefonema fosse dita quando ele chegasse em casa, teria ido embora naquela noite. Olhou fixamente para os Depressions, engoliu sua cerveja e voltou para casa.

Entrou na sala de estar à meia-noite e meia. Seus pais estavam sentados, assistindo a Michael Parkinson. A mãe mantinha os pés sobre o sofá e usava óculos. Seus chinelos estavam no chão. O pai sentava-se com um copo de uísque na mesinha do abajur. Olharam para ele com sorrisos amáveis e perguntaram como fora a noite. Hugo respondeu que tinha sido legal. Não podia ouvir sua voz muito bem. Os barbitúricos obscureciam-lhe a visão.

Roma, 16 de julho de 1982

Querida Cynthia,

Antes de mais nada, preciso desabafar. De quem foi a idéia de me fazer viajar para a Europa com minha lamentável irmã que reclama de tudo? Estas férias se deterioraram numa série de confrontos tipo decisão de campeonato vale-tudo. Como se fosse uma paródia dos filmes japoneses, conseguimos criar uma terrível cena de choros e gritos diante de quase todos os monumentos famosos. Isso sempre nos garantiu um grande público, mesmo quando os espectadores não entendiam nossa língua. Não há quase nenhuma coisa que um de nós possa dizer que o outro não discorde. Tenho vontade de gritar. E vou. Perdão. (Nosso herói deixa o quarto para gritar. Vários vizinhos neste hotel pulguento acordam, gritam com ele, começam a reclamar, começam a bater em suas esposas: afinal de contas, isto é Roma.)

A ironia é que ela conseguiu estragar meus planos mesmo depois que nos separamos. Tivemos uma puta briga nos jardins do albergue da juventude em Florença. Não consigo me lembrar do motivo (nunca me lembro). Eu não tinha dormido a noite toda, num quarto que me lembrava as fotos das alas de hospitais durante a guerra da Criméia. Um cara numa das camas do meu dormitório passou a noite inteira vomitando, curvado sobre um balde num canto, pronto para ser exorcizado. A reação normal seria ignorar, embrulhar-se nos lençóis e pensar "Graças a Deus não sou eu", mas todo mundo no dormitório passou a noite acordado, transfigurado pelo que parecia ser os espasmos finais daquela pessoa. Então de manhã, quando Mary apareceu toda nervosinha por causa de algo irrelevante (ela está sempre puta, de qualquer forma, porque se apaixonou por um cara na França e não foi correspondida, e agora está curtindo a maior dor-de-cotovelo), eu respondi rispidamente, e ela retrucou, e logo estávamos em pé gritando e batendo um no outro, e bem na hora em que eu estava prestes a arrancar seus cabelos pela raiz ela disse: "Eu vou para Fiesole, te encontro em Roma depois de amanhã a noite."

Ótimo, eu pensei. Liberdade. Bem, teria sido assim, se ela não conseguisse pegar meu passaporte e deixar-me com o dela, o que na prática quer dizer que eu não poderia me hospedar em nenhum hotel ou albergue de Roma. É claro que eu não descobri que estava com o passaporte errado até às cinco horas da tarde. Isso depois de passar seis inesperadas horas num trem, que resolveu quebrar no meio de lugar nenhum, e depois de esperar duas horas para chegar ao albergue. Então, a essa altura, minhas chances de hospedagem eram zero, e a noite começava a esfriar.

Consegui negociar com sucesso a compra de uma pêra verde, que tive de jogar fora depois de duas mordidas (será que eles percebem que estou chegando, ou logo vêem que sou um idiota quando escutam meu italiano macarrônico?) e fui até a estação Termini de Roma, onde toda a sorte de mochileiros são literalmente lavados.

Talvez você saiba, talvez não, isso sobre a estação Termini de Roma, ela é uma bosta. Minha irmã talvez seja uma vaca, mas essa estação é uma bosta. O parque que há do lado de fora é uma das áreas mais notórias da Europa por seus batedores de carteira e ladrões. Uma história muito repetida aqui fala de um cara inglês que resolveu dormir na Villa Borghese com tudo o que possuía enfiado no fundo do saco de dormir. Quando acordou, tudo, inclusive suas roupas, tinha sido roubado. Ele teve que andar de cuecas, sem grana, até a Embaixada da Inglaterra. *Ich*!

Dentro da estação os *carabinieri* jogam futebol com todos os que dormem nas plataformas (chutes no estômago, chutes nas costas!) e por volta da meia-noite usam mangueiras d'água em todo mundo que ainda está por ali. Bem amigável, como vê.

Bem, na verdade, é mesmo. Ou pelo menos os moços são. Estava sentado lá, sentindo, e com certeza demonstrando, cansaço e aborrecimento, segurando minhas malas e tentando não cochilar, quando percebi que estava sendo notado (passavam por mim com insistência... lançavam olhares...) por dois jovens moços de braços dados. Você conhece o tipo. Caminham como se tivessem uma armadura nos quadris. Só se viram da cintura para cima.

De qualquer modo, encenei minha parte. Uma olhadela fixa, um sorriso, um ar angelical. E eles se aproximaram para conversar comigo. Um deles falava francês, o outro, apenas italiano, mas o que só falava italiano é que obviamente estava interessado em mim. Ele era uma dessas bichas superbronzeadas que se vestem com muito branco e têm baixo teor de hormônio masculino, o que também significava que era inofensivo (ele não parecia, por exemplo, estar carregando um canivete). O que fala francês e eu logo começamos a nos dar muito bem, o que deixou o sr. Superbronzeado irritadiço por trás de um sorriso falso superbranco, e eles me ofereceram um quarto. Eu mal pude acreditar na minha sorte.

Paramos no caminho para pegar o amante do francês, um tal de Sérgio ou Cláudio ou algo assim. Era um michê que fazia ponto na alameda principal ao lado da estação, onde ele e outros do gênero mostravam seus documentos no escuro. Seu pau era bem grande, mas não era para minhas mãos. Apesar do fato de nos encararmos durante toda a noite e de que esperavam que ficássemos sentados ali sem calções (não consigo imaginar por quê, a não ser que fosse uma espécie de batalha entre o *status* dos símbolos sexuais dos outros dois). Ele claramente era do francês, e eu, do sr. Branco.

A vida é assim. Em troca de fechar os olhos e levantar os quadris para que o sr. Pasta de Dente pudesse fazer seu serviço (o que ele fez extremamente bem: eu fingi estar meio dormindo e responder apenas instintivamente às sensações de um boquete superbem dado), ganhei um banho quente, um jantar e uma cama superconfortável e café-da-manhã no dia seguinte, quando o francês e o putinho já tinham desaparecido e eu e o sr. Branco tivemos de nos comunicar com gestos.

Sinto saudades do francês e do seu michê. Especialmente do michê. Ele evocava uma espécie de calma impenetrável, mesmo quando estava sentado sem calças. E um olhar bastante ousado. Sendo alguém que normalmente mantém os olhos no chão durante encontros sexuais de qualquer tipo (o resto de mim responde bem... só os olhos são errados), fiquei muito impressionado pelo olhar direto e desavergonhado do puto. Pague-me ou foda-se.

Nunca antes achei isso atraente, mas freqüentemente invejei esta atitude. Não queria dormir com alguém assim, queria ser alguém assim. Aliás, sempre imaginei como seria levar um michê para casa. Gastaria o tempo todo tentando persuadi-lo de que sou, de alguma forma, diferente? Bem, pelo tipo de caras com quem eles devem lidar, eu acho que eu não seria mau negócio. Mas, então, o puto olharia para mim e pensaria "Esse cara não tem grana", e lá se ia qualquer esperança de tratamento especial. O que me fascina sobre esta idéia, no entanto, é que não haveria nenhuma preocupação em ser rápido demais, de ter algum gesto mal entendido. Ele estaria ali para fazer sexo. Freqüentemente (bem, não... bem, sim, mas tenho certeza de que não deveria dizer "freqüentemente") você seduz alguém para o seu ninho e a atmosfera respira tesão e então a gente se senta (nas minhas cadeiras duras e muito pouco confortáveis) e eu ofereço uma taça de chá e todo a sexualidade se dissolve como o açúcar na água quente. Demora um tempão para trazer a temperatura para o grau certo de novo.

Estou escrevendo o resto desta carta na estação, e, enquanto escrevo, os primeiros garotos da tarde estão surgindo — como as mulheres loiras e peitudas que fazem a hora do almoço no Shepherds Market. Mas elas pelo menos têm um certo charme visceral. Como clones pobres de Dolly Parton. Esses garotos — sentados na mesa oposta à minha na cafeteria da estação — parecem precisar de uma semana sob o sol e uma boa refeição.

Minha irmã deve chegar no trem de 12h47, que não vai chegar nem perto de 12h47, mas que eu devo esperar de qualquer maneira. Tenho treinado diferentes discursos indignados durante a manhã toda. O problema é que ela com certeza me interromperá antes que eu chegue ao clímax, e não tenho nenhuma boa ameaça a fazer contra ela. Acho que ela é até mesmo mais forte do que eu, e, com certeza, mais dura. No entanto, aposto que ela não teve problemas em arranjar um quarto em Fiesole. Garotas, você não as odeia? Oh, epa, desculpe, Cynth!

Enfim, estaremos ambos viajando para Paris em breve e então ela terá de ir até Nantes procurar um lugar para ficar. Vai tirar um ano da universidade como parte de sua formação em francês, e ela escolheu Nantes (ninguém sabe por quê). Ela tem de se mudar em outubro. Assim, eu estarei livre e sem destino, a não ser pela sombra dos iminentes resultados de A-Ah, Argh!

Te vejo quando eu voltar e você voltar de Nova York.

Mil beijos,

Hugo

6

HORÁRIO DE VISITA — CYNTHIA

Quando ele se inclinou para a frente, pôde ver pelos buracos na madeira uma longa fileira de homens estendendo os pescoços, movendo-os para cima e para baixo. No cubículo ao lado do dele havia um garoto negro sentado. Talvez 17, talvez mais jovem. Sob essa luz, as pessoas mudavam o tempo todo. Em um instante, eram imaculadamente jovens, no outro, uma caveira espiava na escuridão e cavidades vazias substituíam os olhos. Encarou o garoto negro e, enquanto o fazia, o buraco na parede começou a se fechar. Contraiu-se como um cu tensionado.

Seu cu se contraiu e uma dor cortante chegou-lhe aos intestinos. Não foi suficiente para acordá-lo. A dor penetrou em seu sonho, mas o sonho a acomodou. A febre e o suor foram transformados em imagens monótonas e repetitivas, não a fantástica alucinação do delírio, apenas o tédio de um sonho doente.

Certa vez ficou na esquina olhando para uma casa a noite inteira. Isso prosseguiu durante horas.

Ele acordava para tomar água, esforçava-se para arrastar-se até o banheiro e, após outro debilitado movimento dos intestinos, respingos de uma merda ácida queimavam sua pele, em carne viva de tanto esfregar, lavar e queimar. E então fechava os olhos e tentava criar um sonho em um campo florido, em um rio sob o sol, salpicado de luz e com amigos rindo. Mas sempre descobria que tinha voltado para a esquina em frente à casa. E a casa não mudava. Apenas parecia ter mudado. E ele não podia ir embora. Por mais que tentasse, nunca chegava a um lugar diferente.

Estremeceu de dor e o garoto bateu na porta de seu cubículo. Hugo estava sujo e precisava se limpar, mas se não deixasse o garoto entrar, poderia perder essa chance. Há muito tempo não tinha uma chance como aquela. Abriu a porta. O trinco caiu na sua mão e a madeira estava úmida e fria. Não podia cheirar coisa alguma, mas sabia que cheirava mal. O garoto negro entrou e o encarou, lambendo os lábios e espichando-os, a língua movendo-se para dentro e para fora, convidando, exigindo, atraindo o pinto de Hugo para sua boca. As calças de Hugo estavam arriadas até os joelhos e seu pênis erguia-se entre as pernas como um pirulito rosado, e era para lá que o garoto olhava fixamente. O garoto ajoelhou-se na frente de Hugo e abaixou a cabeça sobre o pirulito como um bezerro sugando uma teta. Sugou com tanta força que o sangue espalhou-se pelo pênis, subindo como uma grande onda, e Hugo gemeu.

Olhou para o garoto e viu a vida sendo-lhe sugada. Reclinou-se contra a cisterna e sorriu. A pele do garoto era escura, mas salpicada de manchas pálidas como feridas claras. Seus olhos estavam semicerrados. Não hesitavam em sua obsessão. Pousaram no pau de Hugo e não viam nada mais. Seu cabelo estava emaranhado e a camiseta rasgada. Hugo puxou a camiseta e agarrou seus mamilos. Apertou-os e eles incharam. Agarrou os seios do garoto e os espremeu, temendo que fossem gotejar, mas o garoto o afastou e voltou a ocupar-se do pau de Hugo. Durante todo o tempo em que engolia e chupava o pau de Hugo, masturbava-se segurando seu próprio pênis, que inchou até virar um membro gordo, pingando um fluido incolor. Hugo moveu seus quadris para cima e para baixo, fodendo a boca do garoto. Sentiu a merda secando em sua bunda e sabia que o cheiro que exalava da privada era terrível. Os furos na parede abriram-se novamente e mostraram uma fileira de pênis apontando para ele, todos inchados, alguns roxos de tanta punheta, outros presos dentro do prepúcio. Pulsavam e pulsavam como êmbolos furiosos. Hugo virou-se para o outro lado e viu a cabeça de um velho de óculos, lambendo os lábios e sorrindo num ricto. Ele sorriu para Hugo e Hugo sorriu de volta, gemendo.

O garoto ficou de pé e, puxando Hugo pelo queixo, empurrou o pinto em sua direção. Hugo não o queria. O pênis pingava, e aqueles pingos eram como veneno. Mas os olhos semicerrados do garoto não admitiam discussões. Hugo engoliu-o e engasgou-se. Afastou-se para trás e ofegou. Procurou seu pinto com a mão, mas o pirulito murchara. O pau do garoto estava salpicado de saliva. Hugo virou-se e, pelo buraco, viu o velho que sorria num ricto tirando a roupa e tentando alcançar seu pau. Mas havia um buraco onde o pau deveria estar. Hugo voltou-se para o outro lado. A fileira de pênis estava agora na altura de suas orelhas. Todos pingavam e, quando os pingos atingiam o chão, queimavam como ácido. Hugo contraiu o cu e um espasmo de dor perfurou seus intestinos como uma bala serrilhada. Sentiu o suor comichando em sua cabeça, gotejando em seus cabelos e, então, uma confusão úmida e quente moveu-se sobre sua cabeça como uma lesma macia, mas reconfortante, um tipo de calor que o envolvia como o lar, como um banho quente e como a hora de dormir. O sonho foi permeado por luzes laranjas e vermelhas, e as imagens, crânios e sorrisos, pênis gotejantes e o garoto de rosto manchado desvaneceram-se nessa incandescência. A incandescência tornou-se tão quente que Hugo abriu os olhos e acordou para ver Cynthia em sua cama, segurando uma flanela quente e molhada em sua mão.

Ela o encarava em um longo olhar, como se não tivesse visto que seus olhos se abriram. A suave sensação da flanela umedecendo sua testa ainda o enlevava, como o pôr-do-sol em um horizonte distante. Isso tirou a dor de seus intestinos e esfriou o pânico em seu sangue. Sabia que o sonho terminaria mal. Havia sido salvo segundos antes do horror.

Nunca mais sonhava com sexo. Apenas repugnantes cópulas pelos cantos. O primeiro sonho molhado que teve na vida tinha sido a defloração de um anão enrugado, uma criatura desajeitada que deixou Hugo pegajoso e deprimido na cama, ao lado do garoto musculoso que na noite anterior recusara-se a fazer sexo com ele. Isso foi nos velhos tempos. Em uma arruinada casa abandonada na Talgarth Road que ele havia ocupado junto com o garoto mau de olhos azuis que Hugo roubara do quarto de seu amigo. O garoto estava bancando o difícil. Era a única coisa na qual era bom. O jogo consistia em recusar sexo ao homem que havia convidado. Permitiu que Hugo o beijasse, um longo e luxuriante beijo, e então virou-se para dormir, deixando Hugo trêmulo de um desejo que penetrou em seu sonho como um íncubo, e tomou o aspecto do anão enrugado como uma forma de punição.

— Você estava sonhando — disse Cynthia, e Hugo sentiu a vergonha de tudo o que não podia falar grudar-se em sua garganta.

Lá estava ela, sentada em sua cama, com seus longos cabelos negros caindo sobre os lençóis, brilhando como seda penteada. Seus olhos eram calorosos. Agora ela lhe pertencia.

Hugo não a tinha visto no hospital por algum tempo. As coisas estavam indo mal e não lhe permitiram receber visitas. Nem mesmo as visitas habituais. Sua mãe ficou em vigília por três noites, paralisada ao lado do telefone. Mas a febre cedeu e ele afundou no torpor, entrando e saindo de sonhos.

Quando viu Cynthia em sua cama, soube que um pouco do charme de uma antiga existência, sua própria existência, ainda estava lá. Parecia ter sido mantido afastado disso por muito tempo. Muitas pessoas não vieram. Sabiam que Hugo não queria ser visto, todo cinza, a pele esticada sobre os ossos como um velho lenço de papel. Mas Cynthia veio e, com ela, um aroma da vida que ele havia deixado.

Hugo temia as visitas que poderia receber. Os enfermeiros profissionais. Eles o deixavam preocupado mesmo antes de ficar doente. Descansando sonolento em uma sauna em Bethnal Green, largado entre homens cujos lânguidos corpos estavam imersos no suor, Hugo ouviu uma conversa entre um jovem negro de braços e pernas perfeitos e uma criatura ossuda, cujos dentes formavam um ângulo com as gengivas e cuja voz vibrava como uma tela de galinheiro. Hugo observava um negro de cabeça raspada apertar um homem deitado na lona; observava-o esfregar os óleos, e as mãos habilidosas e fortes subindo pelas pernas, descendo pelas costas até as nádegas e entre as coxas, na virilha onde fica a glande. Hugo observava pernas sendo dobradas para trás de forma que os dedos dos pés tocassem os ombros e os rostos dos homens, com as cabeças apoiadas em toalhas, rolando e sorrindo de surpresa ao verem seus corpos realizarem acrobacias, ficando flexíveis e maleáveis pelas mãos do massagista.

Hugo observava o negro, mas seus ouvidos estavam ligados na conversa entre o garoto negro e o velhote. O velhote divagava, adulava, tentando atrair o jovem negro para uma xícara de chá ou para um jantar com vinho, e o misterioso aconteça-o-que-acontecer-depois. Era um abutre pousado nos corpos ainda carnudos dentro da sepultura de azulejos brancos que recendia a uma enjoativa mistura de sabonete de limão e suor. E era um visitante. O homem falava de suas visitas de caridade a doentes e inválidos. Todos os dias ia a suas casas para visitas de uma ou duas horas. Não conseguiam impedi-lo. Ele os reivindicara. O homem era um desajustado, um refugo. Feio, tinha uma voz feia e modos feios. Não poderoso, mas insípido. Não intimidante, mas irritante. E era um visitante. Um homem que visitava os indefesos, os prostrados, os enfraquecidos. Era sua enfermeira. Eles não tinham escolha. Haviam chegado a esse ponto.

Olhou por algum tempo para os olhos de Cynthia, com suas pintas marrons na parte branca como se a íris tivesse sido borrada. Ela não buscava um olhar da maneira como sua mãe fazia, com os olhos azuis oscilando entre raiva, amor e impotência. Estava apenas olhando para ele. Esperando que Hugo dissesse o que pudesse, que fizesse o que pudesse.

Com Cynthia podia ficar em silêncio. Muitas coisas se passaram entre os dois. Muito amor e desentendimentos. Muita ajuda e muita crítica.

Ela o amara e, ao contrário das outras, atacou sua sexualidade. Ao contrário das outras, fez amor com ele. Mas tomou a sexualidade de Hugo como um insulto à sua feminilidade.

— Então vá e lambuze o seu cu — ela lhe disse certa vez, na soleira de uma porta em Manhattan.

Então ficou horrorizada e pediu desculpas. Ele se foi e deixou que seu cu fosse lambuzado por um nova-iorquino peludo em um apartamento elegante. O nova-iorquino, cujo nome era Edward, deu-lhe uma camiseta com o nome de uma boate da moda estampada. Na manhã seguinte, Hugo deu a camiseta a Cynthia e, enquanto caminhavam pelo setor dos perfumes na Bloomingdales, todos os bichas e veados sussurravam perguntas.

— Já abriu de novo? Odeio quando fecha para o verão. Você sabe, estão mantendo uma em Fire Island.

Cynthia amava a atenção e Hugo estava orgulhoso. Era sua primeira visita a Nova York e nenhuma outra cidade jamais lhe permitira ser assim tão ambíguo.

Cynthia o convidara. Ross, pai dela, era dono de uma galeria em um prédio pomposo e extravagante na Madison. Eles viviam na parte nobre da cidade, em um quarto simples nos fundos da galeria, enquanto Ross morava no interior com uma de suas elegantes namoradas negras, comendo fatias de maçãs com manteiga de amendoim e fazendo sexo em esquisitas contorções e em diferentes aposentos.

Era um mundo novo, e Hugo estava transfixado.

Era um rito de passagem, pelas mãos e pelo amor de duas pessoas interligadas — pai e filha. Era um momento cristalizado de elegância, euforia e exploração. Um ano depois, aquele momento tornou-se para sempre irrecuperável quando Ross desmaiou em sua aula de caratê e morreu.

No instante em que Hugo recebeu a notícia, por telefone, na sala de seu tutor em Cambridge, não conseguiu assimilar o acontecimento. Era impossível fazer Ross desaparecer tão facilmente, tão rapidamente, como a morte fizera. Sentiu como se o seu mentor tivesse sido levado embora após a primeira lição. Como se um amante houvesse morrido minutos depois da primeira declaração mútua de amor. Havia passado muito pouco tempo com esse homem que lhe dissera tantas coisas. Não o que deveria ou teria de fazer, mas o que poderia fazer. Esse homem, que tinha descascado o mundo e o oferecera a Hugo como uma fruta madura, o homem que havia descoberto a árvore de onde os frutos maduros caíam em seu colo, e que não vendera nenhum pedaço de sua alma para comer dos frutos, o homem pelo qual Hugo se apaixonou, assim como acontecera com a própria Cynthia, havia morrido.

Ross era a musa de Cynthia, sua fé, seu sorriso, seu mundo de fantasias. Seus pais se separaram quando ela ainda tinha as pernas gordas de um bebê e ainda regurgitava. Seu pai desaparecera do outro lado do Atlântico, deixando a filha pequena e a ex-mulher em um apertado apartamento excessivamente mobiliado na zona oeste de Londres.

Algumas crianças jamais o teriam perdoado. Algumas nunca teriam se recuperado da falta de um homem. As mulheres da família juntaram-se ao redor de Cynthia, formando um cerco de ricas solteironas. Ela foi educada. Ganhou cavalos para montar e vestidos de festa para se divertir. Era convidada para o chá em Berkeley Square, onde viviam algumas das formidáveis solteironas, e assim o fez. Visitou-as em suas vilas floridas no Algarve e na Espanha, e elas a assustavam com suas aparências austeras e conversas sérias.

Foi uma criança criada em meio a adultos. Sua mãe dispensou as babás tão logo Cynthia pôde se segurar e controlar sua bexiga, e levou a jovem filha por excursões a boates com principiantes e apostadores, sedutores e gastadores que a cortejavam, pois a mãe de Cynthia era uma bela mulher.

Contudo, durante essa longa e lenta passagem por mesas de restaurantes e finos copos de água gelada, chá quente e limonada tépida, o sonho por trás dos olhos de Cynthia era seu pai. A cada ano o pai descia das nuvens e levava a filha de olhos castanhos e cabelos negros para o café-da-manhã na hospedaria On The Park, onde a fazia enrubescer pela alegria de seu sorriso e de sua risada, o charme de seu excessivo bigode, a perfeição de seus modos. Estavam apaixonados. Durante todo o tempo em que viveram separados, estavam apaixonados, e agora Hugo estava com eles em seu mundo de êxtase, e os observava com a curiosidade de alguém que nunca vira pessoas demonstrarem tão abertamente sua felicidade privada. Isso o fez chorar de vergonha por sua própria timidez e inibição. Isso o tranqüilizou, e também o reconfortou e o fez sorrir.

Na noite do aniversário de Ross, foram a um jantar de feijão-preto no Cuban Chinaman. Os dois adolescentes e o professor. As crianças e o homem do mundo. Hugo o observava com a intensidade de um garoto reinventando seu próprio pai. Queria que Ross fosse seu, que fosse de seu sangue. Mais do que isso, queria pertencer a Ross, ser seu filho. Como homem, ele era o máximo. Como pai, era atípico. Seu bigode de mosqueteiro e suas madeixas negras e enroladas conferiam-lhe a aparência de um violinista cigano. Seu corpo era um feixe de músculos tensionados pelo boxe e pelo caratê. Ele era esbelto e gracioso. Falava com os dois como se eles estivessem no comando, como se pudessem fazer ou deixar de fazer o que quisessem, como se o futuro se abrisse à sua frente como uma folha de papel reluzente na qual poderiam dançar os passos que escolhessem. Ele disse a Hugo que o mundo era sua concha e perguntou-lhe, num jantar de aniversário no Cuban Chinaman, por que não ficava com sua filha. Como podia rejeitá-la?

Ele precisava ir ao banheiro, e precisava de ajuda. Qualquer movimento fora da posição horizontal o deixava nauseado. Podia sentir os fluidos de seu corpo circulando enfraquecidos e doentes, podia sentir o veneno escoando-se em suas veias. Quando olhou para os pés, amarelos, frios e enrugados no linóleo, achou que suas pernas fossem quebrar-se em várias partes como ramos finos, e ele iria cair, morrendo ao lado da privada. Uma urna funerária adequada. Um último vislumbre de humor em uma vida escorrendo para a lixeira.

Precisava ir ao banheiro e precisava da ajuda de Cynthia. Ela estava lá. Sabia o que precisava ser feito. Ele ainda não a havia cumprimentado. Então disse: "Oi. Você pode me levar ao banheiro?" Sua voz estava muito longínqua quando acordou. Um eco em um quarto distante. Sentia-se tão enfraquecido que nada além da dor parecia estar próximo. Os ácidos pingos de merda entre suas pernas. A dor oca e devoradora em seu peito, que o deixava sem fôlego. A dor que subia e descia entre seus dentes e em sua cabeça como rápidas mudanças de maré.

Cynthia sorriu. Pôs a mão em seus ombros e o ajudou a sair da cama. Poderia ter sido um sorriso de vitória, mas não era. Afinal, tinha sido rejeitada por causa de homens anônimos e pelo peludo Edward, por causa de estranhos em estações, saunas e bares. Ela exigira saber por quê, e Hugo tinha apenas uma resposta — é o que eu quero.

Agora, esse frágil fim, essa morte vagarosa, prolongada, sem pressa, poderia ser a prova de que Cynthia precisava, a justa vingança pela rejeição, a prova de que Hugo deveria tê-la escolhido. Mas não estava sorrindo dessa forma. Seu sorriso era como chá quente, como óleos suavizantes, como o passado.

Como pôde tê-la rejeitado? Hugo não teve escolha. Cynthia deveria ter sido sua esposa... mas mesmo quando fizeram amor, naquela vez, entre as almofadas com aplicações azul e rosa na cama de uma modelo negra, uma namorada de seu pai, Hugo pensou na fotografia de um homem de cueca que tinha visto alguns minutos antes, e gozou tranqüilo e ausente na boceta dessa garota que tentava com tanto empenho mostrar-lhe o que ele estava perdendo.

Mas por que Cynthia e todos os outros sempre pensavam que isso era uma escolha? Quem poderia ter escolhido assim? Todo o segredo, todas as mentiras, todas as coisas escondidas, toda a observação dissimulada, a ausência de filhos, os presentes caros comprados para os filhos de outras pessoas. Todos os eufemismos. Tio Hugo. Tratava-se de um futuro cujo passado era sempre mais excitante. Tempos vividos. Homens amados.

Era um futuro com a solidão e a morte costuradas no tecido, sem serem vistas até que fosse tarde demais, um único e sinistro fio de linha.

Porém, embora Hugo tivesse entendido, engolido e digerido isso, não se sentia envergonhado. Não era culpado. Sabia onde ficava a culpa. Ficava entre suas pernas. Na verdade, apenas raramente "ficava". Aquilo chamava a si mesmo por nomes vistosos. Gostava de chamar de sua libido. Tinha um apetite que nenhum outro mundo teria sido capaz de satisfazer. O mundo gay, a vida no banheiro, os incontáveis torsos, caralhos, bocas, conversas incidentais, trocas de nomes e noites em mal-iluminados apartamentos baratos, sacudindo-se e estremecendo com mais um estranho. Ele não poderia ter vivido de outra forma.

Imagine que Hugo tivesse nascido menina, e saciasse o apetite sob sua saia de escola nas vilas e cidadezinhas da periferia de Londres, nas matas, capoeiras e campos. Suponha que levantasse a anágua e abaixasse as calcinhas em inúmeros lugares públicos, na escuridão, em estacionamentos estranhos, atrás de bares, nos bancos de carros, em riachos, sendo picada por mosquitos. Se fosse assim, já teria morrido. Teria morrido há muito tempo. E ficado doente. E sofrido abusos. Marcado com o nome de puta, estigmatizado pela confusão do aborto, da doença provocada por bocetas e paus desajeitados em um arroubo juvenil.

E se tivesse sido um garoto, heterossexual, honesto e que temia as garotas, mas com o desejo sob a sunga pronto para explodir? Se tivesse sido um desses — um musculoso cristão com um uniforme de rúgbi e o seu próprio bastão de críquete —, onde poderia ter dado vazão à sua libido? De que fluidos femininos teria se alimentado para acalmar o sexo lamuriante e obsessivo que o arrastava e importunava? De nenhum. Todos os outros garotos só experimentaram o sexo muito tempo depois de Hugo.

Hugo era fatalista. O sexo o fizera e o desfizera. Ele bebera muito da fonte, por tempo demasiado e com demasiada rapidez, e pegara o germe oculto nos dutos. Contudo, se não tivesse bebido, teria morrido de sede. O sexo instilara-se em seu sangue como um vício e o conduzira ladeira abaixo rumo à angústia e à ruína, rindo e gorgolejando o tempo inteiro...

Não estava rindo agora. Tremia de dor e fraqueza. Isso era um truque sujo. Mas mesmo nas garras da doença, mesmo quando as cidades nas quais se divertira estavam se transformando em velórios e o brado da moral ecoava pelos antros, gritando insultos e exigindo abstinência, Hugo continuara arreganhando os dentes em um sorriso e se jogando nos braços do sexo.

Lembrou-se de uma sauna parisiense na St. Anne Street. Por três dias vinha dirigindo de Florença com uma garota. Estavam voltando das férias, um grupo de amigos em uma vila na Toscana, jovens bem-nascidos e privilegiados cedendo a seus caprichos, e Hugo agiu como se estivesse acostumado a isso desde o berço. Tinham percorrido o caminho de volta através da neblina espessa do norte da Itália para o ridículo melodrama da Suíça, uma terra condenada por seu próprio cenário a uma patética banalidade. Deixaram a Suíça pelo néon concreto de Berna, uma cidade de luzes e bares fechados, de sinais convidativos e restaurantes hostis. Dirigindo pelas planícies sombrias do leste da França e pela agitação e conforto de Troyes.

Em Paris, possuído pelo pegajoso ar do verão, estimulado pela droga que cheiraram em papéis de embrulho enquanto dirigiam, instigado pelas cervejas geladas nas mesas externas do Café Cost, Hugo foi para a sauna depois da meia-noite com o sexo comprimindo-lhe a garganta e latejando em seu peito.

E lá, trancado em um banheiro nos fundos com um homem de lábios grossos e bunda perfeita, lançou-se ao clamor do sexo com o sorriso de alguém que prepara sua última dose. Lá, em meio à torrente de suor e alucinações do amilo que sorveram pelas narinas, lá, enquanto o pênis do homem inchava e crescia como uma enorme fruta feita de carne, e a boca e os olhos de Hugo babavam com um ardente desejo, uma voz tranqüila sussurrou — esse pode ser o garoto que irá matá-lo. E uma voz tranqüila respondeu — e daí, isto, sim, é maneira de morrer.

Sentou-se na borda fria da privada, seu cu contraindo-se pela dor que sabia que viria. Cynthia esperava ao lado da cama, folheando uma revista lustrosa, olhando para as ruas de Fulham agitando-se em uma confusão de luzes de carros e cestas de bicicletas.

Onde estariam agora se tivessem se casado? Onde iriam viver? Como seriam seus filhos?

Naqueles tempos, eles dançavam toda noite. Ross parecia divertir-se vendo-os se enfeitarem nos espelhos da galeria, preparando-se para outra excursão à vida noturna. Uma noite bebendo água de graça em bares caros, dançando com sapatos de segunda mão e sendo muito londrinos. Ser londrino naqueles tempos ainda funcionava. Os nova-iorquinos ainda não haviam descoberto os cabelos pintados, as orelhas furadas ou as roupas pretas e brancas. Ouviram falar sobre o movimento *punk* e estavam bastante impressionados e intimidados. Cynthia, com seu cabelo negro-azeviche descendo reto até os ombros, e Hugo, com seu cabelo cortado rente e oxigenado, e com um garfo de cinco centímetros pendurado no lóbulo da orelha, causavam sensação nas pistas de dança. Dançavam movidos a pílulas para emagrecer e água, e os baseados ocasionais passados sub-repticiamente. Paravam para mijar, ou descansar, ou para ficar sob um dos ventiladores, e fingiam não notar os olhares dos nova-iorquinos que passavam.

As pessoas sempre os tomavam por astros ingleses. Era compreensível, pensava Hugo. Se fosse capaz de cantar, teria sido um astro. Conhecia todos os movimentos certos. Aquele olhar translúcido quando a câmera aparecia, como se não a tivesse percebido. Aquele inflexível equilíbrio quando o *flash* espocava, como se estivesse perdido em algum sonho de porões berlinenses e cocaína cara.

Eles praticavam o seu andar da moda. Todos os garotos bonitos de Nova York tinham um andar, e Cynthia e Hugo praticavam o deles na galeria, em frente aos altos espelhos. Você se inclinava para trás, como que se afastando da fumaça e do ar condicionado, suas mãos mergulhavam nos bolsos largos de suas calças pregueadas, seus ombros rígidos sob as ombreiras, e você andava meio enviesado no salão, no bar. Era um pouco difícil pedir bebidas quando você estava tão distante dos ouvidos do *barman*, mas, finalmente, ele entendia a mímica olhe-meus-lábios para água (sem gás), e você saía novamente, meio enviesado, procurando por um nicho com vista para a pista de dança.

Os primeiros pingos atingiram o vaso sanitário com um som de plop. Era como uma repreensão. Tanto barulho para tão pouca merda. O ácido comia-lhe o reto. Hugo cravou as unhas nas mãos. Elas já estavam perfuradas por pequenas marcas de unha em forma de meia-lua. Tudo levava tanto tempo para passar — a dor, os machucados, os arranhões, até mesmo as marcas de unhas. Sorriu. Seus pequenos estigmas. Uma versão patética de uma grande tragédia. Concentrou-se nos azulejos, contando-os, transformando-os. Um deles começou a respirar e ele sorriu um tênue sorriso ante a lembrança repentina de uma viagem de ácido. Ele amava lembranças repentinas de viagens de ácido.

Haviam se comportado muito bem em Nova York. Levavam uma vida diurna saudável, visitando grandes prédios e museus importantes, com *iced coffees* nos intervalos. Não se podia caminhar muito naquela atmosfera sem uma bebida gelada. A cidade agarrava-se à sua camisa tão logo você saísse de algum edifício. O ar respingava emanações de ar-condicionado em sua cabeça quando você passava sob os arranha-céus. Era como andar em uma sauna.

Caminhavam devagar. Conversavam sob as árvores do Central Park. Olhavam vitrines na Madison Avenue. Era como o amor. Mas não havia sexo. Exceto daquela vez.

Hugo ainda tinha as fotografias em algum lugar. Em um apartamento desocupado, cheio da bagunça de uma vida saudável. Fotografias em branco e preto de Cynthia, com o rosto ao vento na barca da Staten Island. Seus traços eram muito precisos. A distância, a Estátua da Liberdade estava envolta em névoa cinza e as torres do World Trade Center erguiam-se como fortalezas até o céu, lambidas pela escuridão do Hudson. Eram fotos de arrogância e de inocência. Eram fotos de crianças brincando em um parque temático de adultos. Eram fotos de Cynthia antes que o mundo caísse em sua cabeça; de Hugo antes que o mundo sumisse sob seus pés.

Ele a chamou e ela foi até lá, erguê-lo. Suas juntas estavam tão frágeis que rangiam quando ele se movia.

— O que você tem feito? Como vai Christopher?

Hugo nunca gostou de Christopher. Cynthia sabia disso. E Christopher também.

— Ele tem estado ocupado. Um novo *show*. Em Aberdeen. Ele quer que eu vá ver.

— Fico tão feliz por você ainda vir. Deve ser horrível para você.

Por que dizia essas coisas? Lágrimas estavam se acumulando nos olhos dela. Queria abraçá-la. Queria confortá-la. Queria que Cynthia chorasse em seu ombro todas as mortes pelas quais tivera de sofrer.

Ross foi a primeira morte de verdade para Hugo. E para Cynthia também.

Uma morte de verdade é quando morre alguém que você não espera que vá morrer. Uma morte de verdade é quando morre alguém que não merece. Alguém que ainda não viveu toda a sua vida. Isso não inclui avós. A proximidade do túmulo é algo inerente ao relacionamento com os avós. É parte daquilo que os torna preciosos. Assim como a criança está mais perto do útero, eles estão mais perto da terra. São os pais que estão no limbo, com muitas coisas atrás e outras tantas à frente, para que se sintam ancorados.

Hugo havia perdido três dos quatro avós antes que saísse da escola. Quando seu primeiro avô morreu, não podia chorar. Todos à sua volta estavam chorando e se lamentando. Hugo tinha dez anos e não podia chorar. Não via lógica nisso. Não sentia o impacto. Seu avô estivera doente em uma cama de hospital por algum tempo. Era jovem, disseram, mas para Hugo ele era velho. Um grande e sorridente urso de pelúcia que lambuzava os lábios de purê de maçã junto com o leitão de domingo. Vovô o levava em longas caminhadas e falava o tempo todo. Hugo nunca escutava o que ele dizia, apenas o som de sua voz, um rumor quente e baixo. Ele construiu uma garagem de madeira para os carrinhos de brinquedos de Hugo — sua oficina zunia com o ruído das ferramentas e o ar cheirava a serragem. Era um inventor que descobriu sua vocação aos 65 anos de idade, e apenas poucos meses depois caiu morto devido a um ataque cardíaco típico da família.

Era uma história amarga que Hugo só entendeu mais tarde, quando sua dor havia sido demasiadamente adiada e ele estava triste demais para lágrimas. Lágrimas eram espontâneas, zangadas e egoístas. Não tinha nenhum desses sentimentos. Apenas uma vaga sensação do avô sendo libertado. Viu sua avó chorar enquanto sentavam-se, levantavam-se e sentavam-se ao longo dos detritos de uma religião com os trajes dominicais que se estenderam ao longo de um dia chuvoso na capela de Kent. As crianças conseguiram escapar depois disso, e foram mandadas para casa com uma babá com uma expressão de doçura solidária que estragou todas as brincadeiras.

Quando a avó materna de Hugo morreu, ela morava no exterior, onde sempre vivera. Nunca falaram a mesma língua e se viam apenas a cada três anos ou mais. Era uma mulher grande, com uma risada ruidosa que balançava suas bochechas e fazia com que Hugo a amasse. Porém, mal a conhecia, e quando a morte chegou, usou isso como instrumento para o massacre na rodovia, a maior mentira que já contara.

Naquela tarde, sua mãe havia partido para o leito de morte da mãe dela, e a família ficou em casa, comendo torradas com queijo no jantar e sentindo a adrenalina da libertação, mas sem conseguirem demonstrar isso, porque se esperava que estivessem tristes e taciturnos. Fizeram caretas uns para os outros, enquanto o pai desaparecia atrás do jornal.

O sr. Harvey não teve de ir dessa vez. A morte estava se tornando um negócio de pouca importância.

Hugo reclinou-se para trás. Há dez minutos não dizia uma única palavra e o ar estava pesado pelo silêncio. Isso o afetou. Não tinha nada para falar, exceto seus problemas de saúde. Ela olhava para ele e para a janela. Queria que ela estivesse lá, mas queria que falasse com ele. Cynthia pousou a mão em sua testa e isso o fez suar. Estava tão fraco que até mesmo os gestos dos outros o exauriam.

— Você irá organizar a festa do velório? — A voz dele soou como alguém arranhando uma porta com unhas quebradas. Não tinha certeza de que ela ouvira. Sua respiração já estava ficando descontrolada.

— Mas...

Ele moveu a mão em um débil gesto de impaciência. Ela deixou de lado aquele tipo de comentário.

— Sei a música que quero. *Popcorn*. Por favor, faça uma festa... — Seu peito subia e descia como uma pomba em pânico. Esperou para que a respiração voltasse. Não podia reter o ar. Tinha de esperar que o ar voltasse aos poucos, aos pingos. A vida era um pingo.

— Sempre demos boas festas. Talvez eu esteja lá. Quem... sabe?

Cynthia sorriu. Enfim.

— No funeral do meu pai as pessoas dançaram até de madrugada. A comida e a bebida nunca paravam de chegar.

Ela vai fazer isso, pensou. Ela vai garantir a diversão. Nada daquela choradeira medonha. Ela entende de funerais.

Hugo estava em Cambridge, na sala de seu tutor, de pé ao lado da janela, telefonando para Cynthia em Oxford. Por algum ridículo truque do destino, os dois haviam ido parar em lugares diferentes. Provavelmente foi melhor assim. Eles podiam ser muito duros um com o outro.

A ligação foi transferida para Cynthia, mas algum amigo dela atendeu o telefone. Disseram que ela não podia falar. Ele pressionou. Precisava pedir-lhe para que vendesse alguns ingressos de uma peça que queria levar para Oxford. Disseram, você não soube? O pai dela...

Um pedaço do mundo desmoronou.

— Diga-lhe que é Hugo. Entenderei se ela não quiser atender o telefone.

O som que Cynthia emitiu ao chegar ao telefone era de desespero. As lágrimas assomaram e ela não podia falar, apenas respirar, tremer e soluçar. Em sua respiração incoerente e trêmula, Hugo ouviu pela primeira vez a indizível, incompreensível dor de uma mulher cujo homem foi levado embora sem tempo para se preparar, sem tempo para discutir e exigir uma prorrogação.

Hugo chegou a Oxford na manhã seguinte e ela foi com um pequeno grupo de amigos encontrá-lo no ponto de ônibus. Cynthia estava pálida, com os lábios exangues e os olhos marcados por lágrimas. Ela estremeceu ligeiramente.

— Oh, Hugo, estou mortificada — sussurrou, enquanto apertava-lhe o braço. Os amigos afastaram-se em silêncio, solidários. Voltaram para o quarto dela andando devagar, quietos.

Hugo revolvia a última imagem que guardara de Ross. Estavam sentados juntos na varanda de madeira vermelha da casa no interior. A vista do vale do Hudson era fantástica. Era uma

Wiltshire tropical. Samambaias e árvores emolduravam a torre de uma igreja de cartão-postal que tocava seus sinos de hora em hora, como um doce realejo tocando hinos. O sol dançava no rio dentro do vale como em um quadro de Woolworth.

Eles estavam sentados bebendo chá quente e comendo fatias de maçã com manteiga de amendoim e falando sobre o futuro. Hugo olhava para as encostas que desciam para o rio de prata rosada e ouvia. Estava em transe. Nunca esperou estar lá. Mas estava. Esse era o primeiro capítulo. Tudo era possível.

Naquela tarde, Hugo voltou novamente para Nova York e para os bares ilícitos e bulevares de West Village. Ross lhe dera dinheiro para comprar um presente de aniversário para Cynthia. Foi direto para o bricabraque gay da Christopher Street, onde um homem gordo e careca pavoneava-se entre suas plumas e bugigangas com o sorriso e a voz de uma amável tia. Comprou para ela um antigo vaporizador de perfume de vidro cuja base ficava azul e um leque japonês rosa claro. Ambas as peças recendiam ao aroma de almíscar e *patchouli* da loja, e vinham com as bênçãos do gordo.

Depois de passarem pelo pequeno quarto do colégio, as peças ficaram em sua penteadeira, arrancadas daquela loja de cheiro adocicado, naquela noite, naquele verão, e enfiadas no frio conforto de um quarto de estudante (recentemente modernizado).

Após comprá-las, ele foi ao Kelner's Bar e embebedou-se progressivamente, implacavelmente, uma dose atrás da outra, enquanto um negro enorme com a camiseta enrolada até a altura dos mamilos gravitava ao seu redor. Os dois, o magro garoto branco com o cabelo oxigenado e o brinco e o gigante negro com os músculos untados, acabaram em um banheiro nos fundos da loja de artigos pornográficos ao lado do bar, com o dono batendo na porta e fazendo um escândalo. Hugo ainda estava em transe. Cinco minutos depois, não conseguia lembrar-se do nome do homem, mas sorriu durante todo o caminho de volta para a Madison Avenue.

O quarto em Oxford parecia ressecado, com a cama estreita e as paredes de magnólia. Não tinham tempo de pensar nisso. Cynthia precisava telefonar para a mãe e dar-lhe a notícia. A mãe de Cynthia havia se casado novamente e agora vivia em Tobago.

Era uma notícia dura de se dar, mesmo para uma mulher que se casara outra vez.

Cynthia desmaiou junto ao telefone.

Enquanto ouvia a mãe dela gritando do Caribe pelo telefone público que Cynthia tinha de ir para Nova York e reivindicar o corpo do pai, antes que fosse enterrado pela prefeitura, e Cynthia desfalecia e ele a segurava em seu braço, Hugo sentiu um lago de calma espalhar-se por sua mente. A vida o alcançara. Tragédia, desastre, dor e desamparo moviam-se ao redor como carros descontrolados, e Hugo tinha de desviá-los, ultrapassá-los e interceptá-los.

O mais importante de tudo era que não precisava mais mentir para tornar sua vida mais real. Isso era real.

Cynthia estava falando por dez minutos ou mais sobre uma festa de casamento em Northumberland e o tamanho da tenda ao ar livre, e como os convidados dançaram e rodopiaram e todo o champanhe que engoliram. As pessoas nunca conseguiam decidir se lhe contavam histórias tristes e sérias sobre outras pessoas que também estavam doentes ou se catalogavam festas pelo país afora para "animá-lo".

Nenhuma das duas alternativas funcionava. A melhor coisa para Hugo era que alguém lhe lesse um livro. Mas enquanto Cynthia falava com tanta animação, com o sol atrás dela batendo em seus cílios quando ela se virava, Hugo a olhava e não a ouvia. Cynthia havia superado tudo.

Ela quase não conseguira, mas havia conseguido. Essa criança de conto de fada, com pernas exuberantes e um pai em um cavalo branco, tinha visto o mundo, no qual sempre esperara entrar, desabar e desaparecer no momento em que estava pronta para mover-se em sua direção. Sua fé, seu sorriso, a risada em sua voz, seu apetite pela vida noturna em companhia de rapazes estranhos haviam se dissolvido.

A morte de seu pai foi a primeira e a mais devastadora de uma pequena avalanche de catástrofes que se seguiu, até parecer a Hugo, então vivendo no apartamento de Cynthia em Londres, que cada mês trazia sua própria morte particular, e que isso continuaria até que todos se fossem.

Eles quase deixaram de ser amigos. Hugo, o Frívolo, ostentando roupas espalhafatosas e o hábito das drogas — Cynthia, a Séria, saindo com confiáveis jovens cavalheiros, e carrancuda em excesso. Hugo era o excesso. Começou a sentir a desaprovação. Haviam sido muito unidos durante a tragédia. Tinha ficado ao lado dela para que Cynthia se encostasse nele e conversasse enquanto a conduzia pelo tráfego, filas de embaixadas e de agências de viagens. Mas, então, o inflexível, duro processo de autodefesa começou, e Hugo, que não podia fingir que era sério, sentiu-se desconfortável, tolo e volúvel com ela.

Cynthia nunca havia aprovado sua vida sexual. Raramente aprovava seus amigos. Sua voz adquirira um tom que soava como cortinas de renda, sofás de veludo e xícaras de porcelana chinesa. Mas se tornara calorosa oura vez. Havia redescoberto seu sorriso e a risada em sua voz.

Hugo escorregava na fronteira da consciência e da inconsciência. Cynthia ficou quieta e sentou-se na janela. O sol estava em seu travesseiro. Esse era um tranqüilo e perfeito momento. Mesmo agora ele ainda podia ter momentos perfeitos. Ela sorriu. A porcelana chinesa se fora.

— Lembre-se — Hugo sussurrou. — "*Popcorn.*" E boa comida.

Caiu no sono enquanto um homem de pele marrom manchada e boca molhada caminhava em sua direção esfregando o pau. Subitamente, a urina estava escorrendo pelas pernas de Hugo.

12 de fevereiro de 1983

Cara sra. Harvey,

Faz agora um ano e sete meses desde que a senhora pediu-me para prestar atenção em Hugo, e desde então, como sabe, tenho-o visto uma vez a cada 15 dias nas tardes de quinta-feira no meu consultório, supostamente apenas para renovar sua prescrição de pomada contra acne.

Durante esse período Hugo tem se mostrado bastante aberto para a conversa. É claro que não toquei de pronto no assunto de sua sexualidade. Senti que isso teria sido prematuro e teria causado uma retração da sua parte. Quis esperar até ter conquistado sua confiança e deixar, ele mesmo, mencionar o assunto, o que aconteceu algumas semanas atrás.

Agora que Hugo vai partir por alguns meses, trabalhando no cruzeiro marítimo, sinto ser o momento de dar-lhe uma espécie de relatório de nossas conversas.

Algumas coisas estão bem claras para nós dois. Hugo é muito inteligente e bastante seguro de si, ou pelo menos acha que é. Na realidade ele é, como todo garoto de sua idade, uma mistura entre o cru e o cozido demais. Mas algo é certo: Hugo de maneira nenhuma é ingênuo sobre sua própria sexualidade, e, tenho certeza que isso lhe alegrará, está determinado a manter uma atitude aberta sobre ela.

Ele parece incerto sobre até que ponto acreditar que sua preocupação com homens, que tem ocorrido até agora, irá continuar. Fala com grande apreço de uma amiga muito próxima, chamada Cynthia, que creio que a senhora conhece, e com quem ele pretende morar por um tempo em Nova York quando suas obrigações com o cruzeiro terminarem. Levando tudo em consideração, sinto que esses nove meses entre deixar a escola e entrar na universidade serão muito benéficos para ele, principalmente porque deixar a casa por um tempo significará que ele terá de enfrentar algumas das realidades da vida. (Hugo, como a maioria dos garotos da sua idade, é mais dogmático do que informado, e sua mente tem andado bastante entulhada de uma série de pretensões.)

Esse tempo também lhe ajudará a distinguir alguns de seus próprios pensamentos das simples reações aos pensamentos da senhora. Não é nem um pouco raro, como sabe, que garotos ou qualquer rebento de sua idade adotem uma atitude hostil em relação à própria origem e ao ambiente doméstico. Hugo ainda demonstra ser bastante leal à família, de diversas formas, mas raramente vi um jovem tão ansioso para desenvolver suas próprias asas e voar para longe do ninho familiar. Fala incessantemente de escapar, escapar de Hadley, da família, até certo ponto também da escola, da Inglaterra e, creio, de algumas alianças infelizes do passado. Ele ainda é um rapaz muito amável, mas não há dúvida que alguns eventos passados machucaram-no muito. Alguns de seus relacionamentos, sobre os quais eu realmente não sei nada além de detalhes vagos, certamente deixaram-no bastante infeliz, e tenho certeza que as cicatrizes ficaram piores porque não lhe foi possível dividir sua experiência com amigos ou com a família.

Hugo parece ser uma figura muito solitária. Ele é determinado e resistente, mas também muito só. É claro que ele negaria isso, e tanto eu quanto a senhora sabemos que ele possui muitos amigos. Mas ele mantém-se cético, e às vezes cínico, sobre o amor.

Por outro lado, ele cultiva um profundo idealismo sobre Cambridge, e sei que sente que a vida universitária será um antídoto para todas as decepções passadas. Espero que ele tenha razão. Tem muita sorte por estar indo para Cambridge (mesmo agora, nessa minha idade madura, invejo-o por isso), mas sinto que talvez ele esteja sendo otimista demais quando acha que a vida universitária trará a realização de todos os seus sonhos e também o amante que ele, obviamente, procura.

Sei que 18 meses atrás a senhora se sentia profundamente preocupada por Hugo estar se envolvendo com uma turma nociva. Acho agora que esses receios foram infundados, perdoe-me dizê-lo, apesar de poder compreender perfeitamente suas razões, e eu também alarmei-me ao encontrar no seu histórico médico a indicação de que foi atacado por uma gonorréia com apenas 14 anos. Com certeza, se houve um momento de flerte com um caminho marginal, Hugo afastou-se bastante dele.

Apesar disso tudo, Hugo é um jovem muito correto e até mesmo moralista. Tenho certeza que o tempo que ele passou com os quacres foi muito mais benéfico do que suspeitávamos, e provavelmente ajudou-o bem mais do que a sua irmã mais velha.

Tanto Marjorie quanto eu gostamos muito de Hugo, e apreciamos muito sua companhia nas poucas vezes que ele se juntou a nós para jantar. Ele é uma companhia vivificante, e um dos nossos poucos convidados que nossas crianças também apreciam.

Não há realmente mais nada que possa dizer. Espero que Hugo continue mantendo contato conosco. Eu acho que, seja lá o caminho sexual que vier a escolher, ele se recusará a dar satisfações a alguém. Ele é uma estranha combinação entre o sexualmente mundano e completo inocente. Pelo que sei, ele nunca foi além de uma tentativa de beijo numa garota, e muito da sua inatividade neste reino, acredito, é causado por sua timidez. Ele teve a má sorte de cair num pântano sexual quando ainda muito jovem e realmente nunca lutou para sair dele. Experiências de um tipo parece ter anestesiado seu desejo de experimentar outras formas.

Embora eu ainda mantenha esperanças de que Hugo encontre uma namorada, e Cynthia, de acordo com suas próprias descrições, parece ser uma boa possibilidade, devo notar que o próprio Hugo está muito pouco convencido de que sua sexualidade vá mudar. Ele não acredita que tais coisas sejam resolvidas entre a boca e a xícara, como dissemos, mas que são parte da química sexual de cada pessoa e que todos são uma mistura de dois impulsos — hetero e homossexual — em níveis diferentes. Alguns vivem apenas em uma das extremidades. Alguns, presumidamente os autênticos bissexuais, estão no meio do caminho, e todos os outros se encontram em vários pontos intermediários. O máximo que podemos esperar de Hugo, neste momento, é ele reconhecer que não está necessariamente em uma das extremidades. Além disso, como já mencionei, ele me disse, de forma bastante sincera, que está mantendo sua mente aberta.

A senhora conhece meus sentimentos sobre esse assunto, e tenho certeza que os divide comigo. Não faz nenhum sentido, não há nada a ser ganho e muito a ser perdido, tanto pela senhora quanto por Hugo, se algum tipo de explícita mudança sexual for tentada. Mesmo aqueles que acreditam que a homossexualidade seja uma doença, a vêem como uma doença incurável. Sei que seu receio não é tanto que sua sexualidade seja atípica, mas que ele esteja sendo explorado e corrompido por tipos "desagradáveis". Não creio que Hugo fará qualquer coisa para evitar encontrar-se com pessoas que tanto eu quanto a senhora chamaríamos de desagradáveis. Mas acredito que ambos podemos confiar no seu discernimento, e que dificilmente ele se deixará envolver profundamente com alguém pouco apropriado para ele.

Acrescentaria que a senhora talvez tenha se alarmado em vão sobre o alheamento dele em relação à família; é o que penso. Como já mencionei, ele ainda exibe uma alta dose de lealdade em relação a vocês. Ele não tolera que outros critiquem os membros de sua família, embora ele mesmo os critique abertamente. No entanto, suas críticas centram-se nas suas brigas uns com os outros. Ele tem uma lista de feridas e cicatrizes que gosta de remexer. No fim do dia, acredito que se sinta mais orgulhoso por ter sobrevivido ao que ele vê como um tipo de combate do que amargurado pelas marcas que esse combate lhe deixou.

Finalmente, ao contrário de seus receios, não tive nenhum indício de uso de drogas ou de que continue a desempenhar favores sexuais por pequenas somas de dinheiro.

Espero poder ver novamente ambos em breve.

Atenciosamente, e com os melhores votos.

Dr. P. S. Wilkinson

7

CIGANOS, VAGABUNDOS E LADRÕES

A primeira vez que Hugo pediu dinheiro por sexo foi em um banheiro no Regent Palace Hotel.

Havia recebido dinheiro de estranhos antes, pessoas que sabiam que a aparência delas, apenas, não iria bastar. Tinha recebido dinheiro do chefe dos escoteiros, no seu apartamento em Cockfosters, mas nunca lhe pediu nada e, de qualquer forma, aquilo não era realmente dinheiro. Era um trocado para a lanchonete da escola. Com duas libras, não podia comprar nada exceto muito chocolate. Dessa vez queria o valor comercial, ainda que não soubesse quanto era. E foi assim que, espremido atrás da porta do banheiro coletivo do terceiro andar, subindo as escadas acarpetadas de pelúcia azul do Regent Palace — um banheiro familiar a muitas das carcaças penduradas na prateleira de carne do Piccadilly —, Hugo introduziu o assunto. Mas sabia que havia estragado tudo quando murmurou: "Vou precisar de algum dinheiro" ao homem que começava a abrir os zíperes dos dois e a inclinar-se em direção à sua virilha.

O homem endireitou-se. Não havia gostado. Na verdade, estava zangado. De qualquer forma, Hugo não sentira atração por ele, de modo que não se importou realmente quando o homem fechou o zíper correndo e saiu apressado, falando sobre regras, acordos e amigos que eram michês no Dilly, e como Hugo ousava pensar que poderia pegá-lo para sexo pago. Hugo sabia o que o homem queria dizer. Como poderia pensar que era um deles? Não se parecia nem falava como eles. Não encarava os homens como eles. Não parecia tão entediado, tão frio, tão distraído. Parecia muito interessado. Por que alguém deveria pagá-lo? Não precisavam fazê-lo.

Mas Hugo queria que o pagassem. Queria fazer parte da fraternidade dos garotos de programa.

Era o sonho do menino que lera Genet no ônibus da escola, indo e voltando do café-da-manhã e do chá da tarde; do adolescente que queria ser exótico e sabia que era suburbano; do garoto que procurava o perigo e que ia para casa comer sanduíches de geléia.

Queria fazer parte do jogo, juntar-se ao espetáculo espalhafatoso, enfeitar-se de bugigangas, e com um riso, sinistro e sabichão, fingindo inocência, fingindo experiência, apanhar do destino e dos cafetões, oscilando à beira da sarjeta e das drogas, vivendo uma vida noturna de sexo, violência e dinheiro na mão.

E Hugo queria vingança. Queria ir à forra.

Hugo sempre se imaginara um manipulador sagaz, um garoto das ruas. Isso era metade encenação, metade realidade. Conhecia bem as ruas, mas não era um deles. Nascera e fora criado como um suburbano, contudo, sabia abrir seu caminho pela cidade. Podia sentir seu caminho em meio a eles e em direção a eles. Era como um perverso instinto caseiro, um legado dos tempos em que David percorria Londres em busca de parceiros sexuais, rápidos *frissons* e becos úteis. Hugo orgulhava-se da rapidez com que podia encontrar a zona de prostituição em qualquer cidade estranha. Como um cão farejador vasculhando a sarjeta em busca de pistas, era capaz de serpentear e dar voltas pelos intestinos da cidade e desfrutar daquele estranho fluxo de adrenalina ao perceber os primeiros sinais do submundo. *Sex shops. Peep shows. Lingerie* erótico que abria caminho para bordéis, prostitutas e casas proibidas para menores. Nesses lugares, fosse qual fosse a cidade, Hugo estava em casa.

Em cada cidade que visitava, sentia-se desconfortável, intranqüilo, impaciente, até encontrar a zona de prostituição. Nas férias escolares, viajando de mochila pelas cidades européias, Hugo raramente visitava os museus, os grandes sarcófagos da cultura. Eles o faziam sentir-se tonto e afogueado. As grandes telas lúgubres da história expostas lado a lado em grandes salões lúgubres; turistas, curvados pelo peso do prestígio, observando discretamente, sussurrando como visitantes no velório de um mafioso local.

Mas nas ruas afastadas onde as prostitutas faziam ponto e os *peep shows* espocavam, onde os cafetões limpavam suas unhas com palitos de dentes e onde todas as perversões estavam disponíveis, reduzidas e embrulhadas em revistas coloridas da Escandinávia, Hugo sentia que havia descoberto o coração da cidade, sua vida, sua pulsação. As revistas eram atraentes e superexpostas. Os cafetões e suas listras carmim e creme eram espalhafatosos. Mas eram as prostitutas que ele observava. Assim como um show de travestis parodia divas e artistas, enfatizando e exagerando as canções de amor, as prostitutas eram uma paródia do ato de fazer amor. Eram uma confusão: exorbitantes, espancadas, belas, rançosas. Eram vulgares e tinham estilo. Faziam Hugo sorrir. Elas o intimidavam, divertiam e atraíam.

E não eram apenas as mulheres que ele amava, ou os homens vestidos de mulher, traídos por suas mãos grandes e vozes graves. Hugo também observava os garotos. As aranhas penduradas na teia. Era um jogo de poder no qual se pegava e se era pego, e no qual nunca se tinha certeza de quem pegava quem, de quem havia ganhado e do que fora perdido. Seria aquele sorriso um sinal de zombaria ou de desespero? A piscadela era real ou profissional? As marcas eram de juventude ou de envelhecimento?

Como *voyeur* habilitado que era, Hugo considerava-se uma autoridade em zona de prostituição, com seus cafetões, clientes e, acima de tudo, suas prostitutas, seus ciganos e vagabundos, ladrões e batedores de carteira. Ele não era nem cliente, nem michê, mas, ainda assim, achava que conhecia a zona. O garoto que olhava de boca aberta os estranhos em restaurantes e trens, a quem uma constrangida mãe ou as irmãs tinham de dizer que desviasse o olhar, havia observado por tanto tempo, absorvido tantas fraquezas e hábitos, tantos gestos e cacoetes, que achava que conhecia tudo. Mas era também um ávido aprendiz.

Hugo tinha vagabundeado pela Europa afora, em vagões de terceira classe. Vadiara sob placas que diziam proibido vadiar. Jogara jogos sem ser, exatamente, parte do jogo. Era um amador tentando parecer profissional. Os homens não sabiam muito bem o que fazer com esse educado garoto inglês transitando pelo submundo, procurando emoções, mas o seguiam mesmo assim, e ele os seguia, observando e esperando.

Aos 17 anos, em Paris, desfrutando das férias de verão com a irmã, porém sozinho durante uma semana, enquanto ela fora procurar um apartamento em Nantes, Hugo andou por toda a rue Saint Denis, comendo crepes e ouvindo gracejos das putas em seus apertados lurex vermelhos e calças de falso couro preto, ferindo o ar com seus cigarros longos e seus braços com as agulhadas do dia anterior. Elas oscilavam no limite entre atração e repulsa. Eram como gatos gemendo na escuridão. Felinas e perigosas. Seus braços ostentavam ferimentos de heroína. Suas pernas, com as panturrilhas grossas devido a tantos anos em pé, tinham correntes de ouro em volta dos tornozelos como sinais de posse, marcas de fogo em ovelhas.

Elas viam Hugo e assobiavam, chamavam-no e ele sorria, constrangido com o seu crepe pingando chocolate.

Em Pigalle, à tarde, Hugo era menos recatado. Lá, os travestis na prostituição trabalhavam à luz do dia, mais altos que seus marginais equivalentes da Saint Denis, com os seios absurdamente redondos e duros, as mãos pesadas e largas, unhas grandes, lascadas e roídas, pintadas de cores extravagantes. Na esquina de sua ruazinha favorita ficava a rainha dos contrastes, um travesti mulato, coberto da cabeça aos pés com falso couro vermelho e com uma peruca loura coroando uma pele cor de café, ou uma voz tão profunda quanto a de John Wayne.

Pigalle oferecia uma vitrine de luxúria, uma fileira de cintilantes *sex shops* com cabines de vídeos nos fundos, encaixadas num canto, por trás de ridículas cortinas de bambu. Lá, Hugo vadiava, observava os homens chegando e passando de uma porta para outra, olhando as capas dos vídeos nas portas das cabines para ver quais combinações de torsos e órgãos iriam querer para uma masturbação de cinco francos. Se visse um homem olhando para a bancada de homens para homens, Hugo sairia das sombras de bambu e os dois iriam juntos para a cabine.

Minutos depois, ele deixaria a cabine com o desejo satisfeito, as calças desconfortáveis e o resto da tarde um tanto vazia. Era hora de visitar alguns museus. Cultura pós-coito. Tomado pela satisfação de ter ganhado, de ter jogado no fliperama do sexo da cidade e de ter marcado alguns pontos, podia olhar para os Géricaults e Delacroix sem sentir-se intimidado. Podia encarar os outros turistas e sorrir, pois não era mais um turista. Ou assim pensava.

Paris foi sua primeira grande descoberta de uma cidade-sexo. O sexo corria em profundos sulcos no centro de Paris, excitando, convidando, provocando, preocupando. Pigalle pela manhã, a rue Saint Denis das oito às dez e, então, os Jardins des Tuileries para estranhos encontros sob as sombras entrecruzadas de árvores plantadas em linhas diagonais. Mas em Paris havia uma urgente sensação de perigo que fazia o sangue correr mais rápido e a pulsação tornar-se mais intensa. As pessoas estavam sempre murmurando que as Tuileries eram um lugar de gigolôs armados de facas em busca de um novo par de botas de camurça com saltos cubanos, ou caçando uma nova jaqueta de couro. Eram jovens, durões, promíscuos que palitavam os dentes com canivetes. Faziam milhares de francos por semana e gastavam tudo com vadias, tentando recuperar sua masculinidade. Hugo tinha lido um contundente perfil deles em um suplemento dominical — fingindo dirigir-se à moral ultrajada das pessoas quando, na verdade, saciava sua sede de escândalos por trás de capas respeitáveis. Havia muitas fotografias para se ver. Hugo devorou o artigo.

Os gigolôs tornaram-se seus heróis. Mas, em Paris, ficou fora do caminho deles e não teve nenhum problema com os gigolôs. Exceto uma vez. Não foi realmente um problema, mas um encontro nos arredores de Monoprix, em Anvers, onde pegou o professor. Hugo foi visto pegando alguém na área de outra pessoa. O garoto cujo território ele violou foi atrás de Hugo como um encrenqueiro de escola, dentes de ouro à mostra e olhos reluzindo de malícia ao saudar o professor pelo nome, arrancando-lhe um sorriso espantado.

De qualquer forma, o professor fora um engano. Careca, com pequenos óculos redondos, era o último recurso ao fim de um longo dia vagando por entre os banheiros no centro de Pigalle, fazendo contato visual até seus globos oculares doerem.

Hugo ficou assustado com o gigolô. Olhava como se pudesse morder, e com força. Quando o cumprimentou, ele golpeou Hugo nas costas com tanta força que Hugo caiu no chão. Se ele tivesse uma faca nas mãos, Hugo teria virado uma galinha no espeto. Foi então que um guarda uniformizado, com um pequeno boné de policial, surgiu sobre suas cabeças. O garoto saiu de fininho com suas botas de camurça, sem olhar para trás. Hugo piscava, caído na calçada. O professor pegou um táxi e os dois partiram. O homem falou o tempo todo sobre suas aulas na Sorbonne, sua tarde livre e seu apartamento no Sena. Nunca mencionou o gigolô que o conhecia pelo nome. Hugo descobriu que, mesmo nessa cidade, o fato de ser inglês o tornava mais atraente, uma curiosidade, e assim representou com perfeição o garoto inglês; quieto, de olhos azuis e sensível, perguntando-se por que, como e o que estava fazendo no banco de trás de um táxi com um homem com pequenos óculos redondos.

Mas Hugo ainda estava aprendendo, e até o fim desse dia seu batizado na humilhação teria se completado.

Chegaram a um grupo de prédios com vista para a Pont Neuf e o professor, com os óculos cintilando de entusiasmo, conduziu-o escada acima a um espaçoso apartamento com mezanino. Hugo sentiu a primeira onda de conforto, aquele primeiro desejo pela maciez de um carpete alto e um sofá que afunda.

O negro chegou quando eles estavam bebericando o primeiro vinho branco com água gaseificada, e Hugo começava a se acomodar no luxo da poltrona de espaldar alto. O negro era o amante que vivia com o professor, e o professor não esperava que ele retornasse naquela tarde. Hugo, que ainda era jovem e achava que o sexo conquistava tudo, e quanto mais sexo, mais divertidas as coisas, sorriu para o negro. A bebida o havia paralisado. Assim, enquanto o professor e seu amante davam início a uma furiosa discussão, Hugo sorria e apreciava a vista.

Não tinha nenhum desejo particular de fazer sexo com alguém, mas, se tivesse, preferiria que fosse com o negro em vez do homem com os pequenos óculos redondos. De alguma forma, sentiu que tirar as roupas não iria pacificar nenhum dos dois, então engoliu a bebida e olhou os agradáveis barcos no Sena, sentindo-se como um turista raptado, arrebatado enquanto entregava-se a uma ociosa apreciação da paisagem. Sorriu para os dois homens brigando, gritando um com o outro, cada qual de um lado da tábua de pão e da coleção de facas Sabatier. Sorriu para o sofá e para as elegantes pinturas beges, que combinavam tão bem com o bom gosto do carpete cinza e da cor creme das lombadas de livros da Gallimard. Hugo sorria para o rio, para a ponte e para os agradáveis barcos.

Eles não iam acabar a discussão enquanto Hugo estivesse ali, e Hugo não iria seduzir o amante enquanto ele estivesse discutindo com o anfitrião. Além disso, havia terminado sua bebida e não via nenhuma outra sendo sacudida ou mexida no calor da discussão. Então foi embora. Ou, pelo menos, andou até a porta e, ainda sorrindo seu sorriso fixo de álcool e luz do sol, lutou com a fechadura da porta. Atrás dele, a discussão silenciou. Eles não se falaram, mas, enquanto Hugo saía, o professor pegou um pedaço de papel de seu bolso e escreveu alguma coisa nele. Estavam fora da vista do amante, que andava pelo mezanino, ainda ao redor das facas Sabatier. Os pequenos óculos redondos embaçados de suor piscaram para Hugo quando o professor colocou furtivamente em sua mão o endereço de uma casa noturna na margem direita chamada Manhattan. No pedaço de papel estava escrito nove horas.

— Nove horas esta noite. Vejo você lá.

— *Oui, oui* — gaguejou Hugo, sem ter certeza se o som realmente saíra de seus lábios.

— *Au revoir.*

— *Au revoir.*

Uma peça ornamental atingiu o batente da porta e quebrou-se. O professor cobriu a cabeça com os braços e deu um pontapé na porta, fechando-a. Hugo estremeceu ligeiramente enquanto descia as escadas.

Foi difícil encontrar a casa noturna. Hugo subiu e desceu a rua umas três vezes, de um lado e do outro, antes de perceber a pequena porta com um pequeno olho mágico e uma placa polida do lado de fora. Tocou a campainha e o olho mágico piscou para ele. O trinco zumbiu, Hugo empurrou a porta e entrou.

O nome "casa noturna" sempre tivera para Hugo uma vaga conotação hollywoodiana. Evocava imagens tremeluzentes de amplos salões, vestidos de bailes, quartetos de corda e *dry martinis*. Havia candelabros, lustres e escadarias que se dividiam e voltavam a se unir, pelas quais as pessoas chegavam para serem anunciadas por um lacaio de libré. Era uma visão que oscilava em algum lugar entre Ruritânia e Berkeley Square, em uma estranha cápsula do tempo que pegava emprestado (como figurinistas de Hollywood), de qualquer época disponível, uma mescla cafona de trajes da década de 1950 e arquitetura do século XIX, música do século XVII e conversa fiada atemporal. Era um mundo de Cary Grant, Audrey Hepburn e algum eventual ex-rei.

Portanto, era estranho caminhar por um salão lotado, preto e vermelho, onde um homem de camisa xadrez e bigode inclinava-se atrás de um lustroso bar. Logo depois do bar, uma escada íngreme levava à pista de dança, na qual Hugo podia ver três ou quatro homens que já haviam começado a se sacudir. Um deles, um sujeito atarracado, de pescoço largo, cabelo curto e espesso bigode claro, fazia evoluções vestindo uma saia escocesa. Os outros curvavam-se de tanto rir, com as mãos nas bocas e as sobrancelhas erguidas enquanto ele girava e rodopiava para fazer com que a saia subisse cada vez mais.

Tudo isso fazia com que Hugo se lembrasse do Black Cap, em Camden Town, mas varreu de sua mente tamanho desrespeito e repetiu as palavras "casa noturna" para si mesmo, tentando recapturar uma pouco de sua emoção.

— *Bon soir, m'sieur* — ciciou o *barman*.

— *Bon soir* — disse Hugo, sem ciciar.

O professor não estava à vista.

O *barman* limpou o balcão à frente de Hugo e colocou um apoio de copo, antes de passar-lhe um cinzeiro e alguns fósforos. Se Hugo fosse sofisticado e não tivesse as mãos trêmulas (escondidas nos bolsos), teria acendido um cigarro. Sabia que deveria pedir uma bebida. Surpreendeu-se por não ter de pagar para entrar na casa noturna, mas agora eles queriam seu dinheiro.

— *Un dry martini, s'il vous plaît.*

— *Oui.*

Hugo não sabia coisa alguma sobre bebidas. Não conhecia os drinques franceses. Odiava cerveja. Sua avó bebia gim e laranja, mas isso o fazia suar. Sua mãe bebia Martini vermelho com gelo e limão, e ele gostava disso, mas ao pedir essa bebida no Duque de Lancaster olharam-no como a um cachorro que havia peidado. Ou como um maricas. Seu pai bebia uísque, o que ele não podia entender. Revisou mentalmente o armário de bebidas dos pais que tantas vezes saqueara com sua caneca vazia com imagens pintadas, à procura de gim para misturar com seus barbitúricos. Nunca lhe ocorreu que poderia haver uma diferença entre um *martini extra dry* e um *dry martini*.

Hugo tinha sete francos no bolso. Dispunha de um orçamento muito apertado no fim das férias. Boa parte do dia que não era gasta espremendo-se atrás de ridículas cortinas de contas nos fundos dos cintilantes *sex shops*, Hugo passava calculando quantos francos lhe sobraram para gastar com crepes e quando poderia comer de novo. Isso sempre lhe causava uma estranha tensão. Sozinho em uma cidade estranha, com uma passagem de volta e quase nenhum dinheiro. Ele havia ficado ao redor dos músicos de rua perto de Beaubourg por um dia ou dois, conversando com eles (a maioria era australiana) e desejando que dissessem:

— Venha e junte-se à nossa banda de músicos andarilhos. Vamos cruzar a Europa juntos.

Mas eles não o fizeram. Já tinham bocas suficientes para alimentar. E Hugo não podia dar cambalhotas nem engolir fogo.

O *barman* colocou o copo cônico no balcão e a azeitona oscilou.

— *Soixante-dix-sept, m'sieur* — ele ciciou novamente.

Hugo sempre ficava confuso quando ouvia números em um idioma estrangeiro, e apegava-se ao último som que ouvira. Cuidadosamente, pôs seus sete francos no balcão.

— *Tu rigoles?* — perguntou o *barman*, carrancudo.

Hugo ficou a meio caminho entre gaguejar e corar. Abriu e fechou a boca, e olhou para os sete francos. Enfiou as mãos nos bolsos. Sabia que não tinha nada lá. Queria dizer que fora encontrar-se com o professor, que deveria ajudá-lo a sair dessa, mas não sabia o nome do professor e ele já estava muito atrasado. Talvez o negro o tivesse impedido de ir. De qualquer forma, Hugo fora lá apenas porque era uma casa noturna, não porque quisesse ver o professor novamente.

O *barman* sorriu sob o bigode.

— *La prochaine fois tu sauras, hein?*

Empurrou os sete francos de Hugo de volta para ele.

Hugo bebericou a bebida. O gosto era nojento. Não podia entender por que seu *Martini* tinha gosto de gim e por que uma bebida supostamente custara seis libras. Toda a graça se fora. Em vez de ver-se como um freqüentador de casas noturnas, que se sentia em casa nos bares, de madrugada, bebericando misturas de bebidas e fumando Black Russians, via-se como um mochileiro mendigando trocados e pedindo copos de água. Terminou a bebida com uma careta. Odiava o gosto de gim puro. Sabia que o *barman* sabia que ele não tinha mais dinheiro algum. Não podia pedir mais bebidas e não podia invocar coragem suficiente para descer as escadas rumo à pista de dança, onde o homem de saia ainda girava. Então, foi embora. Cambaleou porta afora, sentindo-se como um vagabundo que acabara de ser expulso de uma reunião elegante.

Com todos os seus espertos jogos sexuais, quando chegava a hora H, do dinheiro no caixa, os sete francos em seu bolso, o gigolô atrás dele na Pigalle e o pedido de uma nota de cinco no banheiro do Regent Palace Hotel mostravam que Hugo era um principiante, e eles podiam ver isso. Não importava quantas ruas de putas percorrera de cima abaixo, quantas tardes de sábado passara na Leicester Square — enquanto sua mãe pensava que ele estava na National Gallery, mergulhando em cultura em vez de masturbar-se por duas libras sob uma coluna de ventilação do NCP com um estranho barbado —, Hugo era um turista em um pacote de três dias para o submundo, com a garantia de um roubo, dois dissabores e um *frisson*.

Durante todo o tempo em Paris, ele tentava jogar dois jogos. No jogo número um, descia a rua batendo os saltos nas pedras da calçada e lançando olhares que capturavam os olhos dos rapazes. Bancava o jovem garanhão, com ereção e com francês passável. No segundo jogo, olhava para o mundo com o nariz empinado, sem ver coisa alguma, com os olhos turvos pelo desdém. Andava pelos bulevares com o passo delicado e o sorriso duro, parecendo alguém que tentava parecer esperto.

Às vezes, porém, era pego sem uma *performance* conveniente à disposição. Às vezes, era genuinamente vulnerável. Seus instintos eram bons, contudo, nem sempre podiam salvá-lo. Hugo mergulhava mais fundo do que a maioria nas profundezas de esgotos nos quais seus companheiros teriam se afogado. Porém, de tempos em tempos, se debatia, parecia tolo e, não raro, sentia-se em perigo. Em Paris, suas provações foram os constrangimentos. Agora sabia o que eram casas noturnas, conhecia o gosto de um *dry martini* e quanto deveria custar.

Seis meses depois, em Alexandria, sua provação foi o medo. Agora sabia que não deveria vagar por uma cidade estranha quando seus instintos estivessem embotados pela bebida e hipnotizados pelo desejo. Essa era uma combinação quase letal. Na verdade, quando escapou do refeitório dos oficiais para o vento quente que soprava do mar, sabia que se não desse a volta para o cais e retornasse a seu navio, algo muito bizarro iria acontecer.

Se não estivesse bêbado, provavelmente teria voltado para o *SS Miranda*. Mas, então, se não estivesse bêbado, não teria precisado voltar. Agora, com os altos postes de luz e o amplo pátio do porto estendendo-se entre ele e a cidade, algumas centenas de metros de concreto sólido e ângulos retos separando-o da tumultuada e intensa confusão de Alexandria e um rumor desconhecido chegando pelos portões do porto, Hugo sentiu alguma coisa agitando-se em suas entranhas. A libido, paralisada pela convenção, pelo medo da descoberta, pela necessidade de adotar a postura de macho que é piscar, flertar e olhar de esguelha para os rabos de saia, começava a despertar e a rastejar como um bicho da seda saindo do casulo. Isso podia significar apenas uma coisa: encrenca. Mas o bom do álcool era seu efeito anestésico sobre a ansiedade. Hugo sentiu a urgência instintiva de buscar satisfação. Murmurou para si mesmo que na verdade não queria sexo propriamente dito, que ia apenas olhar, que voltaria imediatamente e, então, pôs-se a descer a prancha de desembarque.

Três meses antes, era um garoto de escola nos arredores de Londres. Agora estava em um cruzeiro no Mediterrâneo oriental. A escola ficara para trás, com seus períodos de 40 minutos e purê de batata no almoço, com os garotos fumando no lado de fora e os gritos do diretor. Hugo deixara a escola com uma vaga em Cambridge para estudar inglês e nove meses de liberdade. Liberdade que o levara a Alexandria.

Tropeçou na prancha e desceu o restante do caminho com o passo cuidadoso de alguém tentando não parecer bêbado. Mas estava muito, muito bêbado. A Marinha Real era, obviamente, feita de algo mais sólido do que ele. Depois de semanas de porres de *brandy* no salão de baile arredondado e revestido de painéis, consumindo bebidas que custavam uma pequena fração do preço cobrado pelos bares de Londres, adquirira a constituição de um bebedor, ou, pelo menos, era o que achava. Afinal, havia pouca coisa a fazer entre um porto e outro além de beber, e os oficiais pareciam dedicar a maior parte de seu tempo livre à bebida.

Essa festa, entretanto, não era no *SS Miranda*. Era no refeitório dos oficiais de uma fragata da Marinha atracada ao lado do navio no porto de Alexandria. Naquela noite, os oficiais do *Miranda* tinham sido convidados para beber em uma celebração amigável, e Hugo resolvera aparecer por lá, com as mãos enfiadas nos bolsos das calças, tentando disfarçar sua timidez sob uma aura de bacana. Ficou no fundo do refeitório, evitando os olhares das pessoas e bebendo rápido demais. Os oficiais da Marinha estavam todos de branco, reluzindo de carisma e confiança. Defensores do reino, fizeram Hugo sentir-se maltrapilho e desconcertado, de forma que mergulhou na bebida para manter a mente ocupada.

Fosse porque eles bebiam tanto que nem percebiam mais, fosse porque se tratava de uma conspiração para intoxicar as mulheres, o fato é que cada bebida era uma mordida na língua de Hugo. Bebidas mal diluídas o faziam estremecer como se fossem um purgante. Sentia-se emasculado. Perdera seu apoio. Não podia entrar em pânico e agarrar outra bebida porque iria vomitar. Tinha de ficar de olho em seu estômago e controlar sua mente. Bebericou outro copo de gim com um pouco de tônica. Ninguém veio falar com ele. Os anfitriões estavam preocupados com as mulheres, e as mulheres estavam muito felizes para serem uma preocupação. Era hora de uma decisão rápida.

Lá fora, sentiu que havia acabado de escapar da Inglaterra novamente. O refeitório tinha o cheiro de sua cidade, de críquete e de golfe, do jantar dançante no clube de rúgbi no qual envelhecidos símbolos de destreza masculina, vestidos com ternos de linho creme e eventuais Rolex, ensaiavam antigos rituais de acasalamento com as esposas alheias e ignoravam Hugo, exceto para lançar-lhe um ocasional olhar de desprezo. “Eles têm medo de você”, dizia para si mesmo ao sair para olhar o gramado de críquete, o campo de golfe, a quadra de rúgbi.

Pisou em falso ao chegar no cais e oscilou, o tornozelo ligeiramente torcido. O concreto varrido pela luz do poste era um convite à aventura. Os navios alinhados com guirlandas de luzes ao redor das proas lembravam parques de diversão. Mas Hugo não sabia o caminho. Não podia nem ao menos sentir o cheiro. Movido pelo álcool e pelas contrações do desejo, caminhou pelo porto. Porém, não havia feito nenhum reconhecimento à luz do dia, nenhuma avaliação de pistas e sinais, nenhum aprendizado de rotas e memorização de marcos. Havia chegado no dia anterior à tarde e às seis horas daquela manhã já estava em um ônibus com 30 passageiros, movendo-se de forma assassina em meio ao tráfego em direção ao Cairo e ao circuito de mesquitas e museus cercados por moleques oferecendo “50 centavos a punheta, 50 centavos a punheta”. Aquilo não era a zona da prostituição.

Andava no escuro sem um mapa e com os instintos entorpecidos. Subiu a colina em direção aos portões do porto. Enquanto subia, um táxi descia pelo outro lado da rua. Parecia que o motorista lhe havia dirigido um longo olhar e Hugo sentiu o primeiro arrepio de expectativa. As coisas estavam prestes a acontecer.

Não se surpreendeu quando o mesmo táxi, que subia a colina voltando do porto, emparelhou com ele.

— Você quer ver a cidade?

— Desculpe?

— Eu lhe mostrarei a cidade. Vou mostrá-la para você. Entre.

— Não tenho nenhum dinheiro.

Não era verdade. Hugo tinha 50 libras em sua carteira. Isso foi estúpido.

— Não importa. Entre.

Há alguma coisa no ato de entrar no carro de outro homem que sela seu destino. Quando as portas são travadas e o motor dá a partida, você está subitamente vulnerável, arrebatado de seu território, sem meios de escapar. Um carro é um lugar perigoso. Mas Hugo estava calmo. Calmo e nem um pouco surpreso quando passaram pelos guardas na guarita do porto.

Por que o olharam com tanto desprezo enquanto conduziam o carro pelos portões?

Ainda estava calmo quando o homem abriu o zíper de suas calças e, depois de mostrar uma pequena ereção marrom, começou a apalpar o pau de Hugo.

O sexo espreita em cada esquina, em cada virilha, em cada cidade.

A ereção de Hugo foi impressionante. Impulsionada pela bebida e pelos dias de frustração enlatada no mar, a ereção surpreendeu o motorista, que praguejou algo indecifrável e por pouco não bateu em outro táxi. Hugo acomodou-se no banco e deixou que o homem brincasse com ele. O motorista balbuciou alguma coisa e com súbitos movimentos espasmódicos com a cabeça indicou que uma chupada estava sendo solicitada. Hugo sorriu e olhou para o outro lado. O homem tornou-se mais impaciente e, embora muitos anos depois Hugo omitisse essa parte, sempre que contava suas histórias, ele realmente pôs a cabeça no colo do egípcio e tomou a pequena ereção marrom na boca. Parecia uma questão de educação, já que o homem estava lhe oferecendo um passeio turístico gratuito por Alexandria. Contudo, até então, não tinham visto nada exceto poeira, ruas anônimas com prédios um tanto sujos e palmeiras danificadas.

Hugo moveu suas mandíbulas, cobrindo os dentes com os lábios, ouvindo a reveladora respiração ofegante que anunciava um orgasmo iminente. A boa educação só ia até esse ponto, e o gozo de um motorista de táxi não parecia ser uma perspectiva apetitosa.

Recolheu a cabeça no momento em que a respiração do homem tornou-se mais rápida e, sem o menor interesse, observou-o estremecer sobre o volante. Era mais uma pequena emissão, como tantas outras, mas, dessa vez, a 50 quilômetros por hora, em meio a ruas estranhas e bem longe de casa. Não havia ninguém a quem apelar. Hugo ainda sentia-se calmo e muito distante. Era como se David tivesse voltado para olhar Hugo jogar seu jogo. Ele estava testando os nervos de Hugo. E seu discernimento.

O carro começou a parar. Entrou devagar em uma garagem fechada onde outros egípcios reuniam-se ao redor da luz de lanternas. Estavam esperando por ele. Ninguém piscou. Ninguém sorriu. O carro parou e alguém abriu a porta. Hugo desceu. A essa altura, sentia-se tão distante que não podia ouvir coisa alguma. Apenas olhava. Mas sabia o que iria acontecer.

Um garoto estava sentado no banco de trás de outro carro. Eles levaram Hugo até o carro e, pela janela, mostraram-lhe o garoto. Tinha olhos castanhos, escuros, e uma pele bonita. Era magro, o que não era do gosto de Hugo, e era jovem — algo que Hugo realmente nunca experimentara. Mas nessa garagem ele era o turista branco, o inglês, e aos ingleses sempre eram oferecidos garotos. Os homens mais velhos queriam apenas masturbação e chupadas aos volantes de seus carros. Eram homens de negócios. Quando Hugo começou a se masturbar no carro, o motorista reteve sua mão. O orgasmo de Hugo não era para ser desperdiçado. Era valioso.

Hugo estava consciente das 50 libras em sua carteira desde o momento em que disse ao motorista de táxi que não tinha dinheiro. Na Inglaterra, aquela frase significava sou jovem, perigoso e gosto de presentes. No Egito, não significava coisa alguma. Homens brancos, ingleses, sempre tinham dinheiro. Qualquer dinheiro era melhor do que o dinheiro egípcio. Tudo o que ele fez foi deixar claro que sabia que a coisa toda envolvia dinheiro.

Estava muito consciente de suas 50 libras agora que olhava para o garoto. Eles destravaram a porta do carro e a abriram. O garoto moveu-se no banco para dar lugar a Hugo. Tudo o que Hugo conseguia pensar era que não devia entregar-lhes sua jaqueta. Eles faziam mímicas para Hugo, estendendo os braços para pegá-la, e ele sabia que se fizesse isso seria o fim das 50 libras. Tirou a jaqueta e a colocou em cima do carro. De alguma forma, pensou que não fariam nada se a jaqueta estivesse numa posição tão evidente. Ele os veria se fizessem algo e faria um tremendo escândalo.

Não tinha a menor idéia de onde estava. Encontrava-se sentado em um carro estacionado, cercado por homens movendo-se sob as luzes baixas e para fora delas. Contudo, estava convencido de que a honra prevaleceria.

Seja lá o que tivesse acontecido com o garoto, semivestido no apertado desconforto de um banco de plástico de um carro, Hugo nunca se lembraria. Supunha que ele deveria ter tido um orgasmo. Mas não se lembrava de ter ficado com as mãos pegajosas, ou de o garoto demonstrar algum prazer. Ele apenas ficou lá sentado, olhando para Hugo com seus olhos castanho-escuros. O garoto estava entediado. Assustado. Talvez drogado. Hugo sentiu-se grosseiro e colonialista. Como a ressaca antecipada que chega antes de terminar um vinho barato, sentiu a depressão pós-coito, o espírito curvando-se e o anseio por sua casa e sua cama. Talvez, nesse caso, ele realmente tivesse tido um orgasmo. Ou talvez o cansaço houvesse estragado tudo. De qualquer forma, quando desceu do carro, sua jaqueta ainda estava no teto e sua carteira ainda estava na jaqueta.

Por que Hugo tirou a carteira da jaqueta àquela altura é algo que não ficou claro. É pouco provável que fosse pagar alguém. Hugo nunca oferecia dinheiro. Acreditava que pudesse conseguir qualquer coisa de graça se tentasse. Mas o fato é que tirou a carteira do bolso, olhou dentro e viu que as 50 libras haviam desaparecido.

Pareceu inevitável.

Olhou ao redor. O motorista de táxi estava parado à sua frente, mas havia algo ligeiramente diferente nele. Vestia roupas diferentes. Hugo gesticulou para ele e disse alguma coisa em inglês. O homem o olhou e deu de ombros. Não havia entendido. Hugo ficou zangado. Sacudiu sua carteira e apontou para ela. Elevou a voz. Não estava mais bêbado. Perdeu a paciência e gritou. Os homens começaram a se mover desajeitadamente, para cá e para lá. Alguns alisavam as barbas, outros sacudiam a cabeça e outros, ainda, falavam em egípcio entre si, mas ninguém entendeu o que Hugo estava gritando.

Mais um homem chegou na garagem. Era o motorista de táxi. O outro, portanto, não era ele. Mas o motorista também vestia roupas diferentes. Acenou para Hugo com um sorriso de simpatia. Hugo sentiu as lágrimas assomarem aos olhos. Era esse o homem que poria um fim à terrível peça que lhe pregaram. E ele, além de tudo, era um inglês branco.

O motorista levou Hugo para seu carro. O carro era diferente. O motorista era diferente. Hugo ainda acreditava nele. Ambos entraram no carro. O homem tirou uma grande nota de sua carteira e entregou-a a Hugo.

Hugo poderia ter jogado seus braços ao redor do pescoço do homem e lhe dado um beijo. Tinha suas 50 libras de volta.

Sacudiu a nota e perguntou ao homem quanto ele queria. O motorista olhou para ele, impassível. Faltavam alguns dentes em seu sorriso. Hugo olhou novamente a nota. Em sua mão havia uma libra egípcia. Hugo olhou para o homem, que olhava para ele na escuridão do carro. Não podia ver seu rosto direito. Sua raiva se fora e agora estava apenas cansado. Pensou em exigir que o levassem à Embaixada, mas sabia o quanto pareceria ridículo. Algo mais começava a preocupá-lo. Não tinha a menor idéia de onde estava. Chegaria uma hora em que iriam despejá-lo do carro, e quanto mais jogasse o jogo do inglês irado, mais rapidamente perderiam a paciência. Por algum tempo sentira-se zangado o suficiente para gritar e bater o pé. Agora, tinha calafrios e sentia-se vulnerável. A arrogância que advinha de seu passaporte não mais o ajudava. Dúvidas começavam a encher sua cabeça. E se perdessem a paciência com ele? E se tivessem facas? Os egípcios zanzavam ao redor do carro. Ainda não haviam sorrido.

Hugo fez sinal com a cabeça para o motorista do táxi e o carro partiu. Ele o largou do lado de fora dos portões do porto. Não iria correr o risco de ser denunciado aos guardas.

Hugo cruzou os portões, deu a volta e foi até as guaritas.

— Fui roubado — anunciou.

Foi mais um erro. Em minutos, estava cercado por grandes caras de lua, com pequenos quepes ridículos, com brocados e penachos. Eles amontoaram-se e empurraram-se para vê-lo, como se Hugo fosse uma criatura bizarra exposta em uma feira. Repetiu sua história para alguém que, depois de ouvi-la, revelou que não entendia inglês (mas havia balançado a cabeça atentamente ao longo do relato), e de novo para um terceiro homem (com mais brocado e um penacho maior), que entendia inglês, mas que perguntava tudo duas vezes.

— Ah, sim. Bem, senhor, nós sabíamos que isso ia acontecer.

— O quê? Por que você não me avisou?

— Senhor?

— Quando passamos de carro pelos portões. Por que você não me avisou?

— Por que o senhor entrou no carro desse homem?

Eles trouxeram folhas de papel. A lâmpada nua na sala cinza e escura acendia seus rostos como num show de fantoches de cabeças de abóboras no Halloween. A noite toda estava se transformando em pesadelo. Ele era inglês e havia entrado em um carro estranho com um motorista que se oferecera para mostrar-lhe a cidade de graça. Era inglês e estava bêbado. O que esperava?

Chegaram os formulários, canetas, carimbos e perguntas. Hugo começou a história novamente, mas cada vez que a contava deixava de lado a garagem e ignorava a pequena ereção marrom do motorista de táxi. Disse apenas que o homem pegara sua carteira na hora em que ia pagá-lo. A história era patética e, a essa altura, já eram quatro horas da madrugada. Em meio a todas as perguntas, e anotações, e carimbos, Hugo levantou-se e, empurrando gentilmente as caras de lua e ombros de brocado, saiu da guarita e desceu a ladeira rumo ao navio. Ninguém correu atrás dele. Todas as abóboras com penachos e brocados apenas deslizaram de volta para a apatia.

O navio estava no porto, branco e reluzente como uma polida relíquia do esplendor colonial. Era seu lar. Era a Inglaterra. Era terra firme após as mutantes areias movediças de Alexandria. Hugo subiu a prancha de embarque e acenou para o oficial em serviço, inclinado contra a amurada com seu uniforme branco. Suspeitou que o oficial sabia onde ele estivera. Podia contar com a grande discrição britânica, mas sabia que já fora marcado. As fofocas pareciam viajar por osmose no navio. Hugo sempre sentira que as portas do clube estavam fechadas para ele; que os garçons sabiam que não deveria estar lá, e que o *barman* o olhava com desdém quando ele passava. Agora sentia que fazia jus a isso.

Estava profundamente deprimido. A perda das 50 libras era um grande inconveniente. Hugo ainda era fixado em dinheiro e na necessidade de guardá-lo nos bolsos como último recurso em caso de desastre. Estava indefeso agora. Precisaria surrupiar e extorquir o dinheiro de volta dos trocados que o oficial fazia a cada dia alugando cadeiras no convés.

Mas a depressão mais profunda não fora provocada pela perda do dinheiro, nem pelo acesso de repugnância de si mesmo que seguia a raiva em uma ressaca pós-coito atrasada. O que o aborrecia mais do que tudo era a humilhação pela qual passara. Tinha sido o grande inglês branco otário. Fora sangrado por sanguessugas mais rápidas e espertas do que ele, sanguessugas que nunca pararam para pensar que esse homem branco poderia ser páreo para elas. Estava lá para ser sangrado e isso era tudo o que elas viam. E tinha sido atraído por uma isca muito vagabunda, um garoto sentado contra a vontade no banco de trás de um Ford de segunda mão. Os egípcios não eram bobos. Nem sequer se incomodaram com sua encenação. Nem ao menos entenderam o que ele disse. Ele era branco e educado, e isso era o suficiente.

Agora Hugo queria revanche.

Iria superar em esperteza os motoristas de táxi de Alexandria. Não derrotaria os gigolôs de Paris em seus próprios gramados nas Tuileries. Mas em Londres estava determinado a provar que poderia dar esse passo e armar um golpe baixo em nome de seus anseios pelo submundo. Tinha de provar que era mais do que apenas outro grande turista branco, presa fácil de um caçador perspicaz. Agora, Hugo era a perversa, imprevisível sereia, atraindo estranhos para as rochas, para os bancos de couro falso, para o cromado banheiro coletivo no terceiro andar do Regent Palace.

E ele ia fazer algum dinheiro. Porque agora realmente precisava. E mais dos que as duas libras que costumava ganhar para os chocolates.

Mas o incidente no Regent Palace Hotel não era encorajador. Nem tampouco o próprio Dilly. Seus dias de centro londrino de adolescentes de aluguel, *shopping center* de garotos de programa e legendária vitrine de carne humana tinham acabado. Até a carne parecia suspeita. Cortes baratos. Sobras. Restos. Miúdos. Uma fileira de rostos doentios, distantes, e corpos magros enfiados em jaquetas espalhafatosas, agarrados às grades acima da estação de metrô, os nós dos dedos vermelhos de frio, olhando fixamente em direção a Regent Street, esperando por algum mané que chegasse vestindo um bom e quente casaco, levasse-os embora e aquecesse suas mãos.

Tudo isso mudara. A polícia, os urbanistas e o homem que inventara o banheiro no qual se entrava inserindo uma moeda na catraca haviam mudado tudo. Quando Hugo ficou determinado a vingar-se, e quando percebeu que precisava de dinheiro (a vingança sempre soava um motivo melhor, o dinheiro era apenas a conseqüência imediata), a cena dos garotos de rua se fora. Agora, eles faziam ponto em bares, bares que serviam café-da-manhã, como Barclay Brothers em Whitehall, negociando e tomando bolinhas e cheirando, entre um e outro desjejum de ovos, batatas fritas e chá cinza pálido. Eles também não eram mais como Hugo se lembrava. Esses não eram mais os garotos com topetes louros e jaquetas de veludo batidas, se virando e esperando pelo homem ideal. Esses eram fugitivos, com teias de aranha tatuadas nas bochechas. Comandados por cafetões negros com muita barriga e muito ouro, eram jogados ainda meio dormindo em táxis e enviados a subúrbios distantes para serem brutalizados por tímidos pervertidos. Eram garotos perigosos. Heterossexuais. Famintos. Desesperados. Com um pouco mais de comida e calor, estavam prontos para roubá-lo em sua própria casa.

Essa não era a fraternidade na qual Hugo queria entrar. A essa altura, precisava desesperadamente de dinheiro, mas não podia fazer truques para ganhar um desjejum de ovos e batatas fritas. Não suportava batatas fritas. Precisava de mais dinheiro do que isso. Precisava de dinheiro para pagar os quartos que havia alugado em Londres. Alugava os quartos por períodos de poucas semanas, nas férias da universidade. Mas mesmo essa pequena quantia era difícil de obter honestamente. A maioria de seus amigos em Cambridge simplesmente voltava para suas famílias. Hugo, porém, não podia mais ir para casa, exceto para uma ocasional xícara de chá.

Bem, na verdade, poderia ir para casa. Apenas não queria. Após fazer um cruzeiro pelo Mediterrâneo oriental, ficar com a pele bronzeada sob um sol implacável, conduzir estudantes pelas maravilhas do mundo antigo; depois de deitar-se na cama de um suboficial, embriagar-se de *vodkatinis* em uma casa noturna napolitana onde os travestis dançavam cada vez mais devagar em infinitos reflexos deles mesmos nas listras de espelhos, depois de Alexandria e dos motoristas de táxi, depois de Nova York com Ross e Cynthia e depois de um semestre em Cambridge com Dolly, Chas e Rudy, não podia acomodar-se à rotina da casa de Hadley: lavar a louça, pôr a mesa e buscar pão na padaria.

Não houve briga. Porém, sabia que sua mãe sentia-se aliviada com o fato de que ele estava partindo. De certa forma. Ela não queria se preocupar. Não queria brigar. Seria mais fácil se Hugo não estivesse lá. Seria mais fácil se ela apenas ouvisse o que ele lhe contasse e apenas visse o que queria ver. Mas eles eram amigos quando Hugo foi embora. Ou, pelo menos, haviam rompido as barreiras. Após anos vivendo com ela em um clima de medo e ódio, Hugo a deixou para trás em meio a amor e lágrimas. A mãe havia sido muito paciente durante aquelas primeiras férias em casa. Não o tinha visto direito por um ano. Após a viagem de navio, Hugo fora direto para Nova York, de Nova York de volta para a Europa e da Europa direto para a universidade (uma noite em casa fora o suficiente para fazer as malas).

Ela o via de manhã, antes de ir para o trabalho, mas à noite, quando chegava em casa, geralmente ele já havia saído, deixando um bilhete com a hora estimada em que voltaria. Ele tinha uma chave, nenhum dinheiro e um apetite para saciar.

Hugo estava ficando com estranhos. Homens que encontrava em bares onde a sra. Shufflewick resmungava sobre uma bolsa empoeirada e os Trollettes tocavam músicas dançantes bregas duas vezes por noite vestindo figurinos rosa e verde. Ele foi para a casa desses homens, para suas salas-de-estar suburbanas e camas com acolchoado de Tottenham a Hampstead, de Chalk Farm a Stroud Street. Mas nunca podia ficar a noite toda. Isso seria forçar demais a barra. Sua mãe já havia resmungado que a casa era seu hotel. Não queria que pensasse que era o lugar para ele guardar a bagagem. Na verdade, não queria que pensasse de forma alguma sobre o que ele andava fazendo. Por mais que Hugo quisesse sua vingança no mundo normal, por mais que quisesse divertir-se e cobrar em dobro, não queria chocar sua mãe. Nunca lhe dizia onde estava, onde tinha estado e, certamente, nunca lhe dizia com quem.

Tinha ido com homens desconhecidos e se jogado sob o acolchoado após tensas xícaras de chá em moradias de três peças, e então lhes diz: “Sinto muito, tenho de ir. Tenho de ir antes do último metrô. Preciso de dinheiro emprestado para o táxi. Tenho de ir para casa antes que minha mãe acorde. Tenho de dormir com a cabeça em meu travesseiro, sonhando sob os meus cobertores.”

Às vezes era fácil, porque seu parceiro sem nome estava dormindo. Hugo pegava o dinheiro em cima da mesa para o táxi, deixava um bilhete e escapava. Outras vezes, tinha de explicar e não podia. Explicar como ainda tinha medo de sua mãe. Explicar por que não podia lhes dar um número de telefone. Ocasionalmente, eles lhes davam uma carona para casa, como Charlie costumava fazer, e então Hugo pensava, pelo menos por alguns instantes, que talvez os amasse. Contudo, detestava ter de partir cedo. Odiava ter de roubar notas de cinco libras de carteiras inocentes. Odiava esgueirar-se pela casa em Hadley, evitando os rangidos sob o carpete.

Sendo assim, ele mentia. É claro. Era sua segunda pele.

Hugo queria passar a noite com o garoto que havia encontrado na semana anterior, o garoto que lhe aparecera em uma quente noite de verão em um bar lotado, com a camisa aberta e um sorriso no rosto, e que o beijara entre os lábios sem qualquer apresentação. O garoto que contou mentiras absurdas sobre uma família imaginária e que vivia em um apartamento de paredes finas em Chalk Farm com uma lareira elétrica e uma mãe envergonhada que ele chamava de tia. Hugo não acreditou nas mentiras, mas os pêlos louros do corpo do garoto deixaram-no com a boca seca de desejo e eles fizeram sexo a noite inteira em frente à lareira, com Michael Jackson cantando sem parar no radiogravador. Era o êxtase. Hugo odiaria ter de ir embora e, dessa vez, não iria fazê-lo.

Não podia contar nada disso para sua mãe. Mesmo que ela entendesse, não queria que soubesse de sua vida de homem, de seu amor masculino por corpos masculinos em frente a lareiras, ao lado de paredes finas. Então disse que ia ficar com Cynthia. Isso era uma possibilidade. Muitas vezes o fazia, porque Cynthia vivia no outro extremo da cidade. Infelizmente, esqueceu-se de dizer a Cynthia que ia ficar com ela.

Na manhã seguinte, quando entrou pela porta da cozinha sem ter tomado banho e sem ter se barbeado, os olhos da mãe fixaram-se no chão.

— Há um recado para você em seu quarto — disse ela, sem erguer os olhos.

O estômago de Hugo virou pedra. A pedra se revirou.

Em sua cama havia uma mensagem, dizendo: "Cynthia ligou na noite passada. Você poderia ligar para ela?" A caligrafia de sua mãe, com suas curvas regulares e voltas precisas, não dizia mais nada. Era um caso de contenção. Ela estava economizando sua raiva para mais tarde. Para o cara a cara. Ela estava na cozinha. Ele estava no quarto. O cara a cara estava prestes a começar, mas um teria de ir até o outro.

Hugo sentou-se na cama e empalideceu. De algum modo tinha de ir até a cozinha e colocar as coisas em pratos limpos.

Sabia que ela esperava por isso. Quanto mais ficasse no quarto, mais a fúria aumentaria. Tinha de passar por isso. Não era de seu feitio escapar pela janela e fugir. Isso não faria bem algum. Teria de lidar com o problema agora.

A coisa mais importante era sentir-se inocente, sentir-se a vítima.

Entrou na cozinha com lágrimas de autopiedade assomando aos olhos. Mas a mulher que encontrou lá, a mulher com suas roupas de trabalho e sem maquiagem, com as mãos trabalhando na cozinha com sapólio e um esfregador, a mulher que o aterrorizara durante toda sua vida, a quem adorara durante toda sua vida, não o olhou com raiva ou violência. Ela não iria gritar e berrar. Não iria agarrar seus cabelos e puxá-los até o chão. Olhou para ele com os olhos cheios d'água. Olhou para ele e seu rosto estava vincado pela tristeza.

— Por que você mentiu para mim? — perguntou ela, com a voz calma e pesarosa.

A pose de ultrajado o deixou como o ar saindo de um pneu furado. Encolheu-se lentamente.

Esta era a pergunta mais antiga de todas. A pergunta que era feita a Hugo e às irmãs cada vez que eram pegos mascando chiclete, com coisas nos bolsos que os denunciavam, pegos em flagrante, pegos desprevenidos. Olhavam uns para os outros e sabiam o que iam dizer. A resposta era sempre a mesma.

— Porque eu estava assustado.

E, de repente, Hugo percebeu que, por uma única vez em sua vida, estava dizendo a verdade quando a verdade importava. Subitamente, desmanchou-se em lágrimas. Não eram as lágrimas que estava planejando em seu quarto. Eram lágrimas que ele não esperava. Elas lavaram as lágrimas falsas de seus olhos e inundaram seu rosto. Desabou na cadeira e a mãe pôs-se a seu lado. Pousou a mão na mão dele. Alisou seu cabelo. Abraçou-o enquanto Hugo arfava e soluçava, e molhava seu vestido com lágrimas.

— Eu ainda amo você — ela disse. — Sempre amarei você

E a mãe também chorou, enquanto os dois sentavam-se lado a lado na sala de estar, de mãos dadas. Ele falou muito. Ela perdoou-lhe tudo. Estavam juntos de novo, essa estranha mãe e seu filho preferido. Abraçaram-se, e choraram e até riram em meio às lágrimas. Perdoaram-se. Hugo não lhe contou sobre a lareira elétrica, ou a camisa aberta, ou as estúpidas mentiras. Apenas lhe disse onde estivera e por quê, e ela parecia saber. Havia pensado nisso nos últimos três anos. Havia pensado nisso desde o tempo do diário.

E assim, com sorrisos ainda molhados pelas lágrimas derramadas dias atrás, eles se separaram. Assim, com as coisas esclarecidas entre eles. Com as pequenas represas de ódio levadas embora pelas águas. Hugo acenou um adeus para Hadley e foi morar com Cynthia, e enquanto Hadley parecia fechar-se a seu redor quando ele partiu, com um milhão de cortinas de renda roçando seu rosto e dedos de velhas segurando-lhe o colarinho, foi o rosto de sua mãe que lhe deixou uma cicatriz no coração. Eles deviam ter sido muito mais íntimos. De alguma forma, havia muita coisa que não fora dita. Hugo havia passado muito tempo nos últimos seis anos em silêncio, atrás da cortina de fumaça de suas mentiras, de seu mau humor, de suas portas de madeira. E todo esse tempo ela lutara com seus demônios, combatendo as cicatrizes de seu próprio passado em uma luta cuja violência respingava em seus aterrorizados filhos. Eles haviam se mantido distantes por medo. Mas o amor entre eles doía no estômago de Hugo e nublava-lhe os olhos com lágrimas que não iriam escorrer enquanto ele oferecia a face ao vento e caminhava para a estação. A liberdade tinha um gosto triste e delicioso. Repentinamente, toda a infra-estrutura das mentiras de Hugo havia se tornado obsoleta. A caixa de doces lhe havia sido oferecida e ele não tinha apetite. Deixou que três trens passassem antes de entrar em um. Não queria deixar Hadley até que parasse de sentir tristeza.

Quando Hugo entrou no metrô, tinha o sorriso distante de um homem que perdeu a razão em climas mais ensolarados.

Hugo nunca soube o que a mãe disse para o pai, mas o fato é que o pai nunca disse uma única palavra a Hugo. Apenas continuou sendo o mesmo homem tímido e afável, com piadas caretas e uma ampla risada. Continuou sendo o pai de Hugo, nas sombras em que sempre estivera e onde sentia-se confortável.

Hugo morou com Cynthia por um mês. Morou em meio a plantas em vasos e vaporizadores de perfume, discos de Art Garfunkel e sofás pesados. Era um apartamento de mulher — a extensão da penteadeira de Cynthia e da mãe dela. Um apartamento cheio, abarrotado de ar perfumado e artigos de perfumaria femininos: compressas para o rosto, condicionadores, tonificantes e esponjas. Mas agora ele era de Hugo também. Seu pijama sob o travesseiro. Sua escova de dente no copo do banheiro. Seu xampu Boots ao lado das elaboradas misturas e líquidos individualmente preparados que elas usavam. Ou, pelo menos, que Cynthia usava. A mãe de Cynthia estava fora, no outro lado do mundo, de modo que Hugo e Cynthia formaram um casal ocasional, lendo, sentando-se no sofá, cozinhando, comendo e rindo de excitação por estarem sozinhos.

Cynthia sabia mais a respeito de Hugo do que qualquer outra pessoa. Depois de Alexandria, depois de ser depenado em uma garagem enquanto olhava os olhos impassíveis de um adolescente árabe, Hugo havia escrito suas cartas confessionais envoltas em repugnância: repugnância por si mesmo, repugnância por motoristas de táxi com pequenos pintos marrons. Escreveu para ela o tempo todo.

Cynthia sabia mais do que qualquer outra pessoa a respeito de Hugo e da mãe dele. A mãe dele havia falado com ela naquela noite, enquanto Hugo estava deitado na cama em frente ao aquecedor, com as pernas e braços em volta de seu homem de camisa aberta, no quarto do andar de cima em Chalk Farm. A mãe queria passar a Hugo o recado de um amigo e telefonou-lhe na casa de Cynthia, onde ele estaria jantando. Exceto que Hugo não estava. E Cynthia não sabia onde ele tinha ido.

As duas conversaram por uma hora ou mais. As duas mulheres da vida de Hugo. As duas únicas mulheres com as quais Hugo estivera nu. E Cynthia disse à mãe de Hugo para que não gritasse com ele. Pediu-lhe que não o fizesse. Pediu-lhe que o perdoasse. É difícil saber o que teria acontecido se não fosse por isso.

Mas com toda a leitura, culinária, comida e sofá, com toda a atmosfera de súbita sofisticação recém-descoberta, de jantares de adulto e de fumar baseados após a sobremesa, de ficar bêbado no sofá sem ninguém dizendo que parasse, o apartamento em Chiswick não era um lar para Hugo. Embora estivesse excitado com a emoção de viver sozinho em Londres, livre dos pais, embora isso soasse como se a história de sua vida estivesse apenas começando, não havia lugar para Hugo entre os sofás e as bugigangas, não havia lugar para se esconder na penteadeira das damas. E ainda era alvo de perguntas. Partilhava a cama de Cynthia e ela queria saber onde Hugo fora e onde tinha estado. Suas incursões na vida noturna a afligiam, a menos que fossem juntos. Eles formavam um belo casal em meio a vidros fumês e metais cromados, entrando de penetra em casas noturnas por meio de mentiras espertas, arrasando na pista de dança, empurrando os dançarinos vagarosos para a parede, olhando para o sorriso um do outro e mostrando os dentes com a arrogância da juventude dourada. Mas Hugo não levava Cynthia às espeluncas e discotecas de suas caças a rapazes, à procura de homens que ainda não podia levar para casa. Não havia lugar para corpos de homens desconhecidos na penteadeira. Hugo começava a cheirar a vaporizadores, tinha passado tempo demais nas túnicas de seda vermelha de Cynthia. Tempo demais em frente ao espelho. Não queria se pegar pintando as unhas. Cynthia o olhava com desaprovação quando ele saía pela porta com o jeans rasgado que usava para pegar homens, mas Hugo não havia saído da casa dos pais para submeter-se a um novo conjunto de regras, uma lista de coisas que fazia e não dizia. Assim, quando a mãe de Cynthia voltou do

Caribe querendo vender o apartamento, ele não se importou que o pequeno *ménage* tivesse acabado. De qualquer forma, a mãe de Cynthia suspeitava de Hugo. Suspeitava do amor de sua filha por um veado. Ele não era um ganho para o futuro dela. Não era um ganho para o apartamento. Suas coisas atrapalhavam a lábia do corretor de imóveis.

Hugo não podia dizer aos pais que estava se tornando um sem-teto porque iriam exigir que voltasse para casa, e ele não podia voltar para as ruas com cortinas de renda e a lavação de louças. Hugo e a mãe haviam se despedido. Ele odiava adeus repetido. Sempre evitava as pessoas depois de ter-lhes dado adeus. Não era mesmo muito bom em dizer adeus. Preferia escapar despercebido.

"Alguma coisa vai aparecer", pensou. Alguma coisa sempre aparecia. Era uma de suas pequenas frases encorajadoras. Elas sempre o faziam sentir-se melhor. Transmitiam a confiança dos clichês. Se tantas pessoas as diziam por tanto tempo, devia haver nelas alguma verdade.

Alguma coisa iria aparecer. Alguma coisa sempre aparecia. Desde que ele continuasse se mexendo por aí.

Então Hugo continuou se mexendo por aí. Vagou pelas ruas à procura de uma oportunidade e encontrou um homem com cabelos longos e um Ford Capri, um homem que ele não via desde que tinha 14 anos.

Encontrou o homem na rua principal de Hadley. Tinha ido em casa ver a mãe e pegar alguns livros, e se pusera a vagar pelo banheiro no alto do morro como uma visita ao passado, para ver se os rabiscos ainda perguntavam onde David fora (não perguntavam), para ver se os homens ainda estavam lá (estavam) e se eram mais jovens (não eram). Estava lá parado, pensando, torcendo o nariz, como que farejando o velho cheiro, agora mais velho e rançoso e com fedor de merda, quando chegou um homem de cabelos longos e com um Ford Capri estacionado do lado de fora, e disse: "Olá, David."

David estava morto havia dois anos, mas seu fantasma contorceu-se ao ouvir o som de seu nome, e Hugo sentiu um arrepio, um desconforto ante a lembrança de tantas coisas que esquecera, um estremecimento de culpa porque aquele David, que havia se deitado de costas e se masturbado para esse homem, que posara para fotos de Polaroid em branco e preto vestindo *lingeries* da Mark and Spencer no chão do quarto de hóspedes desse homem, estava morto. Fora abandonado em frente a uma picape azul e nunca mais ninguém voltou a falar-lhe. Até agora. Agora que William, o homem de cabelos compridos, com um Capri e uma câmera Polaroid, chamou-o de volta do túmulo, Hugo fez uma pausa. Queria passar pelo homem e fingir que não o vira. Em vez disso, parou para conversar.

Uma semana depois de encontrar William na rua, Hugo mudou-se para a casa dele. Estava certo. Alguma coisa havia aparecido. Alguma coisa sempre aparecia. Você tem apenas que continuar se mexendo. Isso sempre funcionava.

William lembrava-se de tudo sobre David e Hugo lembrava-se de tudo sobre William. William sempre fora diferente da maioria dos homens com que David lidava. Era inteligente. Amável. Cuidadoso. Queria tirar novas fotos com a Polaroid. As mesmas poses, na mesma cama. Hugo estava feliz. Encontrara um novo lar. Ficou lá por três anos. Três anos de férias da universidade.

William tinha uma grande casa em Highgate Hill, onde as gavetas estavam cheias de revistas pornográficas e pendiam das paredes sinistras pinturas de garotinhas envoltas em cobras reluzentes, perto das gavetas de coelhinhas com vaginas abertas. A casa era tortuosa, com cantos empoeirados e coisas estranhas ocultas. Uma rara porém indistinta fotografia de James Dean masturbando-se estava pregada no tronco de uma árvore. Desenhos de Hockney de homens deitados em camas, uma ao lado da outra, olhando com rostos surpresos para enormes ereções. Tudo era empoeirado — das palmeiras chinesas aos discos de

Shangri-Lá, das lâmpadas de vidro coloridas aos gordos gatos persas. Tudo parecia exalar sexo.

William tinha um namorado chamado Barry. Eles tinham muitos amigos: homens com jaquetas de couro, motocicletas e sorrisos convidativos; homens com cabelos longos e casacos afegãos; homens que olhavam para David como se David fosse um deles, mas como se ainda assim quisessem despi-lo. Ocasionalmente, David costumava ir até a casa deles de bicicleta no sábado à noite e tocar a campainha. Eles sempre pareciam felizes ao vê-lo. Às vezes para sexo e às vezes apenas para servir-lhe bebidas e colocá-lo sentado junto às palmeiras, entre as caixas de som, ouvindo-os conversar e rir. Eram pessoas inteligentes. Gente da escola de belas-artes. Professores e artistas. Percebiam-se como um grupo espirituoso, embora não usassem drogas e gostassem dos discos de Cat Stevens. Eram gente boa, e gostavam de sexo. Gostavam de sexo e gostavam de falar sobre isso. William, principalmente.

David gostava de sexo, mas não de falar sobre isso. Gostava de olhar a si próprio nos espelhos, transando com outras pessoas. Gostava de olhar outras pessoas transando enquanto ele se deitava e fingia que não podia tocá-las. Gostava de olhar outras pessoas transando quando não podia tocá-las. Acima de tudo, gostava dos filmes. Super-8 sem som, contrabandeados da América e projetados em uma tela improvisada, um lençol pardo suspenso por prendedores de roupas numa parede forrada com papel. Os filmes tocavam em uma parte da vida sexual de Hugo como uma droga que o deixava tão chapado a ponto de perder o controle, oscilando à beira de um orgasmo, cuja contenção o fazia cerrar os dentes e apertar os punhos. Estava pronto para gozar e estremecer. Gostava desses filmes. Eles eram dolorosos. As tolas paródias de dramas, preâmbulos para o ato sexual, os corpos dos atores americanos, bronzeados até a bunda, musculosos, tonificados, o deixavam sonhando, triste, frustrado e apaixonado. Queria tanto penetrar no seu mundo de muitos em uma piscina de sexo, na carroceria de uma picape em uma estrada longa e empoeirada, de sexo numa academia de ginástica, no chuveiro, no jardim dos fundos, no telhado e no celeiro.

William também tinha filmes mais esquisitos. Como o de burros tendo seus pênis chupados por uma loura com sorrisos amarelos. Ele exibia filmes de mulheres cagando em mesas de vidro com homens deitados embaixo. E tinha fodas com punhos de branco-e-preto, filmes de pretos enfiando o punho em brancos. David não se interessava muito pelos burros e pela merda. Quando os filmes eram assim tão bizarros ou cruéis, olhava os rostos das pessoas e não seus corpos: olhava seus olhos procurando sinais de pânico e buscava faces enevoadas pelas drogas. Olhava para o ridículo papel de parede aveludado e as capas de sofá, e perguntava-se que lugar seria aquele, que rua, se os vizinhos sabiam o que estava acontecendo.

Mas os filmes de punhos eram muito assustadores para essa apática antropologia suburbana. De qualquer forma, eles não eram suburbanos. Eram americanos. Rudes, toscas imagens de homens com músculos perfeitos e cabelos curtos, feitas em celeiros, longe de policiais vigilantes e inquiridores e de vizinhos impressionáveis, homens loucos de desejos. Seus sorrisos oscilavam entre o suor, o medo e o contundente esgar de dor. Ocasionalmente, o prazer transparecia em seus rostos. Mas isso era assunto de homem. Sexo para os que tinham coração valente e bunda aberta. Era o elo entre agonia e êxtase.

Para David, que ainda se lembrava da dor que lhe revirou o estômago e deixou-o tonto quando o Homem Magro enfiou o pau em seu cu, enquanto ele olhava para o mundo lá fora através de uma imunda janela quebrada, isso era incrível. Para David, o simples toque de um dedo em seu buraco significava espasmos musculares. Um dedo. E lá estava um punho, e então um braço até o cotovelo, desaparecendo nas entranhas de um homem deitado com as pernas abertas em uma rede de cordas suspensa sobre o feno, enquanto outro homem sentava-se em seu rosto e empurrava o pau para dentro de sua boca.

E tudo isso por um orgasmo.

David estava muito perto de um orgasmo para se preocupar. Ereto dos dedos dos pés aos olhos arregalados, pregados na trêmula imagem na parede, deixava seu corpo à disposição dos desejos de William. Sua mente, ou a voz preocupada de Hugo, perdia-se no fluxo sangüíneo.

Uma vez que os filmes estivessem passando, Hugo não se importava com o que William fazia. Seus olhos varriam a tela, absorvendo detalhes, guardando imagens. Quando William mergulhava a cabeça em sua virilha, David inclinava-se contra os travesseiros e afundava na festa na piscina, onde louros ágeis e bronzeados vestiam *shorts* de jeans tão apertados que exibiam o contorno de suas bolas. Ele deslizava para a companhia dos dândis de academia malhando os torsos inflados e hesitava diante do portão do celeiro quando o cheiro de suor e de merda misturados com lubrificante Crisco chegava às suas narinas. Os filmes, com suas promessas de corpos nunca antes vistos e atos sexuais inacreditáveis, deixavam David paralisado de desejo. Seu corpo contraía-se com a pulsação das glandes excitadas. Seu cérebro ficava entorpecido com a infusão da anestesia sexual. Tremia dos pés à cabeça, e William chupava ruidosamente seu pinto.

Quando Hugo fez sua estréia nas revistas pornográficas, conhecia de cor as poses e movimentos. Sabia espichar o beiço e fazer expressões convidativas, e os ângulos que a câmera preferia. E, apropriadamente, foi William que fez todas as apresentações.

A casa era diferente. Era uma grande mansão vitoriana com um grande jardim em Muswell, não em Highgate Hill, mas Barry ainda estava lá, assim como a pornografia, enchendo as gavetas de tal forma que elas não podiam fechar direito, e os filmes ainda estavam lá, todos transferidos para videocassetes numerados e dispostos organizadamente ao lado da televisão, prontos para serem vistos.

Quando a mãe de Hugo passou a noite chorando as mágoas no quarto de teto alto, em meio a caixas empoeiradas na casa de William, não fazia idéia das pessoas com quem seu filho andava. Ela teria gritado e corrido para a delegacia se soubesse. William era o homem que tirara fotos Polaroid em preto e branco de seu filho quando ele tinha apenas 14 anos. Era o homem que oferecia a Hugo um refúgio de seu próprio lar nas noites de sábado, deixando-o brincar como uma criança entre módulos de montar, em meio a pilhas de revistas pornográficas. William era o homem que, seis anos depois, deu a Hugo um teto e um motivo para não se hospedar de novo no hotel de Hadley, e que deixou Hugo com o problema de ter de arrumar dinheiro para pagar o aluguel. Era a William que Hugo estava tentando pagar, ao fazer canhestras tentativas de extrair notas de dez no banheiro quente e lotado do Regent Palace Hotel. E foi William que lhe deu a solução. Foi William que introduziu Hugo no circuito das revistas e foi William que apresentou Hugo a Gary, que o apresentou a Richard, que o colocou no jogo.

Foi William que introduziu Hugo na fraternidade e fez seus sonhos se realizarem.

8

GAROTO DE PROGRAMA

William era o cara que descolava as coisas para Hugo, seu elo com um submundo que ele jamais sonhara ter início tão perto de casa — em Highgate Hill e, agora, em Muswell Hill. Em Highgate Hill, William apresentou Hugo à pornografia. Em Muswell Hill, seis anos depois, apresentou Hugo aos pornógrafos. Hugo pediu para ser apresentado. William ficou feliz em atendê-lo. Afinal, os dois precisavam de dinheiro. William precisava do dinheiro do aluguel e Hugo precisava de dinheiro para pagar o aluguel a William. Mas não tinha tempo de esperar à mesa, ou de ficar atrás do balcão de perfumaria da Selfridges, ou de entregar cartões de Natal, ou de trabalhar no serviço de entregas da Harrods. Com trabalhos do último semestre para terminar e leituras do próximo para começar, um emprego diurno não era uma idéia prática. Uma chupada era muito mais fácil.

Eram bons para ele, William e Barry, embora Barry não gostasse de Hugo porque ele quase acabava com seu gim e não agradecia, e porque tinha certeza de que Hugo estava dormindo com William enquanto Barry saía para trabalhar. Os dois tomavam conta dele, embora William estivesse desapontado com Hugo porque pensava que poderia dormir com Hugo quando Barry saísse para trabalhar, mas Hugo nunca disse sim novamente. Eram pacientes com ele, embora Hugo nunca cozinhasse para si mesmo e nunca comprasse nada para a casa, e nunca limpasse seu quarto, apenas o enchia de garotos desconhecidos que iam embora de manhã cedo. Toleravam-no, embora ele chegasse de Cambridge a cada semestre borbulhando de arrogância e egoísmo e levasse duas semanas para aterrissar. Porém, por piedade, ajudavam-no a pôr os pés no chão, passo a passo.

Eram bons para ele e lhe deram seu próprio quarto no andar térreo, cheio de livros desempacotados e caixas empoeiradas, com uma janela alta e uma penteadeira. Era um quarto com um teto, um teto no qual, ao deitar-se de costas, você podia observar, de manhã, a luz respingando da janela e salpicando as cornijas. Era um teto alto que poderia conter afrescos. Hugo levou pessoas para esse quarto: garotos, ex-dançarinos, ex-namorados, convidados da casa, limpadores de janela que traficavam heroína, estudantes traficantes de ácido e sua mãe. Mas a sra. Harvey foi a única dos convidados de Hugo para quem Barry fez um jantar. Os outros o deixavam de mau humor. Não gostava deles e eles não gostavam de Barry.

Ninguém gostava muito de Barry. No fim, Hugo decidiu que Barry não gostava dele de jeito nenhum. Também decidiu que, de qualquer forma, não ligava muito para isso.

Houve um tempo em que Barry tinha sido belo. Suas pernas eram motivo de conversas e seu traseiro fora muito beliscado. Ele ainda circulava pela casa vestindo *shorts* de cetineta brancos e apertados. Ainda buscava cumprimentos e beliscões. Não vira o quanto havia envelhecido. O quanto o gim o deixara com um vermelho permanente no rosto. O quanto suas pernas estavam fora de moda — muito lisas e magras para a atual preferência por músculos de praia. O quanto seu cabelo estava ralo e seus olhos turvos. Não havia percebido, ou não queria perceber. Assim, ainda bancava o garotão. Hugo arruinou isso. Dez anos mais jovem, arrogante, promíscuo e tagarela. Com Hugo por perto, Barry sentia-se velho e bebia muito mais gim.

Barry não gostou que Hugo tivesse vindo para ficar. Portanto, foi Barry que insistiu para que Hugo tivesse de pagar. William concordou. A casa era cara e precisava de dinheiro extra. Hugo os deixava com a geladeira vazia toda semana. Portanto, Hugo tinha de trabalhar. Portanto, William sugeriu as revistas.

Ele podia ser um bem-nascido social-democrata com uma queda por gatos persas e jardins herbáceos, mas William também era o homem que arriscara sua carreira e sua liberdade para tirar fotos Polaroid em branco e preto de um garoto de 14 anos indolente em frente a um filme de foda com punhos exibido em seu edredom.

Assim, não era nem um pouco estranho que William fizesse caftinagem para Hugo. E William sabia como fazer. Você tem de abordar as revistas de forma profissional, disse ele, com a pretensão e o eufemismo de trabalhar como modelo. Então, uma tarde, Hugo ficou de pé na sala de estar, totalmente nu ao lado das palmeiras chinesas, enquanto William tirava fotos Polaroid (coloridas, dessa vez) dele com e sem ereção, com e sem *shorts*, com e sem sorriso. Hugo organizou as fotos em grupos de quatro, escreveu uma carta em sua Olivetti Lettera e despachou-as dentro de envelopes para todas as revistas que conhecia.

A primeira a responder foi a *Q*, uma revista gay escondida nos Jardins de Earls Court. A carta era muito cortês. Escrita com discrição. Estavam interessados em fazer algumas fotos. Hugo pegou o metrô. Earls Court era uma zona estrangeira para ele. Terra da comida comprada pronta tarde da noite e lar dos bonecos, onde se falava uma linguagem noturna mais desleixada do que sedutora.

A casa era enfiada nos fundos de um jardim em uma rua paralela a Earls Cort Road. Uma pequena casa branca, com rosas crescendo em treliças do lado de fora das janelas térreas e um golfinho de latão. Um homenzinho de jaqueta de couro e bigode abriu a porta. Ele não sorriu. Encarou Hugo rapidamente, sem expressão, e o fez entrar.

Dentro, a casa parecia ter desaparecido. Havia apenas uma grande sala nua, cheia de luzes em suportes de metal pesado. Havia uma tela branca com rodas e uma cadeira. Hugo pensou em alas de hospitais e câmaras de tortura. As luzes faziam o suor pingar-lhe no rosto. Sentiu-se tão *sexy* quanto um peixe morto. Tirou as roupas enquanto o homem enrolava um baseado solenemente. Entregou-o aceso para Hugo e foi procurar algumas roupas.

Hugo já estava decepcionado. Sempre imaginara esses empórios pornográficos cheios de jovens de todos os tamanhos, escassamente vestidos, com as línguas vasculhando as gargantas uns dos outros, um perpétuo quadro vivo de farra sexual, fotografado por fotógrafos habilmente escondidos. Em vez disso, estava descalço num subúrbio, em um estúdio com ar condicionado e um boneco dissimulado. A atmosfera era taciturna. Hugo precisava ficar com o pau duro. Talvez o homem tivesse ido procurar os extras. Mas a *Q* era uma revista nada selvagem. Insípida e decadente. Isso, pelo menos, Hugo já sabia. Era uma revista da velha escola. Garotos mais jovens do que saudáveis, posando em ridículas posições, fotografados para atrair as bichas com *poodles*, que viviam em quitinetes em bairros caros; homens que iam para a cama com redes nos cabelos e vestiam pijamas de seda comprados em cadeias de lojas; homens que fumavam Sobraines e votavam nos conservadores; homens aos quais Hugo cobraria por favores sexuais.

O homenzinho de jaqueta de couro voltou com algumas roupas. Partes de uniformes. Escoteiros da América. Estudantes. Cadetes do exército. Cadetes navais. Gauleses. O Escoteiro da América era o favorito do homem. Mas as roupas eram muito pequenas. Apertadas sob os braços e no saco. Faziam Hugo sentir-se com calor e desajeitado. Mas o homem gostou. Então Hugo concentrou-se para tentar manter a ereção. O homem passava-lhe um vidro para cheirar e uma revista pornográfica antes de cada foto. O calor e o brilho das luzes, junto com os estimulantes, iam direto para seu cérebro, deixando-o tonto e sem vontade. As palavras tinham de atravessar a névoa da droga, o miasma dos vasos capilares injetados de sangue diante dos seus olhos. Seus olhos lacrimejavam, tinha a sensação de que sua cabeça estava inchando.

O homenzinho de jaqueta e bigode nunca lhe deu uma cantada. Hugo sentia-se vagamente decepcionado. Cada músculo estava relaxado. Todos os seus hormônios ficaram em alerta. Estava sem calças no meio de uma sala nua, agarrando uma revista e uma garrafa de poção do amor Locker Room. Mas o homenzinho de jaqueta apenas andava para cá e para lá, mudando filmes e lâmpadas e passando-lhe instruções enquanto a câmera fremia e estalava, espocando *flashes* nos olhos de Hugo. Hugo sentou-se num banquinho, cruzou e descruzou as pernas, inclinou-se para trás com as pernas abertas e encarou, impressionado, seu próprio pau. Eles mal se falaram. Hugo recebeu um baseado e virou-se de costas para a câmera, exibindo a bunda. Perguntava-se o que o homem estaria achando de seu trabalho.

Ganhou 30 libras em dinheiro pelas fotos para a *Q* e, com isso, pagou o aluguel para William. Por três semanas. Mas ainda havia outras três a pagar e Hugo não tinha nenhuma fonte de renda. O homenzinho de jaqueta não havia sido tão amigável assim. Não haveria repetições. Esse era o principal problema. Uma vez que você fizesse sua primeira sessão de fotos, estava tudo acabado. A mesma revista não iria querê-lo de volta. Quanto mais você trabalhasse, mais desvalorizado se tornava. Não era exatamente como o trabalho de um modelo de verdade, supunha Hugo. Mas o dinheiro também não era.

Hugo fez muitos trabalhos extras por aí. Conheceu um alemão em Chiswick que o colocou de *shorts* num skate e o filmou em vídeo em sua sala de estar. O alemão era alto e de boa aparência, e usava dois nomes diferentes. Deu 20 libras a Hugo e disse que o chamaria outra vez. Nunca chamou. Parecia ter ficado puto da vida porque Hugo lhe telefonara primeiro. Ele estava tentando ser respeitável.

Hugo respondeu a um anúncio em um jornal gay e foi fazer um teste em Campden Hill, onde um homem de cabelos encaracolados e barriga gorda disse-lhe que seu peito não era largo o suficiente. Não lhe deu dinheiro algum e disse-lhe que o chamaria caso surgisse alguma coisa. Não surgiu nada.

O tempo estava se esgotando. Não podia ficar ainda mais duro do que já estava. O novo semestre se aproximava e Hugo tinha contas a pagar. Então respondeu um anúncio de uma revista para heterossexuais. Um homem atendeu o telefone. Precisavam de quatro fotos Polaroid em quatro ângulos diferentes. Eles estariam fotografando para uma revista alemã na semana seguinte. A revista não seria vendida na Inglaterra. Isso o deixou aliviado. Havia sempre uma preocupação resmungando no fundo de sua mente, cheia de dúvidas impossíveis de serem respondidas. E se um amigo de seus pais pegasse uma revista dessas ao passar por algum aeroporto no interior da Alemanha, ou ao vasculhar as prateleiras de alguma loja de artigos pornográficos na zona oeste de Londres e, subitamente, reconhecesse o filho dos amigos por detrás dos olhos turvos e da camisa de Escoteiros da América? Será que não diriam nada porque dizer algo iria revelar coisas demais sobre seus hábitos de leitura? Será que não conseguiriam resistir à tentação de trazer o assunto à baila, durante uma conversa em frente ao *pêche brulée* na mesa do jantar de sábado à noite de sua mãe? Ou seriam apenas maliciosos, felizes por destruir a crença da sra. Harvey de que seus filhos eram o modelo do que os filhos devem ser? Ou será que eles iriam apenas enfiar a revista na caixa de correspondência e dar o fora antes de serem vistos?

Havia outra dúvida perturbando o sangue-frio de Hugo. E se ele não conseguisse ter uma ereção? Afinal de contas, tratava-se de uma revista heterossexual. Ele estaria se atracando com uma mulher. Uma mulher nua: da xoxota às tetas, e mais. O que faria? O que iria pensar? Corpos de mulheres sempre o aterrorizaram. Exceto por aquela noite com Cynthia em Nova York, quando ela, confiante, o levou para a cama e o fodeu, nunca havia tocado, e mal tinha visto, uma mulher nua em carne e osso. Tentava evitá-las. Elas o assustavam. Faziam-no ir embora, subitamente sem energia, confuso, cansado.

Ele não sabia do que tinha medo — do convite, do desafio, dos seios, de sua ignorância, de seu fracasso. Não tinha medo das mulheres. Amava as mulheres. Amava sua aparência, suas roupas e seu sorriso. Mas seus corpos o aterrorizavam.

Hugo ficou em pé em frente ao espelho de seu quarto de teto alto e janelas compridas e olhou fixamente para si mesmo. Olhou com dureza para seus olhos e eles não vacilaram. Olhou com dureza para a expressão de seu rosto, mas estava congelada. Não revelava coisa alguma. Buscava um leve tremor de medo. Uma oportunidade de chorar. Uma oportunidade de desmoronar. Tentou sorrir para si mesmo. Não funcionou. O sorriso não veio. Talvez não gostasse de si mesmo o suficiente para isso.

Hugo enviou as fotos Polaroid de sua coleção e, alguns dias depois, uma mulher telefonou-lhe dizendo que tinha sido aceito. Deveria estar em uma casa em Swiss Cottage numa manhã de domingo, dali a duas semanas.

Era a semana da Páscoa.

Os Harvey nunca levaram a Páscoa a sério. Como feriados bancários, como qualquer domingo, o Domingo de Páscoa era dia de limpeza. O pai de Hugo ficava lá fora, fazendo consertos sob o carro. A mãe dava duro com suas bacias e sua tábua de passar roupa, cantarolando músicas de Frank Sinatra enquanto estendia toalhas molhadas sobre os aquecedores, embaçando as janelas, enchendo o ar com o cheiro de roupa lavada.

As crianças ganhavam ovos de chocolate — um para cada — e tinham permissão de comer tudo após as refeições. Depois, eram despachados para a igreja ou para o encontro dos quacres em seus trajes domingueiros, enquanto o sr. e a sra. Harvey faziam amor na cama desarrumada do quarto de cima, com as cortinas abertas. A sra. Harvey confessou tudo a Hugo muito tempo depois, quando os dois se sentaram no quarto térreo da casa de William. A sra. Harvey nem sequer piscou ao contar a história. Tampouco sorriu. Hugo olhou além dela, para as janelas sujas do quarto, e encarou seu próprio reflexo. Estava mais envolvido com sua história do que com a dela. Mais tarde, sorriria ao imaginar seu pai, suando debaixo do carro, com fuligem nos olhos e a testa vincada ao ouvir as batidas da aliança de casamento no vidro, olhando para cima e vendo a esposa de *negligée*, pronta, sorrindo entre as cortinas abertas do quarto de cima.

Agora, a Páscoa não era considerada digna nem mesmo de um telefonema. Numa lista de datas comemorativas, vinha muito abaixo do Dia das Mães. O Dia das Mães era levado a sério. O Domingo de Páscoa era apenas um domingo. Um dia sem qualquer importância especial. Um dia morno, com o céu cinza e nada para fazer até a noite. Hugo sentiu pena de sua irmã mais nova, largada em meio à lavagem de roupa doméstica, com um ovo de chocolate de preço reduzido e nenhum senso de ocasião. Sentiu pena de si mesmo quando viajava no andar de cima do ônibus número 2, atravessando uma Londres cheia de jardins varridos pelo vento nas frentes das casas e pontos de ônibus lavados pela garoa. Sentiu pena das filas de passageiros, amontoando-se para se protegerem do vento molhado, uma cabeça e a mão dando sinal no ponto. Uma pequena fila de tartarugas castigadas pelo mau tempo. Pessoas tímidas, assustadas demais para sorrir.

Os garotos no ônibus agarravam os ovos de chocolate, mastigando e lambuzando-se. Mas nenhum deles sorria. Suas mães, sem maquiagem, sem energia, sentavam-se como parvas, observando e, ocasionalmente, limpando-os. Nenhum sorriso para sorriso algum.

Era um frio, horrível dia de abril. O tipo de dia que faz você odiar pessoas, prédios e animais. O tipo de dia que faz você perguntar-se por que está vivo. Não era o tipo de dia no qual se fazia amor simulado com uma loura de Huddersfield, nem era dia de se despir e improvisar alguns truques.

Hugo chegou um pouco atrasado à grande casa geminada com um jardim varrido pelo vento e foi levado para cima pela esposa. Supôs que fosse a esposa. Uma mulher vigorosa, do tipo que usa roupas de tricô, com cabelos brancos bem cortados. Uma mulher com a qual não se brincava, de olhos cuja cor Hugo não conseguiu perceber.

— Você é mais alto do que esperávamos — disse ela, sem nenhum humor.

— Você viu as fotos... as polaróides?

— Sim, mas não mostram sua altura. Você devia ter dito isso na carta.

Ela olhou para Hugo de cima a baixo. Ele havia se esquecido de pentear os cabelos. Não lhe havia ocorrido a idéia de vestir-se bem para gente que lidava com pornografia. Mas esperavam que ele parecesse *sexy*. Podia entender isso. Tentava lembrar se tinha alguma espinha. Sabia que não tinha nenhuma grande, do contrário teria passado a manhã cutucando-a. Mas teria pequenas, do tipo que aparecem na luz branca e quente de uma lâmpada de tungstênio?

Ela o olhou de cima a baixo, e os olhos sem cor atrás dos óculos não piscaram. Seus lábios não se moveram. Ela era tão cinza e horrível quanto o dia lá fora. Hugo sentiu um desejo irracional por um banco no andar de cima do ônibus número 2. Queria estar com um livro, perdido no mundo de outra pessoa. Queria sentir-se em forma, bronzeado e desejável. Em parte, esperava que ela pegasse apetrechos para medi-lo e instrumentos médicos. Mas só pegou uma prancheta e marcou alguns números.

Hugo estava ficando preocupado. Se tivesse de conseguir uma ereção em frente a essa górgona, teria de depender de fantasias muito poderosas. Ansiava por um baseado. Algo para desfazer a bola de tensão em sua cabeça. Depois da viagem de ônibus, a única coisa em que podia pensar eram ovos de chocolate e chuva fina. Como poderia converter um ovo de chocolate numa ereção?

Subiram para o quarto. Sua co-estrela já estava lá. Tinha altura mediana e possuía lá seus atrativos. Era como a polícia a descreveria. Ou algum dos jornais sérios. Os tablóides iriam mais longe. Estrela pornô de busto grande, trágica beleza loira, rainha do sexo de cabelos oxigenados. Hugo já a imaginava assassinada em algum crime sexual suburbano. Era um desses dias em que se tinham pensamentos mórbidos. Os tablóides iriam reimprimir uma foto de arquivo de seus seios. Ela provavelmente havia saído na página três quando era adolescente. A loira era espalhafatosa, e a maquiagem assentava em sua pele como uma pintura gordurosa, grossa e sem vida. Sua pele não tinha poros. Apenas rachaduras ocasionais e finas. Hugo não podia ver onde a maquiagem acabava e a pele dela começava, mas achava que era mais perto do umbigo do que do queixo. Ela lhe deu um beijo rápido na bochecha e ele sentiu um bafejo de perfume barato misturado com queijo e salgadinho de cebola. Tudo em que podia pensar agora era nos trens britânicos.

O marido da mulher mau humorada que lhe abrira a porta estava sentado no quarto com a câmera, testando a iluminação. Tinha cabelos brancos sem corte e a aparência de um homem que poderia ter estado na guerra com sua câmera, mas em vez disso ficara em casa. Tinha a aparência de um homem que vira muito do mundo através de suas lentes, e tudo isso em sua própria casa. Parecia confortável, e tinha voz confortável. Realmente não se incomodava. Hugo gostou dele.

O homem pediu a Cindy (os pais dela a chamavam de Cindy? Será que sonharam com a página três quando a batizaram?) para ficar em diferentes locais do quarto. Cindy estava sem roupa. Hugo não havia reparado. Ela era uma dessas garotas que quando vestem roupas parecem desconfortáveis — espremidas dentro de blusas de jeans com os zíperes estirados ou enfiados dentro de corpetes rendados, com os seios balançado acima do elástico. Olhou para Hugo e revirou os olhos. Ele sorriu para ela. O sorriso veio facilmente. Ela veio facilmente. O ambiente estava se descontraindo. As bolas de Hugo começaram a se agitar.

O quarto parecia um cenário para fotos de pornografia não explícita. Estavam lá o carpete espesso e o papel de parede aveludado. O quarto transmitia a sensação de subúrbio e de jogos sexuais. Nada era necessário. Tudo era típico. Havia um espelho recostado na parede. Uma cama. Uma cadeira. Algumas plantas. Uma televisão. Arames em rolos. E luzes em suportes que lembravam cegonhas com grandes cabeças e uma perna de metal. Guarda-chuvas prateados. Câmeras extras. E uma prancheta. Outra prancheta. Era como um desfile escolar. Na prancheta havia uma folha de papel dividida em vários quadrados. Cada quadrado continha esboços de dois corpos em diferentes posições. Todos os quadrados eram numerados. A esposa mal-humorada, que resolvera o problema da altura de Hugo sugerindo que ele fosse fotografado deitado, tinha uma esferográfica atrás da orelha, enquanto os óculos pendiam em seus seios cobertos de tricô. Ela riscava os números das posições nos quadrados à medida que os dois as faziam.

Tudo era muito organizado. Muito clínico. E o quarto era exposto a correntes de ar.

Hugo tirou a roupa e eles começaram.

Foi muito mais fácil do que esperava. Muito mais fácil para ele, pelo menos. Tratava-se de uma revista com mulheres seminuas, uma dessas pequenas revistas em branco e preto que você podia encontrar em lojas de revistas em ruas secundárias, ao redor de qualquer grande estação ferroviária européia. As revistas continham histórias escritas por leitores contando conquistas sexuais em trens e fotos de jogos sexuais com os olhos, os mamilos e os paus dos modelos cobertos por tarjas pretas. Continham fotos de donas-de-casa, barrigudas e com seios murchos, sentadas com as pernas escancaradas cobertas por cintas-liga, com um sorriso convidativo e sem olhos. De certa forma, eram as tarjas pretas que tornavam as fotos tão sórdidas.

Revistas com mulheres seminuas eram para leitores masculinos, e leitores masculinos não estão interessados na aparência do homem nas fotos. Ele está lá apenas para dar-lhes autenticidade; dar a uma garota uma razão para curvar-se para trás, contorcendo a espinha a fim de oferecer uma ampla visão de suas partes outrora íntimas. Não se esperava que Hugo tivesse uma ereção. Tudo o que ele tinha de fazer era deitar-se de costas e sorrir.

Cindy era uma profissional. Não reclamava e sorria com ar de entendida quando lhe pediam para fazer o número 78 ou 84. Ela conhecia os movimentos, o que não fazia muita diferença para Hugo. Ele mal precisava se mover. De vez em quando tinha de olhar para um lado ou outro, erguer o quadril ou mover um braço e, em uma ocasião, teve de pegar um mamilo (dela) entre os dentes e puxá-lo. Isso foi complicado, pois o homem com a câmera precisava ajustar as luzes e o foco enquanto Hugo mantinha o mamilo entre os dentes, sem morder com muita força e sem deixá-lo escapar. As pequenas protuberâncias vermelhas ao redor do mamilo preenchiam seu campo de visão e o perfume dela, misturado com o cheiro da maquiagem e um leve odor de queijo, enchia suas narinas. Seu pescoço doía e a mandíbula também, ao tentar sorrir de forma convidativa sem soltar o mamilo.

Isso era pornografia erótica.

Mandaram Hugo embora antes de Cindy. Ela arreganhou os dentes e Hugo esperou que piscasse, mas Cindy virou-se para fazer uma foto de bunda esparramada na cadeira, em frente ao espelho, antes que ele pudesse sorrir de volta. Assinou um documento que lhe prometia 50 libras em breve. Cinqüenta libras não eram nada mal para uma manhã de trabalho, embora ele já tivesse voltado para as aulas de verão em Cambridge antes que o dinheiro chegasse. O dinheiro foi direto para William, é claro. Cinco semanas de aluguel. Atrasado.

Esse foi o último trabalho de Hugo para uma revista. Nunca viu a revista. Tampouco conheceu alguém que a tivesse visto. O alemão com a filmadora nunca telefonou. O dono da agência de modelos que disse que Hugo tinha o peito muito estreito nunca telefonou. Sentiu que havia saturado o mercado depois de apenas duas aparições.

Deveria haver um jeito melhor de pagar o aluguel. Hugo tinha todo o verão para pensar nisso. Quatro meses de lazer, sem dinheiro para desfrutá-los.

William entendeu o problema. Na verdade, parecia achá-lo deveras interessante. Barry estava decepcionado. Quatro meses de Hugo não soava como algo bom, mas William era generoso. Então William apresentou Hugo a Gary.

Não o fez por pensar que os dois se dariam bem. Eles não se deram. Ninguém se dava muito bem com Gary. Mas todos o conheciam. E todos eram gentis com ele. Porque todo mundo que as pessoas pensavam conhecer, Gary conhecia. Ou poderia conhecer. E também pelo que ele provavelmente sabia a respeito das pessoas.

Hugo não se deu muito bem com Gary. Eram muito diferentes. Hugo era faminto e Gary era gordo. Mas trabalharam bem juntos. Uma vez.

Gary era um garoto de programa de cara gorda, com um apartamento profissional em Manchester Square e um caso eventual com um rei dos negócios imobiliários, um milionário que fizera fortuna com uma sucessão de prédios de escritório desnecessários. O rei dos negócios imobiliários levava Gary para cruzeiros e jantares em que os lugares tenham nomes marcados e *menus* formais.

Gary vangloriava-se: das estrelas que encontrara — todas do entretenimento leve —, do dinheiro que gastavam com ele, de desprezos imaginários e esnobadas triunfais, de garotos, roupas e de seu fluxo de caixa. Com os pés envoltos em meias, pisando cuidadosamente por entre suas mesinhas de vidro e latão, um copo longo de vinho branco na mão e um cigarro mentolado com tarja dourada na boca, andava para cá e para lá e se vangloriava. E Hugo sentava-se. Esperava. Ouvia. Era como um aprendizado. Gary, a madame. Hugo, o noviço.

Embora fosse "devotado" ao milionário dos prédios de escritório, Gary fazia seus trabalhos extras em Manchester Square e mantinha um emprego de vendedor em uma loja de presentes na Jermyn Street, vendendo bugigangas para ricos preguiçosos e turistas exaustos. Com seu emprego na loja elegante, suas ilustres conexões, seu bronzeado permanente e dentes perfeitos, Gary era o profissional consumado. Mas sobre ele pendia uma aura de chantagem. O magnata dos negócios imobiliários nunca deixaria sua esposa. Deixar por quê? Gary cheirava a sexo, perigo e desonestidade. Gary conhecia seu negócio e fazia dinheiro com ele. Era uma puta com peles e bom vinho tinto.

William não apresentou Hugo a Gary porque pensou que se dariam bem, mas porque Gary conhecia o caminho das pedras, sabia que cordas puxar, dominava o jogo. Ele poderia apresentar Hugo às pessoas certas. Acima de tudo, poderia apresentar Hugo a Richard. Richard controlava a "agência". Richard poderia lhe dar trabalho, e trabalho poderia lhe dar dinheiro para dar a William. Era simples assim. O problema consistia em conseguir ser apresentado. Todos diziam que você não podia falar com Richard sem uma apresentação. Gary poderia apresentá-lo. Ele trabalhava para Richard de vez em quando. Isto é, quando não estava trabalhando para si mesmo. Mas antes de apresentar Hugo a Richard, Gary queria tirar alguma vantagem. Queria experimentar Hugo. Então preparou uma iniciação. E apenas para que não parecesse que Gary, o michê feliz de Marble Arch, estava interessado em seu ossudo e jovem aluno de um subúrbio bacana, lançou mão de um expediente. Convidou um cliente. Um *habituée*.

Nunca faça sexo sem fazer dinheiro. A vida é muito curta. Você nunca sabe quando chegou ao auge nem quando o deixou para trás, e então será grato pelo dinheiro para o tempo das vacas magras. Lar, doce lar. Gary e suas homilias.

O *habituée* chegou vestindo um elegante casaco preto e num elegante Jaguar preto. Cabelos prateados e um belo perfil. Gary o conduziu para dentro de casa, fazendo-o sorrir, adulando-o com conversa fiada, fazendo-o sentar-se e servindo-lhe uma bebida antes que tivessem tempo de respirar. Foi uma única pirueta, da porta à bebida nos lábios... e à cama. Hugo estava quieto, sugando sua vodca em meio ao gelo do copo. Era antes da uma hora. Horário de almoço. Hugo teria preferido um sanduíche. Observou-os através da névoa em sua mente, enquanto os dois sussurravam acordos, adicionais, extras e bônus. Hugo era o extra, o bônus que custaria um adicional... que teria de ser dividido entre... e ele era novato mas muito... Não sentiu excitação nem medo. Tudo o que precisava era de uma boa ereção, um bom *timing* e vigor na mão. E talvez uma outra vodca.

Mas, e quanto ao *habituée*? Como deveria satisfazê-lo? Ainda não sabia ao certo como convenceria sua língua, mãos e corpo a misturarem-se com a língua, mãos e corpo do homem. Talvez ele não conseguisse gozar. Talvez Gary se encarregasse disso. Talvez Hugo pudesse apenas se deitar de costas e deixar que trabalhassem nele.

A névoa tornou-se mais espessa. Gostava de vodca. Doce e cortante, congelava suas ansiedades. Gary estava em pé, sorrindo. Ele se levantou. Era uma longa caminhada. Foram para o quarto. Gary jogava conversa fora, sorria, fazia sinais. O gelo do copo de Hugo bateu contra o vidro. Ele havia tirado os sapatos e seus pés afundaram na lanugem do carpete.

A cama era grande, com um dossel e guarnições. Não havia janelas, apenas cortinas, velas e uma única lâmpada de cabeceira. Ainda que lá fora fosse apenas início de tarde, o ar era almiscarado, com cheiros noturnos, pois Gary colocara gotas de pequenos frascos na lâmpada de cabeceira. Um fio de fumaça de cheiro adocicado flutuou no ar e Gary e o *habituée* começaram a se despir. Hugo pôs-se a tirar a camisa. Os dois o olhavam. Ele olhava para os dois. O corpo do velho, que já fora atlético, estava agora um tanto afetado pela idade. Era coberto de finos pêlos brancos e bronzeado pelos longos verões em praias caras. Era um corpo que envelhecia graciosamente, encasulado pelo dinheiro. O bronzeado de Gary era amarelo. Bronzeamentos artificiais e fins de semana ao ar livre. Sua pele era macia e redonda, como de uma criança gorda. Olharam fixamente para o corpo esguio e ossudo de Hugo quando seu pau balançou para fora das calças e endureceu, excitado por seus olhares, excitado pelo cheiro de bordel e pelas tolas guarnições da cama, excitado por ser desejado e, agora, por ser tocado.

A cama afundou e deslizou sob eles. Lençóis de seda sobre lençóis de seda. Corpos no meio de outros, em cima de outros, em todo lugar. Hugo olhava tudo de cima, de longe. Talvez tivessem-lhe dado um Valium. Sua mente parecia embriagada pelo conforto e embrulhada em sorrisos distantes. E então as coisas começaram a se parecer com trabalho. O primeiro rubor da vodca havia passado, a vertigem do ar perfumado desvanecera-se e a respiração e os gemidos começaram a se intrometer.

Quando os três puseram-se a se contorcer na cama, Gary fez a festa com o pinto de Hugo e deixou Hugo beijando o homem de cabelos brancos. O homem não parava nem para respirar. A língua de Hugo estava cansada e seu pescoço duro. No fundo de sua cabeça, uma tênue e sarcástica voz dizia-lhe como ele parecia estranho em uma cama com dossel no início da tarde, em companhia de dois homens. Se não a ouvisse, a voz tornava-se mais alta. Se sorrisse para ela, não poderia beijar o homem. A voz tornava-se mais zangada, mais penetrante. Hugo não estava realmente se divertindo. Mas estava trabalhando, e hoje seria capaz de pagar duas semanas de aluguel com uma hora de trabalho.

Hoje sentiria a proteção do dinheiro, o peso no bolso mantendo seus pés no chão e sua cabeça no ar. Dinheiro era muito importante para Hugo. Ter dinheiro. Ter dinheiro sem ter de contá-lo. Andar de táxi sem ficar com o olhar colado no taxímetro. Comprar lanche sem ter de calcular quanto estava gastando a mais ou a menos. Por toda sua vida, Hugo contara centavos. Seus pais lhe ensinaram como fazer. Tanto para isso, tanto para aquilo, até que nada sobrasse.

Ouviu a respiração do homem de cabelos prateados acelerar-se. Espremeu o pau do homem de cabelos prateados no momento em que ele começou a ofegar em sua orelha, com respirações curtas e ruidosas. O homem contraía-se e suava. As mãos pesadas e pegajosas repousavam na barriga de Hugo. Hugo sorriu ante um absurdo pensamento que lhe cruzou a mente. Era como ser um poeta metafísico. Deitar-se embebido no suor de uma segunda pessoa, na cama de uma terceira, ambas em cima dele e ele, Hugo, apenas olhando de cima, de fora, de lugar algum. O pensamento absurdo cruzou-lhe a mente enquanto sua mão espremia e puxava e sua língua, dolorida e ferida, lambia o lóbulo da orelha do homem de cabelos prateados. Talvez ele não estivesse tendo orgasmo algum. Talvez estivesse tendo um ataque cardíaco.

O homem guinchou. Gary tirou o pinto de Hugo de sua boca, molhou a mão e rolou o caralho do homem em sua palma. O homem gemeu e Hugo tirou a língua da orelha dele quando seus dentes se cerraram. A cabeça do homem oscilou para trás, os quadris se ergueram e ele esparramou a porra sobre o cobertor enfeitado.

Os três ficaram deitados.

No que pensavam, pensou Hugo, cuja mente já estava correndo para casa, pensando no que diria para se safar, em como evitar que o mantivessem ali. Queria seu dinheiro e queria ar fresco.

O homem prateado levantou-se e foi para o chuveiro. Já sabia onde ficava. Gary roncava suavemente, com a boca aberta. Hugo queria ir para longe dele. Queria ir para casa com seu dinheiro e pagar William. Queria que lhe dessem um tapinha na cabeça pelo que fizera.

O homem voltou todo molhado, com uma toalha, e Hugo foi para o chuveiro enquanto os outros dois discutiam sobre dinheiro. Não voltou a aparecer até o homem ter ido embora. Achou que era melhor assim. Gary foi para o banheiro e entrou no chuveiro. Hugo saiu para secar-se no quarto. Gary já tinha apanhado sua parte das cem libras. Deixou 20 para Hugo. Dobrado dentro das notas estava o telefone de Richard. E uma mensagem. “Ligue para ele amanhã.”

Gary ainda estava no chuveiro quando Hugo saiu para o ar frio de Manchester Square (no lado sombreado) e virou a esquina sentindo-se ruborizar. Foi direto para o Selfridges e sentou-se no café. Sorriu para as senhoras de cabelos azuis com seus *poodles* de pêlos azuis. Sorriu porque elas não sabiam que o garoto que lhes sorria era um michê. Não sabiam que o dinheiro pago por Hugo ao café do Selfridges era dinheiro de sexo. Sentiu-se como alguém do submundo invadindo as altas rodas e sorriu. E então, sentindo-se como um agente secreto fazendo seu contato secreto, ligou para Richard.

— Ouvi falar de você — disse uma voz australiana pelo telefone. — Estamos em Ossington Street, na altura de Notting Hill. Venha às três. É sempre tranqüilo aqui. 52-A. Campainha de cima. Te vejo lá. Comporte-se.

Richard era um dos homens mais magros que Hugo já vira. Magro e bronzeado. Vestia muito branco. *Shorts* brancos e camiseta branca. Meias brancas e tênis. Seu rosto estava oculto sob o bronzeado e o sorriso, que fazia os dentes brancos reluzirem na sala. Era seu melhor trunfo. Mas os homens não iam até Richard por causa de seu sorriso. Não lhe telefonavam por seu humor radiante. Telefonavam-lhe por causa de seus garotos. Seus acompanhantes. Seu hotel para visitas noturnas. E Hugo estava prestes a ser colocado no time. No jogo.

Andou pela sala sem calças e com a camisa aberta, e Richard ficou satisfeito com suas longas pernas.

— Temos muita gente alta aqui, e quando eles tiram as calças, suas pernas são realmente decepcionantes.

Ele olhou e sorriu, mas não tocou. Hugo gostou dele por isso e lhe devolveu os sorrisos. Sentiu-se em casa.

— Gary me falou muito sobre você. Já estava me perguntando quando você viria. Conhece o protocolo?

Hugo piscou.

— Você toca a campainha. Tem sempre alguém por aqui. Ou eu, ou Alan, ou Greg. E, então, quando uma pessoa liga e pede alguém como você, nós o chamamos. Em casa. Onde você mora?

— Muswell Hill.

— É um pouco fora de caminho. A maioria dos trabalhos é nos hotéis do West End. Pegamos pouca gente da cidade, e eles são de South Kensington. Fulham. Um ou outro em Belgravia. Você tem carro?

Se tivesse um carro, não estaria fazendo isso, pensou Hugo.

— Bem tenho certeza de que você dará um jeito. Nossa comissão é uma percentagem.Você cobra 40, nós pegamos 12. Você fica com todas as gorjetas. Alguns rapazes conseguem até 60, 70 libras de gorjetas em cada trabalho. Que nome você gostaria de usar?

Hugo não queria usar Hugo. E se algum amigo de seus pais ligasse para a agência e ele fosse obrigado a ir e a tocar a campainha de um homem que... bem, qual dos dois ficaria mais assustado? O homem ou ele? "David", respondeu Hugo. Será que David voltaria à vida agora, a essa altura, tanto tempo depois de sua morte?

— Temos muitos Davids — disse Richard. — Hugo é melhor. Não temos nenhum Hugo. E o nome combina com você. É um bom nome para você. Pode colocar suas roupas. Já vi o que precisava ver.

E assim Hugo saiu do número 52-A da Ossington Street com uma agência e um cafetão. A vida era boa, o sol brilhava, e ele poderia entrar em qualquer um dos inúmeros táxis que passavam. Afinal, tinha dinheiro. E daí que o dinheiro fosse para o aluguel? E daí que o dinheiro fosse para William? Logo haveria mais. Mais do que o suficiente. Mas Hugo veio de um lar cuidadoso. Então percorreu de ônibus todo o caminho de volta para Muswell Hill, olhando pela janela ou fingindo dormir cada vez que o cobrador passava.

O primeiro trabalho que lhe deram foi num prédio de apartamentos em Swiss Cottage. A maioria dos trabalhos era em apartamentos ou hotéis. Nunca havia espaço algum. Era sempre uma quitinete alugada por uma noite. O primeiro trabalho foi com um cliente habitual. Ele gostava de novos garotos. Dava-lhes uma nota. E a agência estava sempre interessada na avaliação de um cliente. Ele era seguro. Tratava-se de um teste da agência. O homem tinha um *poodle* preto e uma camisa xadrez pequena demais, de modo que os botões ficavam apertados contra sua barriga.

Hugo procurou algum ângulo *sexy*. O homem era charmoso, ou melhor, afável, mas efeminado. Deveria ter um peito peludo, mas tinha apenas três pêlos crescendo em direções diferentes, como pêlos púbicos perdidos. Hugo tinha de pensar em algo erótico. Tinha de conseguir uma ereção.

Eles conversaram. Tomaram chá. Hugo olhou fixamente para o corpo do homem e tentou encontrar nele algo animalesco. Algo masculino. Algo para atiçar seu pau. Ainda não estava claro o que as 40 libras cobriam. Parecia muito, até que você tirasse as 12 libras. Isso significava uma foda, uma chupada ou uma massagem e uma punheta? Ele era seu brinquedo sexual ou seu instrutor? Como você ia para cama? Eles o levavam ou você os levava?

— Tire a camisa — sorriu o homem com o *poodle*, acendendo um cigarro.

Hugo ficou aborrecido. O cigarro era um Sobraine preto e o homem do *poodle* estava usando uma piteira. Nunca poderia ter uma ereção nessa casa. Pela janela podia ver as pessoas fazendo as compras de sábado à tarde na Finchley Road. John Barnes. Brinquedos, brinquedos, brinquedos. A Lindy's Pâtisserie. Respeitáveis mães judias estacionavam seus Mercedes de duas portas e corriam para a Waitrose.

Sem camisa, virou-se e encarou o homem.

— Tire as calças.

O pinto de Hugo moveu-se. O homem o fazia despir-se. Isso era bom. O sujeito com três pêlos no peito estava assumindo o controle. Hugo podia bancar o garoto de programa, e o homem do *poodle* podia bancar o cliente. Ele era o cliente. Hugo tinha de agradá-lo. Seu corpo tinha de agradá-lo. O homem o estava despindo para ver seu corpo. Hugo era um objeto sexual. Era um brinquedo. Um garoto-brinquedo.

As calças caíram-lhe nos joelhos e a cueca ficou volumosa. Sentiu suas bolas incharem. O homem as pegou e apertou-as, e a ereção de Hugo escapou da cueca. O homem com o *poodle* preto, o Sobraine preto, três pêlos no peito e apartamento bagunçado fechou os lábios em torno do pau de Hugo e sugou com força enquanto Hugo reclinava-se contra a parede e, pelo canto do olho, observava outra mulher correr para a Waitrose com os filhos atrás. Sorriu para evitar uma risadinha.

Naquela tarde em Finchley Road, Hugo aprendeu uma lição crucial sobre o trabalho para a agência. Você tinha de excitar-se. Nenhum cliente jamais faria isso por você. Em todos os seus encontros, apenas uma vez atendeu um cliente que lhe pareceu atraente fisicamente — um príncipe do Kuwait que estudava na América e encontrava-se no caminho de volta para seu purgatório no Oriente Médio, e que tinha rosto comprido e corpo malhado na academia. Hugo sentiu-se tão surpreso por encontrar um corpo no quarto, um bom corpo, que gozou cedo demais e, enfraquecido, saiu cedo demais. Era como se de repente ele tivesse de interpretar um papel diferente.

Na maioria das vezes, o papel era claro. Tinha de fazer o trabalho e a outra pessoa, o homem trigueiro, ou nojento, ou grisalho, ou alinhado, ou gordo, ou ossudo, ou babão, era uma audiência anônima. Nenhuma palavra era dita durante o sexo. Eles poderiam conversar sobre ninharias nas preliminares, mas Hugo não falava quase nada, guardando sua voz para si mesmo e seus ases na manga. Não estava lá para pensar, deslumbrar-se ou divertir-se. Estava lá para despir-se e levar seu cliente a um vagaroso, satisfatório e único (pelo menos nos próximos 30 minutos) orgasmo. Tinha de excitá-los, excitando-se. Tinha de fazê-los ter uma ereção, tendo ele próprio uma ereção. Tinha de dar-lhes um orgasmo, tendo ele próprio um. Era quase como um esquete de mímica. Um *striptease*. Uma dança dos sete quartos de hotel.

Para atingir esse patamar de auto-amor e auto-sexo, tinha de olhar para si mesmo como se fosse os outros olhando para ele, e tinha de maravilhar-se e desejar o que via. O lado bom disso era que Hugo sempre podia ter uma ereção.

O lado ruim era que isso arruinou sua vida sexual. Seus talentos na cama atrofiaram-se. Quando pegava pessoas, homens, para seu próprio prazer (ou eles o pegavam para o prazer deles), não podia se mover. Havia perdido a libido em algum ponto dessa rotina artificial, vítrea, distante. Então, apenas deitava-se e deixava que trabalhassem nele. Mal se movia. Apaixonado por si mesmo. Incapaz de partilhar. Capaz apenas de ser observado e tocado, acariciado e abandonado. Eles ficavam entediados e iam embora. Hugo mal se dava conta. Perdera-se do mundo, fora pego em uma gigantesca fantasia na qual as outras pessoas eram meramente incidentais. Com freqüência, jamais voltavam a falar com ele. O garoto que havia sido um tigre no escritório trancado do homem de peito peludo era agora um indolente, dormitando pela vida sexual como uma concubina drogada.

Mas Hugo era bom com os clientes e, alguns deles, os que viviam em Londres, pediam para vê-lo novamente. Havia o *restaurateur* com uma casa em Belgravia que o levou a uma fazenda em Sussex para observá-lo fazendo amor com um ator americano e pagou cem libras a ambos. Havia o libanês que viajava pelo mundo usando sapatos de couro de crocodilo e pasta combinando, e que sempre atendia a campainha nu. Havia o príncipe saudita viciado em cocaína e carpetes com 15 centímetros de altura em um apartamento em Regents Park. E, no meio de tudo isso, havia Hugo, simulando. Simulando a diversão, simulando a excitação, simulando sua própria imagem, simulando seu próprio passado e, depois, no elevador, simulando um sorriso no espelho fumê. Hugo, o Garoto de Programa, era uma farsa, mas também eram uma farsa Hugo, o Amante, e Hugo, o Garoto Suburbano. Talvez Hugo, o Estudante, fosse real. Talvez ninguém conhecesse sua capacidade. Talvez ninguém jamais tivesse conhecido. Muito menos Hugo. Pois durante todo o tempo que passara sozinho, falando, discutindo e repreendendo a si mesmo, depois de mais uma tarde desperdiçada no lugar errado, com o homem errado, tendo ganhado em troca apenas uma ou duas libras e uma marca de mordida, não estava certo de ter parado e se questionado. Quem diabos é você, em vez de — quem é que você está fodendo?

De certa forma, nunca esteve muito interessado nisso antes, e agora, quando poderia estar interessado, era perigoso demais. Era muito mais fácil fingir que não tinha tempo. Não tinha tempo para parar. Não tinha tempo para questionamentos. Apenas sexo, trabalho, diversão, vida, nessa ou em qualquer outra ordem. Tudo soava a mesma coisa. Tudo soava como trabalho, e trabalho, agora, era sexo. E ele sempre parecia estar atrasado.

Quando olhava para si mesmo no espelho do elevador, erguia a sobrancelha. Sem ter tomado banho, tendo apenas se limpado com a toalha do hotel, dinheiro no bolso, com dois uísques e talvez um baseado na cabeça, erguia a sobrancelha como que para se cumprimentar e dizer: "Alô, estranho. Como vão as coisas?" Desafiava-se com sua própria amabilidade. Esse expediente não admitia nenhum questionamento sério. Desafiava-o a se livrar disso. E ele se livrava. Afinal, era agora um garoto de programa. Alguém do submundo. Não era o que queria? Bater os saltos na sarjeta e brincar com os gigolôs em seus saltos cubanos e jaquetas de couro com franjas.

Mas isso não era a sarjeta. Era ar-condicionado, carpete espesso e televisão a cabo. Sexo em uma vitrine de luxo, tendo ao fundo o murmúrio das lojas caras. A zona franca do sexo. Cadeiras confortáveis. Ar-condicionado. Uísques em miniatura. E a amabilidade era fina como papel. Por baixo dela, Hugo estava ficando entorpecido. Ia se tornando profissional. Sentava-se num táxi para ir e voltar do trabalho como profissional. Sorria e deixava os lábios mostrarem os dentes como profissional. Apertava mãos, conversava fiado e conduzia as coisas como profissional. E por trás da amabilidade fina como papel, algo estava morrendo. Percebeu a hesitação em seus olhos no espelho do elevador, no espelho do banheiro ao chegar em casa, no espelho do quarto ao se despir para dormir, sentindo-se subitamente vulnerável em suas roupas de baixo, como um garotinho desejando ardentemente que a mãe chegasse, o pusesse na cama e lhe contasse boas histórias para dormir.

Não que ele se sentisse sujo. Ou, pelos menos, não com freqüência. As pessoas tinham de se esforçar para fazê-lo sentir-se sujo. Alguns tentavam. Forçavam-no, cuspiam verbalmente nele e o agarravam fisicamente. Em quartos de hotéis mal-iluminados e imundos, em tumultuadas ruas londrinas, ele chupou dedos dos pés e agachou-se sob cobertores sintéticos, suportando as mãos arrogantes de homens que pensavam terem comprado um escravo branco. Nunca o feriram. Apenas o fizeram sentir-se como estrume. Fizeram-no se sentir como alguém que precisa de um demorado banho de banheira. Esses nunca o chamaram de novo.

Não que se sentisse culpado. Hugo nunca se deu conta de sua própria consciência. Se é que tinha uma, raramente estava desperta. A hesitação em seus olhos no espelho não era uma acusação. Era um sinal. Um *flash*. Um meio sorriso. Uma tentativa. Em direção a si mesmo. Não podia dar-lhe corda porque, então, riria, e a risada não ia vir, ou choraria, e as lágrimas não iam cair. Apenas olhou de volta como se nunca antes tivesse se visto. Apenas olhou para si mesmo e, inspirando levemente, saiu do elevador para os corredores de carpete bege e bateu em outra porta com três números pintados em dourado. Sr. Hassan. Sr. Manzoni. Sr. Kastner. Sr. Sakamucho. Boa noite, cavalheiros. Um *scotch* seria perfeito.

Mas todas as vezes em que se sentava na cama com o sr. Sakamucho e com o sr. Kastner, todo o tempo em que admirava a vista do quarto do sr. Manzoni e puxava o pinto pequeno e grosso do sr. Hassan, sentia falta da camaradagem pela qual nutrira expectativas. Hugo não sentia a excitação, a vida de rua, a aspereza, a obscenidade, o espalhafato que observara sob as sombras de Pigalle, da rue St. Denis, ao lado da Estação Termini e mesmo entre os garotos carecas circulando entre as abóbadas da mesquita do Cairo.

David teria achado mais divertido, Hugo às vezes pensava, saudoso, enquanto olhava para Londres através das gotas de chuva escorrendo em uma janela de táxi, fazendo outra silenciosa e confortável viagem de volta de uma rápida cópula no décimo andar de um hotel cinco estrelas.

A essa altura, esperava que surgisse um provedor. Esperava um homem — alto, de peito largo, não muito jovem, com um bronzeado permanente (mais tipo Pacífico Sul do que sul da França) — para levá-lo embora. O príncipe e a vedete. Mas não era o caso. Estava ganhando dinheiro para pagar William. Tinha de dedicar-se aos estudos. Não estava disponível. Estava apenas pagando o aluguel. E o que faria com um provedor? Deitar-se na cama bebendo suco de laranja fresco e café preto, desembrulhando presentes e lendo edições especiais da *GQ* e da *Esquire* antes de deslizar silenciosamente para a limusine rumo a um passeio no parque e almoço no The Caprice. No Langan's. Os homens iriam olhá-lo e perguntar-se: será que ele é ou está apenas...? As mulheres iriam olhá-lo e sorrir. E Hugo faria o pedido em um tom tão impecável que os garçons parariam de falar e fechariam a boca. E Hugo sorriria.

Mas isso não era um provedor. Era um cavaleiro em um cavalo branco. E Hugo estava muito crescido para acreditar nisso. Era muito crescido para atrair um deles. Afinal, era um profissional agora. Sabia como acariciar as zonas erógenas de árabes, judeus, chineses e japoneses. Podia surpreender os americanos e acalmar os alemães. Tudo isso com uma língua, duas mãos e uma surpresa entre as pernas. Depois, era só deitar-se de costas e deixar os dedos deles fazerem o trabalho, enquanto Hugo ocupava-se de seus vasos capilares prestes a estourar, seus olhos injetados de sangue, dentes lascados, dedos manchados de tabaco e mãos calosas. Do duro e grosso pêlo que crescia em lugares estranhos — das orelhas às narinas, de marcas de nascença a verrugas. Da carne que havia se esticado e desabado, cansada, em dobras na barriga. Das cicatrizes e marcas de idade e de abuso.

Enquanto eles suavam sobre seu corpo, respirando irregularmente, enfiando os narizes em vidros de drogas, Hugo os adulava e escutava, brincava e encorajava, com os lábios cobrindo os dentes, simulando gemidos e grunhidos de prazer ao atirar-se sobre seus paus gordos, magros, com prepúcio, sem prepúcio, atraindo o orgasmo que era sua chance de escapar.

Se a respiração se acelerasse, ele acelerava seu ritmo, gentil e firmemente, sem permitir resistência. Se a respiração se acalmasse, trocava de técnica, lançando-se a outra parte do corpo, outra glândula, outro estremecimento a surpreender-lhes os corpos. Passava as unhas gentilmente na parte interna de suas coxas, de forma que suas bolas se movessem devido ao choque. Pressionava firmemente com as mãos do umbigo aos testículos, de forma que seus caralhos estremecessem para cima, escalando o ar, procurando consolo. Enfiava a língua em suas orelhas, mordia seus mamilos e dava-lhes palmadas na bunda, o tempo todo contando o número de movimentos, o número de minutos que lhe restavam para partir. Via a si mesmo como um juiz de patinação no gelo segurando o cartão com os pontos. Se o homem afastasse a mão de Hugo, ansioso para prolongar o jogo, decidido a não gozar, Hugo o segurava com os braços, prendia-o na cama e excitava-o mais rapidamente com o jogo erótico do empurre-me que eu te puxo, você em cima, eu embaixo, e de forma rápida, hábil, gentil e firme, os induzia ao estremecimento, ao jorro e ao gotejar de um clímax.

Às vezes havia problemas. Clientes difíceis. Ninguém perigoso. Ninguém como o homem na mata de Hadley que pendurou as calças de Hugo na cerca e tentou fodê-lo. Ninguém como o Homem Magro no cubículo com a janela rachada, que o deixou nauseado de tanta dor, inclinado sobre um vaso sanitário sujo, olhando seu reflexo nos restos de mijo. Nada disso. Hugo tinha subido na escala. Estava agora na terra dos carpetes e dos passos silenciosos, dos uísques em copos pesados e vídeos de sexo pesado. Mas alguns dos clientes o provocavam. Alguns não sabiam como o jogo funcionava. Alguns sabiam bem demais. Com esses últimos, Hugo sabia como lidar. Eram mesquinhos e ardilosos por terem de pagar, por não serem jovens o suficiente, macios o suficiente, por não serem torneados e bem-proporcionados o suficiente para postarem-se no bar e gastar três ou quatro horas e 30 ou 40 libras, esperando que alguém dissesse "olá" dentro de suas orelhas. Eram amargos por terem de pagar em vez de serem capazes de se satisfazer. Queriam oportunidades, surpresa, amor, não belos corpos encomendados pelo correio. Então, quando isso acontecia, zangavam-se. Quando viam seu pau, riam dele, zombavam, esfregavam-no para o lado errado, cutucavam e mexiam, mas nunca acariciavam.

Hugo podia lidar com isso. Tinha um frasco de *scotch* e um Valium extra no bolso. Se as pessoas o tivessem incitado demais, jogava o Valium no *scotch* e os engolia de um só trago no elevador que o levava de volta para o térreo. Então sorria para si mesmo e tentava perceber a hesitação em seus olhos antes que se tornassem demasiado turvos, e o mundo se dissolvesse em névoa.

Mas Hugo não gostava dos principiantes. Aqueles em casa. Gostava de hotéis. Tinham uma atmosfera de *fast-food*. Ninguém se sentia em casa em um hotel, mas todo mundo se sentia atrevido. Ninguém o fazia ouvir seus velhos discos, nem lhe preparava café. Não tinham as bugigangas da vida doméstica em seus quartos, as fotografias emolduradas, os jogos americanos do National Trust, os guarda-roupas pesados e os chinelos largados no carpete, que não o deixavam excitar-se porque o faziam pensar em casa, na família e em toda a parafernália da solitária vida diária.

Em hotéis, a solidão era excitante. Era uma terra de ninguém, sem restrições. Tudo podia acontecer, qualquer coisa podia ser pedida, qualquer um podia fingir ser qualquer um. Em casa, não havia como escapar do homem com quem você estava, ou com quem não estava. Isso vinha escrito no tecido das cortinas, nos pratos para lavar, no papel lilás do banheiro, no Panadol no armário de remédios. Estava escrito em toda parte. Solidão. Solidão era Wogan na televisão e guias dos AA da Grã-Bretanha nas estantes de livros, velhos cinzeiros de carros e cegonhas de vidro no parapeito. Banquinhos para os pés sob o sofá e espaguete de ontem no fundo da panela.

O mais solitário de todos era o homem que pedira um garoto motociclista.

Era um homem gordo, triste, de meia-idade, no meio do caminho, no meio de lugar algum, com muito tempo para gastar com fantasias demais. Hugo não era a pessoa certa para a fantasia que ele inventou.

O homem não ficou feliz quando Hugo entrou pela porta sem roupa de couro e capacete. Podia ver que Hugo não iria fazê-lo feliz. Hugo iria lembrá-lo o quanto era infeliz. Iria lembrá-lo que ele não era um homem em uma motocicleta nem tampouco podia atrair um verdadeiro motociclista porque verdadeiros motociclistas não trabalhavam para australianos magros, bronzeados e vestidos de branco em Earls Court.

O homem tinha miniaturas de motocicletas em tudo — cinzeiros, suportes de livros, peitoris —, e enquanto Hugo olhava para essas desagradáveis estatuetas de homens que o homem nunca conhecera, de homens que ele nunca seria, ouviu-o cecear abusos verbais por duas horas. Duas horas eram o tempo estabelecido. Após duas horas, os clientes teriam de pagar outras 40 libras, com outras 12 indo automaticamente para o magro Richard e seus colegas.

O homem queixou-se que Hugo era muito magro, sorria pouco, não sabia como sentar-se ou vestir-se, não sabia dirigir uma moto, não estava vestindo couro, não era do formato certo ou do tamanho certo, nem tinha a idade certa e a aparência certa, e o tempo todo Hugo apenas sentou-se no sofá de veludo verde com um sorriso frouxo, olhando os ponteiros do relógio. Isso lembrou-lhe o chá com sua avó. O longo e vagaroso avanço do ponteiro dos minutos pela circunferência de um mostrador mal decorado. Pelo menos com sua avó era só uma hora.

Hugo mexeu nervosamente em uma das estatuetas, contou os botões do sofá de veludo verde, seguiu com os olhos cada linha do papel de parede aveludado, contou os discos enfiados dentro de suas capas nas prateleiras bem arrumadas e ansiou por escapar desse velho tolo e perfumado com uma língua afiada.

Hugo viu os dois ponteiros do relógio, ridiculamente ornamentado com arabescos de metal, moverem-se juntos em direção às 12 horas, ficando um sobre o outro. Duas horas. O tempo se esgotara. Duas horas engolindo ofensas tranqüilamente. Em geral, nunca eram duas horas. Nunca duas horas completas. Certa vez um homem lhe pagou cem libras para passar a noite e Hugo dormiu um pouco (e o homem pagou), mas, geralmente, ele saía após uma hora, às vezes, após meia hora.

Porém, quando Hugo levantou-se para sair, o balbuciante homem da motocicleta pulou da cadeira e começou a implorar. Queria levar Hugo para a cama, suplicou. Eles não haviam se tocado, queixou-se. Suas tristes bochechas enrugaram-se, amuadas. Seu horrível pijama abriu-se e sua horrível pança pulou para fora, branca, gorda e sem pêlos.

Hugo apenas ficou parado e disse:

— Gostaria de receber meu dinheiro agora.

— Você não pode ir — choramingou o homem.

— Eu estou indo. Fiquei aqui por duas horas, e isso são 40 libras. Gostaria de receber meu dinheiro agora, por favor.

Hugo falou com uma voz entediada, sem entonação, tão distante que soava perigosa. Sabia que o velho estava assustado. Mas Hugo estava zangado. As ofensas tinham sido entediantes e intermináveis, e agora ele estava tão entediado e cansado que tudo o que podia pensar era em tomar um táxi e ir para casa. Sempre dava para os táxis metade do que ganhava. As corridas eram longas. Um táxi na ida e outro na volta. Dez libras para condução. Doze libras para a agência. Isso o deixava com 18 libras, mais as gorjetas. Não haveria gorjetas essa noite.

O homem continuava implorando. Começou a tirar o pijama e caminhar para o quarto, acenando e piscando, como se nada do que dissera fosse verdade. Provavelmente, nada era verdade. Hugo não ligava. Era um profissional, agora, e profissionais não ligam. Trabalham de acordo com as regras, e as regras diziam que o homem devia-lhe dinheiro. Hugo está lá para receber.

Tentou parecer duro e determinado. O homem sorria. Isso o deixava nervoso. Estavam presos em alguma estranha luta, Hugo e esse frágil e flácido pedaço de carne. Estavam presos em algum estranho jogo de nervos enquanto ia ficando cada vez mais tarde e o aspecto irreal daquela noite causava-lhe arrepios.

Hugo tentou soar ríspido.

— Não vou ficar mais tempo — disse. — Me dê meu dinheiro agora.

O homem disse a Hugo que não tinha dinheiro vivo. Teria de aceitar um cheque. Cheques não eram permitidos. Tudo tinha de ser pago em dinheiro. Um cheque podia ser sustado, devolvido ou rastreado. Hugo queria deitar-se, dormir e acordar em sua própria cama, com a luz do sol jorrando pelas altas janelas e William fazendo café e flocos de milho lá em cima, na cozinha. Hugo queria seu dinheiro.

Pediu para usar o telefone e não esperou pela permissão. Pegou o telefone e discou para Richard. Tentou parecer perigoso em vez de cansado. Ficou de pé, com os pés separados e as mãos fora dos bolsos. Encarou o homem por entre as sobrancelhas. Tentou parecer insano. Sua mãe dissera certa vez que ele tinha olhos insanos. Isso agradou Hugo. Ser insano era melhor do que ser rico. Todo mundo tinha medo de você, se você fosse insano.

Richard pegou o telefone.

Hugo usou o fato de que o homem não podia ouvir o que Richard dizia.

— Alô, Richard, é Hugo. Parece que há um problema com o sr... Estou aqui agora e ele não quer pagar.

O homem guinchou lá no fundo.

— Ele diz que não tem dinheiro vivo. — Pausa para efeito. O homem parecia nervoso.

— Estou aqui há duas horas... ele diz que quer pagar com cheque.

Richard pediu para falar com o homem. Hugo passou-lhe o telefone e ficou logo atrás dele, de modo que o homem tivesse de olhar por cima do ombro. Hugo pôs as mãos nos bolsos. Estava fazendo os movimentos de um garoto que pode atacar a qualquer momento. Outro assassinato sangrento em um apartamento anônimo em algum lugar no noroeste de Londres. Uma estatueta de motocicleta enfiada no crânio. Sangue no tecido de algodão estampado. Um corpo ao lado do telefone. O telefone fora do gancho.

— Sim... não... Eu pensei. — Bem, sim... não, é claro que não. Sinto muito... Porei meu número atrás. — O homem soava estridente. O relógio já havia andado mais meia hora. Por que o tempo não andou assim tão rápido antes?, pensou Hugo.

O homem colocou o fone no gancho. Parecia extenuado. Esvaziado. Preencheu um cheque para Hugo e Hugo saiu sem dizer uma palavra.

Esse trabalho nem sempre era fácil.

Mas algumas vezes era tão fácil que o fazia rir.

Algumas vezes nada acontecia. Uma noite, Hugo chegou no Hilton arrumado, seguro, com a roupa bem-passada (nunca o pararam — parecia o convidado de um hóspede, dizia para si mesmo, quando subia para encontrar-se com hóspedes que em nada se pareciam com ele). Bateu na porta, 701, e um guarda-costas atendeu, a arma ainda pendurada no ombro. Ele era muito polido, mas não sorriu. Hugo sentiu-se grato por isso. Cada sorriso ocultava uma risada. Ele parecia sério e cortês. Hugo era um presente para seu patrão, não era alguém para se zombar, nem para se dar atenção. O guarda-costas indicou um lugar para Hugo sentar-se. Hugo estava no *hall* de uma grande suíte. Pela porta aberta podia ver um grupo de homens vestidos com toda pompa da realeza árabe. Estavam sentados com suas túnicas e turbantes, assistindo um vídeo. Na televisão, um transexual com seios e um pau estava sendo brutalmente estuprado por dois homens. Os árabes sentavam-se, impassíveis, enquanto uma conversa murmurada prosseguia fora de vista. Hugo não tinha a menor idéia de quem eles eram — fossem eles membros da realeza, xeques ou comerciantes de pornografia. Mal podia ver seus rostos.

Um deles virou-se e olhou para Hugo com dureza. Hugo endireitou-se na cadeira e não sorriu. Estava sendo avaliado. Pesado na balança de escravos por homens demasiado ricos para se importarem com os sentimentos dele. Hugo já estava com o pau duro. A arrogância o excitava. Sentia-se como um presente que eles desembrulhariam lentamente em frente à televisão, com a luz do vídeo pornô piscando sobre seu corpo.

A porta fechou-se e a conversa murmurada tornou-se mais fraca. Hugo olhou para a pintura à sua frente, na parede do *hall*. O quadro havia sido escolhido para combinar com o forro das cadeiras e a cor dos abajures. Perguntou-se se existia um artista em algum lugar que trabalhava com encomendas como essa. Davam-lhe o código das cores e ele apenas pintava algo que combinasse. Perguntou-se se iria dormir com todos eles. Se fosse, um deles com certeza iria fodê-lo. Você não pode lutar com quatro homens. E os árabes sempre tinham paus grossos. Gozavam rápido, mas ainda assim doía, e eles não gostavam de estimulantes. A bunda de Hugo contraiu-se na cadeira.

O guarda-costas voltou.

— Muito obrigado por ter vindo. Você não é bem o que eles querem. — Disse isso com tanto tato e educação que Hugo quis responder: "Bem, e quanto a você? Quer dar uma rapidinha?" Então deu-se conta de que era um garoto de programa. Ninguém escolhia um garoto de programa que fora rejeitado.

O guarda-costas colocou algo na mão de Hugo. No elevador, Hugo abriu a mão. Havia cem libras em notas novas de 20. Hugo encarou Hugo no espelho. Os dois não sabiam realmente o que fazer um com o outro. Então sorriram sorrisos ligeiros e aguados. Isso era irreal. Mostraram os dentes, mas a onda de riso não veio.

Naquela noite, Hugo pegou um táxi para casa sem olhar o taxímetro.

Houve outros que lhe deram dinheiro para não fazer nada. O príncipe com os espessos carpetes no Regent Park, que despejou uísque garganta abaixo e cocaína nariz adentro, e que o mandou para casa com um amplo sorriso, dizendo como tinha sido bom encontrá-lo. Houve o homem que estava tendo um lúgubre aniversário e agendou dois garotos de programa — um negro e um branco — para sentar-se em seu quarto e ver televisão. Hugo e seu colega negro sentaram-se com o homem e seu confidente — um bailarino com o rosto de Nureyev e a voz afetada. Assistiram ao *Twenty-Five Years of American Bandstand.* Era um bom programa de televisão, mas era sábado à noite. Hugo queria transar e dar o fora. Sentaram-se na cama e assistiram televisão, os quatro juntos. Mal falaram. E então o anfitrião saiu do quarto. O bailarino de voz afetada deu a cada um deles 50 libras. Sorriu e os dois foram embora. Foi a primeira vez que Hugo foi pago para ver televisão.

Fez muito dinheiro como michê, mas nenhum amigo. Tinha esperança que alguém aparecesse. Um milionário. Uma personalidade da televisão. Sob a polida e sugestivamente sorridente fachada de Hugo, havia uma ambição à espreita, a ambição um tanto vaga de ser uma estrela. Mas onde, do que, para quem e como eram coisas que Hugo ainda não havia decidido.

De alguma forma isso envolvia o apreço dos colegas, a admiração dos inferiores e o gentil reconhecimento dos superiores. De alguma forma isso envolvia ser reconhecido, mas não de forma a causar tumulto: obter mesas em restaurantes e provocar sussurros ao atravessar os *lobbies* dos hotéis. De alguma forma isso ignorava a trilha de chantagem que ele havia espalhado como pólvora em sua porta, indefeso nas dores de seu próprio sexo. (Quantos garotos, quantos homens se disporiam a vender suas histórias de alcova?) De alguma forma isso envolvia aparições em shows de televisão e vagarosas entradas por escadarias iluminadas, seu sempre mordaz humor *ad lib* no *teleprompter* para servir de resposta a cada inquiridora questão no *teleprompter*. Hugo costumava ensaiá-las para si mesmo quando andava pela rua, sob olhares desconcertados dos transeuntes.

— Bem, lembro-me que na primeira vez... Sim, Michel, aquilo foi extremamente... Não, Russel, você sabe que isso não...

Tinha o jargão da inutilidade na ponta da língua e dos sorrisos. Olhares vitoriosos para a platéia. Concedendo apartes à primeira fileira. Nunca fazendo o esperado. Sempre um pouco fora de sua própria tangente. Sempre um atrativo, mas raramente disponível.

Hugo acreditava que a celebridade era uma das chaves da porta mágica. Você penetrava em um mundo onde subitamente tudo trabalhava para você, em vez de você trabalhar para tudo. Era como ter um ingresso para a boa vida, um tíquete para a esteira rolante da fama e da fortuna, e a vida se transformaria em um longo jogo com presentes gratuitos e aparições especiais, alimentado pelo ocasional bom *mot*, o novo gênio literário, a nova coluna de jornal ou romance literário ou, talvez, por coisa alguma.

Hugo pensava que de uma maneira ou de outra o jogo do garoto de programa iria trazer-lhe a chave de que precisava. Achava que encontraria um homem, alguém que já estivesse do outro lado da porta mágica e possuísse um providencial tíquete para a boa vida, e Hugo deslizaria para esse mundo sem que lhe fizessem nenhuma pergunta. Sendo assim, como poderia resistir quando Richard lhe telefonou e disse que tinha um trabalho surpresa com uma personalidade da televisão? Como poderia perder a chance de pegar uma carona para a fama e a fortuna?

Naturalmente, nunca lhe ocorreu que uma celebridade da televisão que telefonasse para uma agência de garotos de aluguel não estava à procura de um *protégé*, mas de um michê. O cliente estava atrás de um pau e um bem arranjado conjunto de músculos, não de um cérebro e de frases espirituosas. Se tivesse pensado nisso, poderia ter ganhado mesmo jogando para perder. Em vez disso, perdeu por, repentinamente, inadvertidamente, inaceitavelmente, ser ele mesmo. Fosse lá quem ele fosse. Fosse lá quem ele fosse, estava mais para o pão com geléia domésticos do que os ovos e batatas fritas do Barclay Brothers.

O cliente era um famoso apresentador de um *talk show*. Seu programa era exibido nos sábados à noite. Era parte do mundo que Hugo desejava. Mas não era o que Hugo queria ser quando chegasse lá. O apresentador era tudo o que Hugo mais odiava naquele mundo. Presunçoso, fofoqueiro, afetado, desesperado, orgulhoso, patético, flácido, encrenqueiro.

Hugo era seu presente de aniversário.

Era uma noite de folga. Hugo geralmente não trabalhava aos sábados, e estava prestes a sair para encontrar-se com um grupo de amigos quando o telefone tocou. Richard disse que era alguém especial, mas não disse quem. Disse que haveria dinheiro extra. Talvez ele pensasse que poderia haver perspectivas profissionais, mas, para Richard, uma profissão não era uma vida na mídia com nomes em néon. Era o conforto e os luxos de uma vida de garoto sustentado por um maricas famoso. Jantares com celebridades sensíveis, fins de semana no campo, verões em alguma Riviera, Natais na Austrália e, todos os dias, um prisioneiro ou um objeto em exibição para inveja dos amigos.

Hugo chegou ao apartamento em um porão em Kensington. West 8. Assim como o Hilton, uma vizinhança que agora lhe era território familiar. O Hilton era dos árabes. Kensington, dos ingleses. Hugo geralmente preferia os árabes. Eram mais informais e mais corteses. Os ingleses eram sempre nervosos e freqüentemente rudes. O apresentador de *talk show* era muito inglês e muito rude.

A porta foi aberta por um loiro de ombros largos e cara descorada que não chamou a atenção de Hugo. A expressão do homem não mudava quando ele sorria. Havia algo vítreo nele. Como se tivesse passado vaselina.

Entraram em uma sala que pretendia ser uma biblioteca. Tudo era quente, vistoso e polido, do couro do sofá às lombadas dos livros. Parecia um anúncio do Clube do Livro em um suplemento dominical. Hugo sorriu por dentro e um pouco de seu sorriso escapou-lhe para o rosto. O apresentador de *talk show* era um observador sagaz. Não perdia nem um meio sorriso, e Hugo não conseguiu enganá-lo.

No instante em que Hugo entrou na sala, o homem levantou a guarda. Disse que Hugo era seu presente de aniversário. Hugo podia perceber a decepção em sua voz. Mas esse não era o problema. O problema era que Hugo não podia esquecer Hugo. Normalmente, a essa altura, já teria se anestesiado — não diria muita coisa, não faria muita coisa, abaixaria o tom de voz, falaria em monossílabos e esperaria o momento de tirar a roupa. Começaria tão logo pudesse. Mas nessa noite Hugo não podia se conter. Sentia-se em guarda. A atmosfera era sarcástica. Espinhosa. Hugo tinha de se defender.

O sr. Apresentador de *talk show* não estava satisfeito porque Hugo não tinha os músculos que ele queria. Músculos estavam na moda, e estavam arruinando o negócio de Hugo. Peitorais, deltóides — nos dias de hoje, você precisava ter uma série de inchaços anormais e curvas irreais para que alguém o amasse. A figura esbelta e macia de Hugo era coisa do passado.

O ar na biblioteca artificial já estava azedo e eles mal haviam se falado. Hugo queria uma bebida, mas não sabia o que pedir. Hugo teria pedido um *scotch*. Mas, e o garoto de programa? Cerveja. Limonada. Água mineral. Sorriram sorrisos artificiais e o sr. Televisão começou a espicaçá-lo. Começou a fazer-lhe perguntas. Sabia o que estava fazendo. Fazia perguntas para ganhar a vida. Mas Hugo dava-lhe respostas que ele não queria ouvir. Elas o forçavam a fazer mais perguntas. Perguntou onde estudara e, como um tolo, Hugo lhe disse. Qualquer tensão sexual que pudesse ter havido, evaporou-se. Escola Pública. O sr. Lodo não havia ligado para a Caprice em busca de um acompanhante com boa conversa e notas altas. Hugo não mencionou Cambridge. Sabia que estava no caminho errado, mas já havia perdido as estribeiras de tal forma que esse era o único caminho que lhe restara. O sr. Televisão queria carne, cartilagem, força bruta. Queria um Neanderthal que se deixasse deslumbrar pela fama, que pudesse ser comprado por alguns centavos. Hugo não estava se deslumbrando. Estava se exibindo.

Como se fosse um dever, tiraram as roupas e se deitaram. Os três. O loiro de ombros largos e cara de vaselina era mais gordo do que parecia. Deitou-se e tentou parecer convidativo. Era o namorado do sr. Televisão. Provavelmente, também trabalhava na televisão. Hugo tirou a roupa e deitou-se a seu lado. O sr. Televisão tirou as calças, as meias e a camisa e cambaleou.

Hugo sabia que as coisas não andavam bem porque não teve ereção. Normalmente, apenas o ato de tirar a roupa deixava-o de pau duro. Mas agora, exposto ao olhar sarcástico do sr. Televisão, interceptando suas observações zombeteiras, sentindo-se magro, querendo ir embora e desejando vencer, não conseguia levantar seu pau. Estava se saindo um péssimo presente de aniversário.

Por 20 minutos os três tocaram os corpos uns dos outros. O único fluxo de sangue veio quando o louro e Hugo brincavam entre si. Mas isso era proibido. Eles eram propriedades do sr. Televisão, e estavam lá para fazê-lo feliz. O homem não era um *voyeur*. Ficava puxando Hugo e sacudindo seu pinto flácido. Tinha unhas pintadas. Esmalte incolor.

Hugo sabia que devia ir embora, mas queria o dinheiro. Precisava do dinheiro para pagar uma dívida. Havia sempre uma dívida a pagar. Havia sempre uma razão para trabalhar novamente. Podia continuar assim e nunca parar. Resolver cada problema com um expediente. Encerrou a discussão em sua cabeça quando o sr. Televisão balançou seu pinto. Poderia muito bem tê-lo agredido, mas isso poria a polícia em seu encalço. Ou o namorado louro. Será que deveria apenas levantar-se e partir? Quanto tempo levaria para vestir-se? Poderia mover-se rápido o suficiente? Claro que não. Poderia acabar correndo nu pelas ruas de Kensington.

O sr. Televisão sentou-se e ficou em cima de Hugo. As costelas de Hugo afundaram. O ar estava sendo extraído de dentro dele. Olhou e viu o homem gordo e rotundo balançando-se em seu corpo, em seus ossos. Era um pesadelo que ganhava vida. Hugo o empurrou. O homem o olhou, surpreso.

— Acho melhor eu ir.

— Aonde você pensa que vai?

— Só acho que é melhor eu ir.

Hugo inclinou o corpo de modo que o gordo rolou para o outro lado e ficou deitado de costas, olhando-o consternado. O namorado loiro não dizia nada. Não estava sorrindo, mas também não iria agredir Hugo.

Hugo correu para suas roupas, pegando primeiro as peças mais estratégicas.

— Terei de chamar a agência.

— Tenho certeza de que eles poderão achar um substituto.

O homem estava furioso e queria humilhá-lo. Hugo estava sendo educado. Não devia ser rude. Não devia ser sarcástico.

Devia ser inexpressivo. Queria estar com seus amigos. Queria ser capaz de rir, ficar bêbado, dançar, ficar sem dinheiro. E daí se agora ele não tivesse uma carteira cheia de notas de dez libras? Ele mal as via. Considerando-se o que devia à agência e a amigos, às companhias de gás e telefone, ao banco, a seu pai, nenhum desse dinheiro era dele, e ele sempre precisava de mais. Estava obcecado por notas de dez libras.

— Qual é o número? Vou ligar para Richard e reclamar.

Hugo sabia que nunca mais trabalharia para a agência. Estava feliz por essa decisão ter sido tomada por ele. Iriam bani-lo. Ele teria de ir embora.

— Você nunca mais trabalhará.

— Oh, querido. Sinto muito.

A frase caiu mal. O gordo da televisão ergueu o olhar, surpreso.

— Por que você faz esse trabalho? Você não é muito bom nisso.

— Eu costumava ser.

— Há quanto tempo você trabalha com isso?

— Agora não posso me lembrar. Preciso ir. Conheço a saída.

Foi o mais perto que Hugo jamais chegou de ser entrevistado por um famoso apresentador de *talk show*. Daria um bom programa de televisão. Precisava apenas ter durado um pouquinho mais.

Hugo estava vestido e pronto para escapar. Quase podia sentir o cheiro de liberdade das ruas molhadas lá fora. Tinha de escapar desse vistoso e polido arremedo de biblioteca antes que caísse na risada e perdesse o fôlego. Queria correr rua acima, sob a chuva, para o ponto de ônibus, e saltar de ônibus em ônibus até encontrar seus amigos e a festa, e então ficaria bêbado e não contaria a ninguém sobre essa noite com o sr. Televisão.

O loiro levantou-se e enrolou uma toalha na cintura.

— Tenho que destrancar a porta.

— Tenha um feliz aniversário. — Hugo dirigiu ao gordo um sorriso frouxo.

— É um pouco tarde para isso, não é? Oh, essa porra de país! Essa porra de cidade! Se fosse em Nova York...

Estavam no corredor. O loiro e Hugo. O loiro surgiu com uma chave. Ficou com a mão estendida e Hugo ia apertá-la. Mas havia algo em sua mão. Hugo pegou.

— Ligue-me durante o dia. Adoraria vê-lo novamente. — O loiro sorriu. Risadas borbulharam no peito de Hugo, mas ele as esmagou com outro sorriso frouxo.

— Certo — disse.

O namorado loiro do sr. TV Gordura lhe passara um pedaço de papel. Dentro havia uma nota de 50 libras. Podia pegar um táxi para a festa, agora. A vida era tão ridícula. Pôs a mão sob a toalha do homem e apertou-lhe as bolas. Não sabia realmente por quê. Era o entusiasmo do momento. De ter feito dinheiro sem trabalhar. Ouviram uma profunda inspiração. Viraram-se, e na soleira da porta estava o sr. Televisão. O Gordura de mãos na cintura. Os olhos fumegando.

Hugo agarrou a maçaneta, abriu-a e escapou, como uma enguia para fora da lama.

Não podia livrar-se do sorriso durante toda a corrida de táxi. Quando viu os amigos, não podia parar de rir e não podia contar a nenhum deles o motivo.

DEPOIMENTO DADO PELO DETETIVE DE POLÍCIA PAUL HODGSON NA JURISDIÇÃO DO MINISTÉRIO PÚBLICO DA BOW STREET

Na tarde do dia 5 de agosto de 1981 o detetive Trowell e eu estávamos numa missão especial no mictório público masculino da Jermyn Street, Londres W1, um lugar conhecido de pegação homossexual masculina. Não estávamos trajando uniformes. Eu vestia um jeans desbotado e uma camiseta de mangas curtas verde, tipo Fred Perry. O detetive Trowell trajava um jeans parecido, e uma camiseta amarela. Fomos instruídos a nos vestir de forma atrativa e casual.

O acusado, sr. Hugo Harvey, entrou no mictório às 12h46 da tarde. Ele vestia uma camiseta leve de verão e um tipo de calça larga branca e com bolsões. O mictório já estava bastante cheio de homens que esperavam, embora, uma vez que dois dos três urinóis de parede estavam desocupados, seria difícil dizer o que eles estavam esperando.

O acusado colocou-se diante de um dos urinóis e urinou. Enquanto o fazia, olhava ao seu redor, observando os homens, inclusive o detetive Trowell e eu. Não fez nenhum sinal explícito neste momento. Depois que terminou de urinar, o acusado permaneceu diante do urinol por mais seis minutos. Aparentemente, ele se masturbava para atrair minha atenção. No entanto, um velho senhor, que estivera esperando durante 38 minutos, aproximou-se e colocou-se diante do urinol ao lado do acusado.

O acusado imediatamente saiu da frente do urinol, ajustando suas roupas de forma apropriada, e permaneceu encostado contra a parede do mictório próximo de onde eu estava. Ele encarou-me fixamente por alguns minutos, mas não fez nenhuma sugestão verbal ou física. Neste momento, o detetive Trowell deixou o mictório e postou-se na entrada, ao lado do estacionamento. Eu saí e uni-me a ele na intenção de discutir como deveríamos proceder agora. Sentia-me incomodado pela atenção que estava recebendo do acusado.

Depois de consultar o detetive Trowell, voltei a entrar no mictório e aproximei-me do urinol central, que estava novamente desocupado; o velho senhor havia voltado ao seu lugar num dos cantos do banheiro. O detetive Trowell também entrou e colocou-se no canto, ao lado do senhor. O acusado imediatamente retornou ao urinol ao meu lado e começou a se masturbar, desta vez com muito mais vigor. Não fiz nenhum movimento com as mãos para encorajar sua atenção, mas não pude deixar de notar sua ereção, que ele esforçava-se para que eu não deixasse de perceber.

Ajeitei minha calça e deixei o urinol e o mictório, permanecendo com o detetive Trowell do lado de fora. O acusado também saiu, e depois de me lançar um olhar severo, caminhou pela Jermyn Street até a Lower Regent, então dobrou a direita para o Picadilly Circus.

Eu e o detetive Trowell o seguimos a distância. O acusado diversas vezes virou-se e viu que eu o seguia, e aparentemente mostrava satisfação com isso. Ele desceu as escadarias na esquina da Lower Regent com o Picadilly para o complexo de metrô da estação de Picadilly Circus e tomou a esquerda para caminhar pelo corredor. Eu acreditei que ele se dirigia para o mictório masculino dentro da estação. Abordei o acusado antes que ele entrasse no banheiro, parando-o diante do balcão de informações para turistas. Toquei em seu ombro e ele virou-se para mim de uma forma amistosa e simpática.

Mostrei-lhe minhas credenciais e, enquanto o detetive Trowell se aproximava, disse-lhe que estava preso e comecei a ler os seus direitos. O acusado mostrou-se imperturbável diante da situação, comentando que pensara que eu iria perguntar se ele tinha um lugar para onde ir. Então perguntou se eu e o detetive Trowell passávamos nosso tempo todo em banheiros públicos. Respondi que era nosso dever proteger o público em geral. O acusado sorriu de forma aparentemente sarcástica e perguntou quem havia reclamado das atividades nos banheiros da Jermyn Street. Respondi que as mães de certos garotos haviam expressado preocupação. Neste ponto o acusado perguntou o que pareceu ser uma questão retórica, querendo saber se agora o país inteiro era governado por mães. E prosseguiu observando que nossas vestimentas estavam muito apropriadas. Observando o detetive Trowell, o acusado disse, e essa é uma citação literal: "Podia jurar que ele fosse uma autêntica bicha louca com aquela camiseta amarelo-limão."

Informei ao acusado que deveríamos levá-lo para a delegacia de polícia da Vine Street, e ele contestou que sempre quis saber onde ficava a Vine Street, desde o tempo em que jogava Monopólio na infância.

O acusado nos acompanhou sem incidentes até a delegacia de polícia da Vine Street, onde tiramos suas digitais, foi fotografado e acusado formalmente por atentado ao pudor. Apesar de parecer surpreso pela palavra "atentado", o acusado não negou nada do relatório que lemos para ele, mas manteve-se olhando fixo para mim durante o interrogatório de forma sugestiva e provocante. Perguntou se seria aconselhável para ele reivindicar que nove anos de ofensas anteriores fossem levadas em consideração, e eu disse que não achava que isso lhe seria útil neste caso. Ele disse ter certeza que eu tinha razão, e que, neste caso, essa fora a primeira vez que ele entrava num mictório público. Mais perguntas revelaram que o acusado é universitário, e que recentemente completou seu segundo ano de formação em literatura inglesa na Universidade de Cambridge. Ele está em Londres para as costumeiras férias de verão. O acusado não possui outras fontes de renda além dos pagamentos sociais que tem direito a receber durante as férias. O acusado também disse que recentemente deixou um emprego de meio período na indústria de entretenimento.

O acusado presentemente vive em alojamentos alugados de amigos em Muswell Hill.

FIM DO DEPOIMENTO

9

HORÁRIO DE VISITA — NENHUM SINAL DE CHAS

Eles caminhavam lado a lado, devagar, em meio ao ar úmido por causa dos restos de neblina, por caminhos cinzentos, cheio de poças d'água e marcas na lama deixados por pneus de bicicletas, passando por *poodles* puxando mulheres com as golas dos casacos levantadas, por árvores de inverno, nuas, esquadrinhando o céu baixo, com os troncos reluzentes pela ameaça de umidade. Caminhavam lado a lado, devagar, indiferentes ao rumor distante do tráfego, estrondeante como um estômago perturbado, e aos ônibus que passavam ao redor da Common como caixas de brinquedos sobre rodas.

Caminhavam em direção ao coreto.

O coreto ficava no centro da Common, onde todos os caminhos cinzentos e cheios de poças se encontravam. Um palco sem platéia. E, ao redor do coreto, o sussurro dos fantasmas — as multidões das tardes de domingo, acomodadas em espreguiçadeiras, lambendo seus sorvetes, ouvindo tio Bob e sua tuba soprando uma tempestade na última fileira da banda.

Mas eram apenas fantasmas. O coreto estava vazio. O palco, rachado. Diziam que o teto fora condenado. Diziam que tudo seria envolto em arame farpado e deixado lá, para que as crianças não se aproximassem.

Sentaram-se na beirada da plataforma, olhando para a tinta branca e descascada do teto, batendo os saltos contra o azul, descascando a tinta da base, aprisionados na arejada gaiola com relevos de ferro, olhando para o gramado cinza-esverdeado, ainda alagado pelas chuvas de outono. E conversavam. Conversavam e conversavam. Sobre suas esperanças, medos, sonhos e dúvidas, peneirados por cada ansiedade e ambição, por cada encontro passado e futuro. E nunca discordavam.

Era isso que Hugo amava em Chas. Viam tudo sob o mesmo prisma. Tinham histórias diferentes e os mesmos medos, amantes diferentes e as mesmas confusões, amigos diferentes e a mesma solidão. Sempre que Hugo se sentisse assustado, deprimido, ameaçado ou preocupado, telefonava para Chas. E por meia hora, uma hora até, ficava ao telefone, dando vazão a seu pânico e, então, a voz familiar de Chas apaziguava o tumulto de sua mente.

E agora Chas estava morto. E Hugo ficara sozinho com sua lembrança de uma tarde de inverno, três anos atrás. Sozinho em uma cama de metal esperando que uma enfermeira lhe trouxesse a refeição. Sozinho em uma cama de metal esperando o momento de juntar-se a Chas onde quer que as pessoas fossem ao deixarem essa ala do hospital.

Foi uma tarde especial. Quer dizer, não, realmente. O clima não estava muito bom. Não haviam ido a nenhum lugar excitante. Mais tarde, ambos foram para casa em ônibus diferentes, para partes diferentes da cidade e para diferentes colegas de quarto. Não tinham comido nem ido ao bar. Não haviam fumado nada além de cigarros. Nem sequer riram muito. Mas era uma tarde que Hugo prezava. Era a lembrança de uma pausa. Sentado no ponto de intersecção de todos os caminhos cinzentos e cruzados, deixando tudo para depois e sem lançar mão de nenhum expediente.

Hugo tinha sido mandado para baixo e agora não estava gostando de ter voltado para cima. Estava melhor, já que não havia piorado. Chas era o conforto do qual precisava. Nenhum deles estava trabalhando. Não exatamente. Hugo fazia trabalhos ocasionais. Ensinando. Escrevendo um pouco. Uma semana em uma revista, uma semana em outra. Às vezes, até mesmo um trabalho de três, talvez quatro semanas. Enquanto alguém estava de férias, enquanto alguém estava de licença médica, ele ganhava a vida. A prostituição rendera-lhe mais dinheiro. Mas havia morrido um pouco em todas aquelas camas estranhas. A cada vez, outra camada dele endurecia-se como pele morta, até que ficou preso dentro de si mesmo, como um viciado sem energia suficiente para explicar que estava morrendo. Um viciado. Isso era uma outra coisa.

Tinha sido um ano difícil. Mas Hugo estava ganhando a vida. Sempre ganhava a vida. De alguma forma. Nada o assustava mais do que não ter dinheiro. Mesmo agora, tantos anos depois de Hadley e seus cruéis níveis de riqueza, nada feria Hugo mais do que não ter dinheiro. Então, ganhava um pouco aqui e um pouco ali. O suficiente. Chas não estava ganhando dinheiro. Sentado em casa, compondo canções para um musical, planejando outra carreira imaginária. A efervescência da vida universitária evaporara-se na neblina anônima de Londres e, juntos, Chas e Hugo enfrentaram esse novo ar fresco e úmido com plena convicção das eventuais fama e fortuna que obteriam. E agora Chas estava morto e Hugo era o próximo.

Deitava-se perto da morte, olhando-a cara a cara. Não era bem um abraço. Hugo estava demasiado frágil para pensar em algo tão físico. Era uma paciente, tranqüila, silenciosa coexistência, interrompida pela ferroada de suas escaras e pela simpatia dos visitantes. Não podia lembrar-se do momento em que a morte havia entrado no quarto. Se entrara furtivamente atrás da boa enfermeira escocesa, que ainda conseguia manter um sorriso, dentes à mostra enquanto trocava a água dos vasos e o soro em sua sonda, ou se chegara com algum dos assistentes sociais, cheios de bondade profissional, conversas inúteis e clichês inaproveitáveis.

Ou se tinha sido no primeiro dia em que Hugo ficou chocado com a reação de alguém: o olhar em seus rostos, como se tivessem chegado na porta e visto uma criatura que não reconheciam e, como alguém tentando tatear em um quarto escuro, piscavam e franziam as sobrancelhas, até encontrarem algo que os lembrasse de Hugo. Normalmente, eram os olhos. Eles não haviam mudado. Apenas ficaram mais protuberantes, porque sua cabeça encolhera.

Quando os visitantes chegavam — e poucos chegavam, agora —, a morte parecia deslizar pelo quarto e sentar-se entre os lírios no armário do canto, encarando-os em meio às pétalas como uma cínica gárgula. O quarto de Hugo parecia um cemitério exagerado e cheirava como uma butique. Lírios de todo tipo exalavam aromas. Hugo estava morrendo em um miasma de pólen e o oxigênio do cilindro ao lado da cama, e ele e a morte partilhavam de uma brincadeira à custa dos visitantes: piscando quando sua mãe falava de seus amigos do outro lado da rua, rindo em silêncio quando Cynthia sugeria contratar faxineiros para limpar o apartamento de Hugo e preocupava-se com a pilha de contas a pagar amontoando-se à sua porta.

— Que diferença isso faz? — dizia Hugo, olhando a morte nos olhos em meio aos lírios. — Logo estarei morto.

E enquanto a mente de Cynthia corria para encontrar uma resposta que não fosse nem pessimista, nem maternal, Hugo engolia mais um pouco de oxigênio, acalmando o horrível gorgolejar de ácidos em seu estômago e o tênue ruído de seus pulmões.

Eles sabiam que Hugo ia morrer.

Sabia que eles sabiam quando os ouvia sussurrando e via seus rostos transformando-se. Não era tudo de uma vez. Mas Hugo instigava o pânico deles e olhava seus rostos. Ninguém lhe dizia coisa alguma. Achavam que ele achava que iria viver. Hugo, porém, já havia enterrado muitos amigos para se iludir. Olhava para os braços e pernas emaciados, murchos e cobertos de chagas como em alguma fotografia de pobres da Oxfam, e via um cadáver esperando para ser levado. Ele estava jogando um jogo com o cadáver. Escondido em uma bolha de oxigênio, enchendo o sangue com compostos químicos, o cadáver ainda estava sendo enganado.

Chas já havia perdido a batalha. O cadáver tinha levado a melhor, a coifa da morte posta em sua cabeça, a última sibilação de seu frágil respirar e uma golfada de vida respingando catarro em seu queixo, e isso era tudo. E Hugo não estava lá.

Ele tinha estado lá para outros. Para Clive. Para Jim. Para os amigos que perdera antes de perder Chas.

Nenhuma dessas mortes foi fácil para Hugo. Philip foi o primeiro. E o mais difícil de se ver. Porque ele se recusava a partir. Oscilava amargamente no limiar da vida, cuspindo em qualquer um que chegasse perto demais.

Hugo havia escutado os cáusticos gracejos de Philip, ouvido suas desilusões, sua insistência no fato de que as pernas emaciadas que exibia com amarga afetação não eram nada além de uma contrariedade.

Hugo o vira apressar as enfermeiras para que trocassem a água das jarras e copos de medicamentos; vira-o recusar suas doses diárias, determinado a se automedicar. Os compostos químicos com suas etiquetas da farmácia do hospital contendo a inscrição Paciente 120054 e inadequadas advertências sobre crianças foram jogados no lixo, enquanto Philip engolia às colheradas mingaus em recipientes plásticos, etiquetados com números e diagramas herbais.

Os médicos de Philip pareciam cansados quando entravam em seu quarto para confrontarem-se com os resmungos humilhantes do paciente. À medida que seu sangue enfraquecia e a realidade se dissolvia ainda mais, ele refugiou-se em seu mundo de estranhas conversas fiadas e teorias de hospício. Temperamental até o fim, autocrático e desdenhoso, deitado como um esqueleto de olhos saltados, aleijado em lençóis encharcados, a pele esticada e marrom como folhas secas, embranquecendo nos pontos em que se esticava em torno dos nós dos dedos e das juntas, ninguém podia agradá-lo, embora alguns poucos visitantes sortudos conseguissem distraí-lo.

Os visitantes assíduos eram um estorvo cujas sopas frias e as *ratatouilles* cuidadosamente preparadas eram jogadas de volta em suas caras, rejeitadas como experiências culinárias impostas a uma vítima indefesa. Os assistentes sociais eram tolos que deveriam, eles próprios, serem visitados; eram o ridículo produto de um governo intolerável, que enviava aleijados emocionais para atender inválidos físicos, e que tinham de engolir, surpresos, suas manifestações de simpatia. E os médicos eram conspiradores, ocultando sua ignorância atrás da cortina de fumaça dos jargões, enquanto faziam pesquisas com cobaias humanas, alinhadas lado a lado, quarto por quarto, como em uma antecâmara do matadouro.

À medida que as mãos de Philip ficavam mais ossudas e os anéis se recusavam a permanecer em seus dedos, os trêmulos movimentos de seu esqueleto comandavam uma audiência aterrorizada composta por parentes e amigos.

Metade do terror era causada pelo temperamento de Philip.

— Você deve ir embora agora. Estou cansado e você está me deixando entediado — dizia ele a alguém, e os demais olhavam nervosamente para o chão, felizes por terem sido poupados.

A outra metade do terror era causada pela recusa de Philip de aceitar a morte.

— Logo voltarei para casa. Louisa arranjou tudo. Ela está providenciando uma bicicleta ergométrica para que eu possa desenvolver músculos outra vez. Eles querem que eu tenha duas ajudantes em casa, mas não há espaço. Não ia agüentar ter duas mulheres zanzando em casa com esfregões e aspiradores de pó. Uma seria mais do que suficiente.

Os olhos dos visitantes lançavam sinais de pânico, tentando encontrar negação ou confirmação nos olhos uns dos outros. Teriam sido mal-informados? Disseram-lhes que ele estava morrendo. Não estava? Ninguém podia perguntar. Ninguém queria dizer: "Mas, Philip, você tem certeza de que vai viver o suficiente para isso?"

Se ele quisesse, por que não podia?

Ele realmente queria viver. E ele realmente morreu.

Hugo estava lá. Havia sido convocado por amigos, que lhe disseram que se quisesse ver Philip mais uma vez, vivo, deveria ir rápido. Hugo não fazia a menor idéia. Não se viam há seis meses. Havia seis meses, tinham se sentado um em frente ao outro em um restaurante com fachada de vidro branco, comendo a comida saudável que estava em moda, bebendo coquetéis de suco de frutas, comentando alegremente a contagem das células T e os efeitos colaterais do AZT. A morte parecia irrelevante. A contagem de Philip estava baixa, mas sua confiança transbordava. Sentia-se pronto para a batalha, armado com um suco natural de *grapefruit* rosado e uma salada de grãos. Hugo sentia-se forte, jovem, despreocupado e corajoso. E agora Philip estava morto, e ele seguia seus passos.

Quando você está bem, nunca consegue imaginar-se doente. Quando está doente, nunca pode lembrar-se de ter estado bem. Estar bem parece uma distante miragem da infância, de brincar no jardim em tardes ensolaradas, de tranqüilas tardes nubladas na Common, chutando a pintura do coreto, de conversas sobre a vida, não sobre a morte, sobre planos, não remédios, sobre flores no jardim, não em vasos.

A morte de Philip tirou essas coisas de Hugo. Tirou aquela brisa confiante que soprava em suas velas. Lá fora, à luz do sol, Hugo sentia-se bem. Mas ao andar pelos corredores silenciosos do hospital, com seus chocolates de visita, ele queria correr de volta para a luz. O som de seus passos no chão que rangia, a cor do linóleo, as cortinas, a pintura das paredes, os rostos cansados das enfermeiras cujo estoque de carinhos, cuidados e amor estava diminuindo, as portas fechadas e as faces pálidas por trás delas, vistas pelas pequenas janelas, homens angulosos presos à cama em surradas camisolas de hospital, olhando para a televisão com o desencanto dos espectadores que ninguém quer, nenhum publicitário tem como público-alvo, e cujo estilo de vida não é imitado por nenhuma novela ou comédia, faziam-no sentir-se como um condenado secreto visitando amigos na prisão. A qualquer momento, alguém iria detê-lo. Cobrar. E trancá-lo num desses pequenos quartos com as desencantadas televisões. Essa era a instituição na qual você perdia sua identidade viva e adquiria uma morta. Você estava fora da corrida da vida e na fila para a morte. As enfermeiras estavam lá simplesmente para levar-lhe paliativos. Mas, como em qualquer fila, a do ônibus, a do seguro-desemprego, a dos últimos pedidos no bar, você estava a caminho, você era algo para ser descartado, rejeitado.

Mas não era só isso que assustava Hugo. Era o fato de que Philip estava lhe mostrando como era ficar na fila, e ele era o próximo. Quando ia visitá-lo, Philip abandonava qualquer conversa que estivesse tendo para falar com Hugo, para fazer-lhe perguntas sobre sua saúde. Os outros viravam-se e ficavam olhando, esperando pelo momento de transferir suas simpatias. Hugo evitava os olhos deles. Era como se ele e Philip fossem parte do mesmo horrível clube. E eram. E Hugo odiava isso.

Os outros ao redor da cama choravam por si mesmos, porque iriam perder Philip, e Philip era o pivô de suas vidas. Hugo sentava-se na cama e sentia um *iceberg* crescendo dentro dele, porque Philip lhe mostrava como ele próprio iria morrer. De forma zangada. Dolorosa. Com um intenso desprezo por tudo que parecia estar conspirando para humilhá-lo. E, acima de tudo, com desprezo pelo fato de ter de morrer por uma doença gay quando ele havia se colocado com tanta firmeza do lado de fora da cena gay, postando-se de costas na zona limítrofe.

Mas essa era uma doença planejada para gays. Planejada para Philip: fazendo truques para a pessoa sentir-se segura antes de atingi-la no baixo-ventre. Era como ser espancado por ser veado no parque, à noite. Cada golpe vinha de algum lugar diferente e, por fim, sozinho e todo rebentado, sangrando e curvado, você chorava. Não por ter sido espancado. Não pela dor, nem mesmo pela humilhação. Um pouco pelo choque. Mas, principalmente, pelo cansaço de manter a fachada. Manter o sorriso em seus lábios quando outra doença, outro inconveniente e outro desconforto surgiam.

Clive perdeu tudo, exceto o sorriso. A visão. Os líquidos do corpo. As fezes. A capacidade de ficar em pé, ver, fumar, segurar, concentrar-se, pensar em algo. A capacidade. Manteve apenas o sorriso, que oscilava em seu rosto como uma lembrança solta. Não havia nele qualquer ironia. Apenas a alegre expectativa de algo bom, prestes a acontecer — um cheiro, uma palavra gentil, uma centelha ou uma recordação.

Ele se tornara senil aos 33 anos de idade. A doença comera-lhe o cérebro, mastigando a massa cinzenta como um chimpanzé comendo um bolinho. Seu cérebro estava desaparecendo.

Hugo nunca conhecera Clive muito bem. Não se moviam no mesmo circuito. Mas tinham andado em bandos similares, no passado, quando Clive traficava heroína em um apartamento de porão da King's Road. Tinham ido às mesmas festas loucas e ilícitas nos prédios da Isle of Dogs, nas mesmas farras da MDA, em cinemas, a noite toda. Conheciam a mesma turma de diferentes espeluncas. E Hugo levou alguém da turma para ver Clive no hospital. Teve de fazê-lo. Jim não poderia ter ido sozinho. Não conseguiria andar tanto sem ter de parar para sentar-se. Ele próprio saíra do hospital havia apenas três semanas.

Hugo sentia-se chamativo, perigosamente saudável. Mal ousava sorrir para não parecer complacente.

Não precisava ter se preocupado. Em menos de um ano, ele próprio estaria perscrutando os visitantes, à procura dos saudáveis. Gostava de vê-los. Eram uma conexão genuína com o mundo real. Mas não gostava de vê-los olhar para ele. Compondo suas expressões com propósitos piedosos. Contendo a curiosidade.

Acompanhado de Jim, que se apoiava em seu braço e caminhava como um homem que tivesse hemorróidas em estágio avançado, Hugo seguiu para a ala de Clive. Olhares desconfiados, atormentados, de olhos afundados em órbitas cinzentas, sob finos tufos de cabelos que caíam, fixavam-se neles e, então, perdiam-se novamente, de volta para a televisão, de volta para o visitante no quarto, de volta para a parede. O desânimo tornava o ar pesado, insinuando o medo, disseminando o pânico, espalhando o desespero. As enfermeiras cumprimentaram Jim e não deram atenção a Hugo. Tinham muito o que fazer para se darem ao luxo de desperdiçar sorrisos.

O quarto de Clive estava quase vazio. Uma garrafa de limonada. Algumas margaridas em um vaso de hospital. Cadeiras com assento de vinil. Ele tinha um elegante pijama que alguém lhe comprara, mas que não podia usar. Nada lhe restara. Não tinha apartamento, bens ou mente. Havia ficado doente nos Estados Unidos. Um estrangeiro ilegal com ficha de viciado em drogas, homossexual com registro na polícia, quase sem-teto e quase sem dinheiro, não estava em lista alguma da assistência social. Ia de mal a pior. Sua memória se dissolvia. O único lugar que lhe restara era a sarjeta. Então, alguns amigos se juntaram para colocá-lo em um avião de volta para a Inglaterra. Telefonaram para alguém em Londres. Um pároco local, amigo de sua mãe. E Clive foi recebido no Terminal 3 com uma cadeira de rodas.

Aaargh. Hugo sentiu ânsias de vômito. Agarrou a máscara de oxigênio. Engoliu o ar e desfaleceu, recostado sem energias contra o travesseiro, uma tênue linha de suor formando-se sobre as sobrancelhas e o lábio superior. Os ácidos em seu estômago haviam acordado. Jogou-lhes uma colherada do mingau de Philip. O legado de Philip. Tinha de chegar lá rapidamente. A essa altura, seu estômago transformara-se em um punho encolhido; apertado e hostil à comida, logo iria distender-se e exigir alimento. Um minuto depois, estaria novamente comprimido, mas os sucos gástricos ainda estariam agitados em um redemoinho, efervescendo e comendo as paredes de seu estômago. Eles saudaram o mingau com um espasmo. Hugo ficou imóvel outra vez. Olhando fixamente para o teto. Suando um pouco. Será que Clive chegou a saber o que estava acontecendo? Sabia de coisas como essas? Soube que sua mente tinha sido consumida ou a senilidade vinha com sua própria anestesia? Quanto pior você estivesse, menos sabia o quanto estava mal. Até que a morte fosse simplesmente o próximo estágio em uma vagarosa descida para o esquecimento. Ou não tão vagarosa. Para Clive, foi como uma cachoeira. Quando chegaram ao hospital, os médicos deram-lhe apenas seis semanas de vida. Uma semana depois, reduziram esse tempo pela metade. Ele morreu dias depois da visita de Hugo e Jim.

Os olhos de Clive nunca se fixaram nos dois. Moviam-se nas órbitas, em direções aleatórias. Como um boneco cujos olhos ficaram frouxos. Como a vaca que balança a cabeça na parte de trás do Cortina de um motorista de domingo. Seus olhos vagaram por Jim e por Hugo e, enquanto Hugo ficava lá sentado, seguindo-os como um cachorro olhando uma mosca, Jim falava sem parar, tecendo um casulo de conversa amigável ao redor de Clive. Talvez ele não entendesse as palavras, mas podia ouvir os sons e isso o fazia sorrir.

Jim deu um cigarro a Clive, o cigarro escorregou de seus dedos. Não podia movê-los com a rapidez necessária. Não tinham força. Procurou o cigarro em seu colo, mas, mesmo quando o encontrou, não conseguiu pegá-lo. Sua expressão mudou. Parecia incomodado. Hugo pensou que ele quisesse fumar, mas a poça no chão sob a cadeira de vinil dizia algo diferente. Jim entrou em ação. Hugo ficou indeciso. Embaraçado. Tentando parecer útil. Desconfortável. As enfermeiras limparam a mixórdia e trocaram o pijama de Clive. Ele inclinava-se para cá e para lá enquanto elas o moviam. Um sorriso voltou-lhe aos lábios, vago, oscilante, como se Clive tivesse se lembrado de uma piada há muito esquecida. Colocaram-no numa cadeira e Jim o empurrou até a sacada.

Sentaram-se em silêncio por alguns minutos, olhando os jardins da Westminster Square, sentindo o sol em seus rostos. Hugo olhou para um homem, um pouco adiante. Conhecia-o. Estava sentado em uma cadeira de rodas, envergonhado, com uma bolsa de soro pendurada. Sua pele tinha o tom amarelado de alguém com hepatite. Seus olhos, macilentos e vazios, fixavam-se em um espaço poucos centímetros à frente. Olhavam para o chão, não para o jardim.

Jim seguiu seus olhos.

— Não sabia que Steve estava aqui — disse Hugo. Sua voz soava seca e rachada. Não esperava encontrar amigos ali. Não por acaso. Isso estava se tornando um clube. O pálido e doentio reflexo de um clube.

— Acabaram de transferi-lo de Croydon — respondeu Jim.

— Por que ele não olha para cima? Devemos ir até lá e dizer alô?

— Ele não vai falar.

— Por que não?

— Operaram seu fígado em Croydon e Steve diz que a anestesia não pegou. Ninguém acredita nele aqui. Não estão acostumados com pacientes com Aids. Então o tratam com luvas de borracha, como um leproso.

— Ele está bem?

— Olhe para ele.

Hugo estava olhando para ele.

Três dias depois, Steve morreu, cercado pela família e amigos. Partiu. Mas nunca sorriu outra vez.

Aquele foi um ano ruim. Este era um ano ruim. O último ano bom parecia estar fora do campo de visão. O último ano bom era um caderno de rascunho, cheio de páginas de lembranças que Hugo virava em sua cabeça e olhava enquanto oscilava entre o acordar e o sono, entre o oxigênio e o ar, prestes a desaparecer. Virava a página da tarde no parque e, cada vez que o fazia, sentia o espaço vazio da Common e a liberdade de não fazer nada, e então vinha a penetrante dor da morte de Chas.

Tinha de dar uma olhada nisso, mas havia tantas coisas não resolvidas. Eles não deixaram as coisas arrumadas. Não organizaram sua separação com cuidado. Não tiveram tempo. E talvez não tivessem tido disposição. No fim, havia muitas coisas que deixavam Chas amargurado.

No início, foi uma grande risada. Cada vez que Hugo via Chas, ele sorria. Involuntariamente. A jovialidade borbulhava em sua corrente sanguínea. Qualquer banalidade era engraçada. Os eventos mais mundanos, como fazer compras, tornavam-se uma aventura cômica. Quem sabia o que poderiam ver? Quem sabia que pessoa poderiam seguir? Viam-se quase todos os dias desde que se conheceram.

A noite em que se conheceram. Hugo havia repassado essa cena muitas vezes. Rebobinando o passado como um filme caseiro, com imagens tremidas e som intermitente, interrompido por médicos, enfermeiras, visitantes e o ácido em sua barriga.

Havia exibido a cena inúmeras vezes, mas ainda era a sua favorita. Foi uma das poucas vezes em que Hugo tomou a iniciativa e as coisas deram certo.

Estava em uma festa em Cambridge. Ainda não era aluno e havia sido convidado por Dolly. Dolly e Hugo eram os companheiros ideais. Bebiam muito gim, usavam muito delineador e nunca aprendiam quando era hora de vestirem-se discretamente, calar a boca ou parar de dançar. Ela morreu cinco anos depois, em um carro esporte prateado e envenenado dirigido por um milionário iraniano. Estavam na contramão, fazendo uma curva a mais de 130 quilômetros por hora. Nunca ocorreu ao elegante e extremamente drogado jovem persa que outro carro poderia aparecer na estrada. Nada jamais ficara em seu caminho antes. Dolly foi jogada a 30 metros de distância.

Dolly já estava lá em cima, e mostrava o caminho a Hugo. No último semestre do colégio, depois de ter feito os exames de admissão e à espera dos resultados, Hugo era um noviço ansioso. Longe de casa, queria ser um libertino. Dolly era a parceira perfeita. Magra, bonita, com uma inclinação para a bebida que teria deixado um marinheiro envergonhado, passou a maior parte de sua adolescência em um ritmo veloz. Parecia ridículo o fato de que, quando realmente atingiu a velocidade máxima, isso acabou matando-a.

Ela havia levado Hugo para a festa de Natal na Faculdade de Arquitetura, uma série de casas ligadas por um labirinto de passagens. Dançaram ao som de uma banda cubana de *cha-cha-chá* por uma hora e esquivaram-se para o bar, em busca de copos de plástico cheios de coquetel de vodca de cor azul-elétrico. Ficaram em silêncio, jogados em suas cadeiras, de mãos dadas, olhando vagamente para a mesa cheia de cinzeiros e copos derramados. Hugo olhou ao redor. Do outro lado da sala, um jovem barulhento vestindo uma camisa vermelho-vivo tentava enfiar sua língua na boca de outro garoto. Havia algo nele que fez com que Hugo quisesse conhecê-lo. Algo que Hugo reconhecia. Algo em seu desespero e seu senso de humor. Hugo viu quando sua vítima, um garoto pálido de cabelos pretos, inclinou-se para a frente e vomitou na mesa.

Percebeu que era hora de agir.

— Tenho de falar com aquele homem, lá — disse a Dolly.

Chas gritava, tentando escapar furiosamente do súbito abraço de sua vítima, que vomitava.

Dolly sorriu.

— Peça um isqueiro para ele — disse ela. — Estamos sem fósforos — e sugou seu coquetel azul-elétrico.

— Desculpe-me — disse Hugo ao jovem de camisa vermelho-vivo. — Sei que você está muito ocupado, mas queria saber se você tem um isqueiro.

Chas olhou para Hugo lá parado, com o cabelo molhado de suor, um sujo boá de penas emoldurando um rosto no qual uma maquiagem malfeita desmanchava-se.

— O que o faz pensar que estou ocupado?

— Parece que você tem coisas demais em seu prato — disse Hugo, olhando para a mesa.

— Demais. Onde você está sentado?

— Lá. Com Dolly.

— Bem, vocês dois parecem muito mais interessantes do que esse débil mental. Tenho certeza que não se importariam se eu me juntasse a vocês.

Hugo, que estava muito satisfeito e muito bêbado para tentar ser engraçado, apenas sorriu.

Chas mal falou com Dolly. Haviam se encontrado antes e não estavam interessados um no outro. Mas Hugo e Chas conversaram a noite inteira. Num momento, eram completos estranhos. No outro, estavam imersos na companhia um do outro, lutando com as palavras para contar suas histórias. Era como se tivessem de ficar em dia com tudo o que jamais pensaram, e como se soubessem os pensamentos um do outro antes mesmo de falarem. Hugo nunca havia feito uma amizade tão rapidamente e tão profundamente. Dolly caiu no sono enquanto eles ainda conversavam, e acordou apenas quando a festa terminou e os três tiveram de ir embora.

Nove meses depois, quando Hugo voltou a Cambridge na condição de aluno, sua primeira missão foi a noite gay-disco, numa segunda-feira, em um bar local. Lá estava ele, parado, tentando encontrar uma maneira confortável de inclinar-se, segurar um copo de cerveja, parecer durão e não pisar nos pés de ninguém, quando, de repente, em meio ao ar abafado pela fumaça, ao suor e às luzes de semáforo da discoteca, ouviu uma voz familiar.

— Conheço você, não conheço?

Hugo virou-se para dar de cara com Chas, e a conversa começou novamente. Nunca mais parou. Até agora. Até dois meses atrás, quando Chas foi para o hospital, emaciado em conseqüência de uma súbita pneumonia. E assim foi. Nunca mais se falaram.

Hugo não tinha visto Chas morrer.

Não estava a seu lado quando ele se foi.

Ele não devia ter sido o primeiro a partir. Isso não fazia sentido. Hugo estava doente há mais tempo. E Chas esteve lá o tempo todo, visitando-o diariamente. Mas quando Chas caiu doente, afundou como uma pedra. Entrou em pânico. Hugo não estava lá para segurar sua mão, para falar de seus medos. Chas havia temido essa coisa toda por muito tempo. Ele acumulava o pânico como uma pilha de pratos sujos, e então virara as costas, esperando que a pilha não desabasse. Chas ficou mais assustado do que Hugo quando Hugo recebeu a notícia.

Estavam juntos naquela ocasião. Trabalhando em um escritório. O trabalho de Hugo naquele momento. Hugo trabalhava em uma revista. Chas cobria a ausência de alguém doente. Um dia de salário. Salário para bater papo. Hugo costumava adorar isso. Fazia com que o trabalho se parecesse com um longo café-da-manhã. Lembrava-lhe as brincadeiras que costumava fazer com sua irmã mais nova. Sentar-se à mesa da sala de jantar, cercados de brochuras e folhetos furtados das lojas da rua principal, dando telefonemas imaginários e rabiscando cartas para estranhos imaginários em andares acima e abaixo. As cartas eram escritas com "caligrafia de gente grande", rabiscos ilegíveis do tamanho de palavras.

Era a mesma coisa, exceto que, agora, Hugo era pago para ler os pedaços de papéis que empurrava de um lado para o outro, tinha máquinas de escrever para a escrita de gente grande e, quando pegava o telefone, era de verdade e havia alguém do outro lado da linha.

Foi um dia difícil. Hugo sabia que era o dia em que ele teria de saber. Havia começado a escrever uma carta para um amigo naquela manhã. "Hoje vou descobrir quanto tempo viverei..." Logo que escreveu a frase, pensou no quanto aquele melodrama era injusto. Mas isso o protegia. O grande gesto dramático obliterava os pequenos turbilhões de pânico.

Também ele não tinha feito a coisa certa em relação ao problema. Seu médico tentou ajudar, mas foi um erro. Ele o havia enviado para uma clínica em Harley Street — uma clínica particular. Mas o lugar não era uma clínica. Era uma zona de entrada e saída de executivos que trabalhavam no exterior, preocupados em checar seus vírus antes que os passassem à esposa naquela noite.

— Você me trouxe alguma coisa de Bangkok, querido?

— Apenas o de sempre, meu bem. Nada mais sério.

O homem com a agulha não estava nem um pouco interessado. Era mais um frentista de posto de gasolina do que um doutor. Esse era seu posto de reabastecimento.

Fez algumas perguntas aleatórias. Você é homossexual? É viciado em drogas? Vai pagar ou devemos lhe enviar uma fatura? Tem algum cartão de crédito importante?

A sala era ordinária; carpete manchado e cortinas sujas. E um velho sofá de couro. Quebrado, rasgado, um pouco empoeirado. Uma grande escrivaninha, vazia, exceto por um mata-borrão e um telefone. Gravuras desinteressantes na parede, de alguma desinteressante religião cristã.

O lugar todo era apenas uma baía de sangria. Inúmeros frascos com inúmeras agulhas hipodérmicas descartáveis. Uma injeção, dois frascos, tirar as luvas de borracha, apertar as mãos, Millicent pegará os detalhes com você. Mande entrar o sr... sr... eh, hum... Mande entrar o próximo cavalheiro, Millicent, por favor.

Menos de meia hora depois de ter tocado a campainha da grande porta negra na Harley Street, Hugo estava de volta à rua, empurrado para a porta lateral por um corredor com plástico protegendo o carpete puído e com uma planta miserável em uma miserável mesa de canto com rodinhas.

— Enviaremos os resultados para o seu médico — disse o homem com a agulha, que nunca olhava diretamente para os olhos de Hugo. Por que deveria? Se olhasse alguém nos olhos, ficaria lá o dia todo. Bem, ele ficava lá o dia todo, mas isso lhe tomaria mais tempo. E, de qualquer forma, você não tenta fazer amizade com um frentista de posto de gasolina.

Hugo sentia-se irritado por não poder pegar os resultados diretamente. Teria sido diferente no hospital. Teriam dito a ele, não a seu médico. Tudo teria sido mantido em sigilo. Seria confidencial. Mas eles criavam tanta dificuldade para fazer o teste!

Hugo levara muito tempo para tomar coragem e, agora, não tinha mais energia para ser dissuadido. Antes, tinha conseguido chegar até o hospital. Sentara-se em frente ao médico e o médico lhe disse que seus motivos para querer saber não eram fortes o suficiente. Ele foi amigável e tranqüilizador, mas não iria colher uma amostra do sangue de Hugo. Naquele tempo, eles ainda queriam que você tivesse boas razões. Muita gente estava se assustando. Descobriam que eram HIV positivos e descartavam o resto de suas vidas. Às vezes, eles o faziam publicamente. Às vezes, apenas punham um fim às suas vidas discretamente. Era como se, uma vez que um fim definido fosse confirmado, não fazia sentido esperar mais. Mas um fim definido estava confirmado para todo mundo. E você ainda não sabia exatamente quando. Ou como.

As pessoas estavam assustadas. Todas rezavam para os resultados serem negativos. Iam para o teste como um ser humano normal e voltavam como um leproso ou um amante. Muitos ainda falavam em segregação. Campos para os poluídos. Uma lixeira para dejetos sexuais e vítimas sociais. Hugo tivera esses temores antes. Temor de ser intocável. Temor de cruzar com garotos na rua e não ser capaz de ir atrás.

Três anos antes, havia contraído sífilis de um operário local. Mas a sífilis não foi muito longe. Uma chaga com formato perfeito e indolor na ponta de seu pau. Ele a mostrou para as senhoras da clínica St. Stephen e, de repente, viu-se numa cama, tendo seus testículos fotografados e admirados por uma sucessão de estudantes chamados para testemunhar essa rara e perfeita manifestação de sífilis em estágio inicial. Em alguma página de um novo livro de medicina há uma foto em cores do pau adoentado de Hugo. Na época ele começou a se sentir um tanto orgulhoso, até que uma voz despeitada lembrou-lhe que aquilo era sífilis, não uma tatuagem premiada. Eles o viraram e injetaram-lhe um caldo grosso de penicilina no músculo de sua bunda com uma seringa rotunda e um êmbolo tão vagaroso que ele podia sentir cada mililitro sendo injetado. A dor era de tirar o fôlego. Depois que terminaram, quando a seringa ficou vazia, ele se levantou. A enfermeira perguntou-lhe se queria sentar-se um pouco. Hugo sacudiu a cabeça e caiu no chão.

Mas foi depois que ele se sentiu irritado.

Não se importava com a assistente social, ela se preocupava tanto que ele pudesse estar preocupado, a ponto de parecer ter sido treinada em meio a donas-de-casa beatas que consideravam a sífilis uma maldição inerradicável. Por que toda essa confusão? Hugo a tinha, isso possuía um nome e era curável. Era tudo o que lhe importava. Que podiam tratar a doença e removê-la. Mas a assistente social o encarava com os olhos arregalados de simpatia enquanto tentava aliviar o trauma pelo qual, na imaginação dela, Hugo estaria passando, e Hugo apenas concordava com a cabeça, polidamente.

Foi quando ele saiu para a rua e viu um daqueles garotos correndo para o ônibus — um desses garotos que o faziam chorar de desespero porque ele estava à toa na rua e não em casa, pele com pele, cabeça no travesseiro, um corpo em seus braços —, que Hugo se importou, sentiu-se irritado. Baixou os olhos. Tinha de fazê-lo. Não poderia jogar o jogo. Não poderia jogá-lo se não pudesse terminá-lo. Por menos provável que fosse a possibilidade de o jogo ir além de uma piscada de olhos e um olhar de confusão, Hugo não podia piscar os olhos com a mesma confiança, e confiança era a chave. Um súbito olhar inquietante que dizia "desça do ônibus e baixe as calças em minha casa" não funcionava se o olhar dissesse apenas "desça do ônibus e me dê o seu número... telefono quando estiver melhor".

Com a bunda inchada de penicilina, Hugo mancou até o ponto de ônibus como um aleijado sexual.

Era isso que ele estava evitando. Foi por isso que escapuliu do hospital quando o médico lhe disse que suas razões para querer um teste não eram boas o suficiente. Esse era o seu argumento para amigos cuidadosos e preocupados. Não se mutile com fatos. A confiança é tudo. A ignorância é uma bênção.

Mas a bênção não podia derrotar o medo. O pavor rastejando sob um sorriso confiante. De repente, Hugo tinha de saber.

Hugo tinha de saber por causa de Jim. Jim sempre foi sinônimo de diversão. De loja de drogas. Qualquer coisa podia acontecer em seu apartamento. Pessoas sempre apareciam com drogas, amigos, música, convites e festas. Hugo aparecia. Com um amigo. Rudy. Foi assim que conheceu Jim. Por intermédio de Rudy. Conheceu Rudy por intermédio de Cambridge e Rudy conheceu Jim por intermédio do sexo. Era isso. Essas eram as conexões, agora. O circuito.

Hugo aparecia com Rudy e os dois apenas se juntavam à loucura, deixavam-se levar pela corrente, seguiam o curso das águas, dois estudantes com pouco dinheiro e muito tempo livre, na cidade para um fim de semana de emoções em Londres. As coisas sempre começavam na casa de Jim. Ele era sua figura paterna, seu traficante, seu motorista, seu senhorio, seu anfitrião. E nunca se queixava. Nunca se queixava quando eles chegavam sem avisar e partiam sem um muito obrigado, quando compravam a crédito e tomavam as coisas por garantido. Jim sempre sorria quando abria a porta e revirava os olhos. Sempre parecia saber que eram eles. E sempre parecia ter um novo ácido, que acabara de chegar exatamente naquele dia.

Isso era nos velhos tempos. Antes que Chas e Rudy desmoronassem. Antes que Hugo desmoronasse. Antes que o mundo caísse aos pedaços.

Jim telefonou. Ligou para Hugo em Nova York. Hugo estava ficando com Rudy. Queria ficar com Jim quando voltasse. Não podia morar outra vez com William e Barry. Não de novo. Eles não deixariam. Hugo tinha ido longe demais. Mas você nunca podia ir longe demais com Jim.

E então Jim disse que não ia ser possível.

O plano parecia tão perfeito! Hugo não queria mesmo voltar para a casa de William e Barry. Eles estavam certos. As coisas tinham ido longe demais. Hugo não queria se lembrar. Jim iria cuidar dele. Amava Jim como a um irmão mais velho. Um irmão mais velho que o acalma, lhe dá um biscoito, lhe faz uma xícara de chá e joga alguma bebida nele. Achou que tinha resolvido tudo. Tudo parecia tão fácil. Essa seria sua convalescença. Rudy seria seu psicólogo e Jim seu enfermeiro. Os dois teriam a chave do armário de remédios. Mas, então, o enfermeiro de Hugo ficou doente.

Hugo estava sentado no apartamento quando o telefone tocou. O apartamento. Harlem Espanhol, Manhattan. Um pouco acima do Upper East Side. Os outros dormiam. Rudy. Raul. Lin. Lá fora, o ar na 90 Street estava pesado. Pesado com emissões, suor e imprecações. Mas o apartamento dormia. E o telefone tocou. E Hugo, que não vinha dormindo muito bem, pegou o telefone antes que alguém acordasse. Estava pronto. Pronto para um dos irmãos de Raul, ou um dos agiotas de Lin, ou alguém querendo conversa mole com Rudy. Não era nenhum deles. Era para Hugo. Era Jim.

— Alô.

— Oi, Hugo. Jim falando. Sinto muito por incomodá-lo nas férias.

— Não se preocupe. Isso não são férias. Quando você tem de suar tanto, mais parece trabalho. Como vai? O que está acontecendo?

— Bem, é por isso que estou ligando. É sobre o apartamento. Acho que não vai dar certo.

— Por que não? O que aconteceu? Alguém se mudou para aí? — Hugo estava furioso. — Não me diga. Você está apaixonado outra vez. Não se preocupe, Jim. Até eu chegar aí, já vai estar tudo acabado.

— Não estou mais no apartamento.

— Por quê? O que você quer dizer com isso?

— Tive de ir para o hospital. Estou telefonando para você do hospital.

— Por quê?

Esta era uma pergunta estúpida.

Houve uma pausa.

— Eles acham que eu tive um ataque de meningite e estou coberto de furúnculos. Tenho dores de cabeça horríveis, o tempo todo.

— Onde você está?

— No St. Stephen. Ligue para mim quando você voltar. Vou ficar aqui por três semanas.

— Sei. Você precisa de alguma coisa?

Hugo não conseguia pensar em nada para dizer.

Durante toda a conversa, nenhum dos dois havia mencionado a palavra que estava na ponta de suas línguas. Era como uma maldição. Você dizia, você tinha.

Hugo deixou o telefone fora do gancho por um bom tempo. Não queria nenhuma outra ligação por enquanto. Uma era o suficiente. Olhou para o apartamento. Quando criança, sempre achou que telefonemas eram boas notícias. Mais tarde, eles tornaram-se sua linha vital de comunicação. Uma corda para escapar da torre que sua mãe criara.

Deixou o fone cair lentamente de volta no gancho. Levantou-se, foi ao banheiro e olhou de novo as 40 erupções vermelhas em seu peito. Já tinha olhado antes. A cada vez esperando que tivessem desaparecido.

Poucos minutos atrás tinha estado no topo de seu mundo. Reclinado na cadeira de dentista no meio da pequena sala do pequeno apartamento de Raul, ignorando os roncos de Lin da mesma forma que ignorara nas últimas quatro semanas. Estava reclinado na cadeira de dentista, olhando para a janela do outro lado da sala, além do enorme tubo do ar-condicionado zumbindo como uma gigantesca barata comprimida no meio do vidro, olhando a sujeira encobrindo as letras desbotadas douradas na vitrine do prédio em frente. J. M. Saperstein. Excelência em Peles.

Agora o mundo parecia deslocado. O romance desaparecera dos desbotados Sapersteins. Eles pareciam apenas tristes.

Agora Jim estava doente. Obviamente, doente mesmo. Agora a doença, que estava nos jornais e em Nova York, estava em sua vida. Em seu círculo mais íntimo. Perto o suficiente, chegara perto demais. Estava sentada a seu lado. Talvez nele. Talvez dentro dele. E Jim? Seria isso? Hugo acendeu um cigarro, o que não costumava fazer antes do almoço. Cuspindo a fumaça para fora como se ela o deixasse ainda mais enjoado, pensou de novo em fazer o teste.

Foi o que Jim disse que o convenceu. Quando foi vê-lo, ao voltar, encontrou-o sentado na cama gritando com as enfermeiras, implorando-lhes para aliviar sua dor, exigindo que lhe dessem mais analgésicos. Quando a enfermeira saiu, Jim sorriu para Hugo e mostrou-lhe seu estoque. Vinte e cinco analgésicos de grande potência. Mas ele estava doente e sua cabeça doía. E Jim sabia o quanto estava doente.

A ignorância não era mais um santuário, disse Jim. E Hugo ouviu. A ignorância era um limbo de pânicos aleatórios. Como o pânico que Hugo tivera em Nova York olhando as 40 erupções vermelhas em seu peito. Precisava saber com o que valia a pena se preocupar. Precisava ser capaz de ter um resfriado, uma tosse, uma diarréia, de sentir-se cansado e sem fome, sem ficar gelado por dentro e pensar: é o fim. Aqui vou eu.

Não era a morte que o preocupava. Já estivera perto da morte antes. Em carros velozes demais, dirigidos por homens chapados demais e jovens demais. Essa era a morte instantânea ou, na pior das hipóteses, a sobrevivência em uma cadeira de rodas. Mas a doença significava uma lenta descida em meio a ataques de bactérias de carona, vírus oportunistas, germes dissimulados e torrentes de enfermidades pouco usuais. Era definhar e sentir dor. Foi isso que Jim disse quando se sentou, ereto, em seu quarto, gritando para que a enfermeira lhe trouxesse mais analgésicos, a cabeça sendo destroçada por uma serra elétrica interna.

— Se você esperar até o último minuto, vai deixá-los com as mãos amarradas.

Foi o que os médicos lhe disseram. Quanto antes soubessem, mais poderiam fazer. Quanto antes soubessem, mais poderiam observar, mais rápido poderiam agir. Se mantivesse a coisa toda como em segredo para si mesmo, manteria em segredo para eles, e alguém somente perceberia que algo estava errado quando a doença irrompesse para a superfície, jorrando de alguma pústula interna por demais supurada para poder ser dissolvida por uma pequena cápsula cinza.

Foi por isso que Hugo recorreu à seringa do consultório rápido de entrar, rápido de sair da Harley Street, por 35 libras em dinheiro. Foi por isso que, na manhã seguinte, ele e Chas estavam sentados um em frente ao outro em um escritório superaquecido, e os dedos de Hugo estavam contraídos, esperando o momento de ligar para o médico.

Chas sentia-se mais tenso que Hugo. A coisa toda o deixava à beira das lágrimas. Seu temor pelos outros misturava-se com terror por si mesmo. Hugo era o oposto. Nas crises, mostrava-se muito frio. Notícias de mais uma morte o deixavam parado junto ao telefone, esperando que alguma coisa o atingisse enquanto balbuciava as palavras esperadas — sinto tanto, isso é terrível. Mas nada o atingia. Continuava ressecado. Então, mais tarde, de repente, inesperadamente, Hugo sentiria a perda. Não como uma torrente de lágrimas, o súbito desaguamento de uma onda represada. Mas como um vácuo. Um espaço vazio. Uma perda. Às vezes isso o deixava perplexo. Um nome apareceria em sua agenda de endereços e a pessoa estaria morta. Desaparecida. Impossível de ser encontrada. Fora do circuito. E não voltaria. O espaço vazio iria abrir-se vagarosamente e, então, fechar-se outra vez.

Naquela manhã, Hugo tinha um espaço vazio em seu estômago. Não era de perda. Era o espaço que ele havia aberto para frear todas as reações. Eram emoções contidas. Hugo tinha de estar inteiramente passivo. Era como se tivesse cometido um haraquiri psicológico. Havia desentranhado seu medo. O medo sempre ficava em suas entranhas, de qualquer forma.

Hugo subiu para telefonar.

Em cima havia um escritório menor, vazio.

Ligou para o consultório rapidamente.

Era como esperar pelo resultado dos exames escolares. Exceto que os resultados dos exames escolares não eram uma questão de vida ou morte. Sabia disso porque seu pai lhe dissera, quando ele tinha 11 anos e foi fazer o exame para a escola grande no interior.

— Não é uma questão de vida ou morte — ele disse quando Hugo fechou a porta do carro, pálido.

Mas esses exames eram.

Pegou o telefone e, como se observasse a si mesmo à distância, viu sua mão discar os números do consultório do médico. O espaço em seu estômago deslocou-se. O ar rodopiou. Era a sensação que você tem no banco de trás de um carro que passa por uma lombada inesperada. A terra e todas as coisas sólidas estavam sumindo.

— Consultório.

Era uma das mulheres de óculos de armação de tartaruga da recepção. Elas eram as guardiãs dos portões do consultório do médico. Passar por elas exigia táticas de choque e um estratagema cuidadosamente preparado. Hugo sempre usava a técnica do aríete.

— Preciso falar com o dr. Wilkinson. É urgente.

— O dr. Wilkinson está de férias.

Deveria ter dado bom-dia, mas entrou em pânico. Agora ela estava se divertindo com isso. Tinha o discurso perfeito para ganhar tempo.

— Quem está cuidando dos pacientes dele? Preciso saber os resultados de meus exames de sangue.

Sabia que isso iria alarmá-la. Exames de sangue. Não era nada específico, mas um homem jovem com uma voz arrogante, que obviamente não estava no hospital... ainda. O que isso poderia significar? Ela não respondeu. Um médico pegou o telefone.

— Aqui é o dr. Hilliard.

A voz era jovem. Fresca demais. Ansiosa para agradar. Era uma voz que dizia coisas do tipo vire-uma-nova-página, comece-de-novo, amanhã-é-outro-dia. Uma voz tipo escoteiro.

— Aqui é Hugo Harvey.

— Ah... sr. Harvey... sim...

A voz do médico estava definitivamente nervosa. Hugo sentiu que a conversa seguiria esse rumo. Agora, o controle estava com o médico. Hugo havia passado pelas guardiãs dos portões para acabar falando com um médico hesitante. Agora, iria ao que interessava. A informação. A questão de vida ou morte. No fundo de sua mente, Hugo percebeu que esse não era o jogo habitual. Dessa vez, ele poderia ser o perdedor. E os sinais não eram bons. Por que o médico estaria tão nervoso?

— Estou telefonando para saber dos resultados de meus exames de sangue. Eles devem ter vindo da clínica, mas seriam enviados para...

— Sim. Eles estão aqui.

— Bom. Qual é o resultado?

Tinha de fazer uma abordagem direta. Não podia perder a deixa.

— Bem, acho que não deveria lhe dar os resultados por telefone...

— Por que não?

Hugo sentiu uma certa rispidez em sua voz. Por que tinha de regatear? Tratava-se de sua saúde. Não ia pegar um trem para Hadley.

— Acho que devíamos nos encontrar para discutir os resultados.

— Estou no trabalho. Não posso sair à tarde.

— Bem, acho que seria melhor. Não gosto de fazer isso por telefone.

Por que não gostava? O médico estava entregando o jogo. Não estaria tão preocupado se os resultados fossem negativos.

— Tudo o que quero é uma resposta, sim ou não. Sei para que eram os exames. Só preciso saber, sou positivo ou negativo?

— Eles querem que você volte para fazer mais exames.

— Por quê? Esses exames são apenas parciais?

— Sim.

— Então, sou positivo...

— Bem...

— Do contrário eu não precisaria fazer outros exames.

— Bem, é importante que eles se certifiquem...

— Tenho chance de ser negativo se um desses exames der positivo?

— Não.

Não estava sendo fácil para o médico. Ele era novo na profissão. Essa era sua primeira semana. Hugo descobriu mais tarde. Também descobriu que o médico havia passado o resto do dia sentindo-se péssimo pela forma como conduzira a conversa. Mas Hugo não lhe dera escolha. Não iria viajar uma hora e meia de trem para dar de cara com um estudante de medicina novato revirando seu manual de serviço comunitário, tentando encontrar instruções de como dar a notícia de uma doença grave a um perfeito desconhecido. Hugo não queria seus conselhos e não dava a mínima para sua simpatia. A simpatia de estranhos é a mais deprimente de todas.

Hugo tampouco estava se divertindo. Os resultados não eram os que ele queria.

— E esses exames deram positivo.

— Bem... sim.

— Muito obrigado.

Hugo pôs o fone no gancho e olhou para o quadro de avisos na parede do escritório bem em frente a seu rosto. Olhou alguns cartões-postais. Havia um pôr-do-sol na Jamaica, pesadamente retocado. Havia um hotel um tanto sombrio em Oban. Havia um postal de Piccadilly Circus no qual o colorista usara o mesmo vermelho para dois ônibus, o casaco de uma senhora e três pares de sapatos de mulher.

Olhou para o quadro de avisos e perguntou-se o que deveria fazer. Sentia-se extremamente calmo. Mas era como se houvessem pendurado ao redor de seu pescoço uma mensagem dentro de um frasco de vidro, que ele poderia quebrar e abrir. Dentro encontraria instruções. Instruções simples e concisas, escritas no estilo de um veterano piloto da RAF: Não tenha medo, meu chapa. Coisas piores acontecem no mar.

Hugo respirou profundamente e levantou-se. Sempre se decepcionava porque as lágrimas nunca corriam nos momentos em que esperava. Não era tanto o drama das lágrimas que ele queria, mas a catarse. Só que nada veio. Tudo estava embalado a vácuo e comprimido.

Desceu e sentou-se em frente a Chas. Chas o olhou interrogativamente. Antes que pudesse dizer uma palavra, o telefone tocou. Trabalho. A jovialidade em sua voz soou como um eco. Desenhou o sinal de mais em um pedaço de papel e o passou a Chas do outro lado da mesa.

Enquanto Hugo conversava ao telefone, Chas o olhava, e Hugo, com a tensão outra vez borbulhando por dentro, pôs-se a sorrir incontrolavelmente. Quando Chas começou a baixar o olhar, Hugo estava dando risadinhas. Ao desligar o telefone, Chas tinha a cabeça entre as mãos.

— Você é?

Hugo parou de rir e disse com uma voz sem expressão:

— Sim.

Hugo gostava de parecer corajoso. Frio. Distante do drama de sua própria vida. Reclinado e assobiando entre os dentes. Por dentro, contudo, o terror rastejava cada vez mais perto.

Quando Hugo foi para o hospital, foram mordazes com ele por ter feito os exames em uma clínica particular, e insistiram que repetisse tudo outra vez: cada pergunta e cada exame.

— Com quantos homens você dormiu nos últimos três anos?

— Não sei...

— Cinco, dez, 15...?

— Uma centena.

— Cem?

— Cento e cinqüenta. — Hugo sorriu.

O homem ergueu uma sobrancelha maliciosa.

— Qual é a média?... Não sei... Nunca parei para contar. Muitos. Uma centena, fácil.

— Você já usou narcóticos para fins recreativos?

— Sim.

— Já usou drogas intravenosas?

— Sim.

Hugo queria impressioná-lo. Outra sobrancelha erguida, talvez. O homem nem piscou. Apenas deixou Hugo lá sentado, em uma cadeira dura numa sala vazia. Mas essa não era a polícia. Estavam lá para ajudar. Disseram-lhe isso ao lhe darem um número. Que iriam proteger seu nome. Que impediriam as pessoas de checar sua ficha médica.

Hugo havia entrado no mundo secreto das pessoas maculadas.

Assinou formulários e viu coisas serem escritas, e carimbos dizendo CONTAMINADO foram postos por cima das escritas e da assinatura. Pegaram seu braço e tiraram oito frascos de sangue vermelho-escuro, cada qual recebendo novamente o carimbo de CONTAMINADO. Estava começando a entender. Então mandaram-no para baixo, para os assistentes sociais. Hugo lutou com sua indiferença. Parte dele queria fazer um escândalo. A outra parte, mais forte, exigia que ele ficasse como sempre — *blasé*, frio, distante.

— Provavelmente, vou viajar por três anos e então morrer — disse à assistente social, com uma pompa que esperava que passasse por despreocupação. — Não vejo sentido em sentar aqui e esperar as coisas acontecerem.

Ele não havia feito plano algum e nem saberia por onde começar, mas queria que a garota escocesa de cabelos vermelhos entendesse que não precisava ser protegido.

— E se você não morrer depois de três anos? — disse ela, espertamente. — E se você não morrer depois de dez anos? Vai voltar ou apenas sentar-se em algum lugar esperando para morrer?

Ela estava tirando o drama de sua catástrofe. Hugo gostara da idéia de uma viagem de purgação, o mendigo leproso viajante, rabiscando mensagens a caminho da sepultura.

Mas não foi a parte alguma. Esse era o aspecto curioso de ser positivo. Era uma justificativa para não agir. Você estava sentado na antecâmara da doença, esperando que seu nome fosse chamado, mas era melhor trazer algo para fazer enquanto espera porque, de outra forma, o tédio irá matá-lo.

Hugo saiu do hospital com um código numérico secreto e uma lista de futuros compromissos marcados. Não sabia exatamente como se sentia. Seu estômago não lhe dava pista alguma. Estava vazio. Sua mente estava vazia. Tentou contar para algumas pessoas. Chas sabia. Disse para outras três, talvez quatro pessoas. Amigos íntimos. E cada vez que o fazia, arrependia-se de ter-lhes dito. Tentava explicar como se sentia vazio, e eles o olhavam longa e duramente, como que decorando os traços de seu rosto. As lágrimas escorriam de seus olhos, ou seus braços abriam-se para um abraço. Mas Hugo não queria isso. Gostava do amor e da lealdade, mas não das alusões ao sofrimento dos amigos. Pensavam que ele já estava doente, e ele não estava. Estava?

Tentava falar para outros que sabia estarem contaminados, e eles apenas o deprimiam com suas depressões. Tinham sido abatidos pela notícia. Achavam que já eram inválidos. Se alguém os mandasse ir a um campo de concentração para intocáveis, teriam ido, passivamente, com as cabeças baixas. E Hugo teria olhado, paralisado, do outro lado do arame farpado, sem dizer a ninguém, sem protestar, mentindo para salvar a pele.

Havia exceções. Jim, com seu ferrenho apego à vida e conhecimento clínico de tudo o que poderia acontecer, recusava-se a se deixar abater pela adversidade e enfiava panfletos e propaganda sobre novas drogas, vacinas e testes nas mãos de Hugo. Philip, com sua arrogante crença de que sabia mais do que os médicos e que tudo o que precisava era da combinação certa de pós naturalistas e bebidas orgânicas, insistia para que Hugo anotasse sua própria contagem de células T, para que lesse os resultados de seus exames de sangue após cada visita ao hospital, para que dissesse aos médicos quando agir e quando aguardar. Até mesmo Chas, depois de ter passado o tremor do choque, disse a Hugo que ele ainda podia pegar resfriado, tossir e vomitar sem pensar que cada calafrio era o anúncio da morte.

Vagarosamente, porém, a notícia seguiu seu rumo: discretamente, secretamente para o fundo da mente de Hugo. Hugo perdeu a memória. Não a memória séria: sabia quem era, o que fez, onde fez e, às vezes, porquê. Mas perdia tudo, em toda parte: agendas, uma carteira, suas chaves. Perdia sacos com as compras ainda dentro. Seu relógio. Perdia alguns encontros e aparecia em outros na hora errada. Começou a perder a paciência. E então, de forma tão repentina quanto havia começado, isso parou. Essa foi a reação dele. Em um quarto distante de sua mente, o negócio de lembrar-se de pegar sacos de compras, colocar o relógio, pegar suas agendas, carregar sua carteira, fora fechado para férias. A pressão havia sido demasiada. E agora que a pressão passara, as ondas de choque chegaram ao fim, o negócio estava funcionando normalmente. E Hugo continuou como sempre. Por algum tempo. Por enquanto. Naquele momento.

Ouviu uma batida na porta. Fechou os olhos e fingiu dormir. Não queria saber quem era, quem estava chegando. Trouxeram-lhe algo embrulhado em celofane. Escutou o farfalhar característico quando o pacote foi colocado em seu quarto. Havia apenas um. Nenhuma palavra sussurrada. Ele usara esse truque antes e acabou ouvindo uma conversa horrível quando duas pessoas que não conhecia olharam para seu corpo e falaram sobre morte. Sabia que, secretamente, todas essas pessoas queriam dizer-lhe: "Você não sabe que está prestes a morrer? O que lhe parece? Não lhe parece estranho?" Hugo não lhes daria o prazer de uma resposta. Sabia porque havia se sentido do mesmo jeito. Quando Jim perdeu a visão por causa de uma retinite. Aconteceu muito rápido: num dia podia enxergar, no outro estava cego. Hugo tinha ido vê-lo no hospital. De repente, depois de todas as batalhas diárias que ganhara contra vírus vingativos e germes oportunistas, Jim havia topado com uma praga inesperada e não sabia como derrotá-la. Estava abismado com sua má sorte. Hugo sentou-se a seu lado na cama, agarrando uma caixa de frutas Terry's York, imaginando o que dizer e o tempo todo querendo perguntar: "Isso é ruim mesmo? O quanto você consegue enxergar? Como você lida com isso? O que diz para si mesmo? Esse foi o golpe final?"

O visitante desconhecido sentou-se. Essa poderia ser uma longa visita. Um pio devoto do leito de morte. Algumas vezes Hugo realmente pegou no sono enquanto fingia dormir. Algumas vezes espiava discretamente. Mas assim que seus olhos abriram-se um pouco, a luz os manteve abertos um pouco mais, e a impaciência de ver quem estava lá acabou levando a melhor sobre ele.

Ouviu uma caneta de ponta porosa escrevendo no papel. Perfeito. Ela — isso ele sabia pelo cheiro — estava deixando uma mensagem. Assim Hugo saberia quem tinha estado lá.

Não que ele não gostasse de visitas. Ou talvez fosse isso mesmo. Mas isso só começou a acontecer depois que Chas morreu. Enquanto Chas estava vivo, ele havia sido o visitante perfeito e, quando os outros vinham, Hugo lhes contaria histórias que Chas lhe contara. Fofocas. Intrigas. Chas exibia sua vida a Hugo como capítulos diários de uma novela de rádio, e Hugo prestava atenção com interesse nos mexericos e fuxicos de um elenco com o qual há muito perdera o contato. Munido das fofocas da semana, podia recontá-las, editando para cada platéia os casos de casamentos desastrosos de Chas, adultérios desvairados e carreiras em ruínas. Tornou-se a única maneira de Hugo continuar divertido. As pessoas ainda esperavam que ele fosse divertido. Ou ele ainda esperava que elas esperassem isso. Chas ainda podia fazê-lo rir e Hugo ainda podia fazer os outros rirem com as histórias de Chas. Os outros vinham para uma audiência. Às vezes, apenas sentavam-se e ficavam olhando. A simpatia escorria de seus olhos como lágrimas. Mas, desde que Chas morreu, Hugo perdera o interesse por seus visitantes.

Chas tinha partido. Partido para seu túmulo e para seu criador. Muito mais rápido do que qualquer um poderia esperar. Exceto Hugo. Hugo sabia por que Chas morrera tão rápido. A vontade esvaiu-se dele como ar escapando de um balão. Chas não queria lutar. Não queria ficar. Não queria ver Hugo. E não era apenas porque os dois estavam no mesmo barco miserável. Eles poderiam ter se divertido sozinhos, morrendo juntos, aquecendo-se no bom humor um do outro.

Chas tinha partido para os braços de seu criador sozinho e solitário, amargo e ressentido, odiando Hugo talvez mais do que qualquer outra pessoa no mundo porque o homem dos sonhos de Chas, o homem com quem Chas vivera durante anos, o homem que o deixava feliz e confiante, o havia traído com Hugo. E Hugo, seu melhor amigo, seu confidente, seu primeiro e último refúgio, o traíra com Mick. Esse era o segredo mais culpado de Hugo. Por mais de um ano esse segredo ficou supurando no fundo de sua consciência. Até que Mick, com todo o egoísmo de um pecador em busca de perdão, contou a Chas, enquanto ele jazia em sua cama de hospital.

Não queria que Chas morresse sem que lhe confessasse tudo. Era a razão mais egoísta de todas. Chas podia morrer infeliz, desde que Mick não tivesse de viver sentindo-se desonesto.

E então Mick foi ver Hugo e contou-lhe que havia contado para Chas. Hugo apenas o encarou sem dizer uma palavra.

Mick sentou-se por cinco minutos olhando para o chão. Hugo olhou para a janela. E então Mick saiu e nunca mais voltou.

Por que Hugo tinha feito isso? Chas nunca lhe fez esta pergunta. Nem Hugo perguntou a si mesmo. Sabia a resposta. Não era a mesma razão pela qual ele fodeu um homem nos fundos de uma sauna parisiense e soltou jatos de porra envenenada em suas entranhas? Não era a mesma razão pela qual se ajoelhou no chão sujo do banheiro de um posto de gasolina na M I e chupou o pau de um caminhoneiro até que... Não era isso? A diferença, disse Hugo a si mesmo, era que ele não se arrependia. O homem na sauna sabia dos riscos que corria. Hugo sabia dos riscos que corria. Se essa fosse a forma de morrer, então que fosse.

Isso era diferente. Hugo arrependia-se de tudo. Mas no fundo era a mesma coisa. Não podia evitar. Fora dominado pelo desejo.

Já havia acontecido antes. Já havia acontecido antes entre ele e Chas. Chas não o apresentara a Mick até um ano depois de terem começado a sair juntos por causa da reputação de Hugo. Gostava de roubar os namorados dos outros. Tudo era parte da competição. Tornava-os mais atraentes e fazia Hugo sentir-se mais importante. Nunca durava. Era divertido apenas por um momento. E, antes, Chas não se importava porque não eram amantes sérios. Seu ego havia sido abalado, mas não suas emoções. Os dois sempre faziam as pazes e nunca mais viam de novo o garoto em questão. Ou, se vissem, riam e falavam sobre o pau dele.

Mas Mick era diferente. Mick era o amor da vida de Chas. Hugo sabia que Mick era diferente. Certa vez, Chas lhe contara sobre um pesadelo que o fez acordar inconsolável, aos prantos. Tinha chegado do trabalho e encontrado Hugo e Mick no quarto. Estavam deitados na cama, vestidos, olhando velhas fotos e rindo contentes, como amantes. Chas ficou na soleira da porta e olhou para eles. Hugo o viu primeiro e sorriu. Chas disse que o sorriso era como o de um réptil. Era um sorriso de rancor, não de boas-vindas. Mas isso assustou Chas ainda mais do que a felicidade no rosto de Mick. Ele olhou para Chas e Chas viu apenas indiferença. Como se mesmo a discussão que se seguiria não fosse capaz de perturbar a boa manhã que tivera.

E então Hugo disse a Mick:

— Por que você não conta para Chas?

E Mick sorriu gentilmente e disse:

— Por que você não conta?

E Hugo disse a Chas, com o sorriso de réptil ainda nos lábios:

— Mick e eu somos amantes. Estamos juntos há um ano. Achei que você poderia ter imaginado.

E Chas acordou gritando.

Esse foi o sonho.

A realidade era pior, talvez. Talvez não. Era um segredo. Aconteceu quando nenhum dos dois estava olhando. Ambos estavam bêbados. Mas a coisa toda tinha sido assim, durante meses indo em direção a eles como um trem movendo-se em câmera lenta. Começou com toques e beijos. Era tudo brincadeira. Flerte. Seguro aos olhos de Chas. Chas não se importava. Não precisava. Mick era dele. Mas Hugo estava ficando excitado. Tentava evitar, mas não podia deixar de corresponder e, então, tinha de esconder sua frustração com sorrisos. Sempre sentira-se atraído por Mick, mas nunca tomou a iniciativa. Não podia. Ele era o namorado de seu melhor amigo.

Não podia. Mas fez.

Chas não estava lá naquela noite. Os dois tiveram uma discussão. Ele e Mick discutiam com freqüência. Batendo os pés em direções diferentes com impropérios nos lábios. Hugo tinha saído. Foi a um clube na esquina de casa. Não sabia que Mick estaria lá. Ele estava bêbado. Tentava andar pelo clube, mas ficava colidindo com as pessoas, trocando os pés, oscilando sem equilíbrio. Foi descansar recostando-se na parede perto do palco. Uma *drag queen* fazia sua *performance*. A platéia era ofendida e ofendia de volta, e a temperatura estava subindo. Era quente e escuro e a *performance* da *drag queen* ficava cada vez mais rude. Hugo entediou-se e olhou ao redor.

Parado no canto, encostado na mesma parede, estava Mick, enrolando um cigarro, sorrindo pelo canto dos lábios das piadas ruins da *drag queen*.

A boca de Hugo ficou seca. Mick parecia comestível. Encostado lá, com aquele meio sorriso, parecia um cartão-postal americano, masculinidade casual e pose sexual. Nenhum esforço. Apenas hormônios. Hugo queria ir embora. Fora dominado. Queria virar-se. Sabia que se pudesse se virar e sair, sair pela porta, subir a rua e ir para casa, deitar-se e bater uma punheta, então tudo estaria bem de manhã. Ninguém saberia que ele queria Mick. Ninguém precisaria saber.

Virou-se, foi até Mick e disse oi.

Mick o agarrou pela cintura e o segurou perto de si. Poderia ter sido um abraço amigável. Provavelmente, tinha a intenção de ser um abraço amigável e apenas um beijo, um selinho nos lábios. Mas Hugo moveu a cabeça para trás. Então, a cabeça de Mick teve de se mover para a frente. Hugo abriu os lábios ligeiramente. A língua de Mick deslizou entre os lábios dele. Hugo mexeu os quadris ligeiramente, roçando o jeans no de Mick. E sentiu o saco de Mick crescer enquanto se inclinava outra vez para a frente, empurrando Mick contra a parede.

Não falaram quando saíram do clube. Ambos sabiam onde ficava o apartamento de Hugo. Ambos sabiam onde seu quarto ficava. Entraram. Estavam tremendo. Suas mãos estavam perto do corpo um do outro mesmo enquanto se despiam. Ainda não haviam dito uma única palavra. Fizeram um sexo furioso, zangado, amargo, apaixonado, desapaixonado. Apaixonado por causa desejo reprimido e desapaixonado por causa da ternura suprimida. Não podiam arriscar-se a parar, porque a conversa de travesseiro levaria à culpa, e a culpa arruinaria o momento. Morderam, mastigaram e agarraram os corpos um do outro.

A demora os deixara desesperados. Ambos sabiam que estavam quebrando as regras. Não queriam que seus olhares se encontrassem porque, se não, a vida real se intrometeria em sua fantasia. Não queriam que terminasse porque, uma vez que chegasse ao fim, a culpa viria substituir o desejo.

Então, Hugo gozou. E Mick gozou. Por um segundo veio o alívio e o sorriso. Logo seus sorrisos se congelaram. Ficaram deitados, cada qual embrulhado em sua própria traição, já fazendo as contas do quanto isso lhes custara.

Mick levantou-se e foi ao banheiro. Hugo não se mexeu. Mick voltou e começou a se vestir, e Hugo foi ao banheiro.

Hugo saiu do banheiro e Mick estava parado na porta, pronto para sair. Os dois pareciam cintilar, reluzentes de sexo. Ambos tinham comido bem e se saciado.

— Isso nunca aconteceu, certo? — A voz de Hugo não era clara.

— Não.

— Isso não deve acontecer outra vez.

— Eu sei.

Sorriram nervosamente. E nunca se encontraram de novo. Até o dia em que Mick foi ver Hugo no hospital e lhe disse que havia contado para Chas.

E agora Chas estava morto.

Hugo abriu os olhos e tentou focalizar o presente deixado pelo visitante anônimo.

Chas se fora.

Hugo ouvira dizer que Mick também estava doente. Em outro hospital. Havia perdido os movimentos das pernas. Hugo não queria chegar perto dele. Era como se o ar entre eles estivesse envenenado. Os dois haviam matado Chas e matado aquela parte deles que Chas tinha amado.

A visitante deixou algumas frutas Terry's York. Era tudo o que tinham no andar de baixo. Ela deixara um bilhete, mas Hugo só pôde ler depois que seu estômago comprimiu-se tanto que ele ofegou e engasgou-se com o próprio catarro. Virou-se de lado, ofegante. Estaria Chas observando-o agora?, perguntou-se. Olhando-o, esperando que morresse? Será que Chas falaria com ele do lado de lá? Hugo sorriu para si mesmo em meio a dor. Lado de lá porra nenhuma, resmungou. O ácido cavava-lhe um buraco no estômago. Os quadris estavam tão doloridos que ele não podia ficar nessa posição. Agarrou o oxigênio e inspirou profundamente. Sua cabeça girou levemente e ele deitou-se de costas outra vez, usando os pés para tirar o peso da bunda dolorida e inspirando com mais calma o oxigênio do cilindro.

Fechou os olhos e, em meio às monótonas explosões laranjas e ao torvelinho de escuridão, tentou encontrar a imagem que sabia ser capaz de acalmá-lo.

Devagar, ela entrou em foco.

Chas e Hugo. Caminhando lado a lado. Pelo ar úmido com restos de neblina. Por caminhos cinzentos, cheios de poças d'água e marcas de pneus de bicicletas.

4 de janeiro de 1986

Querido Chas,

Sei que você ficará um pouco surpreso ao receber esta carta. Gostaria que na primeira carta que lhe escrevo eu tivesse algo mais alegre para lhe dizer, mas estou muito preocupado com Hugo e queria comentar isso com você.

Não vejo Hugo há alguns meses, e talvez seja por isso que fiquei tão impressionado quando o vi no dia seguinte ao Natal, quando fui à sua festa. Você sabe que Hugo sempre organiza essas noites de "escapadas" no dia seguinte ao Natal. Bem, nessa ocasião, ele estava realmente estranho.

Ele abriu a porta e começou a nos cumprimentar quando, de repente, pareceu ter perdido o interesse e saiu andando, deixando-nos junto à porta, guardando nossos casacos sozinhos. Fomos para o andar de cima onde as pessoas estavam sentadas — Dolly estava lá, e alguns outros, a maioria dos quais eu conhecia —, porém, embora todo mundo parecesse animado, também pareciam confusos com a atitude de Hugo. Toda vez que ele saía da sala, as pessoas trocavam olhares, mas não podiam falar a respeito por causa da presença de alguém chamado Larry. Não posso acreditar que Larry seja o atual amante de Hugo. Ele é desgrenhado e pálido. Não trocou uma única palavra comigo ou com qualquer outra pessoa a noite inteira. Apenas sentou-se e ficou olhando para a televisão, mesmo quando estava desligada. Parece que ele exerce uma péssima influência sobre Hugo que, assim como Larry, foi uma companhia horrível naquela noite.

Você sabe como Hugo costuma ser em suas próprias festas — frenético até ficar bêbado e, então, apenas travado. Contudo, naquela ocasião, a palavra mais adequada para descrevê-lo seria ausente. Ele simplesmente não estava lá. E o modo como ele desaparecia com tanta freqüência da sala, sem dizer nada, deixando-nos com aquele sujeito carrancudo de jaqueta de couro, deve ter, suponho, alguma coisa a ver com drogas.

Você o viu recentemente? Vocês são tão íntimos, estou certa de que você é a única pessoa que poderia falar com ele. Nem mesmo Dolly ousou abordar o assunto com ele. Você sabe como Hugo pode ficar selvagem se lhe fizerem a pergunta errada na hora errada. Mas Dolly acha que é heroína, o que eu não posso acreditar. Não Hugo. Ele sempre foi tão esperto em relação às drogas que usa.

Você provavelmente pensará que eu estou me preocupando à toa, mas sei que Hugo confia em você e espero que você possa me tranqüilizar.

Muito amor, e que as coisas estejam indo bem para você. Por favor, entre em contato. Ficarei muito grata em receber notícias suas.

Cynthia

10

ALFINETES E AGULHAS

A veia parecia respirar suavemente sob a pele do lado interno de seu cotovelo. Uma sombra cinza, que seu punho cerrado fazia inchar.

Ele pegou a agulha, mantendo o torniquete apertado entre seus dentes. Colocou a agulha na pele e a forçou para dentro. A dor da perfuração não o incomodava. O que quase o fazia perder os sentidos era a resistência da veia. Ela empurrou de volta a ponta da agulha hipodérmica e, então, repentinamente, cedeu como que num suspiro. Hugo retraiu-se.

Empurrou lentamente o êmbolo. A sensação de desmaio cresceu em sua corrente sanguínea, como água enchendo uma garrafa de leite. Largou o torniquete e a agulha, que pendeu de seu braço como um dardo envenenado. Ferido, o braço escorregou da mesa enquanto ele apoiava a cabeça na outra mão. Tinha de se mover. Ou estava muito chapado, ou a ponto de morrer. Fosse como fosse, tinha de estar perto da água fria.

Atravessou o corredor que conduzia ao banheiro e sentou-se na privada, de modo que seus olhos ficaram no nível da pia. Abriu a torneira de água fria e olhou o líquido jorrando. O telefone tocou, distante. Mais tarde atenderia. Ultimamente já não podia dizer se o telefone tocava o tempo todo ou se parava e tocava de novo. E, de qualquer modo, quem poderia ser? Não havia combinado encontrar-se com ninguém. Ontem ele havia atendido o telefone, mas não conseguiu lembrar-se o que deveria dizer e teve de colocá-lo novamente no gancho antes que a pessoa do outro lado da linha tivesse terminado de falar. Lembrava-se de quem telefonara. Gavin

Hill. Um amigo da faculdade a quem pedira 50 libras emprestadas. Não eram mais amigos. Hugo não devolvera as 50 libras. Nem tampouco se lembrava do que fizera com o dinheiro.

Límpida, a água escorria da torneira para a pia. A luz que entrava pela janela atrás dele dava à pia uma vaga aparência de comercial de sabonete. Sentia-se melhor, agora. Não se sentia doente. Apenas exausto. Pronto para deitar-se e fitar o teto. Eles ficavam horas fazendo isso, gemendo de vez em quando, brincando um com o outro, incapazes de manter uma ereção, embora ambos estivessem excitados. Ajudava a matar o tempo. Larry tinha todo o tempo do mundo. Havia deixado o emprego, embora seu chefe ainda não soubesse. A heroína já era uma ocupação mais do que suficiente para que ele, ainda por cima, tivesse de trabalhar. E desde que Hugo entrara em cena, a heroína tornara-se fácil de ser obtida.

Hugo não estava parando lá. Era apenas uma visita. Viera de Cambridge para o Natal e à noite trabalhava em uma casa noturna na Bond Street, vendendo bebidas a preços extorsivos para *socialites* de segunda. E durante o dia, quando não estava dormindo ou estudando para os exames finais, compartilhava agulhas com Larry.

Os dois tinham um relacionamento esquisito. Limpador de janelas itinerante de Newcastle que vez ou outra dedicava-se à vagabundagem e ao crime, Larry tinha ido parar no casarão da Muswell Hill e fora aceito por seus moradores. Quando Hugo chegou de Cambridge, Larry estava sentado no sofá de veludo marrom na sala do andar de cima, assistindo televisão com William e Barry. Na ocasião, não se falaram muito. Larry tinha cabelos longos e finos e usava uma jaqueta de couro. Seus lábios eram como uma flor madura demais. Duas noites depois, foram para a cama juntos. Na tarde seguinte, estavam no sótão de um apartamento na Abbey Road, comprando heroína.

Hugo não havia entrado realmente na onda da heroína. Usava coca, ácido, baseados, pílulas, estimulantes, calmantes e similares em todas as combinações possíveis, mas não heroína. Era contra. Dizia que não sentia necessidade disso. Dizia que era algo chato, sem graça e muito caro. Ridicularizava-a, chamando-a de soporífera e negativa. Naturalmente, jamais a havia experimentado. Nunca lhe ofereceram. E, como sempre acontece nesses casos, secretamente, Hugo queria experimentar. Se a oportunidade surgisse, estava disposto a provar. Só uma vez.

Na escola, tudo começou com os barbitúricos que Damian roubava do pai. Cápsulas azul-turquesa esmagadas em uma caneca de gim puro e engolidas de uma só vez na plataforma principal do 134. Foi assim que ele adquiriu o hábito de usar drogas sozinho. Encarando o mundo através da névoa de um tranqüilizante. Sem fazer contato com ninguém. Sentando-se, olhando as pessoas e os acontecimentos a seu redor como uma criança de cinco anos olhando para a televisão exposta na vitrine de uma loja. Nenhum som. Nenhum sentido. Apenas imagens. Depois, Hugo parava em algum lugar para beber um pouco mais e chegava nas festas com um olhar que mantinha as pessoas a distância. Afastavam-se quando ele andava pela sala. E Hugo adorava essa sensação. Talvez pensassem que tinha uma arma no bolso. O mais importante de tudo é que as pessoas provavelmente sabiam. Sabiam que ele não estava apenas bêbado e prestes a pôr o estômago para fora no chão do banheiro. Provavelmente sabiam que ele tinha pílulas no bolso, em quantidade suficiente para matá-lo se assim o quisesse. Hugo estava fugindo da sanidade, perdendo-se na névoa dos barbitúricos e, ainda assim, o tempo todo portava-se como um ator diante de uma platéia imaginária, impressionável e ingênua: aqueles para os quais as drogas eram um tabu intocável, que eles desejavam, de alguma forma, serem capazes de quebrar. Nunca lhe ocorreu que essas pessoas não existiam. Ou que eram apenas imagens que criara.

— Meu Deus, Hugo, você é de arrasar — sussurrava para si mesmo, criando vozes imaginárias.

Enquanto isso, as demais pessoas na festa viravam as costas, fingindo que não percebiam.

Às vezes sua irmã caçula via isso e se preocupava. Mas ela não era a platéia que Hugo queria. Buscava uma audiência que soubesse o que ele fazia e que, embora não ousasse imitá-lo, desejasse poder fazê-lo. Queria uma platéia que o visse como corajoso e maluco por viver à beira do precipício.

E o verdadeiro precipício era a heroína.

Hugo abandonou os tranqüilizantes quando Damian saiu da escola e eles pararam de foder na mata durante a hora do almoço. Foi o fim dos barbitúricos, do Librium e do Valium. O movimento *punk* havia chegado com tudo e as únicas pílulas que se usavam na cidade eram as azuis. Hugo passava as noites de sábado engolindo pílulas azuis e cerveja atrás da Marquee, jogando fliperama, mastigando chiclete, fumando cigarros até o filtro e bebendo muita Coca *diet*, enquanto seu peito ressoava como um despertador e seu coração irradiava-se para o mundo através de seus olhos, como um carvão em brasas irradiando um benevolente calor.

Engolia duas ou três pílulas sentado no segundo vagão para fumantes da Northern Lines. Em Leicester Square, passava pelas portas giratórias, cruzava os túneis e subia correndo os degraus de pedra entre as escadas rolantes. Quando chegava no último degrau, parava, enchia o peito de ar e sentia o fluxo sanguíneo correndo para seu cérebro. A sensação de euforia o acompanhava ao passar pelo cobrador com um sorriso de orelha a orelha. Um passo além do cobrador e ele estaria dando seu show particular; o coração emitindo um som surdo, o cérebro murmurando vai nessa, vai nessa, vai nessa, centenas de vezes por minuto, e as mãos tremendo como as de um beberrão ao tentar acender o primeiro de seus 40 cigarros.

Hugo adorava tomar anfetaminas. Era jovem demais para desconfiar da felicidade que explodia em sua corrente sanguínea como fogos de artifício. Acreditava em cada explosão de adrenalina. Olhando fixamente para mais uma banda arrebentando mais uma guitarra dissonante, Hugo ficou lá, parado, arreganhando os dentes, com um cigarro em uma das mãos e uma cerveja na outra, e a adrenalina fluindo em suas veias como o elixir da vida.

Agora o elixir o deixara doente. Fizera-o vomitar em golfadas rápidas. Hugo inclinou-se na pia para receber a água sobre a cabeça. Gotas de suor escorriam da raiz dos cabelos e salpicavam-lhe a testa. Tinha a cara de um homem com febre. Pálido e doentio. Parecia-se com alguém que fora roído pelas traças, todo flácido, contra a lustrosa porcelana branca da pia. Até a água correndo da torneira parecia saudável. Conseguiu mover uma das mãos e deixou que seus dedos fossem molhados pela água. Um filete de sangue escorreu do lugar onde a agulha ficara pendente do seu braço. Não conseguia lembrar se a agulha havia caído ou se ele a tirara. Não conseguia lembrar se Larry havia usado a agulha primeiro ou se ele mesmo o fizera. Não conseguia lembrar se tinha dito a Larry aonde ia. Mas, de qualquer forma, Larry não lhe perguntara nada.

Eles não conversavam muito.

Mal se conheciam. Mas agora eram amantes. Dois dias depois de se encontrarem. Passaram uma noite lado a lado no sofá de veludo marrom, em frente à televisão, com as coxas se roçando, conversando besteiras e sondando-se mutuamente com os olhos. Perguntas estúpidas com os olhares errados. Larry sabia tudo sobre Hugo. Sabia que ele estudava em Cambridge. Sabia que estava no último ano. Sabia que passara o verão anterior trabalhando como garoto de programa para pagar o aluguel. Mas não sabia que, no fim do verão, tudo o que Hugo tinha era o dinheiro do aluguel e, bem no fundo de sua mente, a sensação de haver morrido um pouco em todas aquelas camas. Larry sabia o que Barry lhe contara. Barry estava tentando envenenar as coisas. Ele era assim. Não queria ver Hugo se dar bem. De novo.

Hugo não sabia nada sobre Larry, exceto que podia andar com homens, que já tinha andado com homens e que o faria outra vez. E isso era tudo o que precisava saber. Fosse o que fosse que Barry houvesse planejado, Hugo sabia que iria se dar bem. Tudo o que precisava era de uma oportunidade.

E a oportunidade lhe foi dada.

Caiu do céu da noite para o dia, como glacê em cima de um bolo. No dia seguinte, foram dar um passeio na mata para apreciar a beleza da neve que cai de repente. Londres estava em férias. A neve havia enterrado os trens e paralisado os ônibus. O clube da Bond Street fechara as portas. Larry estava em casa. Hugo sugeriu o passeio. Sabiam o que iria acontecer. Só não estavam certos quanto à maneira como aconteceria.

Caminharam na mata, conversando pouco. Hugo não tinha a menor idéia do que dizer a esse garoto com lábios que pareciam flores. Queria morder a língua dele e enfiar a mão em suas calças, sob o cinto. Mas, em vez disso, andaram em silêncio pela estrada em meio às árvores, onde a neve acumulava-se em camadas espessas e intocadas. A mata parecia uma ilustração da história de Joãozinho e Maria. Uma risada nasceu na barriga de Hugo. Sentiu-se o garoto que havia sido um dia, ele e a irmã caçula correndo como loucos em um campo de golfe coberto de neve, abaixando-se ao ouvirem os gritos zangados dos jogadores que eles haviam perturbado. Ele ria muito, então, respirando o ar frio que chegava a seu peito como balas de menta. A risada intensificou-se ante a visão da neve intocada, como um espesso cobertor sobre uma enorme cama. Queria deitar-se nela, abraçá-la e sentir que a neve se transformava em penas em vez de água.

Pegou um bolo de neve e, comprimindo-o rapidamente no formato de uma bola, jogou-a dentro da gola de Larry. Essa era a senha. Larry arreganhou os dentes e pegou um punhado de neve do chão. A senha fora aceita. Correram pela mata, afastando-se das pegadas de cães e das senhoras com seus *poodles*, deixando fileiras de bosta quente de cachorro que abriam furos na camada de neve. As árvores, rígidas e negras como lápis de carvão, tornavam-se mais espessas na medida em que eles corriam. Hugo corria atrás, pegando a neve de galhos e do chão, ensopando Larry com bolas molhadas, rindo enquanto sua ereção dificultava a corrida. Larry virou-se e jogou neve para cima. Hugo foi atingido. Oscilou, atrapalhado, e colidiu com Larry, fazendo-o cair, trêmulo de tanto rir. Hugo jogou-se em cima dele, boca perto de boca, olhos nos olhos. Olharam-se fixamente e Larry lambeu os lábios. Era o convite que Hugo precisava.

Na ocasião ele não sabia a respeito de Larry e da heroína. Não sabia sobre Larry e a lei e a violência que se desencadearia. Não sabia que estava lidando com um garoto desvairado. Um adolescente em fuga. Um homem perturbado. Sabia apenas que ele e Larry iriam deitar-se juntos na grande cama do quarto dos fundos com janela dando para o jardim, enquanto suas roupas ficariam penduradas no aquecedor, secando. Sabiam que suas peles estariam rosadas e queimando com a mudança de temperatura, e que as roupas ficariam duras, mas não sabia por quê.

Fumaram um baseado. O sexo tinha sido estranho. Apesar de sua pose de valentão, jaqueta de couro de aviador e jeans sujos, Larry tinha o corpo de um menino. Pouco desenvolvido, com a pele macia, sem pêlos. Até mesmo seu pinto parecia rudimentar. Ele era quieto, ingênuo, cauteloso com o sexo, porém desejoso. Deitaram-se juntos e fumaram um baseado.

E então Larry perguntou a Hugo se poderia conseguir alguma heroína, e Hugo disse que sim.

Afinal, Hugo podia. Apenas nunca havia feito isso antes.

Hugo respondeu que sim para impressioná-lo.

Sempre quis que as pessoas pensassem que tinha ligações com as altas rodas e com o submundo. E então ele disse sim.

Em algum lugar no fundo de sua mente, uma voz poderia ter-lhe dito que esse era o momento em que deveria dizer não; que durante toda a sua vida tinham-lhe avisado que cair na heroína significava cair no abismo; que ele terminaria preso a uma agulha, jogado em uma pilha de corpos ossudos, catando centavos nas profundezas da estação Piccadilly Circus, esguichando sangue indesejável nas portas dos cubículos nos quais David ganhava duas libras em troca de sexo. Hugo também poderia ter ouvido algum conselho vindo do passado, dos folhetos que seus pais lhe davam. Depois de *De onde vêm os bebês?* foi a vez de *Onde os viciados em drogas vão parar?* Mas Hugo já tinha ido parar lá. Já estava vivendo na zona crepuscular da gente da escuridão, fora de sintonia com as pessoas de olhos brilhantes e passos vigorosos que vão de casa para o trabalho e que passavam correndo por sua janela de manhã cedo, com o café-da-manhã pingando de seus queixos e as preocupações domésticas pingando de suas mentes. Hugo as olhava com os olhos semicerrados de cansaço e ofuscado pela brilhante luz cinzenta de uma manhã de inverno.

Hugo já tinha visto a manhã antes deles. Enquanto esses homens apressados ainda estavam dormindo ao lado de suas mulheres no quarto no fundo do corredor, passando o das crianças, ele bebia uma xícara de chá no Barclay Brothers (Whitehall) Ltda., olhando através do vapor que emanava do chá para Maureen, travesti e rainha do bule de chá, enquanto ela abria as tampas com as unhas lascadas e um sorriso que mostrava dentes esverdeados, servindo uma caneca imunda para adolescentes em fuga, os rostos mergulhados no café-da-manhã, tatuagens de teias de aranha encontrando ovos duros.

Eles apareciam por lá com o olhar entorpecido, sem sorrir, aguardando o chamado do cafetão, o grande negro do lado de fora, reluzindo com seus dentes de ouro, anéis, pulseiras e um enorme medalhão, transportando suas cargas fugitivas em táxis, despachando-os para camas com colchões de penas em algum subúrbio desconhecido nos arredores da cidade. Os garotos sabiam o que os aguardava. Duas horas de investigação sexual feita pelas pontas dos dedos de um desconhecido que não tinha nenhuma esposa dormindo nem crianças no quarto passando o corredor. Sabiam até onde estavam preparados para ir. Era melhor que os desconhecidos não cometessem nenhum erro. Garotos com teias de aranha tatuadas têm o pavio curto.

Essa era a manhã que encerrava o dia de Hugo: da pelúcia puída do clube da Bond Street, onde olhos flamejavam repentinamente em cantos sombrios, às lâmpadas fluorescentes de um café onde os olhares voltavam-se para baixo, desviados, vazios, iluminados apenas pelo súbito lampejo de um fósforo aceso ou pelo vislumbre do brilho seco do humor de Maureen.

Essa era a terra do limbo. Lá, pelo menos, não havia diferença entre Bond Street e Whitehall. Em meio à pelúcia vermelha e à fórmica cinza-esverdeada, todos estavam à deriva. Bond Street era mais quente, escura e rica, mas seus habitantes eram indóceis, às vezes insanos. Os que já tinham sido, os que poderiam ter sido e os levianamente esperançosos amontoavam-se ao redor dos recém-chegados, vendo-os esbanjar o dinheiro recentemente adquirido, subitamente generosos, subitamente mesquinhos. Filhos e filhas dos ricos e famosos espreitavam nos cantos, sorrindo sem esperança para o novíssimo *pop star* como o secretário de admissões de um refinado clube de tênis dando as boas-vindas a um novo membro. Havia sempre escassez de novos membros. Nenhum deles parecia durar muito tempo.

Os ex-famosos e ainda ricos ficavam no bar, olhando fixamente para seus copos, tentando lembrar-se do próximo pedido que fariam ao *barman*. Um homem que vendera milhões de discos prometendo morrer antes de ficar velho oscilava em sua senilidade prematura, em um mar de gim e tônica. Alguém estendeu a mão para cumprimentá-lo, mas acabou ficando sozinho no meio do carpete, a mão estendida enquanto o *pop star* que não morrera ia até o banheiro empoar o nariz.

Estava tudo nos olhos. A névoa injetada de sangue do *pop star*. O olhar esperançoso do garoto rico que saíra para uma farra e achava que iria conseguir cocaína de graça. As piscadelas nervosas do maricão de cabelo com mechas e calças de couro bege, esperando que seu bronzeado ocultasse sua idade, e o olhar vazio e impiedoso de seu companheiro, um corpo dourado vindo de alguma longínqua cidade de surfistas, que ainda trazia o balanço do mar em seus olhos e parecia não olhar para coisa alguma naquele porão. Hugo observava a todos eles, observava-os enquanto eles observavam-se uns aos outros. Olhos seguindo olhos. Esperando por sinais. Ansiando por uma deixa. Mergulhando na bebida. Vagando inquietos, embebedando-se, piscando, hesitando, descuidando-se, morrendo. O surfista olhou para os homens ao redor, amigos do desesperado sujeito de calças de couro falso, todos prontos para abocanhar o prêmio se recebessem o menor sinal. Eles erguiam as pálpebras e reviravam os olhos num olá que raramente encontrava resposta. De vez em quando iniciavam uma conversa que logo morria em seus lábios porque o surfista os olhava sem vê-los e não respondia nada além de sim ou não.

Hugo movia-se entre eles, invisível com seu blusão escarlate e boné de beisebol. Eles o saudavam, absortos, esperando que seus amigos percebessem.

Ninguém percebia coisa alguma na casa noturna. Ninguém percebia os homens esgueirando-se para o banheiro das mulheres depois de trocarem furtivamente pequenos pacotes brancos. Ninguém percebia as fungadas estranhas, os cigarros fumados um atrás do outro, a fala rápida demais e os vestígios de pó branco no bigode de alguém. Por que deveriam perceber? Quem estava olhando? O gerente estava nos fundos com o proprietário, e o funcionário que guardava os casacos bebia o dinheiro do troco. O chefe dos garçons escondia caixas de champanhe em seu porta-malas e os atendentes do bar permaneciam impassíveis, suas pupilas reduzidas não prestavam atenção a coisa alguma, e a heroína deslizava lentamente em sua corrente sanguínea como uma lesma letárgica. O tempo passava devagar, sem alarde. O tempo na terra do limbo era muito lento. Não se fazia nada e nada se percebia.

Não parecia tão fora do comum ficar deitado de costas, olhando as cornijas, esperando que o próximo gemido saísse de sua boca. Não parecia tão fora do comum não ter nada para pensar e menos ainda para fazer. Hugo podia deslizar de um dia inteiro em que passara deitado ao lado do corpo imaturo de Larry para uma noite na qual movia-se entre os empregados do bar de pupilas reduzidas e homens desesperados vestindo couro falso sem emergir de seu casulo de heroína.

Apenas vagamente um pensamento perturbava sua plácida mente. Olhando fixamente seu rosto no espelho por 15 minutos, sem hesitar e quase sem pensar, ocorreu a Hugo que no dia seguinte ele poderia acordar parecendo-se com Michael.

Ninguém queria parecer-se com Michael. Michael fora aniquilado pela heroína. O homem que definhava. O clichê do drogado. Porém, ele era melhor e pior do que o clichê do drogado. Não estava morrendo, apenas emagrecendo. Não era um criminoso. Não era louco. Não era uma sanguessuga. Era rico. Não roubava para bancar o vício. Vendia partes de sua herança, explorando sua família para se drogar.

Quando Larry virou-se para Hugo depois do baseado, depois do sexo, depois da luta na neve, enquanto as roupas enrijeciam-se sobre o aquecedor e os dois permaneciam deitados, olhando para o jardim coberto por uma colcha branca e congelada, e pediu-lhe que lhe comprasse heroína, Hugo disse que sim porque sabia que Michael adoraria conhecer outro convertido. Sabia que Michael era solitário, sozinho com seu vício. Que havia enterrado muitos de seus amigos e, portanto, daria as boas-vindas a Hugo como um evangelizador recebendo um pecador confesso. Mas Hugo também pensou em Michael porque ele era sinônimo de heroína. Michael parecia-se com uma agulha. Ossudo, amarelado, o cabelo fino e oleoso caindo até o colarinho, a voz soando como um ganido, como o tênue ranger de uma serra. Seus movimentos eram frágeis, mas objetivos, seus dedos eram como dardos perfurando o ar quando ele tentava explicar a Hugo e a Larry que o caminhão de leite no fim da rua era na realidade um veículo policial disfarçado.

— Eles estiveram aqui e vasculharam tudo. Puseram tudo no lugar outra vez, mas olharam tudo. Eu sei. Eles pensam que eu não sei. Por que eles não pegam alguma coisa? É isso que eu não consigo tolerar.

Irritada, sua voz de serra rangia. Hugo inclinou-se na janela do sótão da Abbey Road para ver o caminhão de leite tranqüilamente estacionado junto ao meio-fio. Estava vazio, com as luzes apagadas. O leiteiro, provavelmente, morava numa quitinete de uma das casas cavernosas do outro lado da rua.

— Jamie sabia que era a polícia secreta. Ninguém mais parece se dar conta, mas ele sabia.

Michael dizia isso pela quarta, talvez pela quinta vez. Contraindo-se e coçando-se o dia inteiro, sozinho com seu medo e sua aversão às pessoas, ele agora queria falar. Queria amigos com os quais pudesse falar sobre outros amigos. Mas Michael estava sempre perdendo os amigos. Jamie era o último amigo que lhe restara. E Jamie estava morto. Jamie era o filósofo ciclista de Rotherham, que se sentava, sossegado, brincando com suas contas e falando sobre tranqüilizantes para elefantes. Jamie desejava apagar todos os pensamentos de sua mente, e acabou apagando a si próprio com um tiro na boca, na festa de aniversário de seu irmão. Ele o fez no jardim, para não sujar o carpete. Talvez houvesse maneiras mais sujas de morrer. Hugo não conhecia nenhuma.

Jamie sabia o que estava fazendo. Encontrara um adversário que não podia derrotar. Os tranqüilizantes de elefante nunca foram um problema. Mas a heroína era. A vida estava se esvaindo dele. A cor já havia se esvaído.

— Você sabe, eu estava lá quando ele morreu — disse Michael. Raramente Michael estava em algum lugar quando alguma coisa acontecia. Ele estava geralmente ali, na superaquecida quitinete na parte de cima da casa na Abbey Road. — Mas eu não estava no jardim.

Michael estava no banheiro aquecendo uma colher quando a arma disparou. Estremeceu de tal forma com o barulho que deixou cair a colher. Furioso pela perda de uma boa dose, desceu as escadas à procura do culpado e soube da morte de seu melhor amigo. Não podia entender porque Jamie estava no jardim. Ele deveria estar indo descolar uma dose.

Michael vendia heroína a seu melhor amigo mesmo que isso pudesse matá-lo. E o matou em um segundo, nove meses depois.

Uma longa lamúria e um golpe final. Michael não demonstrava remorso algum, apenas aborrecimento por ter perdido a última pessoa que recrutara. Agora teria de encontrar outro amigo que se sentasse com ele em seu apartamento superaquecido. Hugo e Larry eram os novos recrutas.

Larry não falou coisa alguma. Apenas observou Michael pesar um grama de pó marrom na pequena balança. Apenas observou Hugo entregar-lhe notas frescas. Não falou coisa alguma enquanto Michael enrolava um baseado, espalhando heroína no tabaco. Mas inalou avidamente quando a fumaça chegou até ele.

A sala era muito pequena, muito cheia e muito quente. Michael parecia o paciente antigo de um hospital com um espesso carpete. Ele deveria ter ficado lá sentado, vestindo pijama e lendo edições da *Tatler*. Seus olhos estavam encobertos, sua pele amarela e, à medida que a heroína fazia efeito, a voz dele começou a sumir. Os três ficaram em silêncio, olhando fixamente as barras do aquecedor.

Hugo ficou parado no banheiro, olhando fixamente para o espelho, sem registrar coisa alguma exceto a lembrança do rosto murcho de Michael. O telefone estava tocando, mas ainda não podia se dar ao trabalho de atendê-lo. Larry estava no andar de cima, assistindo *Muito além do jardim* pela quarta vez. Sempre que o vídeo terminava, Larry rebobinava a fita e assistia novamente. Era um perfeito filme de heroína. Peter Sellers falava como um homem com uma agulha pendurada no braço. Hugo olhou para seu braço, para a pele macia no interior do cotovelo, onde as veias pulsavam suavemente contra a pele. Havia uma contusão amarela. Pequenos furos marcavam a superfície.

Hugo não tinha usado a agulha imediatamente. Depois que eles escaparam do apartamento de Michael para a rua, deixando Michael encarando o caminhão de leite lá embaixo, esperando que a polícia secreta aparecesse, os dois enfiaram-se no jardim de alguém e, discretamente, cheiraram duas carreiras enfileiradas em um pequeno espelho colocado sobre o muro. Hugo apenas acompanhou Larry, fingindo saber o que estava fazendo. Mas o mundo se tornou um lugar enevoado, no qual os dois apenas vagavam à deriva. Outra carreira era tudo o que eles precisavam para manter-se à deriva.

Viraram a esquina e chegaram à rua principal. Estava escuro e o ar, úmido. O trânsito ficara congestionado, os carros cheios de homens descontentes e esposas preocupadas, tensos ante a perspectiva de uma noite na cidade. Larry e Hugo não se apressaram. Apenas moviam-se em meio à garoa. Tinham uma noite inteira pela frente.

Andaram em meio à garoa, de Kilburn High Road para Shoot-Up Hill. Passaram pelas portas giratórias de Bliss the Chemist, e a piada, a velha piada dos drogados, pairava nos lábios de Hugo como um sorriso. Larry virou-se e sussurrou:

— Você vai. Eles me conhecem.

A garota atrás do balcão ergueu o olhar e viu as costas de Larry e o rosto de Hugo. Hugo ficou paralisado em meio a pacotes coloridos de preservativos, escovas de dente e cremes faciais. As farmácias sempre o faziam sentir-se um tanto descuidado, cheias que eram de ungüentos e cremes com estranhos ingredientes orgânicos que ele jamais experimentara.

— Duas seringas hipodérmicas, por favor — disse à garota atrás do balcão.

Ela parecia limpa e arrumada em seu guarda-pó de náilon azul. Hugo deu à sua voz o tom mais respeitável possível. Tentou manter os olhos nos dela, mas não conseguia concentrar-se. Se ela lhe pedisse seu cartão de diabético, ele deveria dizer-lhe alguma coisa. Larry lhe explicara o que falar, mas Hugo havia esquecido tudo. Ela não pediu. Olhou-o sem piscar, vendendo-lhe com toda a calma os objetos que iriam destruí-lo embrulhados em papelão e celofane. Ela já tinha dado Hugo como perdido. Não lhe importava se morresse agora ou mais tarde. Ele era refugo. Isso o fez sentir-se orgulhoso. Uma onda de adrenalina circulou em seu peito. Começava a sentir-se como Jean Genet. Viera da chuva, fugindo do sujo zunido dos carros, a luz dos faróis refletida nas poças d'água fazendo-as tremulas, e refugiara-se momentaneamente nesse reluzente mundo branco de coloridos artigos de perfumaria brilhando sob as luzes em prateleiras de vidro polido. Havia passado por outra iniciação: comprara agulhas na Bliss the Chemist em Shoot-Up Hill e agora integrava o mundo secreto. Era um fora-da-lei, um caubói da madrugada investindo na estepe urbana com fúria assassina, cruzando o deserto fluorescente, pulando em ônibus e andando com ar afetado pelas calçadas, tendo apenas uma agulha entre ele e a morte. Ou o vômito.

Ficaram na parte de cima de um ônibus vermelho de dois andares que descia a Edgware Road rumo à cidade.

Não disseram uma única palavra.

Lá fora estava escuro, e molhado. Dois *skinheads* entraram no ônibus atrás deles na Edgware Road. Hugo podia sentir os olhos dos dois em sua nuca. Sentiu que iria emborcar. Estava vulnerável. Fraco. Achou que ia vomitar. Não era uma sensação ruim, mas estava ficando mais urgente. Não queria vomitar na frente dos dois *skinheads*. Chamaria muita atenção. Atenção atraía encrenca. Nessa cidade você tinha de evitar o olhar das pessoas. Ficar fora de sua linha de visão.

Levantou-se e desceu as escadas sem dizer uma palavra a Larry. Saltou do ônibus no semáforo. Andou até a reentrância formada pela porta fechada de uma loja e, inclinando-se para a frente, esvaziou tranqüilamente a barriga nos mosaicos lascados nos quais outrora lia-se Colliers, Alfaiates para Homens. O mosaico destacava-se em relevo. Faltavam algumas pedras, como dentes ausentes. Da esquina uma velha senhora vestindo um casacão o olhava sem dizer nada. Ele acabara de vomitar à sua porta, mas não conseguia encontrar energia suficiente para explicar-se. Limpou a boca com as costas da mão, cuspiu na calçada e saiu à procura do ônibus. Nunca antes fizera tão pouco esforço para vomitar.

O ônibus havia desaparecido na distância, descendo a Edgware Road, espalhando água na rua ao passar por semáforos em direção a mais semáforos. A calçada molhada parecia dançar sob a luz dos postes. Larry estava recostado no primeiro poste, olhando para os faróis dos carros que chegavam. Um sorriso pendia em seus lábios, como uma lembrança de dias melhores. Mas não podia haver um dia melhor. Tudo estava indo muito bem. A compra da droga. A farmácia. O vômito. Larry.

Larry tinha uma garrafa no bolso. Meia garrafa de Armagnac. Hugo não fazia a menor idéia de onde isso tinha vindo. Talvez sempre tivesse estado lá. Talvez ele a tivesse encontrado no lixo. Os dois tomaram um gole. Um ônibus passou e ambos subiram, prosseguindo sua viagem para vencer a distância, medida por semáforos, abrindo caminho pelas estranhas multidões do West End para o Clube Marquee.

Abriam caminho para um canto escuro. Um lugar onde o calor do suor e o barulho da música substituiriam qualquer necessidade de conversar ou pensar. Havia cinco anos Hugo não voltava ao Marquee. Não voltava desde a noite do The Depression, a noite em que Charlie dissera-lhe que não lhe telefonasse mais.

Ir ao Marquee foi um erro.

Larry não pensava assim, mas Hugo pensava.

Hugo voltara ao velho retiro onde tomava anfetaminas, mas sem anfetaminas. Por trás de uma nuvem, que se instalara em frente à sua cabeça como uma névoa, ele olhava, estupefato, as lembranças: lembranças de noites que passara em pé, junto às caixas de som, a coluna vertebral retinindo com o barulho, o suor e as pílulas azuis que havia tomado no metrô, observando os pés que se moviam rapidamente, vendo-os cuspir em suas bandas favoritas e dançarem, insanos, enquanto ele ficava quieto, dançando por dentro.

Agora ele não podia dançar nem sequer um único passo. Por dentro ou por fora.

Podia cair. Perder o equilíbrio. Precisava sentar-se.

Todos eram tão jovens. Tão mesquinhos. Tão insensíveis.

Uma banda tocava, metralhando um *rock* enfurecido. O vo calista debatia-se e Hugo viu suas meias brancas voarem.

Tudo nele — suas palavras, sua música, seus movimentos — parecia perigoso. Calculados para ameaçar. E ele parecia tão arrumado — o que o tornava ainda mais perigoso. Os piores filhos da puta eram bem-arrumados. O vocalista incitava os garotos com coisas que eles conheciam bem: aborrecimentos, socos na cara, gravidez, a fila do seguro-desemprego. E eles engoliam tudo. Engoliam, adoravam e odiavam o objeto de seu ódio. Estavam ficando incitados. E Hugo estava no caminho. Puseram-se ao seu redor, eretos, ansiosos, os cabelos reluzindo sob o gel, menores do que deveriam ser, mais pálidos do que deveriam ser, valentões, com pequenas tatuagens e braços nus.

Hugo desabou. Cambaleou. Tropeçou numa cadeira e caiu nela.

— Esse lugar está ocupado, companheiro — disse um garoto sem o menor resquício de companheirismo.

Hugo piscou. O garoto estava sentado perto dele. Hugo não conseguiu responder e saiu cambaleando outra vez. Queria dizer ao garoto que tinha estado lá antes, que era um veterano, que havia sido empurrado para fora do bar por Sid Vicious, que jogara fliperama com Gaye Advert e TV Smith, que tinha heroína na cabeça e estava tão chapado... isso teria sido genial.

Mas nada disso aconteceu.

Apenas cambaleou, à procura de Larry.

Larry não ligava para o que estava acontecendo nem para a aparência dos garotos. Estava recostado contra a parede do fundo com sua jaqueta de couro preto e seus longos cabelos, olhando fixamente para a fumaça. Não estava sorrindo. Não sorriu nem mesmo quando Hugo soçobrou em seu campo de visão. Apenas olhou.

— Estou indo para casa — disse Hugo, sem esperar que sua voz causasse alguma impressão.

— Certo — respondeu Larry, sem se mover.

Na primeira vez que usou a agulha, Larry o ajudou. E na segunda vez. E em muitas outras vezes.

Hugo observou enquanto ele aquecia o líquido e o pó marrom na colher até o pó se dissolver. Hugo o observou jogar a parte interna do filtro de um cigarro na colher e colocar a agulha contra o filtro, puxando o líquido através dele. O filtro sempre ficava marrom com a porcaria que Michael havia misturado à heroína.

Era sempre legal comprar de Michael. A dose nunca era generosa. E nunca era venenosa.

Hugo observava Larry amarrar o torniquete em seu braço enquanto contraía e soltava o punho estimulando as veias e, então, observava a agulha deslizar para dentro, rompendo a pele, parando um instante ante a veia e, depois, mergulhando nela, fazendo-o submergir num mar de heroína, sua boca ofegando na superfície em busca de ar.

Mas Larry estava perdendo a paciência. Estava perdendo a paciência por não ter trabalho, por não ter nada para fazer. Estava perdendo a paciência com o tempo. Tinha de passar tempo com a heroína. Estava perdendo a paciência com a heroína e, por isso, tinha de usar mais. Estava perdendo a paciência com Hugo e, por isso, Hugo tinha de aplicar suas próprias doses.

Assim, Hugo tinha de introduzir a agulha nele mesmo e apertar o torniquete com seus próprios dentes enquanto buscava a parte interna de seu cotovelo onde a pele estava amarelada e cheia de furos. E então, sob o olhar irritado de Larry, com as mãos e a cabeça pendendo sem energia, Hugo atravessava o quarto em direção à cama, gemendo e mancando.

Os dois sentavam-se ou deitavam-se lado a lado no sofá ou na cama, assistindo *Muito além do jardim*, ouvindo o telefone tocar, olhando para as cornijas, gemendo e não falando nada, não fazendo nada e não sabendo nada. Era como sentar-se no saguão de um aeroporto à espera de um vôo de longa distância, ou sentar-se na plataforma de embarque à espera de um trem. A vida estava numa pausa. Lá fora, mais além, a vida continuava a todo vapor. Contudo, dentro da grande casa em Muswell Hill, tudo havia desacelerado até parar. Eles sentavam-se ou deitavam-se lado a lado, olhando a fumaça de seus cigarros expandir-se no ar, ouvindo uma mosca tardia morrer lentamente no parapeito, emitindo um zumbido de morte que enchia o quarto.

E sempre que Larry começava a acender velas embaixo de uma colher, Hugo olhava para as contusões amarelas em seu braço e perguntava-se quando tinham feito sexo pela última vez.

Eles deram uma festa. Uma festa no dia seguinte ao Natal. Larry estava lá. Isto é, ele meio que estava lá. Os dois meio que estavam lá. Hugo sempre dava uma festa nesse dia, quando os donos do casarão estavam ausentes. Convidava amigos para que pudessem escapar de suas famílias. Dava-lhes uma desculpa. "Desculpe, mãe, não queria ir embora tão cedo, mas Hugo nunca passa o Natal na casa dele porque não o querem lá, e ele ficaria terrivelmente... Ah, sim, pai, você pode me dar uma carona até a estação, por favor?"

Hugo não havia ido para casa nesse Natal. Não via nenhum motivo para ir. Queriam que fosse e, embora tivesse recusado, ele meio que sentia falta da comemoração. Sentia falta do peru gordo e do molho. Sentia falta de ver a irmã caçula impressionada, adorando os presentes que lhe dava. Sentia falta da mãe, que sempre sorria tanto no Natal e sempre dizia o quanto esse dia era um dia feliz. Sentia falta de ficar no banheiro depois de todos terem ido para a cama, olhando-se no espelho e chorando até os olhos ficarem vermelhos, por nenhum motivo em especial. Apenas porque alguma coisa havia acabado.

Mas, em vez disso, o Natal apenas passara despercebido. Larry. Hugo. Duas seringas. E o vídeo. Assistiam comédias e não riam porque rir era muito cansativo. Apenas sorriam vagamente, em algum lugar dentro deles.

E no dia seguinte os convidados chegaram. E se foram. Chegaram cedo, ficaram bastante tempo e foram embora tarde, e talvez Hugo tivesse falado com alguns deles. Não tinha certeza, mas sabia que Larry não falara com ninguém. Nem tampouco alguém tentou falar com ele. Larry não parecia muito receptivo. Ficava sentado no andar de cima, quieto na sua jaqueta de couro, olhando fixamente para a televisão desligada. Ou então sentava-se no andar de baixo, quieto, de camiseta, olhando a agulha penetrar em seu braço. Às vezes Hugo cruzava com ele nas escadas. Passavam um pelo outro em silêncio. Partilhavam uma agulha, uma cama e um mau hábito. Não havia espaço para mais nada. Não partilhavam amigos. Agora, nem sequer trocavam palavras. Ou sorrisos.

Os amigos de Hugo não pareciam perceber coisa alguma. Estavam excitados por se verem, relaxados como molas comprimidas distendendo-se depois de ficarem confinados no inferno de beijos de Natal. Hugo só está relaxado demais, pensaram. E tem um estranho novo amigo, perceberam eles. Isso não vai durar, presumiram.

Estavam certos, é claro.

Larry não conversou com os amigos de Hugo, nem gostou deles. Eram ruidosos e excessivamente confiantes. Olhavam através dele. Tinham boa aparência. Queria dormir com duas das garotas, mas não lhes disse nada. Apenas as encarou por alguns instantes até que elas notaram, e então desceu ao andar de baixo para mais uma picada. Elas não se alarmaram ao pegá-lo encarando-as. Acharam normal.

Larry estava zangado. Quando a festa acabou, estava muito zangado. Hugo havia sorrido, e havia se reclinado, havia rido nos sofás sob as palmeiras, falando de um mundo que ele não conhecia. Não conhecia essa gente. E essa gente nem sequer parecia interessada nele. Conversaram como se ele não estivesse lá, passaram por Larry como se ele não estivesse lá, olharam através dele, continuavam passando-lhe salgadinhos apesar de os ter recusado, perguntando seu nome, embora tenha dado três respostas diferentes, e ainda queriam saber o que ele fazia lá, apesar de Larry ter passado todo o outono na casa e de Hugo ter aparecido apenas para as férias de Natal, como lorde Muck.

Algo estava acontecendo. Algo estava morrendo entre eles e algo diferente começava a preencher o espaço vazio. Nunca se apaixonaram, mas tinham sido amantes. Agora havia ódio no rosto de Larry quando Hugo capturava seus olhos. Apenas vislumbres. Amargos vislumbres. Larry começava a odiar Hugo porque sabia que ele estava indo embora. Começava a odiar Hugo porque ele estava começando a ignorá-lo. Estava começando a ficar entediado com Larry, com *Muito além do jardim*, entediado de olhar para o teto e entediado com seu corpo sem pêlos e seu pênis rudimentar.

E, naquela noite, Larry mijou na cama.

O pênis rudimentar que há duas semanas não tinha uma ereção havia molhado dois lençóis e o colchão.

Hugo acordou de madrugada, enquanto Larry ainda dormia, e levantou-se. Acordou Larry e disse com a voz calma:

— Você mijou na cama. — E então voltou para seu quarto.

Foi a primeira vez em quatro semanas que eles não dividiram a mesma cama.

Talvez Larry não tivesse se importado muito se Hugo houvesse perdido a paciência. Mas não perdeu. Apenas falou daquele jeito. Calmamente. Quase como se esperasse por isso. Mijar na cama. E ele saiu do quarto sem ajudá-lo. Como se não quisesse tocar naquilo. Não quisesse se envolver.

Era um mau sinal.

As coisas sempre começavam a dar errado para Larry quando ele mijava na cama.

As coisas estavam começando a dar errado, percebeu Hugo. Ainda tinha duas semanas pela frente antes de deixar Londres e voltar para Cambridge. Os donos da casa logo estariam de volta. William chegaria no dia seguinte à noite. Queria que eles voltassem logo. A vida com Larry estava ficando muito silenciosa. Haviam se tornado muito introvertidos. A comida acabava na geladeira. A vida ficara sem graça. Alguém precisava abrir algumas janelas. Agora Hugo não se dava ao trabalho de abri-las. Depois que passasse um pouco o efeito da heroína, talvez as abrisse, se ele acordasse e houvesse luz.

Hugo perdeu seu emprego na casa noturna por recusar-se a ser rebaixado. Propuseram-lhe um rebaixamento porque toda noite ele chegava atrasado, e por duas noites esqueceu-se completamente de ir trabalhar. De qualquer forma, não queria mais trabalhar porque se sentia doente. E recusou o rebaixamento. Pediram-lhe que limpasse os banheiros e ele se negou. Então, simplesmente foi embora. Fez uma última visita ao Barclay Bros e aos garotos-aranhas, deu uma última olhada em Maureen, a bela da manhã, com seu casaco azul-claro e seus dentes verde-claros e, então, pegou o ônibus noturno para casa, encolhendo-se de frio, quieto, ainda sentindo-se doente.

Estava ficando preocupado com Larry. O primeiro rompante na neve parecia tão distante... Aquela era uma outra pessoa. Uma pessoa que pelo menos ria. Uma pessoa que sorria, flertava e sabia que ele estava lá. Agora Larry parecia afundar nas sombras. Nada acontecia, nunca. As louças a lavar estavam ficando podres. Hugo olhou para elas e zangou-se. Mas Larry não as lavou. Larry encarou Hugo e zangou-se. Não poderia mais tê-lo. Não depois de ter molhado a cama. A química se fora.

Hugo sentiu que isso era perigoso. De agora em diante, as coisas só poderiam piorar. Ninguém gosta de ser humilhado. Ninguém gosta de ser arrasado. Hugo permaneceu em seu quarto, e quando Larry perguntou-lhe se poderiam dormir juntos, respondeu que não. Não. E quando Larry foi embora, ele pensou outra vez que poderia ter cometido um erro. Só não sabia ao certo quando o cometera.

Não sabia ao certo por que dissera não. Talvez estivesse apenas experimentando dizer a palavra em voz alta. Talvez não quisesse se dar ao trabalho de dizer sim. Ou talvez quisesse que as coisas atingissem um ponto de ruptura. Queria que algo acontecesse. Mesmo que fosse ruim. Mesmo que fosse muito ruim.

Larry não havia se barbeado quando entrou no quarto de Hugo na manhã seguinte. Havia dois dias que não se barbeava. Ostentava uma barba que parecia acidental. Como um gramado mal aparado. A barba se acumulava em lugares estranhos de seu rosto, enquanto em outros não havia pêlo algum. Ele também não havia se lavado recentemente. Vestia um jeans desabotoado. Estava descalço e sem camisa. Não havia luz alguma em seus olhos, nem sorriso em seus lábios.

Hugo estava semi-adormecido, mas mesmo semi-adormecido percebeu que isso não iria ajudar. Larry deitou-se na cama com ele sem tirar os jeans. Começou a acariciar Hugo. Hugo o empurrou. Larry o puxou de volta. Não havia afeto algum em seus gestos. Apenas necessidade. Nenhum desejo. Apenas fome. Seu hálito cheirava mal e havia alguma coisa emaranhada em seus cabelos. Ele cheirava a mijo. Era a terceira noite em que eles não dormiam juntos. No dia anterior, nem sequer tinham se falado. Hugo acordara e, uma hora depois, se trancafiara. Trancafiar. Isso soava tão enérgico! Na verdade, ele havia deslizado novamente para o mar de heroína, para deixar o dia escorrer entre travesseiros, fumando um baseado ocasional, vagando para dentro e para fora do sono. Tinha visto Larry apenas uma vez, quando foi ao banheiro para vomitar, com calma, na privada, e Larry estava dormindo no chão, encolhido ao redor do bidê que não funcionava. Larry não se mexeu enquanto Hugo vomitava, dava a descarga e se limpava. Apenas ficou lá, deitado, respirando suavemente. Ele parecia doce. Inofensivo.

A casa estava se transformando em um mausoléu. Nunca acendiam as luzes. O telefone caíra fora do gancho. E Hugo não tinha certeza se havia se lembrado de comer ou não. E no quarto ao lado, no quarto em que, durante quatro semanas, ele passara todas as noites, exceto as últimas três, um monstro estava se formando. E o monstro acabara de deitar-se na cama a seu lado.

Empurrou-o com mais força. Larry agarrou-lhe os pulsos e os virou, de modo que as mãos de Hugo ficaram espalmadas contra os travesseiros, e então deitou-se em cima de Hugo. Hugo contorceu-se e Larry contorceu-se também. Empurrou a língua contra os dentes de Hugo e forçou os quadris contra os de Hugo. Hugo tentou virar a cabeça, mas a mão com que Larry segurava-lhe os pulsos moveu-se para seu maxilar e trouxe sua cabeça de volta. O joelho de Larry subiu até sua virilha. A língua dele movia-se sobre seus dentes, forçando caminho, e a mão que o segurara pelo maxilar voltara a agarrar-lhe o pulso antes que Hugo pudesse puxar os cabelos emaranhados de Larry, e quando Hugo abriu ligeiramente a boca para protestar, a língua de Larry mergulhou nela e Hugo a mordeu. E esse foi seu erro

O que aconteceu a seguir pode não ter ficado muito claro depois, mas a bagunça com certeza ficou. E Hugo estava no meio dessa bagunça. Tudo estava no meio dessa bagunça.

Hugo lembrava-se que Larry lhe dera um soco na cara e que ele havia tentado revidar, mas Larry era mais forte, mais furioso e mais louco. Mais tarde, Hugo se deu conta de que Larry havia continuado a bater após seu desmaio. Não apenas continuou a lhe atacar, mas a destruir o quarto. Não apenas o quarto, mas a casa. E enquanto Hugo ficava lá caído, olhando o granizo cair pelo buraco onde antes estava a janela, perguntando-se o que causara aquele buraco, se os punhos de Larry ou algum objeto arremessado, enquanto ficava lá caído olhando os livros e papéis rasgados, espalhados por todo lado, enlameados e molhados pelo vento que soprava do buraco, olhando para o seu sangue e para o mijo de Larry, em meio à sensação de que um cutelo rachava-lhe a cabeça e sentindo uma prolongada e monótona dor em suas bolas, atingidas por um joelho e, depois, talvez por um pé, ocorreu-lhe que aquele era um bom momento para abandonar a heroína.

Então ele desmaiou.

E se William não tivesse chegado em casa uma hora depois, Hugo poderia ter morrido de hipotermia, como lhe disse um médico.

Larry, por outro lado, já estava morto.

Os dois estavam azuis quando William os encontrou. Hugo por causa do frio. Larry com a seringa ainda em seu braço.

11

NO VÁCUO

A morte parecia estar no ar.

Voar para Nova York a fim de fugir do suicídio acidental de Larry tornara-se mais uma peregrinação do que um refúgio, uma viagem de penitência à capela mortuária do mundo ocidental. O chocalhar da morte era quase audível. Hugo quase esperava ver carroças rodando pelas ruas como os antigos carros fúnebres. Sem flores. Apenas uma coroa de pêsames fornecida pela floricultura da esquina.

Hugo sempre pensara nas floriculturas como locais para enfeitar casamentos, expressar saudações e mensagens de amor. Agora haviam se tornado a antecâmara do agente funerário. Peça seu buquê e um caixão para combinar. As floriculturas despachavam coroas para enterros diariamente. O atarantado homenzinho de óculos redondos da floricultura, cuja vitrine ficava sempre um tanto apertada demais de tantas flores, só falava nisso.

Hugo o odiava. Odiava seus pequenos buquês de flores secas empoeiradas e suas coleções de amores-perfeitos prensados de excessivo bom gosto. Odiava a maneira com que ele tirava os óculos quando falava dos doentes (como se os óculos fossem ficar embaçados se não os tirasse). E, acima de tudo, odiava a alegria oculta sob sua tristeza.

Hugo, que sempre detestara times, odiava a camaradagem entre os saudáveis tanto quanto detestava a fraternidade dos doentes. Mas a cada manhã, quando ia pegar droga barata do falso farmacêutico na esquina da Park Avenue com a 87 Street, o homem da floricultura lhe acenava, e a cada manhã ele saía da loja para lhe dar bom-dia. Uma coisa levava à outra e Hugo acabava preso numa armadilha.

— Um amigo meu acabou de ser internado. Ele não podia mais conter sua bexiga.

— Tenho que ir à farmácia.

— Foi uma coisa horrorosa. Você pode imaginar como estava o apartamento dele quando o encontraram? E, sabe, eu não tenho visto esse homem, oh, como era mesmo seu nome? Sempre o chamei de Derrick, mas esse não era...

— Acho que não o conheço. Eu tenho que...

— De qualquer forma, eu o chamava de Derrick, e fazia talvez duas semanas que eu não o via. Ele parecia tão abatido na última vez que o vi.

— Tenho certeza de que está bem.

— Como você pode ter certeza? Não se esqueça de que há uma praga por aqui. Suponho que vocês, ingleses, pensam que são imunes.

Hugo escapou do sujeito. O vendedor de flores costumava irritar-se se você não concordasse com ele. Secretamente, pensava Hugo, ele queria que todo mundo morresse. Seria sua vingança contra as pessoas altas que não usavam óculos. Seria bem-feito para todos os que o haviam ignorado. E, é claro, os negócios sempre melhoravam quando a morte estava no ar. Tantos funerais. Especialmente por aqui. As pessoas levavam os funerais muito a sério no Harlem espanhol. Hugo já havia sido convidado para dois.

O vendedor de flores sempre reclamava. Eles não queriam suas flores secas para os funerais. Queriam grandes e coloridas flores frescas. Mas sempre os deixava orgulhosos. Gostava de satisfazer as famílias locais.

Naturalmente, o florista estava errado. Os ingleses não eram imunes. Apenas ficavam assustados de forma diferente. Discretamente, em casa. Escondidos. Ainda estavam muito envergonhados. No Harlem espanhol, não havia vergonha alguma. Hugo sabia que os ingleses não eram imunes. Ontem de manhã, enquanto Raul, Rudy e Lin ainda dormiam, Jim havia telefonado. Jim estava em um hospital. Tinha furúnculos e dores de cabeça. Estava internado há três semanas. A longa descida havia começado. E tão perto de casa. Em três semanas, o apartamento de Jim deveria ser o lar de Hugo. Agora, sem lugar algum para morar, ele sentiu vontade de voltar.

Hugo passou pelo falso farmacêutico e foi para os fundos da farmácia.

Ninguém na farmácia prestou atenção quando ele passou pelo balcão e foi para os fundos. Agora já o conheciam.

Vistas da entrada da farmácia, as prateleiras no fundo pareciam presas à parede ou pelo menos apoiadas na parede. Mas na parede por trás das prateleiras havia uma janela de vidro com uma bandeja rotativa. Atrás da janela ficava um irmão, um grande irmão com muito ouro. Hugo estava em sua missão matinal. Inclinou-se em direção à abertura sob a janela e colocou uma nota de dez dólares na bandeja rotativa. A bandeja girou e o dedo de ouro pegou a nota. Ele mal se moveu. Nunca piscava. Era como comprar um tíquete em alguma estação londrina, exceto que, aqui, eles não aceitavam cartão de crédito, o que era uma boa idéia. Se aceitassem, poderia começar a se formar uma fila. Um pacotinho de maconha voltou pela abertura sob a janela de vidro à prova de bala. Toda a transação foi feita sem uma única palavra e com um contato visual mínimo. Ninguém sorria, ninguém era reconhecido. A perfeita compra matinal.

Ou melhor, teria sido perfeita se não fosse o florista e sua macabra conversa fiada. Sua litania de óbitos precoces deixara Hugo carrancudo ao ir e ao voltar da farmácia, e agora ele estava quase chegando na floricultura de novo. Mas, dessa vez, o florista estava ocupado atendendo um freguês. E, embora ele houvesse acenado, com um laço de fita entre os dentes e uma tesoura na mão, e embora Hugo houvesse acenado de volta, ambos sabiam que se odiavam.

No apartamento, todos ainda dormiam. Raul e Rudy estavam enrodilhados no quartinho dos fundos, sob roupas para lavar do dia anterior, em um colchão de solteiro, enroscados um no outro, o acolchoado perdido em uma confusão de braços morenos e pernas brancas. E Lin, o chato do Lin, que poderia ser bonitinho se não cometesse o erro de falar, roncava no sofá.

Hugo enrolou seu colchão e o escondeu embaixo do sofá. Lin virou-se, e as amplas costas que poderiam ter sido bonitinhas, mas que estavam cheias de espinhas, moveram-se ligeiramente em algum espasmo onírico. Isso era tudo que Lin jamais tivera. Espasmos oníricos. Ele nunca ficava fora de casa. Praticamente nunca saía, exceto para ir à academia modelar suas costas e seu torso. Tinha desejos platônicos por garotos de entrega que não estavam disponíveis e que eram bonitinhos por seis meses, na pausa que antecede a puberdade. Lin nunca deu em cima deles. Não era assim tão estúpido. Se alguém der em cima do garoto de entregas errado no Harlem espanhol pode acabar perdendo seja lá o que tiver para dar em cima. Eles pareciam tão angelicais! Tinham uma penugem negra sobre o lábio superior, uma pele macia pela juventude, que ainda não fora esburacada pela acne, sorrisos ainda brancos, sem ouro ou prata, sem falhas. Mas as facas em suas botas podiam cortar até o osso antes que você tivesse tido tempo de ver a lâmina e, em casa, seus irmãos mais velhos andavam armados.

Você não dava em cima dos garotos de entrega no Harlem espanhol. Você sorria para eles. Eles flertavam com você. Gostavam de gays. Alguns tinham irmãos gays. Gostavam de exibir-se na sua frente: coçando-se, envaidecendo-se e não usando camisa. Mas se os tocasse sem que lhe pedissem, você virava picadinho. E mesmo que lhe pedissem para tocá-los, no dia seguinte você provavelmente se depararia com algum dos irmãos mais velhos à sua porta.

Lin não gostava de violência. Não gostava muito. Ficava nervoso com tudo. Preferia a segurança de um desejo platônico, o olhar melancólico e distante. Não podia nem ao menos provocar um sorriso dos garotos quando passavam por ele na rua. Lin torturava-se muito. Rudy costumava provocá-lo a esse respeito. Rudy nunca parava de mostrar os dentes para os garotos, zombar deles e admirar suas tatuagens. Nunca sabiam ao certo o que esperar de Rudy, mas gostavam dele.

Gostavam de Raul porque, com Raul, sabiam exatamente onde estavam. Conheciam sua mãe e seu irmão, era importante no negócio local — importante em erva, coca e tranqüilizante de cavalo. Mas, de Lin, mantinham distância. Ele era um osso duro de roer. Lin resmungava sobre isso, sobre sua vida sem saída, e os resmungos o mantinham vivo, os resmungos e sua fileira de pílulas de vitaminas e suco de laranja com fortificante.

Lin resmungava a respeito dos garotos. Como podiam ser tão bonitos, e por que tinham de andar sem camisa, e por que logo hoje tinha de fazer tanto calor, pois suas espinhas estavam estourando e ele não podia tirar a camisa e mostrar que também tinha um peito forte, ainda que não possuísse a cor dos garotos, ainda que fosse sempre branco como uma camisa velha.

Não era apenas sobre isso que Lin resmungava. Ele resmungava sobre Raul e Rudy para Hugo, e provavelmente resmungava sobre Hugo para os outros dois. A única coisa a respeito da qual ele não se dava ao trabalho de resmungar era o espaço. Não havia espaço algum e ele parecia não se importar. Quatro pessoas em um apartamento de duas peças, e a única cama de Lin era um sofá com um inglês dormindo no chão a seu lado e, mesmo assim, ele parecia não se importar. Ninguém parecia se importar muito com espaço no Harlem espanhol. Ninguém possuía espaço algum e, portanto, ninguém sabia o que era ter espaço.

Em vez disso, Lin resmungava sobre Raul e Rudy e seu estilo de vida, e resmungava principalmente sobre Raul por causa de sua tosse. E embora Hugo ficasse louco ao ouvi-lo resmungar, sabia o motivo pelo qual ele resmungava. A tosse de Raul não era do tipo discreto, despretensioso, que acabava em uma semana, e nem as tosses barulhentas e cheias de catarro de um viciado. Era uma tosse seca que reverberava em seu peito e nunca ia embora. Devagar, mas de forma perceptível, a tosse estava removendo a cor das bochechas de Raul. Estava formando vincos na testa de Raul, curvando seus ombros e afundando seu peito. E embora ninguém, exceto Lin, dissesse nada a respeito, Hugo sabia que Rudy sabia e Raul provavelmente imaginava que essa tosse não passaria.

E o que deixava Lin enfurecido e nervoso, fazendo-o resmungar, era o fato de que Raul não ligava para a tosse e continuava usando drogas sem parar e sem se arrepender.

Hugo sentou-se junto à mesa da pequena cozinha, que na verdade era apenas uma geladeira, um fogão e uma mesa nos fundos da sala, ao lado do banheiro, que na verdade era apenas um armário com uma privada, uma pia e sem chuveiro. O café estava no fogo, sendo aquecido na chaleira, e Hugo começou o ritual matinal de enrolar os baseados do café-da-manhã. Todos tinham seus próprios baseados para o café-da-manhã. Só então, depois de o mundo tornar-se suave e flexível, e o sol brilhar diretamente em sua cabeça, o dia podia começar. Essa era a regra na casa. A primeira regra que lhe fora passada quando Rudy carregava sua mala pelos quatro lances de escadas cor marrom-merda rumo ao apartamento de duas peças e quatro homens.

Essa era a única regra, além do café. Depois disso, era só pico na veia, cabeça nas nuvens e cair no sono, pois amanhã é outra farra.

E o mais engraçado era que Rudy havia pedido que Hugo viesse para ajudá-lo a escapar da heroína.

Hugo não tinha problemas com a heroína. Parou assim que foi necessário e nunca notou a diferença. Mas Larry tivera problemas com a heroína e Hugo acabou tendo problemas com Larry. Larry estava morto. E morreu com a heroína que Hugo comprou de Michael para ele. E quando Larry foi encontrado morto, Hugo foi encontrado no quarto ao lado com a pele azulada e com hematomas amarelos nos braços e azuis no rosto. E a polícia parecia estar muito mais interessada nos hematomas amarelos do que nos azuis.

Ele não tivera tempo de refletir no que a morte de Larry significava. Sabia o que significava para os outros — haveria perguntas a serem respondidas, nomes a serem procurados e pessoas a levarem a culpa. Sabia que William, que estava assustado e preocupado, agora ficara furioso e não queria mais falar com ele. Sabia que seus pais, que foram assustados (por William) e ficaram preocupados, sentiam-se chocados demais para saber o que fazer e começaram a reler os folhetos sobre drogas para ver onde tinham errado. Sabia que eles pensavam que seus piores temores viraram realidade, que ter um filho gay significava ter um filho que dormia com drogados desempregados do norte da Inglaterra e que, possivelmente, ter um filho gay significava ter de lidar com uma morte inesperada. Sabia que sua faculdade não aceitara bem as coisas e achava melhor que ele passasse o resto do ano se desintoxicando, livrando-se dos hematomas, limpando o sangue, a bagunça no quarto, a bagunça na cama de Larry, a bagunça que Larry havia deixado quando tomou seu último pico no braço e deu seu último suspiro. Assim, Hugo resolveu dar um tempo para pensar e recuperar-se.

Mas ele não sabia o que sentia.

Preocupava-se pensando que talvez não sentisse o suficiente. Estava um tanto entorpecido. Não sabia exatamente o que sentia, mesmo ao ser golpeado com força na cara e na virilha. E quando acordou, com William inclinado sobre ele, sabia que se sentia gelado, doente e culpado, mas nada mais parecia fazer sentido. Todo o sentido parecia ter se perdido. O espaço em sua cabeça que deveria ter sido reservado para o remorso e o sofrimento parecia ter se fechado. Não podia conectar-se com esse espaço. Não podia encontrar o caminho para chegar até lá outra vez. Era apenas um espaço. Assim, quando pensava em Larry, sentia apenas um espaço vazio e uma sensação de náusea em algum lugar no baixo-ventre. E então mudava de assunto.

Na verdade, Larry e Hugo nunca tiveram tempo para se conhecer. A heroína havia paralisado suas emoções, cortado suas conversas, sabotado seu desejo. O sexo tinha se deteriorado até virar carícias preguiçosas e lânguidas punhetas. A conversa deteriorara-se até virar silêncio. A vida deteriorara-se até virar um controle remoto em frente a um vídeo, ao lado de um prato de torrada com manteiga de amendoim consumido pela metade.

E agora que estava tudo acabado, Hugo não tinha certeza do que deveria sentir falta. Mas todos o olhavam esperando que sentisse falta de alguma coisa. Esperavam que tivesse um colapso. Ficavam perguntando-lhe como se sentia e ele achava que deveria dar uma resposta, mas, depois de algum tempo, cansou de dizer que se sentia cansado e passou a dizer apenas que se sentia doente, e as pessoas presumiram que estava doente por causa da heroína — ou por sua falta —, o que as fazia se sentir melhor, porque era o que sempre achavam que aconteceria. Teria sido inconveniente se Hugo não estivesse doente. Ele teria destruído muitos dos mitos daquelas pessoas. Assim, estava doente para o bem delas e com a mente morta e, o tempo todo, discretamente, ainda se deteriorava. Telefonou para Rudy perguntando o que ele sugeria e, quando Rudy pegou o telefone, Hugo não conseguia dizer coisa alguma. Então, disse apenas "Aqui é Hugo". E só então, finalmente, chorou. Mesmo assim, não sabia ao certo por que chorava. Rudy disse apenas:

— Venha direto para Nova York.

Hugo foi no dia seguinte, garantindo a todos que cuidariam bem dele lá.

Seus pais, pelo menos, acreditaram, pois haviam conhecido Rudy em um almoço em Cambridge, sabiam que ele era um bom garoto, que havia sido líder de classe, jogara pólo aquático no time da universidade e tinha a cabeça no lugar. Porém, Rudy sabia como causar uma boa impressão. Hugo quase engasgou-se com o almoço enquanto Rudy agradava sua mãe com cumprimentos e a seu pai com brincadeiras de homem para homem. Ele fazia Hugo ficar mal. Sempre que seus pais iam visitá-lo, o que gostavam de fazer porque Cambridge estava cheia de guias turísticos para consultar enquanto vagavam pelas faculdades, Hugo ficava muito quieto. Sua mãe dizia que ele era mal-humorado e, embora soubesse que ela estava certa, isso apenas tornava as coisas piores e ele ficava ainda mais mal-humorado. Assim, enquanto Hugo sentava-se lá, mal-humorado, retraindo-se a cada pergunta como se fosse um aguilhão, Rudy era todo charme e fazia a viagem deles ter valido a pena. Agora, Hugo estava feliz por Rudy ter representado dessa forma, e por seus pais nem sequer suspeitarem.

Nunca suspeitaram que Rudy era a pessoa mais parecida com Hugo que Hugo conhecia. Nunca suspeitaram que Rudy era o anjo mau de Hugo.

Quando se conheceram, Hugo e Rudy sentiram uma imediata antipatia um pelo outro, tão imediata quanto a simpatia que Hugo e Chas haviam sentido. Quando Chas e Rudy se conheceram, eles dormiram juntos. Hugo nunca dormiu nem com Chas, nem com Rudy. No fim, foi o único que ficou amigo dos dois. Quase até o fim.

Quando os conheceram, os pais de Hugo antipatizaram imediatamente com Chas e simpatizaram imediatamente com Rudy. Assim, sorriram com alívio quando Hugo disse que estava indo para Nova York. Não faziam a menor idéia do que significava ficar com Rudy. Não faziam idéia de que foi por intermédio de Rudy que Hugo conheceu Jim. Que era por causa de Rudy que Hugo passava metade de seus fins de semana em Londres. Nunca teriam imaginado que quando Hugo ia à cidade com Rudy acabava no fundo dos bares, dançando com a cabeça cheia de ácido, cheirando amilo e com várias mãos masturbando-o no escuro sem que ele tivesse a menor idéia de qual mão era de quem. E que quando Hugo andava com Rudy, ele nunca sabia se alcançaria a fita de chegada, embora até agora sempre tivesse alcançado. Ou quase.

Houve apenas uma noite em que as coisas deram errado.

Começou como qualquer outra escapada de fim de semana de Cambridge, como qualquer outra corrida para o agito da cidade grande e o grande agito das casas noturnas. Foram à cidade num carro emprestado, direto para a confusão de Londres depois de uma corrida sob a chuva na M II, enrolando baseados durante todo o caminho, com Hamilton Bohannon fazendo as quatro caixas de som estremecerem, nenhum carro de polícia à vista e o ponteiro do velocímetro marcando 170 quilômetros por hora. Às 8h30 eles estavam na West 14. Às 8h45, na casa de Jim. Jim era sempre a primeira parada. Era a câmara de descompressão. E foi lá que o circo começou.

Tudo começou naquela noite, com o chá. E bolo. E mais chá. E baseados. Então, a campainha. Mais homens e mais baseados. Os primeiros drinques. Pílulas. Uma rápida troca de notas. Cinco aqui. Dez ali. Outra pílula, um Seconal para tomar mais tarde. A televisão ligada. As pessoas conversavam em voz alta. Alguém colocou um disco e aumentou o volume para abafar o som da tevê. Ninguém se incomodou em desligar a tevê. Hugo engoliu sua primeira pílula. Era preciso tomá-las cedo. Às vezes elas levavam meia hora para começar a fazer efeito. Agora já eram 23h30.

À meia-noite e meia Hugo começou a ficar muito doido. Rudy também. E Jim, Bob, Colin, Alfredo e os outros homens. As substâncias químicas estavam brincando com seus músculos. Hugo estava agarrado à sua cadeira. E, ainda assim, Jim nunca parava. Mais baseados. Mais chá. Nenhum bolo. Dois táxis. Hora de ir. Hora de ir embora.

Hugo estava bem. Mostrou os dentes para Rudy, que retribuiu. Poderia ser um sorriso. Poderia não ser. Rudy mastigava a parte interna de sua bochecha. Hugo sentiu que ria em silêncio, mas os tremores percorriam seu corpo como bolhas na água. Sua saliva transformou-se em goma de mascar, seus cigarros tinham gosto de dejetos químicos e tudo estava bem. Tudo era engraçado. Lá fora, caminhando para o táxi, a luz dos postes ricocheteava no chão em fragmentos que faziam as pedras da calçada moverem-se como vidro cortado. Isso também era engraçado. As coisas estavam indo bem.

As coisas ainda estavam indo bem quando eles chegaram ao barulho ensurdecedor da casa noturna. Dessa vez não era a sala nos fundos do bar com o sexo de muitas mãos no escuro. Dessa vez era o paraíso, e era uma coisa grande. Os homens eram grandes, a pista de dança era grande, o barulho era tremendo, as drogas continuavam chegando e a única coisa a fazer era dançar. Hugo e Rudy poderiam dançar a noite inteira. Já tinham feito isso antes. Fariam novamente essa noite. Não era possível conversar quando sua saliva estava pegajosa. Você não podia fumar quando cigarros tinham gosto de dejetos químicos. Você não podia beber coisa alguma exceto água. Mas as drogas continuavam chegando. Os baseados. O amilo. E o etilo.

Tudo transcorria sem problemas. Rudy dançava sem camisa, o que você poderia fazer se jogasse pólo aquático no time da universidade e soubesse como abordar estranhos na casa noturna e dizer: “Você quer foder?” Mesmo que geralmente eles dissessem não. Jim enrolava um baseado e os outros estavam por ali, parecendo sérios, movendo-se com a música, esperando para dançar ou esperando pelo baseado. Hugo saiu andando. Precisava de um pouco de espaço. Não havia espaço no paraíso. Até o ar estava cheio de fumaça, suor e vapores de centenas de vidros de amilo e centenas de *sprays* de etilo. Então Hugo saiu, sentou-se no palco e ficou olhando a pista de dança.

Todo mundo estava na pista. Dançando, suando, fumando, fervendo. Lenços encharcados de etilo eram apertados contra as bocas, ou pendiam de cabeça em cabeça como um varal de roupas cruzando a pista, cada boca pegando um pedaço. E enquanto Hugo olhava as cabeças chapadas sobre os torsos nus, musculosos de tanto levantar pesos, prontos para a grande noitada na grande e barulhenta casa noturna, um pensamento cruzou discretamente sua mente. Talvez esse fosse o fim. A última dança a bordo do *Titanic*. A última farra em uma orgia romana. Os últimos rituais de uma seita demente. O fim. E então ele borrifou um pouco de etilo em seu lenço, inspirou fundo e algo estranho aconteceu. Hugo não estava mais na casa noturna.

Tudo ficou escuro e silencioso. Seus olhos zuniram através de um túnel dentro de sua própria cabeça, passando pelos rostos de todos que ele conhecia. Enquanto passava pelas pessoas, queria pedir que o ajudassem, que o fizessem parar, mas nenhuma delas era a pessoa certa para pedir, e quando a pessoa certa apareceu no fim do túnel, Hugo percebeu que era sua mãe e ele não poderia pedir-lhe ajuda porque ela não entendia nada sobre drogas. Então não sobrou ninguém. Tudo escuro. Grandes letras de néon surgiram no fundo de sua mente e piscaram como um anúncio de motel em uma estrada no deserto. NÃO ENTRE EM PÂNICO, piscaram as grandes letras vermelhas. As letras piscaram duas vezes, em vermelho e amarelo. Hugo sabia que se entrasse em pânico perderia a cabeça. Então esperou. No escuro. Seu coração acelerou-se. Sua mente se congelou. Parecia que estava cego e surdo. Parecia que ia durar para sempre.

Esperou com as mãos na cabeça, do lado de fora, nos degraus da casa noturna, e ouviu o longínquo latido de um cachorro em algum lugar. O cão começou a se aproximar, ou o latido foi ficando mais alto. Devagar, muito devagar, e era um latido um tanto estranho. Talvez não fosse o latido de um cachorro, mas um tambor batendo com muita força e barulho, e perto de sua cabeça. Talvez ele não estivesse sentado nos degraus com a cabeça nas mãos, mas em alguma sala dentro da casa noturna. Não havia ninguém em volta. Apenas o barulho do tambor. Talvez o tivessem deixado lá sozinho até que ele melhorasse e não se sentisse mais a ponto de entrar em pânico. De qualquer forma, Hugo já estava esquecendo o pânico. As letras de neon tinham ficado para trás. Ouvia o som do tambor porque o som, como uma flor que subitamente desabrochava de uma única haste, desdobrava-se em muitos sons ao mesmo tempo. Era como se alguém começasse a tocar um disco na velocidade errada e, devagar, se pusesse a colocá-lo na velocidade certa. Os sons chegavam juntos e, lentamente, transformavam-se no enorme barulho da grande pista de dança. Ele não estava sozinho, de modo algum. Quando seus olhos se abriram e Hugo viu os homens ainda dançando com lenços na boca e sem camisa, surpreendeu-se por não estar estendido no chão, com pessoas ao redor olhando-o e chamando uma maca. Hugo estava no mesmo lugar no qual cheirou o etilo, na beira do palco, nos fundos da pista de dança, e ninguém à sua volta percebera coisa alguma. Nem mesmo Rudy.

Rudy o encontrou no aeroporto. JFK. Hugo estava abatido. Sentia-se solto no mundo, indócil e pálido. Tinha uma mala nas mãos e nada na cabeça. Tentara ler no avião. Tentara assistir ao filme de bordo e tentara ignorar a turbulência. Mas, o tempo todo, sentia-se apenas cansado demais.

Rudy o olhou profundamente.

— Venha. Tenho uma coisa para você — disse ele, e o empurrou em direção ao banheiro.

No cubículo cheiraram duas carreiras de cocaína cada um e então Rudy o empurrou para fora. Só quando saíam do banheiro Hugo percebeu que a placa na porta dizia: Mulheres. Rudy não era muito bom com detalhes. Era bem melhor em causar efeito. Ele andava na frente, carregando a mala de Hugo, passando em meio aos táxis, a mala pendurada no ombro como se estivesse vazia. Hugo queria perguntar onde estavam indo, mas a coca tolhera-lhe a língua e o deixara com as gengivas anestesiadas, e ele apenas seguiu Rudy, respirando a densa fumaça dos táxis xadrezes.

Uma enorme limusine cinza esperava estacionada logo depois dos táxis. Rudy se aproximou e o motorista desceu, pegou a mala e a colocou no porta-malas. Ele e Rudy voltaram-se para Hugo.

— Esse é Raul — disse Rudy, e quando Raul apertou sua mão, Hugo começou a cair, lenta e silenciosamente, ao que parecia, até que bateu com a cabeça no pára-lama da limusine e desmaiou.

Hugo perdeu a viagem pela ponte do Brooklyn até Manhattan, o mundo dos arranha-céus reluzentes, com as janelas brilhando como decorações de gigantescas árvores de Natal. Perdeu as duas paradas que Raul fez, uma para deixar algo, outra para pegar algo. Perdeu a diversão de estar num carro tão grande que você podia deitar-se e fazer exercícios no piso. Mas acordou a tempo de subir as escadas cor de marrom-merda para o apartamento de duas peças e beber chá quente e fumar dois longos baseados que lhe deram para mitigar a dor de ter batido a cabeça no pára-lama. E, lentamente, enquanto se deitava esperando passar a dor de cabeça, começou a organizar as idéias.

Não era a primeira vez que visitava Rudy. No verão anterior o tinha visto ao voltar do casamento da irmã mais velha na América de gramados bem aparados que ficava além de Boston. Foi um casamento polido, na pequena casa de reunião dos quacres em uma pequena cidade secundária cheia de brancos tranqüilos. Um casamento a seco. Os quacres serviram limonada na recepção enquanto Hugo e o padrinho fumavam baseados atrás da casa de reunião. Ele não estava acostumado a esse tipo de América. Chegou em Manhattan desesperado por diversão. Havia deixado suas malas no apartamento do padrinho, em Park Avenue, e foram encontrar-se com Rudy em seu trabalho, no Gaiety Burlesque, nas esquinas da 43 Street e Broadway.

Duas vezes por tarde, e não raro três vezes por noite, dependendo de quem estava lá naquela noite e quem ainda estava consciente, Rudy dançava nu, com outros seis rapazes (se os seis tivessem aparecido), enquanto velhos gordos olhavam fixamente para eles sentados na escuridão. Não dançavam, apenas; contorciam-se e mostravam os dentes em um palco que se estendia como uma passarela na escuridão da platéia. E acariciavam-se e esfregavam óleo uns nos outros, enquanto os braços flácidos dos velhos imploravam um toque que nunca vinha. E para estimular essa trabalhosa provocação de pinto, os velhos podiam beber tanto ponche quanto desejassem de um grande recipiente em um canto. E assim faziam. E apagavam. Bêbados de ponche, diante dos garotos nus, roncando enquanto os garotos se torciam e se retorciam, e os mais velhos iam e vinham.

Hugo foi até a janela do caixa e falou com uma mulher carrancuda e com buço. Já ouvira falar dela nos cartões-postais de Rudy: Denise Sapatona, que passava baseados para custear as peles falsas e os jantares prontos para ela e sua jovem senhorita.

Hugo disse que era amigo de Rudy.

— Oh, você deve ser Hugo — respondeu ela, sem mostrar nenhum sorriso ao deixá-lo passar pela catraca. — Agora, não vá segurar Rudy fora do palco, quero ele lá. Estou com dois rapazes a menos esta noite e seu amigo é bom, mas não conte a ele que eu lhe disse isso. Ele é muito convencido. — E então gritou em seu microfone: — Rudy, você tem uma visita.

Rudy surgiu de uma porta ao lado do palco, vestindo um tapa-sexo de *lycra* vermelha e sapatilhas pretas de bailarino. Puxou Hugo pela porta e o colocou piscando no meio de um minúsculo vestiário cheio de garotos nus, com tapa-sexos e sapatilhas de bailarino.

— Pessoal, este é meu amigo Hugo, da Inglaterra — disse Rudy, enquanto Hugo piscava diante dos músculos e protuberâncias vindo em sua direção cumprimentá-lo. — Tratem-no com respeito. Eles não têm homens nus na Inglaterra.

Exceto por sentir-se estranho vestindo tanta roupa, Hugo sentiu-se em casa. Naquele verão, passou lá tardes inteiras, jogando cartas, relembrando coisas com Rudy e olhando fixamente para Joe, que amava Rudy e era por ele amado, mas era casado e tinha dois filhos e uma esposa em Long Island que pensavam que ele trabalhava num restaurante na cidade. Hugo ficava olhando para Joe por mais tempo porque ele tinha sorriso e bronzeado sul-americanos e preparava as mais longas carreiras de coca, e toda vez que Joe o tocava, Hugo ficava com vontade de tirar a roupa. Mas Joe o tocava, dava-lhe coca e jogava cartas com ele porque Hugo era amigo de Rudy, e Rudy era alguém especial. Para eles. Um estudante de escola pública inglesa em meio ao submundo dos porto-riquenhos, que alimentavam seus filhos e sua corrente sangüínea saracoteando numa passarela e pisando nas mãos ávidas dos velhos da primeira fileira que tentavam apalpá-los, enquanto se masturbavam com a outra mão.

Alguns dos garotos gostavam de Rudy, mas não gostavam que ele estivesse ali. Se ele, um rapaz com diploma de Cambridge, tinha de pavonear-se no palco e depois ainda dar uma rápida chupada em algum cliente, no canto encortinado do vestiário, que esperança haveria para os outros? No fundo, eles eram conservadores. Não gostavam de ver a ordem do mundo sendo infringida. Esse não era o lugar certo para Rudy.

Alguns dos garotos simplesmente não gostavam dele. Rudy tinha esperanças demais, enquanto eles não tinham esperança alguma. E estavam certos. Um ano depois, Chris, cujo pinto enorme fazia a platéia do fundo levantar-se na escuridão, e que ignorava todas as "orientações oficiais" ao ter ereções porque tomava muito *ecstasy* nos bastidores, morreu ao injetar uma seringa cheia de veneno, vendida pelo traficante a quem devia mil dólares. Foi descartado como mau pagador. Uma perda.

Um ano depois o belo Joe havia perdido seu amplo sorriso. A mulher e os filhos foram viver com a mãe dela em San Juan depois que alguém lhe telefonou e contou que o marido trabalhava em um salão de dança gay no qual davam ponche grátis para os velhos e os deixavam excitados com danças provocantes, antes de roubarem suas carteiras durante uma chupada nos bastidores. Em vez de jogar cartas, ele injetava cocaína e mal falava com Rudy, a menos que estivesse metido em alguma encrenca pior do que as habituais e precisasse da ajuda de Raul. Gennaro, o italiano magro que a Hugo nunca pareceu nada mais do que apenas mesquinho, mas que Rudy alegava ser somente um pouco tenso, e que tinha só 17 anos — motivo pelo qual nunca dava expediente nos bastidores (estava se guardando para algo especial) — levou um tiro na cabeça, disparado por um beberrão que pensou que ele fosse seu irmão que chegara para levá-lo (o beberrão encontrou a arma na lata de lixo atrás do prédio. A arma agora ajudava as investigações policiais. O beberrão morreu enquanto dormia, três dias depois). E Marco, que aparentava cerca de 12 anos, mas que nascera com uma cabeça deplorável e uma língua tão rápida que os outros garotos lhe pagavam para que os chupasse, havia morrido por causa da doença.

Aqueles ainda eram os primeiros dias. No ano seguinte, quando Hugo chegou e desmaiou na limusine estacionada no aeroporto, a doença os estava derrubando como garrafas de um jogo de boliche, e Denise, a mulher barbada atrás da janela à prova de balas do caixa, ofereceu a Rudy tudo o que ele quisesse para voltar a dançar. Mas Raul não queria ouvir falar disso.

Raul havia resgatado Rudy. Ele era o primo de Joe. Conheceram-se num restaurante, durante a folga da tarde. Joe precisava de uma dose. Raul era traficante. Ainda não estava claro o que ele traficava, pensava Hugo, enquanto se deitava no chão com a cabeça rachada e tentava ligar os fatos, mas as pessoas iam e vinham, deixando dólares e saindo com pacotes. Hugo sabia que Raul estava vendendo. Sábio Rudy, pensou Hugo. Sábio Rudy, que garantia seu abastecimento ao viver com o homem que fornecia o bagulho. Mas isso não era justo. Rudy amava Raul e Raul o amava. Eles protegiam um ao outro. E Raul não era o homem que fornecia. Ele era um dos homens do fornecedor. E até o fornecedor provavelmente não era o principal fornecedor. Mas Raul conseguia lucrar e tinha bons clientes, e o homem acima dele, que por sua vez trabalhava para outro acima dele, realmente gostava de contar com Raul para entregar o bagulho. E assim Raul sobrevivia e ganhava a vida. Lin resmungava, mas ficava por causa das drogas gratuitas, e Rudy arrumou um emprego num bar na cidade, deixando os homens do ponche desamparados. Quando Denise criou caso com Raul e o acusou de lhe roubar Rudy, dizendo que demitiria Joe para vingar-se, ele se ofereceu para trepar com ela. Denise amarelou e deixou o assunto de lado. Para uma mulher que comercializava pênis, ela nutria uma estranha ojeriza por eles.

Hugo sentou-se diante da mesa da pequena cozinha e fumou o primeiro baseado do dia. Havia feito sua compra matinal. Tinha telefonado para o aeroporto e adiado sua passagem de volta. Ainda não falara a Rudy que iria partir. Ainda não lhe contara sobre o telefonema. Por que falar, se Raul já estava doente?

Os outros não iriam acordar pelas próximas horas. Exceto Lin. E quando Lin acordava, Hugo ia dormir na poltrona em frente à tevê até que Raul e Rudy acordassem. Nesse exato momento, não se sentia cansado, mas sabia que deveria estar. Em vez disso, estava preocupado. No seu peito, logo abaixo do pescoço, surgira uma erupção de bolinhas duras e vermelhas. Pequenas borbulhas cutâneas vermelho-escuras. Quarenta delas.

Poderiam ser qualquer coisa, mas Hugo estava pronto para esperar pelo pior. Especialmente agora. Especialmente depois da noite passada. A noite passada havia sido uma noite especial de Raul.

Raul sentira pena de Hugo logo de cara. De qualquer forma, ele era condescendente com os ingleses, ou porque tinham um sotaque engraçado ou porque ele, assim como o florista, pensava agora que os americanos eram os tipos mais sujos do mundo e os ingleses, os mais limpos. Fosse como fosse, Hugo causou impressão em Raul. Nada do que ele pudesse fazer por Hugo era suficiente. Isso irritava Rudy. Rudy sabia como Hugo era. Um ex-garoto de programa, ex-astro pornô de segunda, ex-rainha adolescente dos banheiros, esperto e com um bom lar suburbano à espera, caso as coisas ficassem muito estranhas. Rudy sabia como Hugo era porque ele era igual. O bom lar suburbano de Rudy era até melhor que o de Hugo. No barômetro social do morro de Hadley, Rudy estaria pelo menos um quilômetro acima. Mas os dois haviam caído do nicho acarpetado da casa familiar para o submundo.

Enquanto Hugo ia de táxi para programas nos hotéis elegantes da Park Lane, Rudy baixava as calças na frente de bêbados, certificando-se de que eles se masturbassem enquanto o chupavam. Não queria que ninguém demorasse mais do que deveria. A menos que fosse Raul. E ele não queria que Raul se engraçasse com Hugo. Mas Hugo não queria Raul nem tinha certeza de que Raul o queria. Raul desejava apenas agradar seu hóspede bacana. Assim, tudo transcorria sem brigas e, quando Raul planejava sair à noite, era para agradar Hugo e Rudy.

A noite anterior havia começado na casa de Miguel. Miguel era um dos homens de Raul. Ele preparava a coca melhor do que Raul, e Raul ia até lá cheirar enquanto Miguel vendia seu próprio bagulho para os clientes visitantes que tocavam a campainha a qualquer hora depois das 11. Mas Miguel era um sacana. Gostava de enrolar os amigos. Gostava de fazê-los pagar. Não precisava do dinheiro deles. Tinha um pequeno negócio interessante, um salão de cabeleireiros que lhe permitia lavar o dinheiro sujo de todas as suas outras fontes de renda e os lucros eram suficientes para permitir que forrasse seu apartamento com papel de parede aveludado preto e dourado. Mas gostava de fazer com que seus visitantes pagassem com o tempo. Tinham de sentar-se lá e ouvir os problemas de Miguel. Os chiliques que tivera de agüentar de empregados e clientes. Os garotos infernais que o importunavam por amor (como se...) e os garotos celestiais que não o faziam. Os problemas que ele estava tendo com seu encanador, seu decorador, suas unhas, seus nervos, seu nariz.

Raul e Rudy ficavam lá sentados, bebendo cerveja gelada e aguardando pacientemente, quase em silêncio, e Hugo fazia o mesmo. Rudy, principalmente, tinha de ficar quieto. Miguel o considerava um dos garotos celestiais e não confiava nele. Qualquer um que fizesse seu coração palpitar não era digno de confiança. Miguel estava sempre observando-os, esperando por algum sinal, querendo vê-los trocar sorrisos, virar os olhos, erguer as sobrancelhas e, se o fizessem, ele os fazia pagar com mais meia hora de seu tempo.

Hugo não entendia por que não podiam simplesmente ter ido ao apartamento do gordo Louie e do magro Raymond. E daí que o apartamento tivesse sujas paredes marrons e o aquário estivesse poluído? E daí que o magro Raymond fosse uma doninha que resmungava a noite inteira e o gordo Louie fosse um garoto mimado do interior que só mexia a bunda para apertar Raymond ou arrastar-se ao banheiro para vomitar? Eles eram fáceis. Não criavam caso. Conheciam Raul desde que ele era garoto, e Raul sempre cuidara deles. Eram duas senhoras gordas, diziam.

— Raul sempre cuidou das duas senhoras gordas — dizia Louie.

E Raymond silvava:

— Eu não sou gordo.

— Não, Raymond. Mas você queria ser — respondia Louie, e então lhe golpeava, de brincadeira, mas com força demais.

Eles sempre passavam o espelho imediatamente e mantinham a roda girando até que a cocaína virasse um montinho branco de detrito, e os maxilares de Hugo e Rudy doessem de tanto falar, e suas gargantas doessem de tanto fumar, e suas pernas doessem por algum motivo que Hugo nunca descobriu.

Tinha de ser melhor do que se sentar ali, olhando esse cabeleireiro exaltado mover suas bugigangas de uma prateleira para outra, afagando seus pertences, massageando seu ego ressecado, tentando ganhar tempo. Tinha de ser melhor do que se sentar ao lado de outras três ou quatro tensas criaturas reunidas em torno da mesa de centro de vidro fumê, olhando para o cinzeiro de ônix e os candelabros de mármore, perguntando-se como foram parar nessa alucinação de decorador de vitrine. Tinha de ser melhor do que ouvir os lamentos da decadente diva da ópera cuja garganta fora estragada pelas drogas, que contou a história de seu amigo cujos intestinos tinham sido perfurados por uma foda de punho com alguém que não tirara a aliança de casamento. Tinha de ser melhor, com certeza. Os outros, pelo menos, ficavam quietos. A noite inteira. Sombras do outro mundo assombrando a mesa da coca com viciados em jogo olhando fixamente para a roleta girando.

— Raul, querido — choramingou Miguel, do banheiro, uma hora depois. — Você quer dar uma olhada na gaveta?

Raul piscou para Rudy, Ruy cutucou Hugo. A festa estava começando.

— Está em cima das camisas de seda. Você se importa de começar? Estou tendo problemas com meus cabelos. Aquele idiota do Tony. Eu só pedi a ele que frisasse meu cabelo. Você sabe, frisar. Bem, o que ele faz? Não quero ficar desse jeito. Pareço Bette Midler de ressaca. Gordo, pareço gordo, também.

— Não, querido. Sua aparência está ótima — disparou Raul, com a gaveta já aberta, tocando as camisas de seda apenas pela sensação, a coca já em suas mãos, um sorriso em seus lábios, o leite para o gato.

— Você está adorável, Miguel — disse Rudy. Conversa fiada.

Hugo olhou para ele. Rudy correspondeu ao olhar. Sério.

— Você acha, querido? — Miguel estava na porta, com uma toalha ao redor da cintura e os cabelos caindo no rosto e tintura para cabelo escorrendo em suas costas como rios negros. — Você não está dizendo por dizer?

Rudy olhou diretamente para ele e sorriu.

— Venha sentar-se. Sua aparência está ótima.

— Estou sem roupa, seu garoto malvado.

— É assim que eu prefiro — sorriu Rudy.

Hugo tinha de admitir que Rudy era bom. Michê de luxo. Ele estava se exibindo para Hugo e a coisa estava funcionando. Hugo nunca conseguira ir além do por favor e do muito obrigado.

Era ruim como bajulador. Rudy o estava desafiando a rir e a estragar tudo. Hugo precisava manter o rosto sério.

— Ele não está ótimo, Hugo?

O filho da puta. Raul evitava olhar para os dois. Cabeça baixa, ele já estava preparando a coca, entornando-a sobre a mesa de vidro fumê. Os outros ignoravam os apuros de Hugo. Eles concentravam-se em Raul.

— Você está fantástico — disse Hugo. Não havia o menor tremor em sua voz.

— Seu amigo é legal — disse Miguel a Rudy. — Ele também é da Inglaterra?

— Pergunte a ele.

— Mais tarde, querido. Mais tarde vou perguntar tudo para ele. — E jogando para Hugo um beijo que, de algum modo, o atingiu em cheio no rosto, ele deu uma risadinha e voltou ao banheiro para tentar fazer seus cabelos ficarem frisados outra vez.

Rudy virou-se para Hugo e piscou. Hugo sorriu e, então, pensando de repente que Miguel poderia estar olhando pelos espelhos, parou e acendeu um cigarro.

— Não sei como você consegue fumar — disse a diva da ópera que tinha um amigo com os intestinos perfurados. — É péssimo para você.

— É? — disse Rudy, com os olhos arregalados. — Como assim?

— Garotas — resmungou Raul.

— Acho que não fomos apresentados — disse a diva da ópera inclinando-se sobre Rudy para apertar a mão de Hugo. Hugo estendeu a mão e Rudy inclinou-se para a frente.

— Como está sua garganta?

— Cheire um pouco de coca — falou Raul passando o canudo. Ele encarou Hugo com olhos que eram como gelo. Rudy ficou quieto. Inspirou profundamente, com uma narina e depois com a outra, e então chamou Miguel.

— Miguel, querido, você não está cheirando?

— Passe para Hugo — sussurrou Raul.

A diva da ópera estava inclinada para a frente, olhando cada partícula do pó. Rudy tinha um pouco de pó nos lábios. A diva da ópera poderia tê-lo lambido.

— Não esperem por mim, queridos. Agora, mal toco nisso. Toco, Raul?

E antes que Raul pudesse dizer uma palavra, ele apareceu na porta. Hugo engoliu em seco. Quase engasgou-se e tossiu sobre o montinho branco que Rudy lhe passara. Em vez disso, engoliu com força. A coca subia por sua narina, congelando suas cavidades, encolhendo seu couro cabeludo e Miguel estava parado na porta vestindo uma camisa de seda cor de abricó e calças vermelhas, com os cabelos repartidos ao meio.

— Que tal estou?

— Maravilhoso, querido — disse a diva da ópera, rindo com antecipação e mal olhando para ele.

— Não você, idiota — disparou Miguel. — Você sempre diz isso. O que você acha... qual é mesmo o nome dele?

— Hugo — disse Rudy.

Hugo olhou outra vez para ele. Engoliu em seco. A coca chegara à sua cabeça. Seu cérebro estava nadando nela.

— Você está adorável — disse ele, com a voz tão encharcada de droga que parecia vir de longe.

— Adoro o jeito dele falar — guinchou Miguel, encantado. — A voz dele é bem melhor que a sua, Ruppert.

— Rudy — disse Raul, calmamente.

— Que seja. Cheire um pouco mais, querido.

Miguel arrancou o canudo da diva da ópera e o deu a Hugo. Esta seria com certeza uma noite alucinada, pensou Hugo. Havia apenas duas coisas que ele tinha de fazer. Chutar Rudy nas canelas e livrar-se da boneca de abricó que tentava aconchegar-se a ele.

Hugo nunca chutou Rudy. Quando o momento oportuno surgiu, eles estavam rindo demais. E Hugo levou algum tempo para livrar-se de Miguel. Durante o tempo todo em seu apartamento, Miguel ficava afagando Hugo como se ele fosse seu novo animal de estimação. E quando finalmente saíra, com as mentes perdidas em uma nuvem química, Miguel ficou em seu calcanhar, ganindo como um gordo filhote de cachorro.

— Hugo, querido, venha no meu carro.

Rudy o salvou.

— Sinto muito, Miguel, ele tem de vir conosco. — Não explicou o motivo. — Vemos você lá, querido.

A cocaína não comprava tudo.

Até na casa noturna Miguel ficou seguindo Hugo, oferecendo-lhe seu pequeno vidro. Hugo pegou uma colherada e seguiu adiante. Apenas mostrava um sorriso a Miguel de vez em quando. Isso tinha de bastar. Além do mais, ele estava doido demais e tinha de dançar, e o gordo Miguel não podia dançar.

Eles tinham engolido ácido no banco de trás do carro antes de chegarem ao The Saint. E quando ficaram na fila, a droga já estava começando a fazer efeito. Quando entraram, Hugo tinha perdido a noção de tempo e espaço. Tudo estava incandescente.

Os atendentes do bar estavam incandescentes com suas apertadas camisetas brancas, estavam fosforescentes. As tigelas de frutas do bar estavam incandescentes. Até o vidro azul e as privadas de metal estavam incandescentes quando Hugo foi até lá com Miguel para mais uma carreira. As poças no chão, o papel higiênico encharcado e os azulejos lascados reluziam como se fossem novos, como se tivessem sido limpados com algum produto com cheiro de menta anunciado na televisão. O único que não brilhava era Miguel. Sob essa luz, Hugo podia ver cada erupção cutânea e cada concavidade. Podia ver o acúmulo pegajoso da maquiagem na ponta do nariz lustroso e o laquê formando uma grudenta teia de algodão-doce em seus cabelos. Tinha de livrar-se dele.

Subiram a pequena escada espiral negra e chegaram a uma ampla pista de dança circular. No teto, um diáfano domo com estrelas brilhantes formava um arremedo do céu noturno. Centenas de homens vestindo camisetas agarradas à pele bamboleavam indiferentes sob a noite simulada. A indiferença era falsa. Suas cabeças não se moviam tanto, mas seus olhos, dilatados e inquietos, lançavam-se atrás de cada corpo. Corpo a corpo, eles amontoavam-se na pista. Não exatamente dançando, mas movendo-se para cima e para baixo. Amontoando-se, chacoalhando-se, correndo no lugar. Com os pés coçando, o peito contraído, a adrenalina jorrando em sua corrente sangüínea, Hugo lançou-se cegamente na multidão, deixando Miguel a acenar-lhe, desconfortável, na beira da pista. Enfim. Espaço. Ele começou a se mover. Começou a se aquecer. A cocaína havia capturado seus músculos. Tinha de começar a respirar de novo.

— Onde está o seu querido? — sorriu Rudy, surgindo do nada, surgindo da noite. — Não me diga que você perdeu o seu queridinho.

— Ele está esperando por você. É você que ele quer, Rudy. Ele está apenas me usando.

— Querido, ele está com tanto tesão por você que está a ponto de derreter-se.

Rudy divertia-se com isso. Hugo não tinha tempo para dançar com Raul enquanto Miguel o estivesse perseguindo. E Rudy adorava ver Miguel sofrer. Amigos de cocaína. Todos eles realmente se odiavam.

— Não se esqueça de levá-lo lá para cima. É lá que as coisas acontecem.

— Onde?

Rudy sabia o que Hugo queria. Depois das drogas, depois de tantas drogas, Hugo pensava em um único prazer. A dança podia esperar. O sexo vinha primeiro. Ele esperou por um tempo que fosse no mínimo razoável e, então, antes que Miguel pudesse abrir caminho na pista de dança até onde eles estavam, foi para outro lugar. Um lugar onde mais uma escada espiral preta conduzia para um outro reino. Hugo não parou para respirar. Apenas desapareceu na espiral.

O mundo ficou negro.

The Saint era um velho teatro. Em uma outra vida, tinha sido o Filmore East. E o balcão permanecera intacto, com suas passagens, assentos e camarotes. Mas as luzes estavam apagadas. Do balcão era possível ver o domo e a pista de dança lá embaixo, com os homens sacudindo-se e amontoando-se. Podia-se olhar para baixo, mas esse não era o objetivo. O objetivo era esperar que a ação começasse.

Hugo reclinou-se contra a parede esperando até que pudesse enxergar novamente. O mundo nadava na escuridão. Tinha de esperar que as sombras emergissem, sombras de pessoas amontoadas. Esperar pela baforada de amilo, pelo gemido sufocado. Tinha de achar o núcleo ativo onde as mãos surgiam do nada e o despiam sem palavras. Poderiam ser as mãos de ogros ou de beldades. Não fazia nenhuma diferença. No centro da floresta de mãos e corpos, os olhos não tinham a menor serventia. Mãos e bocas eram tudo o que importava. E pintos. Ele foi beirando a passagem dos fundos. Sombras escuras moviam-se na escuridão. Silenciosamente. Hugo roçou em alguma coisa. Jeans. Couro. Carne. Lá embaixo, o mundo do domo diáfano continuava pulando. Em cima, na escuridão, tudo se movia como numa piscina de melaço. Tateando o caminho lentamente. Uma mão pousou em seu zíper e o apertou. Hugo moveu-se nessa direção. Outra mão estava em sua bunda. Encontrara a floresta, mas seria esse seu centro? Manteve as mãos paradas. Um movimento qualquer e sua mão encontraria carne, e então ficaria preso. Era traiçoeiro, esse caminho. Um toque no lugar errado, uma carícia no corpo errado, qualquer movimento de pânico e a ilusão seria destruída. O silencioso *suspense* da orgia iria evaporar-se em decrépitas criaturas arrastando-se atrás de sexo às escuras com homens que, sob a luz, nunca lhes olhariam uma segunda vez. Hugo sabia que era carne nova nessa floresta. Mãos velhas o devorariam. Ele queria ser devorado. No escuro, privado da luz, o ácido o fazia concentrar a atenção em seu pau. A mão no seu zíper apalpava e agarrava, os dedos tateando os botões. Hugo prosseguiu lentamente. Não podia tropeçar. Um tropeço também quebraria o encanto. Hugo ficou parado. Pelo roçar do couro e o brilho cinza das camisetas brancas no escuro sabia que havia chegado a um mato cerrado. O corpo atrás dele aproximou-se. Hugo inclinou-se gentilmente para trás, convidando, submetendo-se. A mão deslizou para dentro de suas calças, passando pelos botões com movimentos ágeis, como a hera procurando seu caminho nas rachaduras. Um pequeno vidro foi passado para suas mãos. Ele ofegou quando a tampa abriu-se, o amilo quente evaporando-se no ar chegou às suas narinas. Inspirou fundo e o mundo mergulhou em um pântano de carne. As mãos em redor, que até então estavam aguardando o momento propício, avançaram para ele assim que os primeiros dedos puxaram seu pau para fora. Agora Hugo estava em meio às raízes da floresta, entre a vegetação rasteira que lá vivia e que se alimentava de limo. Eles puxaram sua fivela e arrancaram-lhe a camisa. Era um estupro em câmera lenta, no qual ele desempenhava o papel do garoto levado, disposto a tudo. A mão molhada de alguém pegou uma de suas bolas, e ele curvou-se em abandono. Outra mão afastou a mão anterior. Um polegar deslizou para sua boca e alguém acariciou sua espinha. Uma boca fechou-se com um bafo quente em seu pinto. Hugo suspirou e começou a tremer. A cabeça, que agora era mão, moveu-se para cima e para baixo em seu pinto. Uma brecha na floresta permitiu-lhe ver o céu noturno lá embaixo. No domo diáfano via-se a silhueta de um rapaz sendo fodido entre as cadeiras. Os dois corpos — um em pé, o outro curvado — moviam-se no ritmo da música, batendo estaca ao som das batidas. Os quadris de Hugo entraram no ritmo e moveram-se contra a boca que ainda o chupava. Da mesma forma que o garoto fodia o garoto, Hugo fodia a boca, no escuro, nos fundos, a música flutuando em sua cabeça e as drogas transbordando em seu cérebro. Ele viu o estômago liso do garoto bater na bunda redonda, enquanto a boca engolia seu pênis até as bolas, e depois afastou-se, e outra mão enfiou-se entre suas pernas. Ele queria estar com os dois garotos e com a floresta de mãos. Ele queria ser um dos garotos, ambos os garotos e parte da floresta de mãos e bocas. Isso era melhor do que a sauna. O escuro nunca era escuro o suficiente na sauna. A luz criava ilusões, transformando o bonito garoto de um minuto atrás em um esqueleto no minuto seguinte, a doce juventude subitamente chupando seu pau com uma boca sem dentes, um corpo musculoso e torneado sob os holofotes encolhia e desmoronava sob a luz nua dos chuveiros. A escuridão era melhor. A verdade nunca era revelada. A imaginação reinava. Na sauna, a realidade nunca desaparecia por completo. O cheiro de merda misturava-se com o odor de amilo e suor num enjoativo perfume que pairava entre as almofadas de pvc, e os gritos de homens que estavam sendo fodidos com demasiada força cortavam o ar. Mas aqui, na escuridão, olhando os garotos, sentindo o ácido correndo em suas veias como um elixir elétrico, agarrando braços ao acaso e oscilando em meio a pênis inquiridores, o mundo girava ao redor dele unicamente para seu prazer, ou assim parecia, até que o homem com o amilo enfiou o vidro com tanta força sob o seu nariz que ele teve de recuperar o fôlego e, assim que o fez, o homem empurrou alguma coisa em seu cu — não poderia dizer o que era — e, antes que pudesse gritar, o homem forçou um pano encharcado com algo, talvez clorofórmio, contra seu rosto e, em algum lugar nos escuros recessos de uma mente tão cega que agora estava sob a floresta, no limo, em algum lugar lá embaixo, a mente sabia que Hugo estava estuprado. A boca em seu pinto continuava chupando, mas o pinto havia ficado flácido. Não sabia se tinha gozado ou não. O bate-estacas em seu cu fazia sentir uma dor distante. Braços prenderam seus ombros. Sabia que o estavam forçando a inclinar-se para a frente. Havia um pênis perto de seu olho. Abriu o olho e viu a ponta do pênis reluzir com sêmen pré-coito, ou talvez pós-coito, ou apenas o efluente normal, apenas o gotejar habitual, e quando as emanações do pano se dispersaram, Hugo sentiu que o homem ainda o fodia e que a mão, ou os dedos, de alguém também estavam lá, e ele teria se erguido e endireitado o corpo se o pano não fosse outra vez comprimido contra seu rosto. Hugo voltou para o limo. Seu corpo, agora, não era mais do que um brinquedo, uma boneca inflável untada. Não sabia mais se estava em pé ou deitado, se isso era sexo ou morte. Sua mente deixara o sexo para trás e agora esforçava-se para entender o que acontecia, para entender a dor distante, o gotejar em seu rosto, a áspera e gotejante raiz em seu rosto, forçando caminho para sua boca. Outro pinto estava forçando a entrada. Outro pinto tão grande que abria caminho à força. Mas a dor atravessou as drogas como uma sirene cortando a neblina. E alguma coisa em Hugo não iria mais ceder. Seus reflexos voltaram. Ele levantou-se, endireitou-se e soltou um grito emudecido que para todos os demais soou como um gemido. Hugo estava gozando, também, mas os homens estavam gozando com ele. O bate-estacas parou e algo comprido e pegajoso saiu de seu cu com um ruído. Hugo sentiu que o conteúdo de seus intestinos deixavam um rastro no chão. Os homens largaram seus braços e o pinto afastou-se de seu olho. Hugo caiu para a frente, sobre um carpete pegajoso de tanta porra e efluentes. E desmaiou.

Hugo fumou seu baseado na mesa da cozinha. Era bom que os outros ainda não houvessem acordado. Teria tempo de pensar numa mentira. Queria dizer a verdade e, ao mesmo tempo, não queria que ninguém soubesse disso. Queria que o lavassem, banhassem e mimassem, mas não queria que soubessem o motivo. Não queria que soubessem que, quando acordou, foi arrastado para um canto com as calças caídas nos tornozelos e com o cu sangrando. Que sua camiseta estava coberta de merda e cheirando a amilo e cigarro, seus cabelos estavam emaranhados e ele fedia como se alguém houvesse mijado nele, e ele sentia-se como, tra-lá-lá, fodido quase até a morte e precisando de salvação.

A faxineira o encontrou e deu um grito. Pensou que ele fosse um ladrão até que percebeu o estado em que ele estava, e então quis chamar a polícia porque pensou que ele fosse um assassino e que a vítima estivesse em algum lugar em meio àquela bagunça. Ela não falava inglês, mas Hugo entendeu por seus gestos o que a mulher estava dizendo e apenas ficou lá parado, olhando-a até que ela parasse de gritar e, então, ele foi embora.

A luz do dia atingiu sua cabeça como uma serra elétrica. Seu casaco estava trancado no guarda-volumes, de forma que o mundo inteiro podia ver seu corpo rebentado e espancado, coberto de merda, e seu rosto machucado. Ele não tinha dinheiro, então apenas andou com a cabeça baixa, quarteirão após quarteirão, sem olhar para os rostos que o encaravam, sem olhar para as janelas que pudessem exibir seu reflexo, apenas erguendo os olhos de tempos em tempos para verificar o número e então baixando a cabeça outra vez, andando contra o vento, sob a luz que era como uma serra elétrica, para as escadas de cor marrom-merda no Harlem espanhol. Cambaleava um pouco, mas tinha de seguir em frente. A dor em suas costas descia até sua bunda. A dor na bunda ia até a espinha. Na boca, um gosto como se sua língua tivesse morrido e apodrecido, e seus dentes rangiam nas gengivas como se com um sorriso pudesse perder todos. Sentia-se muito mal.

Lin moveu-se ligeiramente quando Hugo abriu a porta. Ele correu para o banheiro que não era banheiro, perto da cozinha que não era cozinha. O espelho não estava na altura certa. Dessa vez, era bom que fosse assim. Não podia ver seu rosto. Apenas a camiseta. Tirou a camiseta e jogou-a no lixo. E então, quando se olhou de novo no espelho, viu as 40 ou mais erupções cutâneas vermelhas, duras e reluzentes, logo abaixo do pescoço, e de alguma forma soube que as erupções significam más notícias. Olhou-se nos olhos, com dureza. Mas não havia nada para ver. Quase não piscou. Não podia chorar. Não sabia ao certo se devia se abraçar ou se odiar. Era isso. Nunca soubera. Na maior parte do tempo, não importava. Bastava ser esperto. Estar um passo a frente. Saber o que era o quê.

Então, o que era o quê? O que acontecera? O que faria consigo mesmo agora? Sentia-se mal. Foi sentar-se na cadeira de dentista no meio da sala, e quando o sol ficou a pino e a placa da Loja de Peles Saperstein, com letras douradas e empoeiradas do outro lado da rua, reluziu para ele além do feio tubo de ar-condicionado encaixado na janela, Hugo sentiu-se melhor. Não ligava. Sabia o que era o quê. Só não tinha certeza do que havia acontecido. De qualquer forma, agora estava em casa. Teria de explicar aos outros. Contar alguma história. Mas ele estava em casa e estava bem. Seguro.

E então o telefone tocou.

Era Jim.

Hugo puxou o fumo com força. O mundo havia encolhido um pouco desde que Jim telefonara. O anonimato da doença se acabara. Estava em seu quintal. Talvez em seu peito.

Nesse momento soube que esse era seu último fim de semana. Que esse era seu último dia. Que quando saíra para arrumar alguma erva na farmácia virando a esquina, depois da floricultura, após fazer café e acordar Raul e Rudy, que haviam voltado para casa pensando que ele tinha se dado bem, após tomar suco de laranja e talvez um ovo cozido, e após terminar de fumar o baseado, diria adeus a esse mundo e levaria a si mesmo, suas 40 erupções, sua pequena mala de viagem e os livros que ainda não lera de volta para casa.

Estava voltando para casa para ver Jim. Para ajudá-lo. E para lamber suas próprias feridas. Para lavar-se e barbear-se. Para ver Chas. Para ver Cynthia. Para viver algum tempo de forma decente. Para tentar de novo.

Pelo menos isso o fez sorrir. Ficou em pé no banheiro e olhou novamente para si mesmo. Não com raiva ou acusação. Mas com simpatia. E ironia. Queria rir. Levar uma vida decente? Inclinou-se em direção à janela e bafejou no vidro. No bafo escreveu com o dedo, como uma mensagem com batom para um amante ausente: "Tarde demais." E então olhou de novo para as 40 erupções vermelhas, e seu rosto desmoronou.

Elas ainda estavam lá.

Estavam lá há dois dias.

Hugo estava assustado.

Março de 1986

Querido Rudy,

Hoje descobri quanto tempo ainda me resta de vida. Bem, isso não é exatamente verdade. Se eu for positivo, eles não poderão saber com certeza quanto tempo me resta, e se eu for negativo, não significa que eu não venha a me tornar positivo (e ficar na incerteza) mais tarde, ou morrer (com certeza) de alguma outra forma. Assim, hoje descubro se vou viver menos do que pensei que poderia; mas considerando-se que, para começo de conversa, nunca pensei muito no assunto, não tenho muita certeza do que vou descobrir hoje além da qualidade de meu sangue ou, simplesmente, se ele é ou não HIV positivo. De qualquer forma, pensei em lhe escrever antes que minha vida seja rotulada e enquanto ainda posso viver no abençoado equívoco de que eu sou, pelo menos potencialmente, imortal. Depois de hoje, tudo vai virar melodrama.

Provavelmente, agora você está se fazendo uma série de perguntas. Por quê? Por que ele teve de fazer o teste? Por que ele desapareceu de um momento para o outro sem se despedir? Por que nunca me agradeceu por hospedá-lo? Por que ele foi embora sem me pagar os 40 paus (inclusos)? Por que ele pensa que pode me comprar com

40 paus? (Por favor, aceite... já está incluso, não está?) Por que ele pensa que se me escrever cartas meio desconexas subitamente decidirei perdoá-lo? Por que estou lendo isso?

Posso responder algumas dessas perguntas. Fiz o teste por causa de Jim. Fui embora de um momento para o outro por causa de Jim. Não quis me despedir porque não queria ter de lhe contar sobre Jim. Pule para a próxima pergunta. A resposta: você não retornou meus telefonemas, então retribuí o favor e não retornei o dinheiro. Encontrei trabalho em uma pequena revista sobre cinema e outro dia me perguntaram se eu conhecia alguns bons *free lancers*. Preguei-lhes uma pequena mentira e disse que sim, e 25 minutos depois Chas estava no escritório e nós estávamos tendo uma discussão sobre material de divulgação de impopulares filmes iugoslavos.

Com um pouco de sorte uma coisa levará a outra e eu darei um jeito de abrir caminho no jornalismo sem um diploma, sem treinamento formal, mas com um vasto vocabulário e uma reduzida coleção de opiniões recebidas. Tenho feito algumas críticas para uma revista de Bettersea e a *Time Out* me pediu para fazer outra essa semana, então, talvez... quem sabe... pode ser que... um dia... eu possa... ser famoso o suficiente para cortar fitas de inauguração em *shoppings*.

Realmente não sei o que pensar sobre esse teste. Chas está impaciente, principalmente porque terá de lidar comigo logo depois do telefonema que me dará a notícia. Você provavelmente está se perguntando o motivo pelo qual Jim poderia ser a minha razão, mas, na verdade, trata-se apenas de algo que os médicos lhe disseram — que quanto mais rápido souberem, mais chances terão de poder ajudar. Com certeza, não pretendo ser estóico. Se houver alguma coisa errada comigo, quero todos os departamentos farmacêuticos de todos os hospitais do norte de Londres à minha disposição. Pense em quanta diversão você poderia ter. Nunca teria de se lembrar que está doente. A vida no outro lado da DF 118. Uma colherada de sulfato de morfina ajuda os outros remédios a descerem.

Não vou contar nada à mãe e ao pai. Para começar, não é da conta deles (é?) e, o que é mais importante, a única coisa que eles farão é entrar em pânico. Eles ainda não se recuperaram do choque daquela coisa toda com Larry. Acho que eu me recuperei; a experiência toda está alojada em algum distante casulo de entorpecimento por drogas. Mas, para eles, é como se o céu tivesse caído em suas cabeças. Minha mãe estremece sempre que alguém menciona a palavra Cambridge. Realmente estragou as coisas para ela com essa história. Acho que ela ainda diz para si mesma que eu fui a vítima.

Agora, é claro, ela está tentando me arrumar empregos. Fez isso naquele ano entre o fim do colégio e minha ida para Cambridge. Agora, provavelmente, vai começar a sugerir os mesmos empregos de vendedor na W. H. Smith que sugeriu naquela época. Houve época em que minha mãe queria que eu trabalhasse no Ministério do Exterior, mas até ela já deve ter percebido que, agora, isso não vai acontecer.

Enfim, eu queria dizer obrigado e desculpe-me. Obrigado pela ótima convalescença e desculpe-me por fugir daquele jeito. Aquela noite foi muito esquisita para mim. Na verdade, ainda não contei para você nem para ninguém o que aconteceu. Sei que você ainda pensa que saí com alguém, mas não saí. Fiquei lá o tempo todo. Mas não é uma história bonita. Vou lhe contar tudo a respeito. Um dia. No futuro distante. Mas aquilo foi parte dos motivos que me levaram a fugir. Senti que precisava ir para casa, ficar limpo e continuar a viver. E, então, quando Jim telefonou, foi como um aviso e um chamado. Senti como se as coisas tivessem realmente começado a escapar de meu controle. Fiquei preocupado ao pensar que, se não recuperasse o controle de novo, minha vida iria dissolver-se em pó nas minhas mãos, sem que fosse capaz de fazer alguma coisa a respeito. Então parti.

Fiz um vôo muito estranho. Tomei quatro pílulas para dormir e desabei contra a janela.

Perdi todos os filmes, toda a comida e cheguei ao fim da viagem sentindo-me cansado, com frio, com cãibras e doente. Sentia-me como se não tivesse dormido nem um minuto.

Mas as coisas estão bem, agora. E, quem sabe?, depois de hoje, as coisas podem ficar ainda melhores. O teste pode me dizer que estou limpo e me dar permissão para brincar em qualquer cidade que eu queira. Acho que, se eu for negativo, Chas irá imediatamente fazer o teste. Ele me considera um perfeito exemplo de alto risco. Talvez esteja certo.

Enfim, se você não receber notícias minhas em uma semana, não pense no pior, mas, de qualquer forma, mande-me alguns presentes.

Vou lhe escrever em breve e desculpe-me por ser um hóspede tão ruim.

Muito amor e deseje-me sorte, embora já seja tarde demais para isso quando você receber esta carta.

Hugo

Epílogo

VIDA E ALMA

Hugo não sabia o motivo pelo qual sentia-se assustado. A sala, quase uma igreja, quase a sala de espera de uma estação ferroviária, era grande e arejada. As janelas, janelas eclesiais sem vitrais, deixavam o sol jorrar pelas frestas e atingir o chão em um ângulo tal que fazia as pedras cintilarem. Tudo parecia muito bem esfregado. A madeira dos bancos, o branco das paredes. Até os lírios no vaso sobre a toalha de mesa engomada logo na entrada pareciam passados a ferro. Parecia uma sala que fora recém-tirada da naftalina. Uma imagem de televisão cujo botão de ajuste de cores foi colocado no mínimo.

Hugo ficou atrás, sob a sombra das pesadas portas de madeira. Lá fora estava chovendo, apesar do sol, e as pessoas falavam sobre arco-íris. Estavam dizendo que não havia nenhum arco-íris.

— O arco-íris não consegue atravessar a névoa — disse uma velha senhora usando um chapéu azul de ráfia e que se apoiava em uma bengala branca ao andar vagarosamente pela nave. Essa era Mavis, do número 12. Três casas depois da de seus pais. E a senhora corpulenta a seu lado, com panturrilhas grossas e sapatos confortáveis, era Meg. Companheiras por toda vida. Mavis era professora de música. Meg tinha uma renda privada. Eram senhoras distintas e solteironas. Para Hugo, Mavis lembrava um periquito. Com cores brilhantes em uma pequena sala de estar suburbana.

Olharam para Hugo e, ao vê-lo à espreita, nas sombras, sorriram e acenaram. Ele acenou de volta, mas elas já haviam lhe dado as costas. Ouviu Meg dizer que garoto asseado ele era.

— Nunca fica sujo. Não é como os outros malandros. Como o garoto dos Baker, do número 36, que chega em casa coberto de lama e Deus sabe o que mais. Não, Hugo é muito bom. Sua mãe deveria orgulhar-se.

A mãe, sentada ao lado da cama, encarando-o. Podia sentir seus olhos nele, encarando, vasculhando, absorvendo esse esqueleto emaciado e torturado que era tudo o que restara do filho. Os olhos dele agora estavam pastosos, com a retina tão deteriorada que, com um olho, podia enxergar em preto-e-branco e, com outro, não enxergava nada. Menos que nada. E ainda assim podia sentir os olhos da mãe sobre ele. Hugo estava assustado. Ela o assustava. Queria ficar sozinho. Sempre detestara dizer adeus. Seria muito melhor apenas deixar um bilhete e escapar. Escapar para a noite. Mas não o deixariam ir. Estavam muito preocupados em perdê-lo. Era ridículo. Todos sabiam que ele estava partindo e, ainda assim, não o deixavam partir. Estava cansado disso. Muito cansado. Passava cada vez menos tempo acordado. Mas o tempo todo sonhava com sua própria morte. Na noite anterior havia acabado de contar suas histórias ao homem do quarto ao lado. Parecia-lhe estranho o modo repentino com que tudo tinha parado. A vida continuara a desenrolar-se. Bem, não exatamente a desenrolar-se. Existiram alguns percalços. Mas a vida desenrolara-se mesmo assim. Até que, de alguma forma, depois de Larry, tudo parou. Larry, Jim, Chas e todos os outros. Desde a morte de Larry, seus amigos estavam seguindo o mesmo caminho. E agora aconteceu. Hugo completou o percurso. Tinha certeza de que morreria naquela noite. Era apenas uma daquelas coisas que as pessoas sabem. Você sabe quando está para acontecer.

Sua mãe entrou na igreja de braços com alguém. Um homem com um terno bem cortado e cabelos pretos. Poderia ser seu pai. Poderia ser o sr. Smith do número 16. Os dois tinham cabelos pretos que brilhavam sob o sol. O sol incidia sobre os ombros do homem e sobre os cabelos da mãe. Eram loiros. Loiros como mel. Ela usava a roupa de que Hugo mais gostava: um vestido solto de algodão, coberto de flores em cores vivas. O vestido movia-se com a brisa que vinha da porta, e soprava ao redor dela. Sua mãe ria enquanto se agarrava ao braço do homem. Ela viu Hugo e, sorrindo, o chamou. Hugo sentiu algo caloroso vindo de seu sorriso, de seus olhos e do sol em seus cabelos, e queria correr em sua direção, mas não se moveu. Ela deu-lhe as costas, como se não tivesse percebido nada. Hugo olhou para suas próprias mãos. Tinha cerrado os punhos. Algo estava errado. Sentia-se desconfortável. Frio. Tocou na pesada porta. Uma grossa camada de verniz fora pintada sobre anos de lascas e pichações. A madeira era escura e brilhante, fria ao toque.

— Olá, rapaz. — Um tapinha em seu ombro. Hugo virou-se. Seu médico lhe sorria. — Grande dia para você, hein? Bem, boa sorte.

— Obrigado — disse Hugo. — Ficarei feliz quando isso tiver terminado. — Queria perguntar quando estaria terminado, mas achou que não devia. Obviamente, esperava-se que ele soubesse. Pensou talvez que tudo fosse se resolver por si mesmo. Talvez tivesse apenas esquecido.

— Como você está? Ocupado? Nunca o vemos.

Hugo tinha a estranha impressão que seu médico ficara cego. Seus olhos, ainda azuis, pareciam parar antes de chegar a ele. Olhavam para ele ou, pelo menos, olhavam em sua direção. Mas não parecia haver conexão alguma.

— Sua mãe está aqui?

— Sim, está sentada na frente, com o sr...

Ele não sabia quem. Não importava. Seu médico já se fora. Feliz por ver sua mãe outra vez. Todo mundo parecia feliz por ver sua mãe. Ela em pé junto ao banco, cumprimentando, sorrindo, rindo, de vez em quando olhando Hugo de relance e deixando-o ver seus olhos. Mas a mãe parecia ter ficado um tanto perplexa. Enquanto o médico caminhava em sua direção, ela olhou para o filho e Hugo achou que a viu franzir o cenho. Uma nuvem encobrindo seu rosto.

A luz do sol que entrava pela janela foi-se de uma maneira suave, porém rápida. Sua mãe permaneceu de cenho franzido por alguns instantes, mas assim que o médico a alcançou, o sorriso voltou.

Sua mãe estava lhe falando algo. Sobre seu pai. Pedindo desculpas. Ela parecia não perceber mais se ele estava acordado ou dormindo. Parecia que o céu havia fechado novamente. O abajur ao lado de sua cama havia substituído o sol. Ele formava buracos negros em sua visão. Era tudo o que sobrara de seu olho esquerdo. Um buraco negro oculto por uma névoa. A névoa da qual eles tentavam livrá-lo, mas que voltava outra vez e grudava a pálpebra ao globo ocular.

— Ele ia vir, mas houve uma confusão no escritório, e você sabe como é longe. Você sabe que ele ainda leva uma hora e meia para chegar lá? Mas é uma viagem adorável. Todas aquelas árvores, à luz do dia... cuidado, querido. — Ela puxou de volta a mão de Hugo no exato momento em que ele sentiu a dor em seus dedos ao tocarem a lâmpada do abajur.

Tentou lembrar-se de quem ela era. Tinha de seguir novamente as pistas. Pequenas coisas que o faziam lembrar-se. O tom de sua voz quando ela disse querido. Ninguém mais o chamava de querido desse jeito. O jeito dela. Sua mãe. Lembrava-se, agora. Querido era a pista. Algumas vezes não encontrava pista alguma. Ela não parecia perceber.

Querido. O modo com que ela disse isso, a imagem que essas palavras formaram. Um garotinho no quintal, brincando na grama, correndo sob o sol. Cabelos loiros. Seu pai, alto, magro, pintando a garagem. Sua irmã mais velha enchendo a piscina inflável. A caçula sentada no carrinho de bebê, tomando sol. E o modo como ela disse querido. Todos pareciam pertencer a todos. Ele pertencia a ela, ela a ele, o homem pintando a garagem à sua irmã, a ele, à caçula... uma verdadeira teia. Na época, ele parecia ser a criança perfeita. Para sua mãe, ele sempre foi a criança perfeita. Com percalços ocasionais, é claro. Mas, agora, Hugo ficara velho e mirrado; envelhecera uns 150 anos enquanto todos à sua volta permaneceram os mesmos. E, no fim, não havia feito nenhuma das coisas que sua mãe esperava que fizesse. Não teve tempo. Tinha começado, porém nunca acabou. Depois de Nova York, depois dos exames, depois do primeiro colapso, deveria ter sobrado tempo para colocar o grande plano em ação. Só que ele nunca parou para pensar qual seria esse grande plano. Sempre falara de muitos planos que, no fundo, não passavam de atalhos para a fama. Sabia onde queria chegar. Porém, jamais se esforçou para descobrir como fazê-lo. E agora era tarde demais. Ainda assim, Hugo sentia um certo alívio: pelo menos ninguém poderia dizer que ele havia fracassado, já que não tivera tempo de tentar. Agora, isso não estava mais em suas mãos.

Tinha começado a chegar lá. Algumas de suas resenhas foram publicadas. Almoçou com algumas pessoas. Recebeu uma certa atenção e, então, é claro, teve de lidar com porcarias em igual proporção. Porcaria de ofertas, porcaria de promessas, porcaria de propostas. Sabia que estava chegando a algum lugar. Mas não fazia idéia do cronograma. Seria esse um trem expresso ou um daqueles lentos, que sempre paravam no caminho? Estava preparado para esperar e descobrir, porém, de repente, de forma inesperada, o trem parou por completo. Ainda chegou a fazer algumas pequenas manobras, mas apenas para sair da rota e parar num desvio, e foi por lá que Hugo ficou. Encalhado na doença pelos últimos seis meses.

Talvez tivesse feito algo errado. Talvez fosse por isso que se sentia tão confortável. Mas não conseguia imaginar o que fizera de errado. E isso era o que mais o preocupava. Teria se esquecido de lavar a louça do café-da-manhã? Não seja estúpido. Não havia a menor chance disso ter acontecido, embora não conseguisse se lembrar de ter lavado a louça. Talvez nem morasse mais lá. Não tinha certeza de onde vivia agora. Pensou que talvez devesse ir até onde sua mãe estava. Afastou-se da porta e avançou para a luz. Sua mãe estava no banco da frente da igreja que, de repente, ficou muito mais distante do que ele esperava.

— Onde você andou se escondendo? — A voz era vívida e nítida, tão alegre quanto as manhãs. A irmã caçula. De chapéu. Com um namorado, mais alto do que seria confortável para Hugo, com espinhas, porém atraente. Onde ele andou se escondendo?

— Eu estava lá atrás da...

Ela não estava ouvindo.

— Então mamãe trouxe seu elegante homem.

— Elegante? Quem é ele?

— Oh, Hugo, o que há de errado com você? Nem parece que você está aqui. Você está bem? — Ela virou-se para o namorado. — Meu irmão é sempre a alma da festa.

— Sou?

Queria levá-la para algum canto e fazer com que lhe explicasse tudo. Sentia que era única pessoa na qual podia confiar, que não riria se lhe dissesse que não tinha a menor idéia do que estava acontecendo ou do motivo pelo qual todas aquelas pessoas — e ele — estavam lá, nem imaginava o que deveria fazer. Mas a irmã brincava com a mão do namorado por trás das costas e olhava fixamente para a mãe. De repente, Hugo sentiu vontade de chorar. Talvez isso chamasse a atenção dela. Mas não o faria na frente do namorado.

— Oh, meu Deus, lá está a vovó — disse ela, e partiu, sussurrando antes de se ir: — Boa sorte.

Ele se virou. A irmã estava certa. Quando viu sua avó andando entre os bancos, vestindo um terno de lã vermelho-escuro e sem bengala, pensou como ela parecia jovem. Especialmente para alguém que morrera há quatro anos. E só então lembrou-se que Mavis, do número 12, havia morrido há mais tempo ainda.

Hugo abriu os olhos. Sentiu-se como se estivesse nadando sobre um abismo, sustentado apenas por uma corda que se desfazia. De tempos em tempos, um dos fios da corda se rompia e ele afundava um pouco mais. Sua mãe apertou-lhe o braço. A mulher no quarto. Já havia algum tempo que ela estava lá. Tanto tempo quanto podia lembrar-se. Segurava seu braço com tanta força que pela manhã estaria com hematomas. Hematomas azuis. Segurava-o com força, mas o braço de Hugo escorregou das mãos dela e ele começou a cair.

— Ele ama você, querido. Nós dois amamos você, meu querido.

Ela estava certa. Eles o amavam. Depois de terem descoberto, tinham conseguido ficar bem. Foram muito pragmáticos. No começo, não aconteceu tão depressa assim. Até que, de repente, a coisa ganhou velocidade e o nocauteou. Depois dos exames, ele estava bem. Ficou bem o ano inteiro. Tudo continuou como antes. Sua contagem de células, seu peso, suas glândulas, seu pulso. E as drogas que tomava. E, então, algo simplesmente cedeu. Hugo abateu-se. O apetite se foi. A comida recusava-se a parar no estômago. E ele passava as noites banhado em seu próprio suor. Chas o levou para o hospital. E chamou seus pais. Foi o último grande favor que lhe fizera. Hugo nunca os teria chamado, mas ficaria esperando que eles descobrissem, zangado com a falta de atenção. Chas nem ao menos lhe disse que havia feito isso.

— E aqui está ele, o senhor Hugo Harvey em pessoa.

As pessoas sempre se viravam para ver quando sua avó falava. Ela possuía uma voz que as lembrava de tempos passados. De compras na rua principal e mulheres resolutas conversando na fila da quitanda. De bondes, moedas de seis centavos e dos corretos valores britânicos. Era uma boa voz. Sempre fazia Hugo pensar em capas de sofás.

— Olá, vovó.

Mas ela passou direto por ele.

— Teremos tempo de sobra para conversar, Hugo. Mais tarde — disse ao passar.

Hugo estava a ponto de dar meia-volta e segui-la, perguntar-lhe o que queria dizer com mais tarde, e como ela fora parar lá, ainda que não soubesse muito bem como formular a pergunta. Foi quando Hugo viu Chas. O que estava acontecendo? O que tanto esperavam que fizesse, a ponto de voltarem apenas para vê-lo fazer? Hugo foi direto até Chas. O que mais o surpreendia não era ver Chas, mas vê-lo com Rob. Rob e Chas eram coisa do passado, certo? Há muito tempo que Mick o substituíra. Só que Mick não dera as caras por lá, e Mick ainda estava vivo.

Chas falava animadamente.

— E aquela lá na frente é a mãe de Hugo com seu caso. Hugo é muito cuidadoso em relação a ela. Não vai lhe contar muita coisa. Mas ela é uma boa senhora, embora durona. Só a encontrei daquela vez.

— E onde está Hugo? — perguntou Rob, enquanto Hugo postava-se bem na frente deles.

— Provavelmente, está na sacristia, dando uma cheirada. Porra, é o Rudy. — Rudy entrou pela porta, atrás de Cynthia. Chas sentou-se.

— Chas — disse Hugo.

— Sim — respondeu Chas, erguendo o olhar. — Oh, aí está você, Hugo. De onde você surgiu? Há alguém lhe procurando. Você conhece Rob, não conhece? Aquela matrona com um terno de lã. Lá. — Chas apontou para a avó de Hugo. — Por que você convidou Rudy? Aposto que ele está chapado. E eu pensei que ele e Cynthia se odiavam.

Hugo estava prestes a responder, prestes a explicar que não se lembrava de ter convidado ninguém, quando Chas simplesmente virou-se para o outro lado.

— Você vai me apresentar a Hugo quando o vir? — perguntou Rob.

— Mas ele estava bem aqui — disse Chas. — Pensei que você o tivesse visto. Bem, espere até ele voltar.

Hugo não havia saído do lugar. Mas, por alguma razão, decidiu não dizer nada. Observou Rudy e Cynthia aproximarem-se.

Rydy conversava com Cynthia. Isso era suficiente para fazê-lo observar. Eles nunca foram tão íntimos. Rudy falava sobre Nova York, e há quanto tempo não via Hugo. Hugo apenas caminhava atrás deles enquanto conversavam. Pareciam não ter percebido que ele se aproximara e agora andava com eles. Pessoas saíam de seu caminho sem sequer o olharem, apesar de ser esse o seu grande dia. Rudy soava muito sério. Dizia a Cynthia como ele e Hugo haviam se afastado. Ele era bom nesses acontecimentos sérios. Tinha uma boa voz para essas ocasiões, embora estivesse apenas fofocando. E aproveitando-se para alfinetar Cynthia. E Hugo.

Rudy comentou como Chas e Hugo haviam se aproximado ainda mais. O quanto Londres era distante de Nova York. Como Londres parecia cinza. Como tudo parecia cinza. O frio que fizera em Nova York nesse inverno. Como eram bonitos os narcisos do lado de fora do cemitério e como ele havia pensado em apanhar alguns para seu quarto de hotel, mas sua camareira no Blakes era muito peculiar. O sorriso de Cynthia indicava que ela estava ouvindo, mas não estava acreditando. E então Rudy começou a falar sobre a última noite de Hugo em Nova York ou, pelo menos, das 40 erupções vermelhas.

E Cynthia disse:

— Então você não o viu naquela ocasião. No fim.

E antes que Rudy pudesse dizer alguma coisa, e antes que Hugo pudesse interromper e perguntar a Rudy se ele poderia falar mais baixo porque, afinal, sua mãe estava lá, antes que Chas e Hugo pudessem trocar olhares, e antes que Hugo conseguisse dizer olá para Dolly, que estava parada no fundo com um chapéu de abas largas e cumprimentar Sam, sentado num canto e parecendo miserável com seus óculos e uma garrafa dentro de um saco de papel marrom, o órgão começou a tocar e todos se sentaram. Alarmado, Hugo ficou em pé.

E enquanto ele ficava lá parado, com todo mundo sentado a seu redor, mas sem que ninguém o olhasse, nem mesmo sua mãe, cujas mãos brincavam com as mãos do homem elegante, ocorreu-lhe que se sentia muito vago. Quase como se não devesse realmente estar ali. Quase como se eles estivessem apenas esperando que Hugo partisse. E então, voltando-se para a igreja, que também poderia ser a sala de espera de uma estação ferroviária, e passando pelas pessoas nos bancos, que não se levantaram para deixá-lo passar, Hugo percebeu que, para todos os efeitos, ele já se fora.

Hugo andou para a frente da sala. Para a mesa com a toalha branca engomada e os lírios que pareciam ter sido passados a ferro. Ficou parado nos degraus que levavam à mesa e virou o rosto em direção à igreja. Mas, dessa vez, ao olhar para trás, a única pessoa que viu foi sua mãe, vestindo um casaco cinza, os cabelos castanho-escuros, da cor que eram havia já alguns anos, os olhos inchados de tanto chorar, sentada sozinha. Sorriu para ela, a mãe lhe devolveu o sorriso e, então, Hugo fechou os olhos.

Sua mãe chamou a enfermeira. Ela o observara por dez minutos, esperando que a ficha caísse. Até que, preocupada que Hugo pudesse ficar frio demais, tocou a campainha.

— Acho que ele se foi — disse ela.

A enfermeira tomou seu pulso. Desligou o oxigênio. Fechou seus olhos.

— Quer que eu lhe traga alguma coisa? Uma xícara de chá? Uma aspirina? — perguntou.

— Não — disse a mãe de Hugo. — Acho melhor ligar para meu marido. Ele tem um telefone no carro. Estava vindo para cá. Agora não é mais necessário. Vou tomar um ônibus. — E então ela sentou-se e olhou fixamente para o rosto de Hugo, tentando lembrar-se de cada uma de suas expressões.

Eles o enterraram em Hendon. No cemitério. Ele teria odiado isso. Sempre se preocupara tanto com bons códigos postais. O funeral foi muito tranqüilo. A capela era muito limpa, mas estéril, como a sala de espera de uma estação ferroviária. Alguns dos velhos amigos mandaram flores. Cynthia compareceu usando um longo casaco de pele de lobo. Rudy enviou um telegrama que ninguém entendeu. O sacerdote também fez comentários que ninguém entendeu. Mas depois pensaram que talvez ele tivesse pegado a ficha errada. Hugo teria gostado disso.

Este livro foi impresso nas oficinas da
DISTRIBUIDORA RECORD DE SERVIÇOS DE IMPRENSA S.A.
Rua Argentina, 171 – Rio de Janeiro, RJ
para a
EDITORA JOSÉ OLYMPIO LTDA.
em março de 2006

*

74º aniversário desta Casa de livros, fundada em 29.11.1931